论梦萌与梦萌论

梦 萌·编著

陕西新华出版传媒集团

太白文艺出版社·西安

图书在版编目（CIP）数据

论梦萌与梦萌论 / 梦萌编著. -- 西安 : 太白文艺
出版社, 2022.4（2023.1重印）
ISBN 978-7-5513-1994-2

Ⅰ.①论… Ⅱ.①梦… Ⅲ.①中国文学－当代文学－
文学评论－文集 Ⅳ.①I206.7-53

中国版本图书馆CIP数据核字(2022)第051677号

论梦萌与梦萌论
LUN MENGMENG YU MENGMENG LUN

作　　者　梦　萌
责任编辑　付　惠　关　珊
封面设计　张洪海
版式设计　建明文化
出版发行　陕西新华出版传媒集团
　　　　　太 白 文 艺 出 版 社
经　　销　新华书店
印　　刷　三河市同力彩印有限公司
开　　本　787mm×1092mm　1/16
字　　数　410千字
印　　张　23.5
版　　次　2022年4月第1版
印　　次　2023年1月第2次印刷
书　　号　ISBN 978-7-5513-1994-2
定　　价　69.00元

专家寄语

何建明（中国作协副主席）：梦萌是中国作家协会会员。他的长篇小说题材直击社会焦点热点问题，如与水相关的《爱河》《绿太阳》，另有《悲喜娱乐城》《金喽啰》《倾城》《新部落》等，都在社会上引起良好反响。梦萌晚年在上海工作和生活，这部《水经泽被》是他来沪后的第一部作品。相信梦萌先生能够创作出更多优秀作品，如水一般地滋润大上海这块热土。

陈忠实（时任中国作协副主席、陕西省作协主席）：一场本不该发生的意外事件，一场凄美感人的三角恋爱，一位爱情至上的唯美女子，一个虚妄的罪恶导致一个真实的罪恶，构成《倾城》全部的悲剧色彩和美学含义。爱耶？罪耶？喜耶？悲耶？随着作家梦萌纠结曲折的故事和极具艺术张力的语言叙述，读者不仅蹀躞于艺术的第二世界迷途难返，同时也深为现实生活的美好和无奈而如痴如醉，当歌当哭。

贾平凹（时任中国作协副主席、陕西省作协主席）、黄道峻（时任陕西省作协党组书记）：梦萌长篇小说《金喽啰》新近出版，并在上海书展期间举行首发式和作品研讨会，这是实现东西部文化融合、提升作品质量、促进文学繁荣的一件可喜可贺的事。为此，陕西作协党组向研讨会表示热烈祝贺！并通过大会向与会专家学者、上海市作家协会、文汇出版社、上海宏波集团以及上海书展办公室给予的热情帮助表示衷心感谢和诚挚敬意！梦萌是我省一位多产而颇具社会责任感的作家，希望通过这次研讨会，他能认真总结成绩，继续努力，创作出更好的作品。

阎纲（时任中国当代文学研究会副会长、中国新文学学会副会长，著名评论家）：梦萌短篇小说《角色》的主人公叫眉户大叔，演过《白毛女》里的杨白劳。快过年了，该缴水电费，该缴孩子们的种种欠费，"债不过年"嘛！债不过年，可是，为救命借给老熊的七万元年年讨，年年败兴而归。既是欠债必还的角色，又是年根儿讨债的角色。作者把读者引入两难的内心冲突，纠结复纠结，欲罢不能。一切都在悲剧的联想中向前推进，波涛汹涌的内心冲突一浪高过一浪，是小说也是美文，是梦魇也是现实。

白烨（中国当代文学研究会会长，著名评论家）：《倾城》之所以让我读来颇感兴味，读后沉思不已，一是作品在"写什么"上有着基于独特经验的人生故事，二是在"怎么写"上曲折的故事与凄美的人物相互映衬。离乡容易回乡难，进城容易生存难，这已成为当代中国城市化进程中的常态。作品通过女主人公"进城""融城""恐城"，直到最后"毁城"的心路历程，揭示了这一复杂尖锐的社会矛盾，及其给置身其中的人们带来的乖蹇命运。如果说作品是一曲醒人的悲歌的话，那么，它不只是唱给"城市新移民"的，也是唱给整个当下社会的。

雷抒雁（时任鲁迅文学院常务副院长，著名诗人）：梦萌像荷花，孕育在水中；梦萌又像小草，扎根于大地。梦萌具有两个显见的情结：一个是乡土，一个是山水。梦萌是搞水利的，他似乎对水特别敏感，而且有自己独特的见解。他的散文文字简洁、婉约、空灵，比较感人，读后总有一种阴柔凄美的情调撩拨人性共有的感情琴弦。梦萌的乡土情结也特别深，他写苜蓿，写涝池，写磨房，写嫩玉米，写小镇轶事等，一个个很小的琐事和细节，都能唤起人对家乡和童年的回忆与眷恋，读起来特别亲切、有味。正是乡土和山水这两个情结支撑起梦萌的文学祭坛，使他的文学作品有较高的档次和品位。梦萌应该继续努力，寻求跨度更大的文学样式，在全国文坛创建自己的位置。

牛玉秋（时任中国作协理论部主任研究员，著名评论家）：梦萌的小说有三个特点，一是常在历史与现实之间寻找某种对应关系。关中是一个历史文化积淀极为深厚的地方，梦萌常把历史文化、民间传说与水、与黄土地、与现实的人物命运联结起来，这使他的小说具有非常丰厚的历史文化底蕴与民族性。二是人物性格特质非常明显。如天邪与二爸的谈话、吃蚕豆、驯马以及送粮袋回古井村等，把关中人的特点写得惟妙惟肖。《十八爷》的主人公有一句话，说"人一生太简单了，不是指挥命令别人就是被人命令和指挥"，社会内容和人生体验非常丰富，既写出了人物性格中比较深厚的思想内涵，对人物的外在形态也捕捉到位，描写很精彩。三是从作品中感到梦萌是个很善良的人。他写的故事常有一个圆满结局，人物往往是正直、善良的，体现出一个作家的善良愿望。但善良对创作也有不利的一面，这就是生活中也有恶，有残酷，对恶避而远之，就会缺乏深度的揭示。

高建群（时任陕西省文联副主席，著名作家）：我们正处于一个社会大变革时期，各种思想观念和文学流向异彩纷呈，人才辈出，许多传统和权威面临挑战。梦萌是我省近几年比较活跃的一名作家，一直在努力，一直在拼搏，一直在文学的沼泽地里挣扎呐喊，收获着喜悦也饱受着人生的痛苦。我为他的成绩和精神而感动，也代表省文联主席李若冰向他表示祝贺，希望他的创作取得更大突破和提升！

曹伟明（时任上海市青浦区文联主席、广电局局长）：梦萌是一位陕西作家，在上海工作生活十余年，但他的人文情怀、文化品位丝毫没有异化，仍执拗、虔敬地秉持着陕西作家特有的文学精神。文学是属于人类的，一切壁垒都无法阻碍它的传播。所谓乡土文学、地域文学，不在于它的乡土和地域，而在于它的特色和魅力。正因为如此，才使马尔克斯的《百年孤独》绽放异彩，莫言和贾平凹的作品更为读者喜爱。北方是一块神奇的圣土，人文荟萃，文学旺盛；南方是一处新生的宝地，山清水秀，才子佳人辈出，蕴藏着强大的文学力量。希望梦萌能兼容并蓄，取长补短，创作出更多群众喜闻乐见的优秀作品。

周伯军（文汇出版社总编辑、社长）：如果说知识是无形资产、文学是精神食粮的话，那么图书就是二者的储存器。也就是说，出版社是为读者和作者服务的，编辑和作家是同行。在上海图书展销会期间，召开梦萌长篇小说《金喽啰》研讨会，既是出版人和作家的一次交流，也是南方和北方、东部和西部文化的一次融合。梦萌是一位精益求精、不甘俗套而具有社会影响力的作家。他已出版多部长篇小说，如关于水的《爱河》、关于非法集资的《悲喜娱乐城》、关于城市新移民的《倾城》，也包括这次出版的关于传销的《金喽啰》，始终关注普通人民群众，始终直击社会热点焦点问题，始终紧跟时代步伐和节奏，体现了作家的使命。

畅广元（陕西师范大学教授，著名评论家）：梦萌的创作是很严肃的，具有很强的忧患意识，天邪和十八爷这两个人物写得很成功，人物蕴含着很大的社会容量，是好作品。

李健淮（中国台湾老庄学会秘书长、《中道》月刊社社长）：喜得梦萌长篇小说《爱河》，深感荣幸。拜读之余，益觉内容充实，文藻华丽，人物栩栩如生，而故事尤为生动感人。非圣手彩笔，不足以见其真情，令人十分欣赏。希望能看到梦萌更多更好的作品面世。

郑恩波（时任中国艺术研究院现代文艺研究室主任，著名评论家）：梦萌的散文时有新意，文学功底相当深厚，这是我阅读他散文集《多梦人生》后的深切感受。其中许多文章写得非常精彩感人，如《水杉礼赞》《秦川柳笛》等的结构、内蕴和语言，颇具大散文家秦牧某些篇章的风采和韵味。

毛锜（时任陕西杂文学会会长、陕西文史馆馆员，著名诗人）：梦萌的散文读起来亲切感人，很有味道，也很有意思。梦萌写水、写景、写名胜，都很独到，别出心裁，常于不经意间给人一种意想不到的美感享受和哲思妙趣。他热爱生活，走到哪儿写到哪儿，看见啥就写啥，对生活很敏感，创作冲动强烈，文字功力颇佳，作品读起来流畅优美。

目　录

◎ 上部：论梦萌

3

◎ 下部：梦萌论

上部

论梦萌

追逐时代的审美表达：思维与叙事

——梦萌长篇小说初解

杨焕亭

在陕西乃至当代中国文坛，梦萌都是一位很具时代意识、审美自觉和创新品格的作家。截至目前他先后出版《爱河》《悲喜娱乐城》《倾城》《金喽啰》和《新部落》等五部长篇小说，不仅展示了作家雄厚的创作实力，更从艺术实践的层面揭示其对时代主题的全息跟进，体现了作家对人作为"此在"的实体，在其绽放历程中对生存境遇的热切关注和对当代小说创作理论成果的广泛吸纳。所有这些，都赋予梦萌长篇小说在题材上以强烈的当下性、叙事方式上鲜明的现代性和语境上的浪漫性的特征，从而构建起自己独特的、充满个性的叙事风格。

一

德国马克思主义批评家本雅明在说到文学作品的当下性时认为"艺术品的问世是即时即地的，所以具有独一无二性"，唯有借助于这种独一无二性才构成了历史。本雅明还认为，这种独一无二性与作者的思维有关。在理论的层面，当下性和时代感是所有文学艺术实践都必须回答的问题。它在两个层面构成作家与时代的关系：一是体现时代特征的题材对作家写作定位有一定影响或制约；二是作家对时代贴近和认知的自觉程度，决定了创作主体的思维是否具有前沿性。梦萌的艺术自觉正是以小故事承载大时代，以小人物折射大社会。

这种艺术自觉首先在于对特定文化背景下理想主义和人性的美学认知。《爱河》一经问世，就受到国内评论界的热切关注："作者选取了一个牢靠的立足点，并采取了现实主义的挖掘方法，把混合着血汗的泥土端给人们看，它让人看到的是无法回避的也是无法掩饰的真实人生。"（刘建军《〈爱河〉小识》）"《爱河》正是一曲响遏行云的当代的水魂之歌……这是中国新时期文学的骄傲，也是中国人民的骄傲。"（李星《我读〈爱河〉》）"那流贯在生活故事之中的对生活理想和人格理想的追求，对生活的热情和诚挚，对美的营造和对艺术的探索……常常使你怦然心动。"（肖云儒《〈爱河〉徜徉录》）我十分感动于这些批评家的慧眼，他们不约而同地发现该小说有令人瞩目的探索。在当年那样一种文化氛围下，梦萌的触碰不仅表现出时为中年作家的他敢于冲破束缚的胆识和勇气，更为其后来的理论研究留下了巨大的空间。

几十年后重读《爱河》，不难看出作家在感性书写过程中对时代与作家关系的理性思考。不错，那是一个"不幸年代"，到处是"干渴的心灵、干涩的社会气氛和干裂的土地"。然而，当作家把审美的目光投向一群追求"生活理想和人格理想"的普通人时，就从中发现了使我们这个民族走过百年沧桑的精神基因，那是对人性真善美的坚守，是对生活的真挚和热爱，是对人的尊严的守望。所有这些跨越历史的"恒定"因素，都在作品中凝结为"水魂"，演绎着一群好男好女的沉浮悲欢和喜怒哀乐，让他们在艰苦卓绝的探求中最终完成人格的架构。如果说，刘建军先生从作家的叙事中发现了"人类文明中贯穿着一种显而易见的文化律动，这就是'水文化'"，那么，当我们回首去温习这部作品时，我们对作品所蕴藏的亮点的认识无论是纵向还是横向，无论是内涵还是外延都大大拓展了。我们会欣慰地对历史说，中华民族走过沧桑的根本原因在于我们有着恒定的文化体系，这才是中华文明五千年未能中断的根本原因，它的根就在普通百姓之中。这种自觉的反思，较之后来不少给那个特殊年代打上"灾难"标签的文学作品，要深刻得多，它是一个作家的使命意识使然。由此我想到日本著名作家村上春树的名言："文学总体来说始终在追求人类的尊严内核中的事物。在叫作文学的东西里面，有这种（唯独）在延续中才能阐述的强有力的本质。"

与新时期以来不少作家疏离生活，漠视时代，沉醉于"自我"书写的流行和时尚形成鲜明的对照，梦萌对于现实社会生活一直保持着全息跟进的姿态、能动灵敏的嗅觉和俯瞰透视的犀利。如果说，王跃文以《国画》系列直面党内腐败现象，张平以《抉择》的现实主义姿态正面展示改革开放背景下我党的反腐败斗争，那么，梦萌则是国内较早将现实批判锋芒指向消费主义泛滥氛围中文化领域的浮躁和喧嚣的作家。《悲喜娱乐城》以20世纪90年代初市场经济浪潮乍起的胥州市为背景，反映了一群普通人的人生沉浮。市民集资修建文化娱乐项目"鬼城"，正是这种畸形的经济和文化所孕育的"怪胎"，成为作品中承托人物命运的载体，而载体上坐着金钱、美女、法律三个时代大侠，于是就

"搔痒了整个胥州的神经"：从人们渴望富裕到上当受骗的沧桑步履，从费希蒙和殷小铨等一批文化人的价值追求到理想幻灭的悲喜人生，从南彩萍、花大姐这些曾经分享权力荣耀的女人在权与法的较量中苦苦追寻的心路历程，从非法集资案引发另一场纵火案到各种政治关系的角力等，像 X 光机一样将商业社会的病灶和人性阴霾透视得十分清楚。作者通过小说人物不无忧虑地诘问："在此混沌不堪、人欲横流的情况下，难道唯有法律还是一方圣洁乐土吗？"这种振聋发聩的仰天叩问，既是难以违忤的民心所向，也是人民群众对法治社会的大声疾呼，表达了作家构建精神家园的强烈祈愿。

与《悲喜娱乐城》相比，《倾城》则带有对城乡二元结构的漫漫忧思和人文关注。作品充满了温暖而又苍凉的悲悯精神和残酷而又惨烈的悲剧色彩。当城市经济转型触及每个人的命运时，被传统体制束缚了几十年的男主人公全皓和他的哥们儿，对帆布厂改为牛仔布厂寄予了满腔热情和期待。正是在这片灿烂的阳光下，全皓千方百计将本来对城市充满仓皇和不适的女友麦娜招进工厂。他们的爱情小舟，伴随着事业的旋律，划出层层碧波。他们怎么也不会想到，这场所谓的"改制"，正在权力的操纵下，严重偏离改革方向而成为命运的陷阱。全皓、麦娜和南楠这些对生活满怀遐想的青春躯体，沦为城市的一群漂泊者。于是，"倾城"就被赋予浓郁的文学意象：是一窝蜂地倾向城市，还是出于对城市的盲目倾情，抑或是在文化自觉乏力情况下的城市倾覆？寓意深刻，象征意味凸显。

从艺术审美角度观照，《金喽啰》是《倾城》文化批判精神的逻辑延展。虽然故事是围绕传销展开的，但锋芒"直击人性的软肋"（白烨语），批判精神尖锐而精准。作为艺术形象的主人公令俊男等人，同样是带着乡村文化基因投入城市怀抱的，乡村文化与城市文化之间因先天的隔膜而诱发的"急富"心理、物质欲望，成为他们"意淫"百万富翁的重要原因，由此演绎出一幕幕啼笑皆非的人生活剧。核心问题在于人性的另一面——为金钱所左右扭曲的利益观，使他们坠入萨雷和瞎瞎大爷设置的陷阱。从中不难看出，梦萌在打破城乡二元结构的历史进程中，对于构建城市精神家园、塑造崭新城市品格、改善城市人文环境、净化城市文化生态的恒久思考。诚如杨扬所说："一个原本非常本色的陕西作家，在上海生活的十年期间，他没有沿着乡土本色的写作道路，继续写那个乡土世界，而是写那些走出乡土世界的乡土人物，在这个金钱的花花世界中的沉浮。"这正是梦萌不同于当下陕西不少作家的杰出之处，从文学流派意义上说，这是一种剥离，是梦萌寻找属于自己的题材，打造属于自己的风格，开辟属于自己的领域的原动力。

　　这种时代感在梦萌的创作实践中已经成为一种一以贯之的文化自觉，成为他题材选择的一种内在的审美趋向，成为贯穿他全部作品的一条基线。而《新部落》的出版，标志着梦萌的时代关注点上升到人类生存状态的层面。《新部落》的社会价值和文学价值就在于从人类与地球的本然关系出发，对"人类中心主义"给予了艺术的、文化的、哲学的批判。"新部落"的构成及其故事，在某种意义上，带着人类对早期文明的眷恋和对当代畸形"文明"的颠覆。而豪哥、季月、修卓们所经历"巢居""穴居""钻木取火""文身计时"的历程，直至在生存危机中人性与兽性的博弈，以超现实的艺术思维，构建了一个重温人类婴儿时代的想象世界。重温是一种咀嚼，他们在这里感受到大自然的"母性"，重新界定人在自然界中的位置。当豪哥的肆意开发导致这场灭顶之灾的行为被揭开后，作家终于完成了人类对地球"原罪"的反思和救赎。特别是小说结尾，隐居原始森林四十年的作家童九哥回归社会，当目睹人欲横流、白色污染、环境破坏时，毅然与老朋友修卓决裂，重返自认为是真正家园的原始森林。修卓后悔莫及，一边追赶童九哥，一边发出歇斯底里的呼喊："童九哥，我的好朋友，快回来吧！咱们和众人一起拥抱这个世界，建设这个世界，保护这个世界啊！"这是一种"桑塔格"式的忧思。由此我想到恩格斯早在一百多年前就说过的名言："我们不要过分陶醉于我们人类对自然界的胜利。对于每一次这样的胜利，自然界都会对我们进行报复。"

二

　　村上春树说："在许多情况下，小说家是将存在于意识之中的东西转换成'故事'的形式表现出来。那原本固有的形态与后来产生的新形态会产生落差，便如同杠杆一般，利用这落差自身的能量来讲故事。"他这里所说的是生活与艺术的关系。他认为，艺术与生活的原生态之间存在着落差，也就是我们平常所说的"高于生活"，而创作实践正是完成这种转换的"杠杆"。归根结底，怎么写，是一个艺术自律性的问题，也就是如何叙事的问题。它不仅取决于作家对艺术规律的遵循，更取决于作家与时俱进的创新。善于讲故事，注重传奇性，超越现实的结构意识，成为许多长篇名著的显著特点。

　　传奇性本是中国古典小说一大特色，也是民间文学的诱人之处。在世界文学史上不乏其例，福克纳、马尔克斯、卡夫卡等都以想象式的传奇而彰显其作品的魅力。特别在我国改革开放时期，新生事物层出不穷，科学技术日新月异，社会形态多样多变，使许多不可能成为可能，不现实成为不争的事实。所以，作为社会"晴雨表"和人性"测试纸"的长篇小说，必然要适应和反映这些社会人文特征，这就为叙述手法和故事结构提供了传奇性的可能。

对于梦萌，传奇既是一种文体，也是一种表达审美的手段。正如王仲生所说，《悲喜娱乐城》"不但好看，而且耐看""这与作家梦萌对传奇性的艺术追求显然是分不开的"。李星更是从具体、个别入手，最后对共性本质和高度抽象进行论述，对作家主体意识和文本形成给予深刻解读，认为"《金喽啰》不就是一部中外文学史上大量出现的寻宝小说、孤岛小说乃至财富神话小说、乌托邦小说吗？"（《污泥池中的高尚之花》）

根据学界的普遍认知和笔者多年关注，我以为，梦萌小说的传奇性具有以下特点。

一是紧紧抓住矛盾转换的枢纽，推进故事走向高潮。早期的《爱河》，正是由于禹王庙和八仙台神鬼血泪的纠合，以及男女主人公"坝葬"和"水葬"等的传奇色彩，才将读者的阅读期待推向历史的深度和认知的高度。除了情节上的细节外，梦萌的长篇小说都设有一至两个传奇性人物，如《爱河》的塌鼻五叔和小和尚，《悲喜娱乐城》的连向北和哑巴儿子，《倾城》的老镇长和秘书长，《金喽啰》的瞎瞎大爷，《新部落》的童九哥等。这些传奇人物和传奇故事或伏线或副线，都始终与故事的骨架和枢纽盘互交错，于是小说人物就活起来了。梦萌充分借鉴中国传统小说叙事长于铺排故事的特点，重于营造气氛，从而使得整个叙事跌宕起伏，波谲云诡，悬念丛生，高潮迭起，"始终深含一种引人伸纸疾读的内在魅力""故事与人物的相得益彰，内蕴与形式的桴鼓相应，便使《金喽啰》这部小说不仅读来引人入胜，而且读后也耐人寻味"。（白烨《击中人性的软肋》）

这种对传奇性的美学追求，在《新部落》中达到了一种艺术的自觉与纯熟，代表了迄今为止梦萌小说创作的巅峰。这印证了李星评论的准确，而且小说在情节转换、节点设置上更是匠心独具。夜晚孤独难耐，大家就轮流讲故事，虽只三人三晚，却将各自身世遭际、性格特征、心路历程及环保灾难等揭示得淋漓尽致，也使三人之间的矛盾冲突由此显露并走向炽热化。另外，在原始森林与世隔绝的环境下，寂寞的生存、单调的时光使得人性扭曲，使得人的动物性常常将道德人伦挤压到苍白而又狭小的角落。作者的智慧就在于，紧紧抓住季月在两个男人中的地位，既放开书写人的动物性在特定环境中急剧膨胀的现实，又游刃有余地调动人物矛盾冲突的线索，使得每一个危急关头，因了第三方出现而从容地得到化解。这种第三方是实现矛盾平衡或者解决的不可或缺的要素，不仅仅指人，也包括与他们朝夕相伴的小狗和小猴子。这种表现手法，在《金喽啰》中有着异曲同工之妙。司令俊男因爱而误入传销，遭遇的却是被老师桂平筠洗脑。关键在于，司令俊男觉醒以后，并没有离去，而是做了公安机关的线人。还有他与俞溟的关系，从起初被利用到产生爱情，从将爱情"当枪使"到最终获得传销罪证，这种在偶然中蕴含必然的铺设，使得整个故事离奇曲折，扑朔迷离，山重水复又柳暗花明，足见作家对东方受众审美情趣的准确把握。

二是善于通过想象营造人物生存的典型氛围。对自然中的人性描写，赋予梦萌作品以浓郁的诗意气象。《新部落》尤为突出，当两男一女遭受特大洪灾流落原始森林时，他们首先给那些常年居住在深山老林的动物带来巨大冲击，从而将人与动物置于相互依存而又相互对立的地位。小猴子为主人找来火石；松鼠给季月带来无限温情；天鹅成就了修卓的"天下第一大写意"；豪哥两次"人豹大战"；修卓与白熊的"同居生活"；幼豹与杀父杀母仇人在树下对峙三天三夜；小狗甘当豪哥的"临时情人"继而背叛主人并最终成为豪哥逃命的唯一"利器"。这些汪洋恣肆的想象和情节环境的真实，对凸显人物性格起到淬火的作用。而且，作者倾注丰沛的笔墨为他们设定了想象中的动物伦理和动物语言，借以刻画在猴子和小狗心目中三个主人的关系，甚至猜测他们之间究竟发生了什么故事。在误入猴子王国后，季月通过沟通，不仅获得猴王的理解，还争取到夜晚栖息的温暖环境。尤其感人的是，分手时，老猴将小猴赠送给季月，而接纳小猴子的不只是三位新部落成员，还有陪伴他们的小狗。这样一来，作家笔下的动物就具备了丰富的"人性"，大大强化了作品的人文色彩，传递了一种"民胞物与"的生态观。诚如现代主义大师萨特所说："想象的活动是一种变幻莫测的活动。它是一种注定要造就出人的思想对象的妖术，是要造就出人所渴求的东西的。"

三是在落差中完成审美判断。《新部落》充分表现了梦萌驾驭长篇小说创作布局时善于起承转合的功力。"故事的中心特点之一就是给人一个一些不寻常的事情正在发生的幻觉"（杰姆逊语）。第七章"如此决斗"，是两个处于流浪状态的男人之间的冲突，焦点凝聚在季月身上。为了独占她，豪哥企图谋害修卓，乘机将对方从一块石矶上丢下。作家十分注意通过细节充盈人的性格："豪哥伸手拉住修卓，但只等他爬了几步，又变戏法似的松了手……"

豪哥制造了山崩，但却"趁机虚张声势，大喊：'快跑呀，地震了！'"。人性的复杂和多面性就这样通过人物的行为跃然纸上，读来惊心动魄，牵人心弦。作品的艺术魅力还在于，将动物的善良和多情与人的残酷和无情形成鲜明对照。在第八章，一头忧伤而温情的狗熊出场了，它因为小狗熊摔死在山里号啕凄然，由此而将昏迷中的修卓当作自己的儿子精心呵护，为他舔伤，给他喂奶。它在修卓的意念中唤起的是"有生以来第一次感受到母爱的幸福"。这极具诗意的刻画背后，是人的"兽化"和兽的"人化"的美学判断。表面上看来，似乎是一种浪漫的寓言式的叙事，然而，在美学层面，却是"情"与"境"的统一，"行为"与"情节"的统一，我们不妨将这种母爱视作"地球之爱"。

四是象征体的智性设定和从容调度。将诗意"意象"引进叙事，使梦萌的作品富于"意象现实主义的色彩"，这种机制发轫于《爱河》，正如肖云儒所说："水的意象便这样浸润到了生活和心灵的深处。"之后，这种象征手法愈加彰显，几乎统摄他的全部作品。《悲喜娱乐城》是以娱乐主义、消费主义躁动为背景的作品，导致人物命运跌宕起伏的"鬼城"，作为一个文学意象，被作家赋予丰富的内涵。伴随"鬼城"案件的潮起潮落而导致作品主人公亦悲亦喜、亦庄亦谐的命运，便不难发现，"鬼城"在作家的审美视野中，既不仅仅是为人物营构的典型环境，也不仅仅是穿缀故事链条的线索和环节，而是被作家从哲学的角度诠释为一种畸形的文化符号，一种个性的语体，一种负载着人物理想与现实相背离、生存与环境相冲突、灵魂与肉体相裂变的价值象征。由此便引出殷小铨在奋身救火时发出"要做个好鬼"的醒世恒言。"鬼"其兴也勃，其去也忽，在大火中结束他轰轰烈烈短暂生命的意象描述，把作家的艺术境界提升到哲学的层面，是当代中国在市场经济原始积累中历史成本和文化代价的缩影。

同样，在《倾城》中，帆布厂不仅仅是一个物质的实体，更是蕴含着从传统走向现代、从封闭走向开放、从计划经济走向市场经济所承载的复杂矛盾的核心意象。特别是关于火与火柴的设置，不但贯穿故事始末，且具有很强的象征意味。从火柴盒图案到火柴盒专业户，从送火柴盒到火柴厂工人静坐示威，从"火柴盒经济"毁灭到认识全皓和秘书长，从火柴厂破产到火柴厂下岗工人承包花木林场，从丝绸厂大火到城墙谋杀案，等等，火成了女主人公麦娜生命历程中难以驱除的魔咒。更令人拍案叫绝的是，火柴厂倒闭、火柴盒专业户停滞的根本原因，皆因火柴被打火机所取代，这不正是科技的力量和时代发展的结果吗？所以，究其根本，这些都无一例外地充当了作家艺术显微镜下当代中国变革和转型的一个"切片"，作为机体，它在展示生机的同时，也携带着机体固有及衍生的"病灶"。象征体就这样成为一种艺术的立体的存在，不仅是作家透视文化形态的话语实体，更是交织各种关系的脉络和枢纽。正因为如此，才赋予《倾城》以诗性的旋律——生活的波澜与湍流，情爱的真挚与虚伪，命运的起伏与悲欢，群体的聚合与离散。

与以上这些象征体相比，《新部落》一开始漂荡在洪水中的救命"棺材"，更以艺术抽象的高度，带来许多心理暗示的特征，让马克思和海德格尔都曾经忧虑过的"新时代的无家可归"的"漂泊感"，得以艺术地呈现。还有栖身安命的山洞，三人之所以将之命名"新部落"，并以花草色素写下"新部落"三字，及至作者最后连书名也选取《新部落》，本身就构成"三叠连环"的象征意味。特别是画家修卓精心绘画的最后一幅壁画《部落酋长》，其创作灵感、主体意识、画面布局、光线透视、色彩运用、人体骨骼和肌肉展露，以及小狗的贪馋渴望和葫芦瓢所剩无几的液体精华等，让一个比野兽进化而又比人类退化了的远古时代的部落酋长脱颖而出。这既是人性的皈依，也是力量的勃发和命运的象征，它向世人宣示：如果人类退化为像豪哥一样的部落酋长，环境破坏、人欲横流，那么迄今数百万年积累的社会文明将一切归零。更值得一提的是与世隔绝四十年的作家童九哥，他的意识大部消弭，语言基本退化，加之爱不释手的鹦鹉、金雕、"五六版"角币，以及要重返原始森林的执拗举动等，证明他完全被原始森林绿化了、氧化了、纯化了，成为一个时代的类型编码和意识荒芜的象征体。童九哥是一个符号，携带着特定年代丰富的信息。那是地球之痛的一声长吟，是人类悲剧的一种"剧透"，是对人类与地球冲突结局的一种形象昭示。所有这些，不仅表现出梦萌前卫的文学思维，更彰显出一位作家孜孜不倦的求新姿态。"象征无论就它的概念来说，还是就它在历史上出现的次第来说，都是艺术的开始"（黑格尔语）。

值得注意的是，梦萌在继承中国古典小说叙事追求传奇性传统的同时，也充分汲取西方魔幻现实主义、意象现实主义的叙事方式，从而将小说叙事在艺术上提升到了超越现实的高度，构建起一个五彩迷离的想象世界。这对于一位年届七旬的老作家而言，是十分难能可贵的。

三

海德格尔说:"人的存在是以语言为基础的。"俄国著名作家巴赫金认为,长篇小说就是"用艺术的方法组织越来越社会性的杂语现象"。在一定意义上,小说的艺术就是语言的艺术。作为一位老作家,梦萌驾驭语言的娴熟和从容自不待言。然而,在我看来,他更为可贵的是长期倾情于浪漫主义与现实主义的结合、当下性与诗意性的统一,从而形成了"个人独特"的语境。

一是语言的时代感。在《悲喜娱乐城》的许多章节中,作者运用了大量娱乐场所的流行语言,刻画出多元文化环境下形形色色的人生世相和在娱乐主义驱使下文化的乱象,留下了深入生活、发现生活的履痕足迹。在这一方面,《金喽啰》堪称典范。作家通过长期观察,掌握了传销圈内的大量行话、暗语和规矩,从而在刻画人物时游刃有余,形神毕肖,读来如临其境,如闻其声。读《新部落》,我十分惊异于作家对全球化和信息时代语言的熟稔把握。如季月关于生态危机的前卫思想,修卓关于全球生态灾难的长篇大论,以及童九哥对生态环境的原始认知等,均含纳着犹如"云计算"一样庞大的时代信息量。豪哥虽然是一位缺乏文化素养的暴发户,满脑子装的都是金钱和女人,然而,时不时冒出的道听途说的网络语言或时尚俚语,不仅陡添了人物的滑稽性和幽默感,更重要的还在于,给人物打上了鲜明的时代烙印,他就是生于20世纪的暴发户而非旧中国的上海滩老大。作家十分重视通过习惯性、重复性的话语来赋予人物以性格的稳定性。豪哥动辄"鸟情感""鸟事情""商业机密,无可奉告"等这些粗俗、庸俗、低俗的典型话语,使得这个人物显得丰满而又立体。而修卓对生态环境的全知全能,每有新发现时近乎狂癫的感叹和惊呼,"人妖"和"花斑马"的诡异,"窥视癖"和"自我狂迷"的怪诞,自诩"世界绿色和平组织成员"的恣肆,以及常常脱口而出几个英语单词的神秘等,使一位极具现代意识的跨国艺术家活生生站在了读者面前。

二是语言的诗意感。小说固然是叙事的问题,但它从来也不排斥恰当而又必要的诗意描写和诗意抒情。梦萌是一位有着率真本性的作家,他对于人和周围环境的激情和热情,都使得他笔下的故事和人物身上充满蓬勃的诗意。无论是《爱河》还是《悲喜娱乐城》,也无论是《倾城》还是《新部落》,抑或景色描写、人物对话、举止行为甚至对历史背景的叙述,那种特定环境下的诗情徜徉,都给读者以美的享受:

"只见她一会儿两腿凌空如仙鹤展翅,一会儿双臂造型若芙蓉出水。特别是四肢微蜷作柔姿仰泳时，那被比基尼箍得紧绷绷的乳房，在水面划出一个个紊乱的弧影。她很投入，也很张扬，似乎还有一点宣泄的成分，像要超越什么又要解脱什么似的，充盈着一种傻乎乎虔诚率真的情绪……十几分钟过后，她猛然跃出水面，做了个喜儿痛斥黄世仁的瞬间芭蕾动作，几乎使所有人都尖声惊叫起来。"（《金喽啰》第六章）

"这些犹如天籁之音的旋律，一直在她耳边萦绕。她没有一点睡意，只把一颗纯净的心沉浸在纯净的乐声中，希冀寻找人与自然、人与野兽契合的一些机缘。她不觉得冷，也不觉得害怕，她知道猴子们建立如此安谧的王国，是长期与大自然、与其他兽类和平相处，共存共荣的结果。"（《新部落》第四章）

作品中像这样诗情画意、诗情画境的描写俯拾皆是，不唯大大强化了作品的美学意蕴，更使得篇章之间弥漫着一种书卷气。

三是语言的幽默感。把语言的幽默美带入文学叙事，是一种智慧，是检验作家艺术功力的重要方法。有专家经过研究，认为语言的幽默感具有机智性、含蓄性和趣味性三大特征。著名散文家林语堂认为"幽默是一种美学风格"。读梦萌的长篇小说，会发现作家对语言幽默美的熟稔和精到丰富了作品的艺术形象。如《金喽啰》中的"两个活宝"乐正和郑越，出口皆笑料，举止皆滑稽，成为孤独干瘪的生活中不可或缺的润滑剂。《倾城》中关于卖布，关于抄袭情书，关于火柴厂下岗工人静坐的嬉笑怒骂等，无不幽默风趣，有如喜剧小品，令人不得不捧腹大笑。这一点，《新部落》更为突出，如小狗与小猴子打架、修卓与豪哥笑骂、豪哥尿"硫酸"和"食盐"、狗熊"见了情人忘了朋友"、修卓黑暗中自己和另一个自己对话，以及童九哥在酒店的滑稽表现等，读着读着，不禁使人哑然失笑。特别是第六章，作者用数百字的篇幅刻画豪哥"豪牙"的锋利：冬天那些"窝头变成铅球……但他照样吃得津津有味""凡是啃不动的骨头或者嚼不烂的肉筋，统统归他包揽""要不是当初赌博发了小财，早就跟铁嘴李为师学艺吃玻璃了"，以及吃了树皮草根后"屙不下，只好撅着屁股用棍棍掏"等，其言行的夸张，表情的放大，读来使人忍俊不禁。诚如已故作家王汶石所说，梦萌"作品的语言，无论是遣词用字，抑或是说话的方式，无不显示着老陕们的俏皮、机智与诙谐，显示着那种老陕式的独特的蔫怪味儿"。

从第一部长篇小说《爱河》问世至今，梦萌已经走过四十多年的创作征程，毫无疑问，他以农夫般的勤奋耕耘生活，生活给予了他丰厚的回馈。这五部长篇小说，奠定了他在当代陕西乃至当代中国的文学地位，成为一道个性的、独特的风景。"东方欲晓，莫道君行早，踏遍青山人未老"。热切希望梦萌先生有更多的好作品问世，以飨读者。

（原载《西北文学》。作者时任咸阳市作协主席、咸阳师范学院兼职教授）

《爱河》徜徉录

肖云儒

　　《爱河》这部小说写了一群以水为魂，盼水如命的人。他们用超人的勤劳，给家乡干渴的土地引来甘泉，而自己的生命、自己的感情也在其中得到浇灌，得到净化。那个严峻而又荒诞的年代留在关中西部大地上的宝鸡峡水利工程中，在进入这部艺术作品之后，对象化为一条流淌着秦人之爱的河。其中汇聚着世代秦人深挚的爱，苦痛的爱，堵抑终而畅达的爱。这里有歌的翻飞，有泪的沉浮，有人生和命运的回流。

　　作者梦萌，自称是干裂土地上长大的瘦麻麻的男儿，极像那"晒出了花"的枯涩的玉米秆儿，大半生却做着两个湿漉漉的梦——水的梦和文学的梦。也许还有一个梦——关于湿漉漉的土地的梦。一开篇他就描绘了一个惊心动魄的场面：主人公沈平，为了逃避厄运，深夜藏在大坝上的拖拉机链辊下，疲累地进入了梦乡。他暂时忘了这个世界，这个世界也暂时忘了他。凌晨上工时，碾轧黄土填层的拖拉机开动了，这个二十四岁的青年被几十吨重的大碌碡压进大坝之中，霎时间，血肉横飞，骨架碎裂，青春、生命从此永远和大坝粘连构筑在一起，在巍巍的黄土大坝中、在粼粼的水库波光中涅槃。作者无限悲怆地慨叹："水有魂吗？……如果有，它就不该忘记他啊！"小说的最后，作者的笔又一次写到这个场面。

　　这无疑是西秦旱原世世代代人民的象征——他们愿意用自己的血汗将土地和水搅拌黏合在一起啊！也毋宁说这是作者的一种自喻——梦萌和他的父老乡亲们一样，也是愿意用自己的血汗将土地和水，再加上文学，搅拌黏合在一起的啊！

　　《爱河》写了宝鸡峡水利工程建设的艰难曲折，写了那个不幸年代激荡人心的生活和斗争，写了几对男女青年的命运和爱情故事，但又不止于此，从小说中可以感受到作者对生命的投入，对真性的投入，对真情的投入。那流贯在生活故事之中的对生活理想和人格理想的追求，对生活的热情和诚挚，对美的营造和对艺术的探索，虽不能说深刻地震撼着你，却常常使你怦然心动。就连作者的语言，在乡土味中，也常常浸渍着一种情感，那是一般人在说到自己亲人时情不自禁流露出来的情感。

梦萌和许多作者不同的是，他自己就是工程的直接参与者，不是两三个月的参与，而是整个青春的投入，是整个生命与水利事业的熔铸。当他执笔为文，他是在写人民的事业，也是在写自己的事业；他是在写那一代人的悲欢，也是在写自己的悲欢。他是西秦大地历史实践主体中结结实实的一员，又是长篇小说《爱河》的艺术创作主体。这两个主体在梦萌身上的结合，含纳着极大的历史信息。它是马克思、恩格斯在预言中早就向往的，劳动人民不但在历史实践中，而且在精神劳动中确立自己的新形象、书写自己的历史的新境界，也是毛泽东同志反复号召的，文艺工作者要和人民群众保持长期的（对他来说是终生的）、无条件的、全身心的结合。这种命运和感情的熔接，使得《爱河》中所描写的生活场景、生活故事、人物性格、感情世界已经不是一般所指的作家的"生活积累"。因为"积累"两个字，多少还带有一点外在生活在作家心中沉淀的意思，而对梦萌来说，却是作家自身命运的烙印，是较完全意义上的内在生活在作家感情世界的印痕，因而生活故事从一开始就伴随着作者心灵的震颤、感情的共振。在《爱河》作者的心里，生活故事是和感受一道萌生、一道发育、一道完善起来的。正因为如此，我们掀开小说的章节，才不仅能看到对生活气氛、生活细节、各具个性的人物的娴熟而精细的描绘，而且能感受到流贯其中的作者自身生命活泼的跃动。间或这种生命的跃动会受到一些阻隔，心灵感受和生活素材也会显得不那么浑然一体，但那不是因为作者的命运、感情和他描写的人民群众的形象有多大隔阂，而是由于作者艺术创造功力还稍欠火候，不能表述得更好。

《爱河》中，一方面人的形象和水的意象构成饶有深意的对应关系，另一方面，"文革"时代干渴的心灵、干涩的社会气氛和干裂的土地，又构成饶有深意的对应关系。这两个序列的对应关系，使小说透过表层的生活开掘出了深层的意蕴。人民群众作为历史进步的力量，在社会实践中显示出河水般的灵动，在人际关系和社会气氛的营构中显示出雨水般的清凉湿润。但是在那个特定的时代，人民生命的活力像土地一样被干旱的社会气候所板结。这构成了小说故事情节和各种冲突矛盾最深刻的动力、动因。

王淼这个复杂的形象最典型地说明了青年人如水般的真情真性，在遭到当时社会的压抑和恶势力的凌辱后，如何发生轻度的畸变。她冒充黄永胜的亲戚，采购工程急需的钢材，又调动飞机空投以营救被水围困的民工，最后暴亡于泄洪洞的湍流之中，用错误的做法，宣泄了自己对水利工程的热爱和对那个时代的绝望。男主人公沈平在"文革"中曾经干过一些亲者痛仇者快的事，但在投入水利事业、不息地追求水的理想中，逐步校正了自己的人生坐标，最后将血肉之躯筑进了大坝之中，完成了人格和生命的升华。诸山猫、张狗团虽然流露出些许流氓习性，但都在水利工地的实践中，淘汰了杂质，显露出劳动者纯真的精神质地。潘雨生、潘欣生兄弟的丑恶，是被流动的"水"浇灌出来的，又是那一丝尚未完全泯灭的"水"的真性使潘欣生陷于精神分裂。珍珍等人，则几代人忠贞于水的事业，他们不但以切实的劳作使水的事业获得成功，也因此获得了自己心灵的纯净……

我们可以说，小说的每一个人物性格的形成，几乎都能够勘探到隐藏在其深处的"水因"，每一个人物命运的转折，也几乎都可以归结为"水力"所致。水的意象便这样浸润到了生活和心灵的深处。

由于作者以水为人物的精魂，以水为小说的文眼，所以他在创作的精神和风格上，也相应地追求现实主义基础上的浪漫主义色彩。

小说严峻的现实主义精神主要体现在两个方面：一是直面人生世相，不回避矛盾冲突，着力在矛盾冲突中写出人物性格的复杂性，很少有那个时代虚假的理想主义的影响。另一方面，还尝试着对生产活动、水文化知识的诸多细节进行精致入微的、丝丝入扣的描写，对一个时代、一个地域、一个行业的各种生活、生产细节起到了文化保存的作用，这使作品不但有社会历史的信息量，而且具有一定的文化、文献的信息价值。你能感觉到新现实主义小说对作者的某种影响。

小说的浪漫色彩和浪漫气质，当然与水不无关系。从全书"水魂"的意蕴，"水魂"的意象，到生活风情（民歌对唱）、人物性格（诸山猫）、人物命运（两个主人公的"水葬"与"坝葬"）的浪漫色彩；从跌宕奇诡的故事、幽默跳脱的语言和最后亦真亦幻的想象，都可以看到一条隐约的浪漫色彩的线索在小说中的绵延。

《爱河》将严峻的现实主义和浪漫色彩相结合，不完全是20世纪50年代末所提倡的革命现实主义和革命浪漫主义的"两结合"。在当时特定历史背景下，"两结合"常常和虚假的理想主义联系在一起。而这部小说严峻的现实主义和浪漫色彩，则时时浸透着对那个荒诞岁月中荒诞人生的揶揄和忧患，这在气质上又带出一点现代感来。

对"文革"生活的反映，小说有令人瞩目的探索。第一，作者从历史唯物主义出发，能够将当时"左"的社会政治气氛和大轰大嗡的群众运动等"左"的东西，从人民群众改变家乡面貌、改变生存条件的创造性历史活动中剥离出来，既不回避前者，又敢于放开笔墨写后者，显示出一种科学的态度。第二，能够将群众性的水利工程实践放到历史文化的延长线上来展开，即"水魂—民族魂"的历史文化线和"时代—政治"的现实斗争线。虽然在空间上交织，却在时间上拉开了距离，这在客观上对当时"左"的政治路线是一种淡化。第三，作者对"文革"中"左"的东西，一般不正面批判，大多是作为生活的显示。但是，通过人物关系的变化和人物命运的设置，作者的感情指向却是明确无误的。沈平先是在"左"的迷雾中迷失，继而在切实的劳动中得到了拯救，把握了自己的命运。潘欣生乍看是那个时代的获利者，而灵魂的拷问终使自己精神失常，成为"左"的路线的牺牲品。这一切，都传达了作者正确的政治和道德判断。

《爱河》如果在艺术构思、主旨开挖、人物塑造（特别是人物精神世界的丰富展开）和文化感、历史感的总体把握上再下一番功夫，再做一番艰苦精到的努力，就可避免个别段落的芜杂而趋于成熟和完美。

（原载《小说评论》。作者系著名评论家，时任陕西省文联副主席）

水魂一曲长天歌

——梦萌长篇小说《爱河》序

李　星

　　与一个时期甚多的作品将时代、背景、事件、具体环境故意模糊淡化的做法相反，梦萌长篇小说《爱河》的时代、背景、环境却是十分清晰的，他自己也不讳言这是写"文革"中重新上马、完工的宝鸡峡水利工程的。但这并没有妨碍《爱河》的艺术成就，并没有妨碍它已经作为一个美的艺术工程呈现在广大读者的面前。这里面有作为一个美的创造物的人的本质的对象化，有作为一个艺术品所必备的作者的真诚，有一代又一代人付出了巨大代价的对于美好的生活理想、人格理想的追求。

　　说来也巧，我的家乡就在《爱河》所描写的关中西府，这里虽不是宝鸡峡工程的直接受益区，但这里的父老乡亲像作品中所描写的泾河之尾的龙尾村的人一样，也自始至终参与了这场感天动地的水利会战。先是1959年到1960年的困难时期，我的邻居，叔伯兄弟们，也常被派往宝鸡峡工地，往往一个还算健康的人，几个月后一回来就神情凋敝、失颜变色，俨然刚释放的苦役一般。常有某个社员不听话，书记、队长就说："让他上宝鸡峡去！"之后就听说因为国民经济调整，宝鸡峡工程下马停工。"文革"时期，在"农业学大寨"的口号中，宝鸡峡工程又复工上马，这次会战所动员的人力之广，连当了小学教师、有了一个孩子的笔者的妻子也去参加了。她是一个没有文学细胞的人，回来也没有发表什么感想，只讲了驻地人的热情和劳动的繁重，但是神情上再没有当年叔伯们的凋敝了。至于宝鸡峡工程的整体面貌，它对渭北，乃至陕西农业生产发展的意义，我也只是在读了《爱河》以后才有所了解的。

　　与笔者对宝鸡峡工程的陌生相反，《爱河》的作者梦萌却是这项造福于后代子孙的伟大工程的参与者。他居住在世代干旱的咸阳原上，"文革"初期辍学返乡务农，宝鸡峡工程重新上马以后，像作品中的沈平一样，他带领数百名由农民、返乡知青、城里下乡知青组成的民工队伍开赴汧河，投入了工程的建设；而后又担任了工地宣传干事，办简报、办广播台、组织文艺队；之后便成了一名正式的水利职工，至今仍工作在水利战线。像梁晓声之于北大荒，史铁生之于陕北农村，孔捷生之于西双版纳，朱晓平之于桑树坪，宝鸡峡工程的十多个春秋，也在梦萌的心田打下了深刻的印记，使他魂牵梦绕。正如他在《后记》中所说的："二十年来，每当人们抱起一个个沉甸甸的秋和夏，便不由得想起那一段不平凡的岁月，想起那一个个动人的场面和一个个可歌可泣、催人泪下的故事……那许许多多熟悉的人物仍鲜活地浮现于脑，直闯入梦，使我产生一个大胆的冲动：拿起笔来，把他们写出来！"但是，对于一个水利技术干部来说，实现梦想又谈何容易！为此，他又以一个农民儿子的坚韧，开始了在文学道路上的漫长跋涉，他写诗，写散文，写报告文学，写短篇小说；跑编辑部投稿，退了，再写，再投；拜文学的行家里手为师，考入西北大学作家班深造……终于，文学的大门在他面前敞开，艺术创造的成功向他绽出动人的微笑，继十几篇短中篇小说、数十篇报告文学等发表了之后，三十多万字的长篇小说《爱河》终于脱稿。仅从《爱河》出自一个技术人员之手这件事，我们就能感觉到作者那如泾、渭水般从两岸的高原丘壑、肥田沃土中充分吸收了营养的奔腾不息的激情、长流不断的柔韧和永远向前的追求。

恐怕只有作者自己才知道他为此付出了多么大的代价，这期间有多少不堪忍受的悲哀与辛酸！当作者把九百多页的书稿经由出版社编辑的审查，又送到笔者的面前的时候，我仍然能感到他那对自己的作品的激动和不安。

比起成熟作家的精心之作，《爱河》当然更有许多可以挑剔的地方，但是我仍然认为即使放在严肃的文学天平上，它也是很有价值的好作品。这里虽然没有宏大的史诗规模，却有伟大工程中的新鲜生活和令人耳目一新的人物；这里虽然没有深刻的思想和先锋意识，却有只有亲历者才会有的生活热情和真切描写；这里虽然没有"尖端"的技巧和手法，却有不乏感应着时代审美风尚的独特的艺术感觉和大胆的艺术想象。

在"文革"那样特殊的背景下，宝鸡峡水利工程重新上马了，尽管一时占了上风的帮派理论家们把它说成是对刘少奇批判的结果，与"走资派"斗争的胜利，但实际上领导、参与、支持这个工程的却是当时处境极为艰难的老干部、工程技术人员、下乡和返乡的知青以及广大的农民，而以篡夺党和国家的各级领导权为目的的"四人帮"的爪牙们却百般地破坏和干扰工程。宝鸡峡工程工地的斗争，既是当时全国复杂激烈的阶级斗争的反映，又有自己的特殊形式。《爱河》以朴素的笔触展现了这不幸年代中激荡人心的生活和斗争，表现了人民是历史的创造者和推动者这一昂扬的时代主题。但是，作者并没有停留于此，而是沿着这个方向开掘下去，寻找着决定这场斗争胜利的更深层原因。这就是由远古时期的大禹治水，中经秦郑国渠、汉白渠、唐三白渠，到民国的泾、洛、渭惠渠，乃至人民解放战争中的西府战役所一以贯之的前人受苦、造福后世，勤劳，务实等民族传统精神。正是这个伟大民族的不朽的精神风范和光荣的斗争传统，铸造了宝鸡峡工地上这些年龄、经历、生活地位各不相同的战士和英烈的不屈的灵魂。特别是那些被排挤出领导岗位的老干部、老知识分子，更为感人，他们不顾个人安危，顶着重重的压力和凶险，站在了最前列。陆政委、老专员、章指挥、刘总工程师，都是这些充满着民族的光辉和精神的共产党人形象的代表。他们是人民的儿子，是人民哺育了他们，给了他们力量；他们又是人民的杰出代表，人民的领导者和代言人。他们同沈平、塌鼻五叔、珍珍、诸山猫、张狗团等相濡以沫、患难相随、休戚与共的关系，构成了《爱河》这部爱的乐章的主旋律，也是我们民族精神的主旋律。这种主旋律，这种主题，或许要被人讥为陈旧，但也正因为如此，它才具有了更大的现实意义，才值得为之叫好。

水，这个地球表面最多的物质，在这些年才引起人们普遍的关注，但这种关注只存在于人们意识到它已经被污染、被浪费，从而已经匮乏到威胁人类生存的时候。而水在《爱河》中却成为一个独特的意象。人类缘水而生，而中国第一个被人熟知的英雄又是因治水而引起后人的无限敬仰。由他而始，中国历史和民间传说中与水有关的治世人物，也分外能获得人们的普遍尊敬；而翻遍中国的诗词、绘画，歌颂江、河、湖、海也似乎成为永恒的主题、永恒的美。这一切，不只来自梦萌作为一个水利工作者的职业的自豪感，还来自他对水与人民生活、社会发展关系的独特的认识。"水浇灌着我的诗心。我便是水，水便是我。我虔诚而执着地追求水的性格和风格"。水之于梦萌，已经成为对象化了的自然，成为美的理想和人格的理想。它表现为心头永远回响着母亲的呼号和沈平的视水利事业为自己的生命，也表现为如山猫、狗团这样的野性青年在水面前的忘我和沉静……"水魂一曲长天歌"，《爱河》正是一曲响彻云霄的当代的水魂之歌。沈平的母亲是死于水的，珍珍的父亲是死于水的，身上背负着永远诉不出的个人屈辱和苦难的王淼姑娘是为了水而触及法网并最终死于水的，而沈平的死虽然凄惨，却未必不是他所向往的——他将自己的血肉碾碎了，铸进大坝的泥土之中。而水又孕育着生命和爱情，在"文革"那禁锢生命和爱情的年代，是水库周围的山洞容纳了婉婉的新生儿，是如水的月夜成就了沈平的爱情，是水利工程促成了狗团和二品这对不幸人的婚姻……古今有多少人写水、写河、写江、写海，然而又有多少人像《爱河》这样，理性地思考过水，穿越历史空间地俯瞰过与水有关的人和故事？又有多少人赋予了水既浪漫又现实的灵性，写出了水的灵魂、水的神韵、水的品格？这是中国新时期文学的骄傲，也是中国人民的骄傲，是广大水利工作者的骄傲。

毋庸置疑，《爱河》作者具有文学艺术家的灵性和才气，他的想象力是大胆而奇诡的，他的笔触是流畅而浪漫的，前面已经说过，这来源于作者对作为历史创造者的人民群众的深厚感情，来源于对家乡土地上的历史和现实的深沉的爱，来源于对水利职业的自豪感和永不满足的求知欲望。《爱河》是一曲动人心魄的爱的颂歌，且他没有回避生活的困难，也没有刻意去美化和拔高自己钟爱的男女青年，而是如实地写出他们坎坷的人生历程、生活道路和复杂的性格。沈平曾经是一派红卫兵的头儿，干过亲者痛仇者快的事情；诸山猫也曾经是一派群众组织的干将，即使在水利工地上，他和张狗团也时时流露出封建行帮式的流氓习性。至于王淼那就更为复杂了，她曾经是单纯可爱的，但在遭坏人奸污后，产生了对生活强烈的报复心理，她对沈平的爱在作品的特殊环境下，可能是真诚的，但作者同时暗示了这也是对极"左"路线下的人性禁锢的报复，是一种空虚心态下的自爱，是对自己把握不了的不幸命运的抗争。如果说沈平、珍珍等青年对水利事业的投入是一种对理想的追求的话，那么作者对王淼、山猫这些复杂性格的人物的把握还缺乏更深入的分析和理解，但他们毕竟作为特定时代、特定背景下的人物真实地站起来了，给人以震撼，给人以思考，折射出较为丰富的生活内涵。

在作者给予更多的否定和批判的形象中，潘欣生应该说是比较成功的一个，成功之处在于作者没有把他简单化，而触及了这个性格复杂的成因。他继承了家族传统中恶的因子，在"文革"那样的社会环境中又得到了极端的发展，成为只要有利于自己向上爬，不惜出卖、陷害恩人和朋友的人。政治投机是"文革"中的时代病症，他于此可以说是得心应手、轻车熟路。然而比起哥哥潘雨生他毕竟多读了几天书，在出卖良心时裹上了一层文明的面纱，在干坏事时有时还受到良心的拷问。他支持王淼遗体进村，以及反对哥哥启棺、撕毁逮捕证等，乃至最后因沈平惨死的刺激而精神错乱，都说明了在正常情况下，这种人并非一无可取、不可救药。同王淼、潘欣生，甚至山猫、狗团等比较复杂、性格心理打上更多时代和历史的烙印的人比，作者对沈平从一个红卫兵头儿到忘我的水利战士的心灵历程却揭示得不够，缺乏必要的层次性。虽然如此，他在书中仍然不失为一个带有作者理想色彩的青年英雄，他有知识，热爱生活，懂得爱情和友谊，继承着一个多灾多难的民族不屈不挠的精神和美德。

承蒙梦萌同志抬爱，诚心诚意地请我为《爱河》作序，而我却因为诸事缠身，不能更为精细地研究作品，以上意见只能当作一个第一批阅读了作品的读者的不成熟的思考，如能对以后阅读这部作品的读者朋友有些微的启发，也将是我最大的荣幸。谨祝梦萌同志以此为起点，以一如既往的精神和毅力，谱写出更美更动人的水魂之歌！他具有这个条件，有不会令人失望的巨大的潜力。

（原载《小说评论》。作者时任中国小说学会副会长、《小说评论》主编）

《爱河》小识

刘建军

　　《爱河》的作者梦萌，是西北大学作家班第三届学员，入学前是水利工程师，在文学战线他是个业余工作者。看到一批又一批各行各业的实际工作者不断加入创作行列，这是令人感到高兴的事。记得在一次文学座谈会上，一位青年文学理论工作者提出，文学上的许多突破，常常会出自非专业的文学创作人员之手，这是一股更值得文学理论与文学批评注意的力量。这个观点当时得到了许多人的赞同。我们知道，赞同这种观点的人，不是要忽视或轻视专业文学创作人员，我们的文学殿堂，从来都是主要依靠专业文学创作人员支撑的，只是人们渴望专业的文学创作队伍不断得到扩充，不断补充新鲜血液。非专业的文学创作人员，他们从社会生活的广阔领域中走来，常会使文学的规范受到冲击，常会带来许多杂质介入文学创作。异质的相杂相搏，对于脆弱的正宗会是一种破毁，对于强健的主体会是一种催化、一次新生。从另一方面看，文学创作若摆脱了社会人生的广泛联系，只局限在狭小的天地里，营造飞跃，突破幻想，则只能创造出一些精致的摆设，缺少生命的活力。一般郑重的业余文学创作人员，是较少出现这种通病的。

　　我想，长篇小说《爱河》的出版，《爱河》作者梦萌被广大读者所认识，会使人们感到我省我国的文学创作队伍的根须广泛地深扎于生活的各个领域。身手不凡的文学新人，就会从广大的业余创作队伍中涌现。《爱河》也正好确证了，业余文学创作者献给读者的作品不会是贫血的产物。《爱河》是被丰满的生活素材所充满的作品，它所记录的时代、环境、事件都是确鉴可考的；它所描写的人物，就活跃在渭北平原的城镇村落；它所传达的喜、怒、哀、乐、爱、欲、恨，就是现实的人生情感交织；它所渲染的乡情习俗，正是现实与历史流贯中有地域特色的人生凝聚。小说以"文革"期间修建宝鸡峡水利工程为背景，它对陕西水利形势的交代和专业术语的运用，都加深了它的写实色彩。当年参加过工程的建设者们读到《爱河》，一定会想起许多亲切的回忆。并非亲身经历的一般读者，也会从作品中感受到工程的宏伟艰巨和渭北人民的献身精神。文学作品这种在认识上给人以启迪，思想上给人以震撼的力量，是那些内容空虚、苍白，只会玩弄一些技巧的作品所不具有的。只有扎根于社会、内容充实、有所追求的作品，才会具有思想认识上的震撼力。我不是说《爱河》在题材挖掘上达到了一个新的思想高度，我只想说，作者选取了一个牢靠的立足点，并采取了现实主义的挖掘方法，把混合着血汗的泥土端给人们看，它让人看到的是无法回避的也是无法掩饰的真实人生。这是实实在在的东西，深层的开掘，也只能孕育于此。

自然，《爱河》并不是一部实录性的作品，它虽有很强的现实性，却是一部虚构的小说。水利工程只是一个背景，推在前台的是作者想剖析渭北人民充满困惑的人生，特别是农村知识青年的生活与命运。"文革"摧毁了正常的人生道路，城市知识青年被下放到农村，农村知识青年也被禁锢在贫困的土地上，一代青年失去了继续学习和尝试在各种领域创造的权利。青年的活力是压抑不住的，水利建设工地成了他们发挥创造才能、体味人生、认识社会的特定天地。沈平、珍珍、王淼、欣生、巧儿、秋林等，怀着不同愿望和心思来到工地，投身到艰苦的劳动和芜杂的社会矛盾之中，经历着各种挫折和诱惑，在真善美和假恶丑的斗争中磨炼成长。

作者对这些人物寄寓了深切的理解和热爱。看到他们在人生道路上的蹒跚和失误，大多是由于青年的幼稚和特定政治环境造成的，追求真理、幸福和为大多数人献身，才是他们更值得重视的本质。沈平曾因历史的误会，当过一派红卫兵的司令，在工地又以莫须有的罪名被投入监牢，只有在与父兄的切实劳动中他才把握住了自己的命运，后来又将血肉之躯铸入了拦河大坝，实现了灵魂的涅槃。王淼似乎在游戏人生，对不真诚的现实有着强烈的复仇心理，尽管如此，也难以掩饰她对理想、爱情和奉献的渴望，她是被不正常的政治生活的洪流吞噬了。潘欣生似乎是不正常政治生活中的幸运儿，但他投机取巧、背叛恩人、出卖朋友，终因经受不住良心的拷问而精神失常。作者的爱憎是分明的，他透过现实的复杂现象，表达了明确的情感色彩，却没有简单化地归纳提纯，尽可能地呈现了生活原本的多成分多色彩。

作者认为人类文明中贯穿着一种显而易见的文化律动，这就是"水文化"。《爱河》也是围绕水展开了渭北的乡情与人生画卷。水是《爱河》中创造的一个总的艺术意象。始终受着干旱折磨的黄土地上的农民，人们很容易看到他们对黄土地的眷恋，而作为他们的子弟又是水利工作者的梦萌，却独特地深层次地看到他们对水的特别的依赖和渴求。水是他们赖以生存的基础，水是生命的源泉，水是一切美好的象征，水是人类世世代代的图腾和追求。小说把黄土地上的人民对水的渴望，表达得入骨入髓，催人落泪。水对渭北人民，不是现实的依绕环流、举手投足的亲近抚摩，而是一种精神和生命的追求，一种现实中还不能满足的欲望。

梦萌正是在这个意义上刻画水的形象、揭示水对人的意蕴的。水在他的笔下成了一切美好期望、追求的象征，所以他不惜让他钟爱的男女主人公葬身于水，让他们的灵魂不灭，随着波涛滚滚的水流，灌溉着黄土地，滋润着家乡的坡坡坎坎以及父老乡亲干渴的咽喉和龟裂的心田。梦萌在自己的创作中也追求水的风格和境界，他自况道："我决心努力实践，不断追求，创造出自己独特的风格。正如水之汹涌澎湃，奔腾不羁；无处不在，无所不容；永不满足，永无止境。总是一如既往地在'水平'中寻找新的突破，在突破中求得新的'水平'……"

这是一个很高的目标，梦萌在理性上已有了认识，在实践上尚待努力。水的风格和境界，只有在积存广厚之时，才能表现得更加充分和完美。

（原载《陕西日报》。作者系著名评论家，时任西北大学中文系主任、教授）

《爱河》的文化层面

韩梅村

这样的题目，并不意味着梦萌的这部长达三十四万字的大部头小说就是一部文化小说。就其本质而言，我以为倒不如说它是一部政治言情小说更为合适。因为作品主要展示的，是荒唐岁月里，关中西部数十万组织起来的民工在闻名全国的宝鸡峡水利建设工地上所表现出的忘我劳动和献身精神，通篇充溢着一种荒谬岁月里特有的人生荒谬感和沉郁情味。

然而作品提供给我们的一个明显事实却是，作家在建构作品主题的过程中，一直自觉进行着一种文化层面的追求。

这种追求我以为主要表现在三个层面。

其第一个层面是历史文化层面。

作品紧紧围绕人和自然的"现实关系"的描述，有意将现实和历史勾连起来，向读者娓娓叙述了关于宝鸡和咸阳的美丽传说，关于西府的地理形势及其历史演变，关于禹王庙及其辉煌的建筑艺术，关于秦先祖饮马处以及秦国发展强大与郑国渠不可分割的联系，关于近代水利专家李仪祉和泾惠渠的故事，并引入了《红楼梦》的有关内容和大量古代诗词等。类似这样一些传统文化有目的性的介入，其所昭示的意义显然是多方面的。就其显在意义而言，我以为：一是历史上秦国的兴盛发达与其重视农业、兴修水利有着直接关系；二是水之于人须臾不可离开；三是"西府"人民有着兴修水利的历史传统，中华人民共和国成立后的宝鸡峡水利工程正是其历史上兴修水利工程的延续和扩展。由于小说中历史文化层面的植入，就不仅使这部小说内容显得厚实凝重，而且还将宝鸡峡水利工程建设者们的劳动价值和生活意义在一种历史的参照系中予以清晰而深沉地显示。

其第二个层面为水利文化层面。

这一层面的一部分内容已包含于历史文化层面之中。如关于"宝鸡"名称的来历，禹王庙的传说，郑国渠、泾惠渠、李仪祉的故事等。其既是一种历史文化，更是一种专门的水利文化。另一部分则是专业的水利工程技术和用语。如珍珍搞的土壤干湿度化验，众多民工为之付出代价的大坝"合龙"等水利技术，固然属于水利文化。此外，小说中有一段关于沙子用途的叙述：

"沙子，乃是水利工程建筑的主要材料，浇注桥梁、渡漕、涵管、闸门、闸墩、溢洪道堰口、海幔、齿墙、消力池等离不开它，衬砌进水渠、总干渠、退水渠、廊道、竖井、排水沟等离不开它，预制各种混凝土构件也离不开它。"

这里面出现的一系列概念术语为水利工程所专用，而并不具有普遍性，毫无疑问，同样属于水利文化。由于水利文化成分的掺入，这部小说所展示的生活空间洋溢着一种水利工程所独有的气息，显示出一种严格区分于其他内容题材的生活和文化背景。

其第三个层面是生产、生活文化层面。小说中有一段关于龙尾村民工拉空架子车下坡的动人描述：

"那些胆大、敏捷、眼尖手快的小青年，空车下坡时竟能空中飞车，双脚离地，腾空而跃，并随时准确无误地用脚尖像蜻蜓点水般落地一撑，以此掌握平衡和扭转方向，然后从密密麻麻的车辆行人中一飞而过，惊险的程度不亚于杂技场里的飞车走壁……"

这是坡塬地带农民在长期拉车实践中，出于节省力气、提高效率等目的而总结出来的一种拉车技艺。而作品一旦将其物化为审美对象加以观照，就不仅给人以紧张热烈的实感，而且明显具有一种令人心情为之昂扬奋起的文化意义。

而小说数次写到的龙尾村人"对诗"的生活习俗，不仅对表现龙尾村人的个性气质和愿望要求具有特殊效用，而且成为作品情节发展中一个不可或缺的环节，其文化色彩也是很明显的。

显而易见，梦萌小说中文化层面的自觉嵌入，是一种积极的饶有意义的创作倾向。我们看到，随着现代科学技术的发展和进步，人们的社会分工愈来愈细密，专业、行业壁垒日渐明显。这种专业化、行业化形态必然会以种种方式影响和改变人们的心理和行为；而作为个体的"人"一旦被纳入某一具体"行业"，其心理活动和言谈举止势必主要地要在这一"行业"内部进行。这样，作家要想准确表现生活和人物，就不仅需要熟悉人物生活的一般环境，更需要熟悉其心理和行为方式产生的"具体行业环境"（其总是包含在一般环境之中）。因此，只有从人物生活的具体行业环境着眼，准确写出人物在具体行业中的喜怒哀乐和七情六欲，才可能真正真实地表现出生活和人物。所以，在作品中恰当地融入行业文化（包括相关的行业历史文化），就成为作家在艺术创造过程中的题中应有之义。纵观梦萌小说中文化层面的建构，不仅为其人物心理和行为提供了一个赖以为生的独特而具体的活动场所，而且其对作品情节的发展、人物性格的刻画，都起着无法替代的作用。实际上，其已成为整个小说的一个有机组成部分。

当然，文化层面，作为一种新质，其融入作品时，无可避免地要遇到传统表现程式的有力排斥。因此，文化层面，特别是那些专业化程度很高的文化层面，要实现与传统表现模式的有机结合，使之成为作品中无法剥离出来的必要因子，难度是相当大的。《爱河》在这方面已经做出了很大努力，并且已使其成为这部小说的一个重要特征；但由于客观难度很大，所以仍无法避免读者在最终阅读过程中偶尔出现的阻隔感，这是需要作家做进一步的追求的。

（原载《咸阳日报》。作者系著名评论家，时任咸阳市作协副主席、咸阳师范学院副教授）

梦萌与《爱河》

王治学

关中平原有一篇水写的文章，就是宝鸡峡引渭灌溉工程，那一条条血管一样遍布千古旱原的大小渠道，碧波粼粼，使人不由得想起苏伊士运河，想起万里长城，想起伟大无比的人民的力量。

有水写的文章，然而有写水的文章吗？

有。咸阳有个梦萌，写了一篇写水的长文章。这长文章的名字芬芳葱茏，像一首情歌的名字——爱河。

梦萌出生于咸阳，一生坎坷，经历不凡。他细高个儿，丛林般的连腮胡，双目炯炯有神；两条鹿一般长的腿，颇善奔波；过去主要写诗，尤喜民歌体；喜幻想，不苟谈；视书如命，弄文成痴；勤奋努力，锲而不舍。他干了十多年水利，爱水、熟悉水、熟悉与水有关的人物和事件。这些人和事在他心中蕴积、发酵，渐渐有了酒味。于是这个精瘦的汉子便醉醺醺地做起了关于人和水的梦，写了许多有关水的诗、散文和小说。其实，他真正走上文学道路还是在 1988 年，那时他考入西北大学作家班，使长期积累的情感与文字如江河奔泻，一发而不可收。长达十一万字的中篇小说《绿太阳》刚刚脱稿，他又开始了长篇小说《爱河》的艰难创作。

《爱河》是一曲气吞山河、撼人心魄的爱的颂歌。小说以修建宝鸡峡水利工程为背景，通过对青年男女爱情故事的描写，展现了不幸年代中激荡人心的生活和斗争。主人公沈平、王淼对生活充满执着，他们是生活的情人，把生活拥抱得那么紧，对生活那么依依不舍。但当生活需要他们交付出最宝贵的生命时，他们又死得那么洒脱，那么热烈，那么悲壮。梦萌写得很苦，很累，很真切。因为他具有严肃的创作心态，不故弄玄虚，亦不故作高深，更不追求外界的追捧。他老老实实地写自己经历过的生活，接触过的人物。他用他忠实的笔表达了他真实的感觉，而不是为了迎合时髦便将自己扭曲得怪模怪样。他的笔下是一个真实的自己，而不是异化的外物。

《爱河》出版后，国内有十多家新闻媒体对此书做了报道介绍，有多位评论家撰文评述此书。李星称"这是一曲响彻云霄的水魂之歌""是中国新文学的骄傲"。刘建军评道:"作者选取了一个牢靠的立足点,并采取现实主义的开掘方法,把混合着血汗的泥土端给人们看,它让人看到的是无法回避的也是无法掩饰的真实人生。"肖云儒写道:"宝鸡峡灌溉工程在进入作品之后,对象化为一条流淌着秦人之爱的河。其中汇聚着世代秦人河似的爱,深挚的爱,苦痛的爱,堵抑终而畅达的爱。有歌的翻飞,有泪的沉浮,有人生和命运的回流。"

梦萌,你还有多少没有做完的梦?读者期待看到你的更多更好的作品。

（原载《三秦广播电视报》。作者系资深记者、编辑）

生命的狂欢与精神的涅槃

——评梦萌长篇小说《悲喜娱乐城》

王仲生

小说，尤其长篇小说，必须要"好看"。好的长篇小说，不只要"好看"，还要"耐看"。"好看"而又"耐看"，要做到这两点，的确很不容易。梦萌的新作《悲喜娱乐城》，可以说是一部既"好看"又颇为"耐看"的长篇小说。

小说以20世纪90年代初市场经济浪潮乍起的北方某市——胥州为背景，写了一群文化人和市井小人物的生活遭遇，以及他们为了一个所谓的"鬼城官司"而经历的人生悲喜剧。

小说主人公是一个叫殷小铨的无业青年。这位自诩膨胀诗人兼天才雄辩家的殷小铨，是一个在市场经济的风起云涌中失败的弄潮儿。以文化人的精神蜕变与困惑为切入口，透析当下中国社会生活与生存境遇，似乎是目前小说创作中一个共同的命题。虽然如此，《悲喜娱乐城》仍呈现出自己的鲜明艺术个性，这就保证它在同类作品中脱颖而出，为自己赢得了广大读者的喜爱。

殷小铨才华横溢而且酷爱美色，他与作家朋友费希蒙在毫不知情的情况下，为了金钱而参与"老干部"连向北策划的阴谋——"鬼城"集资案中，从此陷入了长达四年之久的法律纠纷。小说以集资案为线索，一方面笔饱墨酣地刻画了殷小铨精神世界的"狂欢"与生命历程的"涅槃"，一方面又相当有深度地展示了胥州市官场、商场与情场的激烈争斗和角逐。小说写得洋洋洒洒，文字轻快而不乏调侃，虽然略有"飘"的感觉，但仍能吸引读者，可读性相当强。

小说情节离奇却可信。小说本来就是虚构的，并不一定去写生活中可能有的人和事；"天方夜谭"式的故事，有时竟然成为活生生的人生现实。所谓艺术的想象力，在这变幻中，往往会相形见绌。

连向北临终前与情人晶晶预设了一场财产阴谋，晶晶又与新情人丁干然结成了同盟，再回过头去对付以她的初恋殷小铨为代表的集资户，而集资户里却有分别以"三个金字招牌"和"三大本领"自居的两位"通天"的老夫人，这就使这场官司转变为胥州官场权力斗争中的重大筹码。连向北何许人也？他是鬼城经理，也是前任市委书记的兄弟和现任中院院长的叔叔。丁干然又有何背景？他不但是现任市委书记的外甥，而且是直接掌握"鬼城官司"命运的经济庭庭长和后来的法院院长。金钱与权力就此联姻，法律面临挑战。一场虚设的"鬼城官司"，就这样牵动全市上上下下，"搔痒了整个胥州城的神经"。

鬼城一案的曲折之处还在于，连向北又是晶晶亲生母亲金银花的老情人。连向北与金银花的私生子——独臂哑巴，不仅目睹了此案的全过程，而且关键时刻给殷、费打了一个神秘电话，使案情急转直下，集资户出乎意料地了结了这场官司。不仅如此，独臂哑巴又神出鬼没地一把火烧掉了鬼城，还世界一个清白。而殷小铨偶然得知，这一切罪恶和阴谋都源于晶晶时，便产生了"以暴施暴"的复仇心理，但当他发现鬼城正遭遇一场大火时，又义无反顾地舍身救人，升华了自己的灵魂。小说的确写得热热闹闹，故事曲折，巧合与偶然让情节奇峰迭起，带有很强的传奇色彩。

传奇性是中国古典小说的一大特色，也是民间文学的诱人之处。《悲喜娱乐城》写得"好看"，这与作家梦萌对传奇性的艺术追求显然是分不开的。而梦萌的高明之处还在于，作品努力向着人性的深度掘进，这就使他的小说不但"好看"，而且还颇为"耐看"。

殷小铨是个性情中人，在情场，可谓如鱼得水，正如费希蒙戏称，殷小铨的私生子多得能编成一个加强班。殷曾与晶晶相恋并偷食了禁果，又在深圳卖书稿时与湖南妹雪儿同居而且使其怀孕，还有与姣姣未婚先孕、与市委书记夫人频频幽会。在两性关系上，他自有一套逻辑道理，可谓"性解放"的先驱。殷的诗人的激情不只在性上昂扬澎湃，而且在官司的审理中也是喷薄如潮。殷善于雄辩，甚至辩得资深律师都连连败北。他的生命的活力，在"性"，在"权"与"法"的较量中，可以说发挥得酣畅淋漓，进入了生命的狂欢。一切世俗的禁忌，在这场狂欢中，都失去了分量和光芒。如果从道德伦理的角度审视，殷小铨当然瑕疵多多，属"问题人物"。但小说，如巴赫金所说，作为生命狂欢的形态，它常常会对生命的存在既否定又肯定，既埋葬又再生。一个既成的限制人的世界被瓦解，一个属于生命的新天地正在诞生。这当然是一种审美意义上的乌托邦。就人性的解放与自由而言，殷小铨的畸形人格可以说是扭曲的、变形的。但这扭曲和变形，它的复杂的构成因素，更让人深思。

让人深思的还有，殷小铨的性格或人格在小说中，有一个变化发展过程。他与姣姣的婚姻，不能说不严肃，为了支撑起这个家，他居然蹬起了三轮车；在与市委书记夫人邂逅后，他也始终保持着一定分寸。当鬼城大火熊熊燃烧之际，他突然清醒了，走出了他诗人的幻觉世界，在生与死的抉择中，将复仇的火炬转换为闪耀着人性光辉的旗帜，奋不顾身，冲入火海，抢救他人的生命，完成了他生命里程中的精神"涅槃"。

殷小铨没有立即被承认为"烈士"。"烈士"称号是在费希蒙与独臂哑巴的通力合作之下，经过反复庭审之后才获得的，但那已经不重要了。这告诉我们，《悲喜娱乐城》的传奇性，主要在人物关系的戏剧性巧合与情节发展的跌宕起伏上，还在人物性格逻辑的严格把握上。这就是说，传奇性与真实性在小说中，不仅不相互挤对，反倒是相辅相成的。这种真实性，主要表现为作家梦萌对他笔下的人物的处理。我们看到，小说中的主要人物，不是漫画式的或者平面化的，作者力求从生活的本来面目出发，充分揭示人物的复杂性与多样性。

梦萌是一位很有社会责任感的作家，《悲喜娱乐城》承续着他创作的一贯追求，即对于社会健康发展的热切关注。小说中曾提到："在此混沌不堪、人欲横流的情况下，难道唯有法律还是一方圣洁乐土吗？"这当然不只是梦萌的隐忧，也是广大读者的共同关注点。殷小铨作为一个矛盾的复合体，无论从精神现象的视点来看，还是从转型期的文化人的价值取向来看，都为我们提供了许多思考的空间。

（原载《新大陆》。作者系西安联合大学教授、著名评论家）

小说象征体的设定与调度

——读梦萌长篇小说《悲喜娱乐城》

杨焕亭

《悲喜娱乐城》无疑是在作家梦萌的创作生涯中的一次带有里程碑意义的尝试和探索。这种探索不仅仅表现在他多年来坚守的文学话语的重塑和变革，更重要的是他以一种与时俱进的创作姿态，通过对象征体的智性设定和从容调度，完成了他对当代中国经济与文化深层矛盾的感性书写和文学释读。

一

象征艺术在长篇小说创作中的创造性运用，是20世纪90年代后期文坛上一道引人关注的风景线，是小说结构风格的一种前沿嬗变。从李国文的《花园街五号》发端，中经贾平凹的《废都》到陈忠实的《白鹿原》，形成了象征艺术创作的基本基线。毫无疑问，《悲喜娱乐城》是这条藤蔓上清香馥郁、青枝绿叶的新果。如果说，《废都》的作者借助"埙"这一古老的乐器宣泄了一种弥漫在当时文化人群中苍白和无奈的"世纪末"情绪，那么，当我们伴随着"鬼城"案件的潮涨潮落进入作品主人公亦悲亦喜、亦庄亦谐的命运历程时，便不难发现，"鬼城"在作家的审美视野中，绝不仅仅是为人物营构的典型环境，也不仅仅是穿缀故事链条的线索和环节，而是被作家从哲学的角度诠释为一种畸形的文化符号，一种个性的语体，一种负载着人物理想与现实相背离、生存与环境相冲突、灵魂与肉体相裂变的价值象征，这标志着梦萌对传统文学理念的超越和其创作水平的质的飞跃。

美国著名的人类学家怀特说："象征是所有人类行为和文明的基本单位。"而西方另一位文艺理论家劳·坡林说："象征的意义可以粗略地说成是某种东西的含义大于其本身。"在《悲喜娱乐城》中，"鬼城"这一象征体的设定背后潜藏着作家凝重的文化目光。当中国人忽然在一个早晨打开门户，遭遇色彩斑斓的欧风美雨时，当生命主体在计划经济的体制下蹒跚了三分之一世纪而被卷入市场经济大潮的旋涡时，当国人赖以支撑的传统理念遭遇经济行为的冲击时，历史的变迁并不像历史学家所描述的那样像射线一样延伸开来。对新生活心理准备的不足，使得中国人心灵的大陆在史无前例的波峰浪谷中发生了多元的倾斜。泡沫经济、虚假繁荣让胥州市的市民们眼花缭乱、亢奋迷茫。它所酿造的喧嚣而又纷乱的文化氛围、浮躁而又幼稚的文化心理、多彩而又杂芜的文化生态鬼使神差地主宰着从费希蒙到殷小铨、从连向北到南彩萍他们的情感世界和道德行为。

胥州市的市民们趋之若鹜地集资修建作为文化娱乐项目的"鬼城"，正是这种畸形的经济和文化所孕育的"怪胎"，作为作品中承载人物命运的载体，它是具象的。一座"鬼城"，铺陈着胥州市民从渴望富裕到上当受骗的沧桑步履；交织着以费希蒙和殷小铨为首的一批文化人从追求价值到理想幻灭的悲喜人生；演绎着南彩萍、花大姐这些曾经享受过权力荣耀的女人在权与法的较量中苦苦追寻的心路历程。然而，我们关注的是，作为一种文化象征，它在作品中，被注入了精神批判和文化批判的丰富内涵，其存在和消亡的意义已经远远地超越了它孕育的故事和人物本身。"鬼城"其兴也勃，其去也忽，在大火中结束了它短暂而轰轰烈烈的生命的意象描述，把作家的艺术境界提升到哲学的层面，是当代中国在市场经济原始积累中历史成本和文化代价的缩影，"所有的在某种形式上或在其他方面揭示出意义的现象都是符号，尤其在当知觉作为某些事物的再现形式或作为意义的体现，并对意义做出揭示时，更是如此"，它的凝重的含量远比作家所精心营构的故事传奇更具震撼力量。

二

小说是艺术的文本，在小说作品中引进象征体，不可能独立于作品的故事情节和人物形象之外。相反，它总是通过作家艺术直觉的从容调度而被故事和人物外化出来。作为一位有着漫长创作经历的作家，梦萌在这方面的探索无疑是游刃有余的。首先，"鬼城"隐喻着人物的悲剧命运。在作品中，连向北这个人物的生与死是耐人寻味的，作为"鬼城"的集资首倡者和总经理，他一走进"鬼城"，就作为一种文化符号，不断地传递着这一文化"怪胎"悲剧结局的信息，所以，他的死在某种意义上是"鬼城"这一象征体的辐射和延伸。而晶晶、殷小铨的葬身火海，又何尝没有从另一个侧面象征着一种"变态"文化的短命呢？文化生态从根本上说是特定历史阶段经济形态的反映，建立在泡沫经济基础之上的畸形文化必然是没有生命力的，不是在规范和秩序中被取缔，就是在激烈的竞争中被挤出激流。

其次，"鬼城"隐喻着人物的精神冲突。对于费希蒙和殷小铨来说，他们本来都是一群富有良知、坚守道德、才情横溢的文化人，他们追求着自己的追求，爱着自己的所爱。然而，这一切都因为与"鬼城"结缘而被生活的变奏所扭曲、所异化；他们的人生轨迹因了一座"鬼城"而改弦易辙，他们执着的文学情结被光怪陆离的世俗和人欲所淹没而经历了从沉沦到回归宁静的曲折的过程。作家笔下的殷小铨是一个十分丰满的人物，在他的身上，纵欲的游戏人生的态度与对纯真爱情的向往并存，正义的善性与流俗的行为相伴，价值的坚守与理想的幻灭相交。他是一个矛盾体，"符号是艺术篇章最基本的元素，符号构成了艺术的表达"，殷小铨性格中的这种矛盾是"鬼城"这一象征体的具象折射。在这部作品中，独臂哑巴这个人物虽然着墨不多，然而，他的行为最好不过地表现了"鬼城"作为作品象征体的话语范式。他对发生的一切在许多场合保持着沉默，并且因了这种沉默而往往被人忽视，确实扮演着一个"幽灵"的角色，从官司的来龙去脉，到许多故事的细枝末节，都与他有着千丝万缕的联系，他的阴暗的心理本身就囊括了许多象征意蕴，他对于引导读者破解"鬼城"这一象征体的意义远远地超出了他本身存在的人物价值。在这里，这个角色多少透露出作家对庄子人生哲学的承继。庄子曾经感叹人在浩阔的宇宙面前十分"渺小"，如同"稊米之在太仓"。如果说，在茫茫的宇宙中，人的渺小感源于对世界无限性的感知，那么，在社会领域，人对于命运的无奈则主要来自人作为人格主体的冷漠。而这些恰恰是殷小铨始终缺失又苦苦追求的，所以当他冲入大火并叩响死神门环时，仍念念不忘地要做一个"好鬼"，乃至因舍身救人而葬身火海，最终使自己的灵魂在人性的崇伟和人格的尊严中得以升华。透过作家对人物生存状态的追溯，不难看出，营造一个人的自尊和人的主体存在的和谐社会，正是作家文化批判的价值所在。

再次，"鬼城"隐喻着作家浓重的人文关注。人性的伟大辉煌，正在于人的主体和人的"为人"的意识。也许正因为这一认识，在这里，"鬼城"与"鬼城官司"已不只是艺术的客体和具象，而实际成了人性中真与假、善与恶、美与丑的较量和交锋。围绕"鬼城"官司而发生的风风雨雨，从南彩萍、花大姐对权力膜拜到最后不得不借助法律维护自己的权益，从高挞对上访群众虚与委蛇到冯喜搜求伪证，从蔡悒被"拼时间论"淘汰出局到丁干然的权力得而复失，从破译金银花对哑巴儿子的感情密码到独臂哑巴灵魂畸变直至纵火行凶……说到底是一种人文现象，是因为一个绵延了数千年的"幽灵"在人们的潜意识中徘徊，那是一种精神的赘负、一种心理的"鬼城"、一种文化的惰性，是"鬼城"作为文化象征广延性的艺术拓展。如果我们不能够清除长期盘踞在灵魂深处的"鬼城"，在文化意义上实现权力、法律、道德上"以人为本"的复归，就不可能真正确立人在历史发展进程中的主体地位。从这个意义上说，"鬼城"的焚毁和主人公殷小铨的死，是一种生命的涅槃，一种精神的更生，一种文化的扬弃，是《悲喜娱乐城》象征艺术创造的最大亮点。

三

文学作品中的象征体是一种立体的存在，它不仅是作家透视文化形态的话语实体，也是交织各种关系的枢纽，"鬼城"是在倾斜的文化背景下人与社会、人与人之间关系的聚焦点。

一是人与社会关系的常量和变量取决于物质"鬼城"和精神"鬼城"的关系，在这里，人的理性和智性被一种骚动的情绪所驱使，人的追求离开了人作为世界最高本质的轨道而被蒙上了一种"时尚"的氤氲外表。因而，费希蒙和殷小铨在街头邂逅而引出的关于开办文化中心这样一个庄严的课题不但没有营造出一片文化的净土，反而令他们陷入了"鬼城"的精神囹圄。我以为，第三章是解读全书的钥匙，作家提出了一个十分发人深思的问题，这就是"人怎么喜欢鬼故事"。作家借助连向北的导游，一步步地把两个很纯真的文化人引进了一个"鬼"的世界，磨掉了他们思想的光彩，消解了他们对社会的使命感。从此，"鬼城"就成为他们命运中驱除不掉的噩梦，始终缠绕着他们，直至把殷小铨推向死亡。这个长期盘旋于人们心中的"鬼城"是什么呢？游完"鬼城"后，连向北有一句意味深长的话，他对费希蒙和殷小铨等人的价值的认知只有一句话，就是："其实现在我们也不缺钱，只是想用你们文人的大名，这就叫文化效应、名人效应。"这就是说，他们要的是一种形式，而根本不是什么内涵。这样，主人公衡量自己与社会关系的价值尺度不再含有文化人对于故土的"赤子"情怀，而成为一种索取、占有、雇佣的利益关系。社会对于他们，不是生命的襁褓、精神的母体，而是他们浪迹人生的游戏场。而这些文化人后来的一系列行为几乎都可以从这里获得解释，这无论是在思想上还是艺术上都令人震惊的。

二是人与人关系的走向完全被"鬼城"所主宰。如果说,物质的"鬼城"是对于主流文化的一种颠覆,那么,精神的"鬼城"则是对人际关系常态的颠覆。于是,朋友之间无"忠恕"可言,恋人之间无"真诚"可论,可以用一张旧船票不断地登上熙来攘往的客船,"真与美""善与诚"顺着随波逐流的船舷飘落在被遗忘的角落。一方面,费希蒙和殷小铨因一种文化情结而走在了一起,另一方面,他们又为同一个女人而各怀心思。费希蒙爱着晶晶,但晶晶却将他拒之门外而向殷小铨投怀送抱。道德和情操在这场情感游戏中对人际关系的约束显得如此乏力和无奈。一方面,在南彩萍的心目中,仍然对曾经被自己推荐过,后来成为胥州市委副书记的高拨充满希望;另一方面,高拨却用一种表面上谦恭的虚伪应付当年的老上级。而这一切,又都是在一种"公允"和"随和"的氛围中冠冕堂皇地构成了一种微妙的"冷落"和"疏离"。一方面,法官丁干然在晶晶的温柔之乡中干着卖法、枉法的勾当;另一方面,他却堂而皇之地坐在蔡恺的办公室内争论着案件的真伪,并且唆使冯喜向蔡恺行贿。有一位伟人曾经说过,经济现象背后隐藏着的是人与人之间的关系。在一种没有法治、没有秩序的经济背景下,人与人之间不可能建立和谐的、新型的、民主的、透明的关系。

值得一提的是,作家在调度小说象征体时所表现出的颇为深邃的思想向度,是耐人咀嚼的。"鬼城"虽然被烧毁了,然而,"鬼城"纵火案并没有结束,在小说结尾,费希蒙意味深长地对养子(殷小铨遗孤)说:"明天是你们的,就由你们安排吧!""但要答应我,上街要遵守交通秩序,去公园要遵守游戏规则。"这不只是训导养子的一家之言,更是对社会的一种告诫和劝勉,是在经受了炼狱般的"鬼城"官司后发自肺腑的一声呼吁和呐喊。在商业社会,随着经济交往的活跃与多变、社会关系的开放与多元、感情世界的丰富与敏感,人们多么渴望道德的匡正与法律的保护啊!这是一个古老而永恒的话题,小说也没有给出最终答案,而是把广阔的思考空间留给了读者,读来引人深思。

这部小说在艺术上也有许多可圈可点的地方,作家赋予笔下的人物以多面的、立体的性格。如晶晶的纯情和风骚、花大姐的肤浅和执着、独臂哑巴的沉默和阴冷,都给人留下深刻的印象。作品的语言也很富有张力。当然,从文学批评的角度出发,我也不能不指出作品留给读者的诸多遗憾。首先是语言的风格不够协调,雅者过雅,脱离了人物的角色特征,而俗者却过俗,破坏了作品的整体美;其次是在叙事过程中嵌入了作者过多的、游离于主题之外的议论,显得过于生硬。可以看出，作者对于新的叙事方式和话语环境的探索还没有达到理性的自觉探索。尽管如此，这并不影响我们从整体上对作品的思想内涵和艺术价值给予好评。

（原载中国作家网、当代文学艺术网）

悲喜皆翩跹

——读梦萌长篇小说《悲喜娱乐城》

邢建海

读梦萌的长篇小说《悲喜娱乐城》（下称《悲》），我想这定是一次悲与喜的翩跹——既是作品中人物的翩跹，也是读者的翩跹，更是作家自身的翩跹。

评价《悲》必须找准作家的类型。丰富而曲折的生活造就了梦萌，惯用写实手法的生活型作家应算是对他较准确的定位。而"新写实主义"的现实主义风格在《悲》中表现得尤为突出。"写实"在于真实描绘，就是作家把自己放在世俗的生活环境中，与人现实的生存状态发生密不可分的联系，这是作家的平民意识所决定的。"写实"加上一个"新"字，是因为作品更多地追寻普通百姓的身影，关注那些人们早已司空见惯、熟视无睹、麻木不仁的生活境遇和与现实社会的适应与调和，其最显著的特征是对现实社会不露声色的针砭和无可奈何的默许。

追求利润最大化和填补精神空虚是商业社会的两大特征。刚刚富裕起来的普通百姓，一方面要使手中有限的钱尽快增值，另一方面又急切地渴望新的精神享受。于是乎，在这个叫作胥州的城市里便悄然崛起一座以集资形式经营的鬼城娱乐城。在这里，"鬼城"只是个皮囊和载体，集资户也不过是尚未扩散的"癌细胞"，而集资这个"亚金融"则是社会的一大肿瘤。正是这个肿瘤，引起了一场"搔痒整个胥州市神经"的"鬼城官司"，并因此衍生出又一场轰动全省的娱乐城"纵火杀人案"，以及纠缠其间的一幕幕亦悲亦喜、亦恨亦狂的爱情、亲情的故事。一场官司打了四五年，因一个突然变故而不了了之，这不但是人性的无奈，也是法律的悲哀。《悲》就是在这种背景下，描写了一群平民小人物和市井文人的生活况遇、悲欢离合与爱恨情仇，展现了商业社会的弊端，以及充满弊端的商业社会给人们带来的振奋与希望、惶惑与不安。除了集资这个大事件外，作品还对"集体无意识"中如传销潮、气功热、抢购风和假冒伪劣产品等焦点热点问题不经意地进行了贬斥，这无疑使作品又具有了批判现实主义的某些特征。

《悲》中的男主人公殷小铨，是一个所谓"新新人类"的现代青年。他的不幸身世和流浪生涯，决定了他必然是一个物质的乞丐；但他诗人的癫狂和文人的旷达，又使他成为一个精神的贵族。这种双重性格，使他在改革开放大潮中既如鱼得水，又处处遭遇暗算和愚弄。他因文而略得金钱，因金钱而陷入"鬼城"，因"鬼城"而涉入官司，因官司而跌入四个女人的怀抱，因女人而走向生命的涅槃。这是他个人奋斗的全部历程，也是他亦悲亦喜的人生舞台。他当过代理教师、记者、广告员，蹬过三轮、开过摩的、卖过书稿，又为二百多名集资户打了四五年官司，因此而挨过毒打、遭过车祸、戴过手铐、受过拘禁，但他始终没有低下尊贵的头颅，始终高扬着人文精神的旗帜，甚至当他为复仇而叩响死神的门环时，仍念念不忘要做一个"好鬼"。他陪伴在产房分娩的爱人那一节，更是对生命与死亡深彻的感念和体验："痛苦是生命的窗口，前进一步就是死亡，后退一步就是快乐。"这是多么鞭辟入里的见解和思考啊！

当代现实主义文学作品中，对文化人的成功刻画大致分为两种，一是窝囊（如《牧马人》），二是精明（如《编辑部的故事》）。而"新写实主义"的《悲》则着重表现文人的自强自尊、肝胆之气、良知不泯、正义不丢，以及人力与境遇无法征服的人文精神和人文情怀，显示着时代的差异、环境的不同和人格的超越。但同时，殷小铨无论是从文还是经商，都充满着盲从，"浮躁、混沌、膨胀、正义、善良、新潮"成为他人生和生活的特征。他屡遭不幸却从不认命的顽强，仗义执言又时不时拨拉自己小算盘的精明，玩世不恭却取悦于市长夫人的投机，对爱情忠贞却不无轻狂随意的洒脱，要复仇却表现为"向善"的意志，等等，这正是中国文人的悲凉所在。看似个人行为，实乃通过"钱、权、情、法"透射出的必然的社会行为，带有深刻的时代烙印。

费希蒙是男二号，但很容易被看成是一号人物，他的故事情节多而且穿插到位。作为另类文化人，他所表现出的成熟、勇气、胆识，一直是殷小铨这个角色的衬托，某些方面还是支撑。但他也无时不在经受"鬼城官司"和"造娃试验"的痛苦煎熬，承载着人性与天伦的双重苦厄。当他最终为殷小铨雪洗了屈辱并抚养起他的两个遗孤时，也就获得了心灵的慰藉和人文精神的不朽。

女一号"大众情人"——美女晶晶见利忘义、攀附金钱和权势的内心展示，有一定的现实代表性，其嬗变过程又具有一定的合理性。她的聪明和美丽是一种资本，但她经不起商品社会的诱惑，致使灵魂扭曲，沦为一个情场巫婆并最终为情所毁。如果说她与殷小铨的初恋还是纯情的话，那么与其母老情人"鬼城"经理连向北的畸情则明显多了金钱的铜臭，而与法院院长丁干然的媾和则完全成为色与权、情与法的交易。这种多重性格的刻画和发展，令人物性格饱满，跃然纸上，无疑大大缩短了读者的接受距离。

连向北、金银花和独臂哑巴应视为另一组合的人物，他们性格复杂而且丰满，构成《悲》难以割舍的又一矛盾复线。特别是独臂哑巴，他是连与金四十多年前的私生子和四十多年后的弃儿，苦难和不幸使他成为一个哑巴、独臂、乞丐、"被踢来踢去的皮球"和"鬼城看门的一条狗"，同时也造就了他狠毒又善良、自愎又坚毅、野蛮又正直的性格特质。他是"鬼城"一切罪恶和龌龊的唯一见证人。但他不知如何揭穿阴谋和伸张正义，无知地选择了"纵火杀人"的复仇方式，而被杀者不但有他同母异父的妹妹晶晶，也有他的救命恩人殷小铨，这一悲剧结局是何等残酷啊！

另外，《悲》在重要情节、事件的转换和多头矛盾的交叉梳理上，所运用伏笔和复线的娴熟，是基于找准了故事内在的关联，才使得整个结构浑然一体，故事曲折离奇，情节跌宕起伏。不足之处是语言表达稍显迂回烦琐。再者，"鬼城"作为中心事件和各种矛盾的焦点，隐喻和象征意味是显而易见的。"鬼有好鬼，人有坏人，人鬼易位，鬼人合一"，这种恍惚中的感觉和体验，不但唤起古老的哲学与美学话题，也使"鬼城"成为大千世界的一个缩影。人不人、鬼不鬼的本能内质，是令人性堕落和社会腐化的毒菌，在人治大于法治的社会里犹有滋生繁衍的气候和土壤。这是作家价值取向的一笔重彩，但心路并非宽阔，有待拓展。由于《悲》关注的是个体、小群体精神状态的表达，即对人的生存本能写得很多，所以鲜活感、现场感甚至参与感都很强烈，自然又增加了作品的可读性与欣赏性。

不妨从文化角度审视一下《悲》的现实价值。这是以殷小铨为代表的现代文化（膨胀诗人），与以连向北为代表的传统文化（鬼城），以及与以丁干然为代表的腐朽文化（情法交易）的一次大碰撞。"鬼"这个古老的民间文化被开掘出来，经过现代化灯光、科幻、影视的包装，成为当代人休闲娱乐和精神刺激的玩偶。但钱、权、色、法的自觉或不自觉的侵入，又使其变了味，成为滋生腐化堕落和孕育悲剧的温床。此时，自诩膨胀诗人兼天才雄辩家的殷小铨的介入，如舞会和文艺沙龙等，必将受到两面夹攻，其结果可想而知。《悲》的这种以个体话语占主导地位，近乎客观、冷峻的描写、思考，直面人生和生命演进过程的种种悲与喜，也浸透着人生的艰辛和困惑。这又使《悲》不同于通俗、时尚的流行作品，实际是一部沉重而严肃的长篇小说，无不充斥着现代文化的倾向和色彩。

（原载《新大陆》。作者系自由撰稿人、青年评论家）

访《悲喜娱乐城》作者梦萌

范 超

梦萌是陕西作家群中日见强实又具有社会责任感的作家。除了长篇小说《爱河》、中短篇小说集《绿太阳》之外，还出版了两部散文集和几部报告文学集。有的作品被多家报刊重复转载，有的还被介绍到国外。省内外有六十多位专家学者对他的作品评论推介并给予了很高的评价。日前他的另一部长篇《悲喜娱乐城》由大众文艺出版社重点推出，并引起文学界和读者的广泛关注。为此，记者就读者关心的几个问题专访了梦萌先生。

问：梦萌老师，能谈谈该书创作和出版的情况吗？

答：该书约三十二万字，分五十七个章节，于2000年春完成，历时一年，三易其稿。李星和人民文学出版社李建军是第一批读者，根据两位专家的意见，我又做了一次大的修改，这才送交出版社。书稿在京运作一年多，正要开机付梓，由于出版社方的原因又耽搁了一年多，真是难产啊！

问：据王仲生和邢建海等论家撰文称，这是一部很有分量的严肃文学，为什么要用这个颇具商业意味的书名？

答：该书原名《情祭》，出版社拟改为《逍遥娱乐城》，出于无奈，我又改了两个字，这才成了《悲喜娱乐城》。而且封面包装也多有商业操作之嫌。对此我很反感，但又一想，这些只是个代号，商家从经济利益出发，特别在乎这些，所以我只好默认，觉得土点、俗点也好，就像农村人给孩子起名字，什么狗剩呀，毛蛋呀，二怪呀，似乎越俗越贱越显得福大命大。

问：你为什么要把人物和故事设置在鬼城、集资、官司这三驾马车上？

答：（笑）如真可称为三驾马车的话，那么车上还坐着金钱、美女和法律三个乘客。小说的背景处于改革开放方兴未艾的"泡沫经济"时期，人们的心态都很浮躁，这便有了产生"泡沫诗人"和"泡沫爱情"的土壤。在这一环境条件下，猎艳涉奇、回归自然、寻找刺激就成为商业社会的一大特征和时尚。所以鬼城、鬼宫之类游乐场所应运而生，十分火爆。鬼一旦受青睐，就有了比人还多的魅力。再说集资，这个亚金融就像性病，既充满诱惑，又遍布陷阱，任何自信心都在它魔下成为空洞无助的阳痿者。而官司呢，法律的双刃剑如掌握在正义者之手，就是孙大圣"玉宇澄清万里埃"的金箍棒；如落入奸佞之徒手中，就成了兴风作乱的潘多拉匣子。所以我选取了这三个极具商业社会特点的事件，正如你说的三驾马车。在它面前，人性与鬼性、正义与邪恶、情爱与仇恨、崇高与龌龊，都表现得异常敏感而强烈、执拗而深刻。于是，车上三位乘客就导演出这场爱恨情仇、生生死死、大喜大悲的人间活剧。

问：听说有人提前读了手稿，称《悲喜娱乐城》是中国的《巴黎圣母院》，称独臂哑巴是20世纪的卡西莫多，你是否认同这一说法？

答：恕我不敢认同。在我眼里，《巴黎圣母院》是一棵参天大树，而我充其量是在树下乘凉或望着枝头的累累果实流口水的孩童。真要说与这部世界名著有点瓜葛的话，那就是我读过三遍《巴黎圣母院》，有意无意地接收了雨果的某些营养物质，口水总算没白流。这大概就是那几位爱看小说的朋友浮夸溢美的缘由。

问：主人公殷小铨有哪些社会认识价值？

答：小说里有名有姓的人物有五六十个，我都喜欢，因为他们都是我十月怀胎孕育的艺术生命。但我最喜欢的还是主人公殷小铨。他虽然是个尚未成熟的"问题人物"，但他身上表现出的先锋意识、市场观念、人文精神、真情真性和疾恶如仇等品质，不但是底层文人的缩影，也具有当代青年的某些鲜明特征。特别在当前，下岗工人、城市待业青年、打工仔和就业失败的大中专毕业生，是游离于社会底层，不断创造奇迹而又构成不安定因素的"四大家族"。他们的前途命运、生存状况、喜怒哀乐等，不但应受到文学的倾情，也应引起社会学家的关注。

问：《悲喜娱乐城》也涉及性生活，但读起来却很优雅。这是你抵制日渐媚俗的"性爱文学"的刻意之笔吗？

答：无论是性爱还是伟大的爱情，都给人以精神愉悦和享受，如果只为了生理刺激和感官纵容，就无须搞什么文学，而完全可以撰写《房事大全》那样的科普书籍。我读过一些著名的爱情小说，都无一例外地回避了性描写。特别是《娜娜》中的女主人公，这位名噪法兰西帝国的名妓，全书几乎没有一处性描写，但作品所创造的欢跃癫狂的气氛，是任何床笫之事都望尘莫及的。这不是我刻意抵制什么，而是在想，性生活究其本质，乃人类一种特殊的审美方式。那种浅尝辄止、稍纵即逝、朦胧优雅的美感力量，连上帝也心知肚明，又何须连篇累牍地恣意描写呢？

问：梦萌老师，听说你的另一部长篇小说正在出版运作之中？

答：是的，这部小说暂定名《城门楼》，是去年2月开始写的，也是我第一次用电脑写长篇，花了整整八个月，小改不知其数，大改一次，11月完成，12月送出版社。全书三十二万字，分上中下三部，共二十六章。小说通过主人公麦娜和三个男人的爱情婚恋及感情纠葛，反映了转轨时期丰富多彩的社会生活，透视了当代青年不同的审美观、价值观、爱情观，以及饱满的生命和生存意识，折射出人性的不朽和幽微。作品熔西安历史文化、名胜古迹、市井风物于一炉，特别是把美国总统来访的入城式当作盛大婚礼，把露宿城头当作爱情的最后晚餐，不但增加了作品的厚重度和时代信息量，也大大增强了小说的可读性和艺术感染力。

问：你对评论界曾称你的作品为"老陕味""平民化""象征主义""现实主义""新写实主义"等有什么看法？你又如何为自己定位？

答：文学是历史的一面镜子，也是现实的一方晴雨表。在我的生活库存里，现实与历史相比，前者是九牛，后者是一毛；而且，当代中国正处于科技发达、物质膨胀、思想活跃、社会结构和劳动关系骤变、新人新事层出不穷的时代，我只恐视野不及、笔力不济，又为何要避其多而就其少，舍其近而图其远呢？对于评价和定位，我不刻意求之，那是读者和论家的事，我只按自己的习惯写作，只和作品中的人物商量着写作。真要说个人风格的话，我始终追求一种幽默感、尖刻性、深沉度，以及在命运沉浮和感情差跌中大起大落的冲击力。我对这一点很在意，试图坚持下去。这也许就是有的论家所赐的光环——"现实主义"或"新写实主义"吧。

（原载《咸阳日报》。作者系青年作家，时任《三秦都市报》编辑）

精神家园的重构与作家的城市描绘

——读梦萌长篇小说《倾城》

杨焕亭

在陕西作家群中，梦萌是较早涉足城市题材的老作家。21世纪初，他曾经以一部《悲喜娱乐城》对商品经济大潮下城市的浮华做了深刻的文化批判。由中国工人出版社近日出版的长篇小说《倾城》，是他的第二部城市题材作品。作家不仅保持了在《悲喜娱乐城》中所坚守的文化批判精神，而且赋予了此作品深沉而又凝重的人文情怀、温暖而又苍凉的悲悯精神和残酷而又惨烈的悲剧色彩，从而在艺术层面比较成功地实现了他对于城市描绘的新突破。

读罢《倾城》，掩卷沉思，我油然想到从马克思到海德格尔都在苦苦思索的一个严峻的课题，这就是工业或者后工业时代生命所存在的那种"新时代的无家可归的状态"。因而，如何构建能够让漂泊的灵魂得以安妥的精神家园，就成为我们这个社会一种带有当代意义的使命和责任。这也正是《倾城》的价值所在。

一

对于梦萌这样有着丰富人生阅历、漫长艺术实践的作家，"怎么写"固然始终是一个与时俱进的话题，然而，在我看来，"写什么"，更是关系他作品审美价值的现实选择。梦萌对此有着清醒的文化自觉。他一直试图突破陕西作家在乡村叙事的拥挤徘徊的道路上的窠臼，而将叙事的笔触伸向城市。

他的这种选择有着自我文化基因的深刻烙印——其与乡村的血缘纽带决定了他总是以一个外来者的目光去看待城市的变迁演进。因此，几乎所有活跃在《倾城》中的艺术形象，从麦氏父女姐妹到美兰、南楠的命运图谱，都可以从乡村到城市的环境转换中找到内因，而不同于上海、京津作家笔下的"城市"开掘。

在作品中，弥漫着道教文化气息的全真镇，曾经在一种传统的经济模式和生存方式下绵延着它的散淡、稳定和温馨，然而，有一天，城市经济转型的波浪终于引起了这个为国有厂加工火柴盒的小镇的"阵痛"，当麦轵和他的儿女们被以送货为由诱骗到城里而误入示威队伍时，他们终于明白，他们生命的脚步不可能再沿着原有的轨迹继续，而面临着一场巨变。老镇长因二女儿麦珊被抓而昏倒在政府门前，是作家颇具哲学意味的铺垫。它既是一曲旧生存方式的挽歌，又是生命新的嬗变的序曲，更成为作家笔下人物走向城市的命运起点。麦轵病愈后回到了乡村，而他的女儿和她的同龄人却选择了城市。

　　那么，这个陌生的环境对于他们究竟意味着什么？

　　作家梦萌正是在这个节点上，表现出对现实的文化批判力度。一方面作家笔酣墨饱地描述白天城市的繁盛和华美、时尚和风流、拥挤和匆忙，以及到处隐藏着的商机的蓬勃和雄劲；另一方面，作家在温柔、温情、温馨的夜色下，借助男主人公全皓的目光，一点一点地撩开城市神秘的面纱，把它沉沦和惰性的一面展现在读者面前：那些徘徊在钟楼下的"三陪女"淫荡的笑声和四处穿梭的身影，那些盘桓在五路口立交桥"鸽子架"上靠"出卖肉体和灵魂"生存的"野鸽子"……让全皓遭遇了道德与人性的尴尬。一边，是穿越千年青史，留下儒、释、道人文景观的都市辉煌；另一边，是浑浑噩噩的现代政要们拥着羽衣霓裳的舞女，在纸醉金迷中进行着权力与肉体的交易。人前言之凿凿，道貌岸然；私下里蝇营狗苟，廉耻丧尽。在作家的审美视野中，城市就是一方多色调的大舞台，上演着荣与衰、美与丑、善与恶、阳光与阴暗、真诚与虚伪的岁月轮回，从而为故事铺开复杂纷纭的文化背景和矛盾交织的人文环境。

　　由于缺乏在城市文化机体上的抗体，带着传统文化基因走进城市怀抱的麦轵二女儿麦珊和与她一起登上青春渡口的麦兰、小钱和南楠，他们从父辈那里承袭下来的人生经验和道德理念，在一种新的文化生态面前显得苍白无力，灵魂很快被"利益"和金钱所俘获。从最初的正经做生意到钻政策不完善的空子办皮包公司；从靠色相打通秘书长的关节到拿来牛仔布厂的订单再到兴办华洋工贸公司，趋利行为极度地挤压着麦珊的人性，她把美色当作可以交易的资源，不但在董事会上与秘书长达成钱色交易的默契，而且最终与其发展到上床合欢的关系。人的灵魂"羞耻感"就这样被一层一层地剥噬掉，只留下赤条条的裸色。

　　如果说，在麦珊那里，"漂亮也是资本，而且是像美元一样在世界范围内通兑的货币等价物"的价值观带着浓郁的商业趋利行为，那么，美兰因为给嫖客"口交"而染上性病直到最后堕落为一个骗子，则让我们强烈地感到，一种堕落的文化是怎样把一朵带露的鲜花异化为社会毒瘤的。美兰不仅自己白天睡大觉，晚上陪酒，而且劝麦娜也去傍大款。在她的价值天平上，三陪小姐"来钱容易得只是举手之劳。还有那些傍上大款的人精，更像猴儿变脸，两三年就有了房子有了车，摇身一变成了中产贵夫人"。这种体验虽然显得浅薄而又粗鄙，却深刻地揭示了某些"财富聚集者"完成原始积累的秘密。它让我们再一次思考，什么是"现代化"，我们需要什么样的现代化，我们究竟应该在物质富裕的时候，拥有怎样的灵魂栖息地？美兰的悲剧，从本质上说，是文化的悲剧。

要么，从城市的怀抱中崛起；要么，在城市的魔方中沉沦。

要么，在文明的沐浴下构建新的精神家园；要么，成为没有灵魂皈依的"新时代无家可归的人"。

二

在当代中国，任何作家的城市叙事，都不可能绕过经济体制变革这个现实，或将它作为叙事的主体，或将它作为人物思维和行为的背景。

全真镇的没落，缘于打火机的冲击，属于生产力范畴的矛盾，充其量只是故事发生的导火索，梦萌的深层开掘还在于，当全真镇的年轻生命进入城市，并且有机会成为传统体制内底层的一员时，所遭遇的人与环境的冲突。

对于梦萌来说，这不能不说是一个具有很大难度的挑战。因为，在理论层面，城市经济体制的变革和机制的转换，是20世纪中国自乡村改革后最为深刻的利益格局的调整。它对于城市生产力解放，城市形象再塑，城市品格锻造，城市文明进步的推动等的作用是前所未有的。它从开启航程的那一天起，就一直受到作家的关注。然而，数十年过去，当我们回头再去检索那些在当时曾经引起轰动效应的作品时，就不难发现，除了图解政策外，很少有人触及它怎样带给不同利益群体的多元"痛感"，特别是社会底层那种生存危机的"惆怅"；很少去反映当他们被潮流裹挟，忽然失去最基本的生存条件时的那种仓皇和无奈；很少去关顾他们在承担"阵痛"代价时那种忍辱负重的品格，这就使得这些作品缺乏一种历史的厚度。

正是在这一点上，梦萌实现了题材维度上的新突破。他以帆布厂的体制改革作为文学意义上的典型，把经济转型的复杂曲折和深层矛盾呈现在读者面前。于是，我们从人物的沉浮悲欢中读出，当作为社会主义生产力自我完善和发展的改革一旦与权力的腐败纠结在一起时，就把本质上给民众带来福祉的性质异化为一种底层社会的"苦难共担"。

作家长于先扬后抑，在悲喜起伏中展开人物的命运历程。被传统体制束缚了几十年的男主人公全皓和他的哥们儿，对帆布厂改为牛仔布厂寄予了满腔的热情和期待。正是在这灿烂的光环下，全皓千方百计将本来对城市充满仓皇和不适的女友麦娜招进工厂。他们爱情的小舟，伴随着事业的旋律，划出层层碧波。他们在劳务局管印章的老熊门口等老熊，忙中偷闲地实现了真正意义上的肌肤之亲、唇舌之吻，品尝到爱情的温馨。"两个恋人就这样紧紧拥抱在一起，心里都感到无比快乐和幸福。他们忘记楼外的大雨，忘记楼上的老鼠和麻将声，仿佛整个世界只剩下他们两人和他们甜蜜美好的爱情。"那一刻，他们心中只有感恩，怎么也不会想到，这一切的背后，一直有一双权力的手，掌控着生活的魔方。直至工厂开业那天，呼风唤雨的秘书长突然出现在典礼现场，后来麦娜被厂里抽去陪酒，狂欢中的人们依然没有机会，也没有可能去思考眼前的美好竟然会发展成他们命运的"陷阱"。当保全工八号栾奕发现所谓的进口设备，竟然有许多零件是国产货时，也没有引起全皓和麦娜的警觉。作家借助于这个细节，为后来的危机埋下了伏笔。

这场表面上轰轰烈烈，而实际上为秘书长暗中操纵的假引资和被严重扭曲的所谓改制，终于在麦娜、全皓和南楠的情感纠葛中，在被爱折磨得"痛并快乐着"的苦旅中走到了崩溃的边缘。"更可怕的是厂子真的破产了，真的要拍卖了。"工人们开始静坐，全皓没有去，受到工人们的责骂。厂里买断工龄兑现大会那天，他也没有去领按工龄折算的三万多元，而让麦娜去代领。城市就这样将他们从温暖的怀抱抛向人生新的十字路口。

城市因为多了一群漂泊者而显得步履沉重。

它首先打碎了工人们殷殷以待的憧憬。麦娜和全皓不得不用自行车驮上滞销的牛仔布，走街串巷地将之换成工资。对于全皓来说，工厂破产后的沮丧、来自工友的唾骂、对麦娜"未见红"的耿耿于怀以及无所事事的焦虑，这些环绕着折磨着他的情感，使他的心灵大陆极度倾斜，将理性挤压到狭小的空间。与其说，他借着酒胆到曾经强暴了麦娜的南楠店里寻求报复，毋宁说，这正是主人公精神世界坍塌的宣泄。

它也将麦娜苦苦修复的爱情红线再度剪断，将两个相爱着的青春生命推向情感的两极。全皓因为处女膜的疑窦而对麦娜冷漠下来的心，又因参加二姐婚礼得以复苏。"全皓的生理障碍已不复存在，他的生命的韶华反过来又成为麦娜花样青春的寄托和安慰"，并且成为他们筹备结婚的动力。然而，工厂的破产，使他们重新启程的爱情列车再度抛锚。终于有一天，全皓决定离开麦娜，告别这座给他留下很多忧伤的城市，回到苏州去寻找新的生存出路，从而把自己由肉体到精神都变成了一个毫无责任感的孤独的流浪者。

它将沉醉在爱河中而又对全皓怀着深深负疚的麦娜推向生存和守望的困境。她苦苦等待着心爱的恋人，突然发现自己怀孕，有了爱情的结晶；她瞒着父母欺骗二姐，顶着世俗的讥讽和压力，迎来呱呱坠地的非婚生的新生儿；她为了抚养儿子，不得不到罂皇大厦去当舞女，赚钱养家糊口；她在遭到性骚扰后，又重操旧业，为药厂糊药盒……终于，在被美兰骗取全皓留的四万元之后，她于绝望中找到秘书长，把自己的肉体和精神都交给了他。直到五年后，她与全皓重逢在古城时，才终于明白，这一切，都是秘书长预设的套子。这位弄权者为自己的虚伪、阴暗付出了生命的代价，然而，他留给读者的思考空间却大大增强了作品的深度。

以我有限的阅读经历，像梦萌这样从腐败势力扭曲改革本质属性，而又让社会底层承担代价的视角反映城市题材的小说还不多。诚如鲁迅所说，悲剧就是把人生有价值的东西毁灭给人看。《倾城》所弥漫的悲剧色彩，从两个层面表现了作者开掘生活的力度。首先，造成全皓和麦娜二人悲剧的客体因素是权力扭曲而导致的社会震荡。然而，在现实社会中，不乏像牛仔布厂这样的国有资产流失、改革失败的案例，但有着光荣传统的产业工人却以历史主人的自尊校正了航道。所以，悲剧内因还在于他们对于精神和信念的坚守缺乏文化的自觉，还在于信仰家园的荒芜。

三

在《倾城》中，城市有着自己固有的文化品格、精神理念，滋润着千年文化古道，也滋养着她怀抱中的每一个生命个体，塑造着她的儿女丰富的性格特征。

所谓城市品格，是由一座城市的历史积累起来的人文生态、文化气韵和道德氛围，是物质关系以及建立在物质关系基础上的生活关系、精神关系。它具有历史传承性、现实广延性和主体趋向性，构成一个城市与它毗邻城市的个性差异，成为艺术作品中人物性格形成的渊源。

尽管梦萌在《倾城》中对城市变异中的喧嚣和媚俗给予了尖锐的批判，但这并不妨碍他站在时代的高度对作品中人物赖以生存的城市投以温柔的目光。作家很深情地设定了麦轵在连副大爷陪同下游览古城的情节，汪洋恣肆地描绘作为十三朝古都和京畿之地的悠远富集的文化资源、精彩纷呈的人文遗存、千姿百态的民俗风情。一座座古塔闪烁着人类的思想光束，一道道古城墙回荡着金戈铁马的涛声，一通通碑石镌刻着智慧的密码，正是这一切，奠定了古城辉古耀今的价值地位，使它即使在市场经济时代仍深深地影响着城市主人的思想、情操和品位。

这里是爱情的港湾，缔造了麦娜和全皓这一对苦恋的爱情鸟。麦娜是作家倾注饱满激情和淋漓笔墨塑造的艺术形象。她性格的主导性源自知识分子父亲的耳濡目染，源自全真镇浓郁的传统文化熏陶，而她性格的丰富性却是城市给予的。前者使她在刚刚进入城市时，"走在大街上，就像一只北方的麻雀或黄鹂误飞在大海的上空，充满着惊讶、惶悚和困惑"，后者则赋予她守望爱情的品格。那站在城头默默遥望远方云彩的目光，那久久伫立在"望夫台"上的孤独身影，那执拗地为了爱情宁可与情人抱着亲着跳城自尽的迷狂情态等，都让我们感受到城墙作为诗意意象，与主人公互入互化、"物我为一"的乖戾和悲凉。

城市品格的核心是"人"，人创造了城市的巍峨，它又反过来雕琢着人的行为。麦娜周围的人很多，但直接对她造成影响的还是连副大爷这个人物。作家对连副大爷着墨并不多，但他却是城市襟怀、城市善性的代表人物。他不但强烈地影响了全皓，更深深地向麦娜传递了这座城市穿越千载的道德品行。他多次在麦娜陷入困境时给予她以襁褓般的温暖和安定，从而使麦娜在潜意识中形成自尊自爱、宽容诚挚的性格，使她在面临爱情危机时，拒绝二姐要她用红墨水代替"女儿红"欺骗全皓，拒绝二姐要她打掉腹中胎儿而呵护了爱情的结晶，并且在一片浮靡躁欲中，坚守着属于自己的道德底线；当美兰坠入苦海时，她向美兰多次伸出援助和拯救之手。她之所以能坚守到与全皓相逢，与连副大爷有着密切的联系，是他催化了麦娜性格的主导面。然而，另一方面，她和全皓爱情的悲剧，除了外部因素外，在很大程度上也源于他们各自的性格弱点，如麦娜在情感上过于依赖他人，全皓过于计较细节患得患失等。这样，无论是男主人公还是女主人公，便都成为真实的具有"浮雕感"的艺术典型。他们既负载着变革时期的"社会矛盾"，又以在作品中保持着鲜明的个性而成为与过去城市题材作品中毫不重复的"这一个"。

这里弥散着人性的温馨，使得真善美穿破世俗和流俗，在生命主体的灵魂碧野上浇筑起人格的高塔。当作家将艺术触角伸向普通小人物时，他们的敏锐和胆识、善良和大度，使读者感到，他们才是这座城市的脊梁，他们的人格殿堂构成了这座城市的灵魂。石柳和八号栾奕，他们都是浑身沾满油腻的普通工人，然而，恰恰是他们，凭借独立的个人良知和丰富的人生经验，最早看出了假引资的破绽。栾奕在被麦娜误解时，仍然没有放弃自己的观察和思考；石柳在全皓回到这座城市时，毅然揭露了房地产公司表面上是"杜总"执柄，而实际上秘书长是董事长的秘密；还有牛仔布厂的几个姐妹，毕姐的安贫乐道，曾繁枝的淳厚朴实，娄云追赶时髦到最后的堕落，尹雀的痴迷于"多头恋爱"和"情书写手"……虽然性格爱好各不相同，但她们的共同点就是同样热爱牛仔布厂，同样热爱自己的工作，即使在工厂拍卖失业后，她们依然在社会夹缝里苦苦寻找各自的生存空间。特别值得一提的是对于小胡子这个形象的塑造。作家赋予他复杂的性格，他很狡黠，也很世故。然而，正如席勒所说："任何人，即使是最坏的人，他们身上都会或多或少地反映出上帝的影子来。"当全皓和麦娜为推销滞销牛仔布而奔忙时，他慷慨襄助，尽管其手段有违于经济伦理，却也不乏人性的光彩。我们可以说，如果没有这些普通的生命，这座城市就会失去骨骼。

这里是道德的审判台，催发善端的复苏和良知的发现。南楠这个人物，是作家着墨较多的一个人物，仅次于全皓和麦娜，也是背着十字架走向天国的悲剧人物。我觉得，梦萌艺术思维的老成正在于没有把他刻画成一个绝对的坏人。从情感上说，他对麦娜的爱情是真实的，没有错。他错在最终无法走进麦娜的情感深处。在得知麦娜因为"未见红"的问题而被全皓冷落，他也不乏男人的责任感，宁愿挨宰也要接受滞销的牛仔布，甚至最后为解脱麦娜而杀死秘书长。这样一个复杂人物，进一步诠释了城市复杂、多元、立体的文化生态。

作品在降下它悲剧的帷幕时，全皓和麦娜面对秘书长和南楠双双被刺的惨烈结果，争相承担法律责任，要代对方向公安部门自首，以救赎因为彼此伤害而负疚和负罪的灵魂。解脱他们，固然要靠法律，然而，振作他们，还要靠文化的自觉、自省。法律不会因为他们代人顶罪而放弃对南楠和全皓的制裁，他们也不可能从代人顶罪中获得灵魂的安妥，唯一的选择，是通过文化的自省振作起来，重构自己的精神家园。

这是作家留给读者的审美空间。

而城市，就在这样的氤氲气氛下书写着自己的风流；依偎在城市怀抱中的人们，就在这样的光束下，绵延着自己"历时态"的悲欢离合。

（原载中国作家网、当代文学艺术网）

《倾城》，西安的一个文学地标

凌先有

梦萌新出版的长篇小说《倾城》，为我们树立了一个文学地标，这就是西安独特的城市建筑、街区道路和景区景点。作品在宏观上概括了西安的地理位置和城市特点，如从骊山到华清池、从全真观到楼观台、从秦始皇陵园到兵马俑博物馆、从"十三朝古都"到"八水绕长安"、从贯穿城区的纵横中轴线到东西八条路等；在微观上细致入微地描写了碑林、城墙、城门楼、钟鼓楼、小雁塔、八仙庵、书院门、护城河、兴庆宫、沉香亭、文艺路、回民区、环城路、立交桥、高新科技园、曌皇大酒店，以及西大街的中国槐、北城墙下的合欢树、花木公司的花草和画眉……显而易见，在这个地标群下，历史与现实相交、建筑与艺术相辉、文物与景区相映、人物与故事相偕……读着读着，人就恍如走在文艺复兴时的意大利街头，又恍如站在西安朱雀门外与女主人公麦娜谈论"人活着真好"……

请看小说对秦始皇兵马俑博物馆是如何描述的："无论是面向南北的侧翼之军，还是各朝东西的前锋与后卫之伍，抑或车步相间的中坚部队，都张扬着铁血征战的凛然声色，彪炳着兼并一统的磅礴气象……旁顾前后左右，武士俑身高均在六尺以上，个个虎背熊腰，彪悍勇猛。又见战袍飘逸，铠甲铿亮，剑戟在握，操戈执盾，铿然欲纵。或肃立，或跪射，或窥视，或牵马，姿态各异，栩栩如生。有的冠戴头盔，有的丝绦束发，有的软帽纶顶。抑或羸縢绑腿，抑或胫缴护腕，抑或轻便勾履，抑或华贵合韄……端视其详，须发如缕，袄褶欲飘，鞍鞯似真，弓箭凿凿……"

再欣赏美国总统入城式的盛况："瓮城、城墙和城门楼经过现代化建筑材料的包装和高新科技的装饰美化，俨然成为一座巍峨雄伟、金碧辉煌的唐式宫殿。但见斗拱叠翠，重檐尽染，旆坛嵯差，宫灯通明，旌幡飘逸，红毯铺地。仪仗队均是黄袍马褂，阵容整齐，帜旗遮天，杖具如林。盘龙棍、仙人掌和混天伞都是头一次登场亮相，甚为稀罕耀眼。御林军个个披甲戴盔，执戟操矛，骁勇剽悍，峭然肃立，好不威风凛凛。文武百官则一律长袍锦带，乌纱高靴，握笏恭立，肃然而虔诚……或舞绸，或甩袖，或采莲，或奔月；抑或琵琶掩面，抑或古筝独奏，抑或胡笳踏歌，抑或飞天散花，皆极尽仿唐歌舞之能事，极具天籁神韵之匠心。"

不仅如此，作者在做各种艺术呈现时，不是单纯地为了写建筑而写建筑、为了写景点而写景点，而是紧紧围绕情节发展、矛盾冲突、人物命运和心路历程而铺陈描述的，这对营构典型环境和酿造艺术氛围、凸显人物性格等起到了至关重要的作用。如果说麦镇长和连副大爷神游西安名胜是出于潜意识和文化寻根的话，那么以下描述就是纯粹为了推进故事情节发展和展示人物性格而营造的舞台背景。

如对大明宫遗址和曌皇大酒店的肆意渲染，似乎在寻觅古与今、富与贫、官与民之间的反差，从而呈示了麦娜在新旧"三大差别"之间的彷徨与觉醒。如对秦始皇兵马俑博物馆的长幅描述，正切中男女主人公彼时的逃犯心理，并称其为"逃出来的兵马俑"。如麦娜寻找儿子时，作品洋洋洒洒地描写了八仙庵的建筑艺术和道教氛围，也是出于其受父亲道教思想熏陶而别无他求的一个选择，不但强化了寻儿苦旅，也为后来儿子回归做好了铺垫。又如对华清宫和骊山景物的描述，更是基于故事和人物性格发展的自然流露。一对情人成了杀人犯，商定明天就去投案自首，所以他们充分利用所剩不多的时间享受失而复得又将得而复失的爱情。这一人性本能和心理需要，使他们更加贪恋地欣赏这里的山水风光和建筑艺术。再说作品对为美国总统举行隆重的入城式做了大肆渲染，这对于爱得死去活来、已有孩子又失去孩子、分别五年后重逢又将永远诀别而至今仍不是合法夫妻的一对情侣来说，真是一场如及时雨般的狂欢啊！这场狂欢，还有犯罪感和虚荣心，才使他们利令智昏地将此作为自己隆重的新婚典礼。如此繁文缛节的描述和汪洋恣肆的铺排，并非节外生枝和故弄玄虚的冗笔闲章，而恰恰是推进情节演进和人物命运发展的"原子反应堆"。

特别是最后一章，这对情人露宿街头，面对即将失去的爱情和自由，人性本能和情爱欲望的"毛毛虫"依然没有轻饶他们，于是两人久久地在城门楼下相依相偎、缠绵沉迷，历数五年来各自的悲惨遭遇和对彼此的恋慕与思念。正因为如此，作家不惜笔墨地对其身处的城墙和城门楼做了精妙的描写，既对应了他们此刻内心感情的苦恋和思想的苦斗，又为故事最终结局起到推波助澜的作用。

此段描写如下："城门楼两侧各有一座敌楼，分别与瓮城东西翼墙相距约六十米，中心点恰好在两边弓箭、飞钩、弩矢的射程范围之内。这种城防布局，在古代战争中很有战略意义，能起到以线连点、以点控面的作用。当敌人正面攻城时，守军通过突出的敌楼不但容易观察敌情动态，而且可以灵活机动地从瓮城调动兵力，使敌军受到城墙、瓮城翼墙和敌楼三面火力抵御，确保万无一失，固若金汤。"

然而，"固若金汤"未能护佑他们，而偏偏成为警察"收网"的最好现场。接着，就在他们束手被擒、被警察押解离开城门楼之际，作者笔下又做了如下描写："须臾，朝曦像初潮的'女儿红'，迅速溢满了西安的旮旮旯旯。城门楼的四角重檐翘向苍穹，伸着嘴啜吮殷红的经血。彩灯和旗帜在晨风中微微飘动，仿佛经血里游动的一群活勃勃的精虫。城墙垛堞举起一把钝锈的锯子，终于锯开血淋淋的脐带。霎时，一轮新生的太阳跃然欲出。"

除此之外，作家对西安的一土一石、一景一物都异乎寻常地敏感和亲昵，并赋予特殊的象征意味。如称古城墙是"一摞古装书简"，称五路口高架桥是"一尊青铜大鼎"，称新修的环城路和立交桥是"大鹏的翅膀"，称城门楼是"象征吉祥和驱邪的麒麟"，称文艺路市场拥挤得好似"蚂蚁过会"和田野的"粘粘草"……而且这些象征意味每一处都因人、因时、因地而设定，既符合人物内心活动节律，又生动形象地道出客体的体态本真，读后耐人寻味和咀嚼。

虽然《倾城》与《红楼梦》《巴黎圣母院》关于城市建筑、园林艺术等的描写没有可比性，但作家似乎倾情于某些尝试和探索，标榜着一种别样的审美情趣和阅读时尚。如果说建筑和景区是一个城市的地标的话，那么《倾城》无疑就是西安的一个文学地标。这的确是一个很有趣的问题，值得探讨和商榷。

（原载《文汇读书周报》。作者系中国文联全委会委员、中国作协全委会委员、著名作家）

极端爱和极端恨是一切悲剧最本质的素材

——《倾城》女主人公麦娜悲剧的性格根源

赵学儒

梦萌的长篇小说《倾城》塑造了新时期一位爱情至上而初为市民的青年女性形象，对正在汹涌兴起的城市化进程和"城市新移民"浪潮具有很强的现实意义。是什么原因导致麦娜爱情崩盘、家庭毁灭，并最终为道德所指和法律惩罚的？笔者认为，除了社会急速变革带来的残酷现实外，一个最重要最本质的原因是人物性格使然。

首先从文化背景上考量。先是"闻声倒"祖先断肢罹难而由豫籍变为陕籍，继而是麦家以商品粮户口在农村居住的夹缝生活，然后是麦家四个千金"非城非乡"的尴尬处境，加之父亲"无为而治"的道教根基和母亲"极端民主自由"的麦家传统，这些就像符咒一样盘踞在麦娜幼小的心灵里。但由于文化和认识局限，她误解了这些箴言和传统，这显然带有宿命论的痕迹。譬如在爱情上，她不是积极主动争取，而是唯命是听、苦苦等待；譬如在择业上，多次机遇均被她拒之门外；又譬如与异性交往上，她拒绝一切男人，同时也拒绝了一切改变尴尬命运的机会。

接着从心性气质上分析。四妹称她"洋娃娃"，二姐称她"糊涂虫"，母亲称她"不动脑子"，而她也常常悔恨自己是个"把什么事都尽往好处想"的大笨蛋。这些看似贬损的话，实际上却恰恰道出她心性气质的内在本质：心地善良、心境恬淡、心性尚美、心态平和。的确如此，她不像二姐那样喜欢搞恶作剧，也不像四妹那样善于创作喜剧小品，更不会忌恨和报复任何人与事。所以就有了对花工和纱女姐妹的情谊和友善，有了对牛仔布厂的忠实和对工作的热情，有了对花草虫鸟的迷恋和对绘画的钟爱，有了对情人全皓"黏黏糊糊"的情态和种种包容，有了对私生儿子百般呵护和苦苦寻找的慈母之心。而另一方面，这一心性气质又决定了她性格上的某些缺失，如为了拯救美兰而轻信美兰的谎言，如对南楠伤害她的纵容，如对秘书长"生儿子"和"丢儿子"的迁就……这一切，在现代商业社会可能会被人嗤之以鼻，视为无能和傻帽。然而，正因如此，才折射出她人性的美丽；正因如此，才为她后来性格突变做好了铺垫；正因如此，才可能引爆她仇恨和复仇的炸药库，并最终执导了天下最大的一出"恶作剧"和"喜剧小品"，从而完成她悲惨命运的一个圆满落幕。

继而从爱情观上剖析。基于以上原因，所以她的爱情观必然带有被误解了的"无为而治"和"守一而终"的烙印。是的，她相信一见钟情，但一见钟情却使她得了相思病；她拒绝爱情，但南楠的暗恋却奸污了她的青春；她终于得到理想的爱情，但因"未见红"而产生爱的裂隙；她用至爱修复了爱的裂隙，但却遭遇爱的双方同时失业的考验；她为了爱情努力在商品大潮中打捞理想的珍珠，但恋人的出走却为爱情埋下隐患……到了最后，就在她倾城苦寻儿子之际，情人的突然出现，完全打乱了她的生活节奏和关于爱情婚姻的所有金科玉律。特别当得知这一切都是秘书长一手策划时，她完全丧失理智，愤然将一把匕首刺入他的胸膛。终于，一对久别重逢的情侣在城墙下得以相会，但她忽略了一个细节，无意促发了全皓复仇的邪恶动机，他用同一把匕首杀死给她带来终生伤害的另一个男人南楠，而南楠临死前却说自己杀死了她的丈夫秘书长……一个虚妄的罪恶导致一个真实的罪恶，令当事人和读者都感到无比惊怵和凄怆！

不仅如此，当为爱而成为杀人犯时，当面对失而复得又将得而复失的爱情时，这种对爱的痴迷和偏执仍蛊惑她的意识，执拗地要她利用所剩不多的时间享受自由和爱情。于是他们遍游西安文物景点，像"逃出的兵马俑"一样享受爱情的甜蜜，像亚当夏娃一样在华清池一遍遍演练真正夫妻生活的种种细节，像新郎新娘一样把美国总统入城式当作自己盛大的婚礼，像梁祝一样臆想亲着抱着跳下城墙追求"永恒的爱情"……此时，这些所谓爱的壮举已完全扭曲，发展成爱的极端，悲剧结局由此便有了认识和性格的支撑。

最后从心理心态上解密。在为情人守寡的五年里，她做过酒店迎宾小姐、饭馆收银员、电梯服务员、会议舞伴，面对种种诱惑她都坚守道德的防线。甚至三妹极力炒作她的美丽，招来许多媒体和商家青睐，她也没有动心……在人欲横流、价值扭曲的商业社会，因利欲做三陪、傍大款、当二奶的妙龄女子还少吗？但对于麦娜来说，她的心态却很平静，不为所动，不为所惑，因为她心中有一个终极目标，认为自己一生"就是为爱和爱情而生而活的"，所以她始终等着她的情人全皓。

她之所以最终投入秘书长的怀抱，显在的原因一是全皓回归无望，二是不堪南楠骚扰，三是美兰骗走了保命的四万元，四是儿子整天缠着她要爸爸。很显然，这是迫不得已而为之的无奈选择，同时也暴露出她心理的脆弱。而这种心理脆弱，既因为自我的弱小，也因为体制的强大，她实在无力承受现实的重轭。正如她和情人在城门楼缠绵缱绻时所产生的"双双抱着亲着跳下城墙"的念头一样迷狂如魔。她在心里大喊："这个死法真好！""现在就死吧！"她为这个想法寻找论据。她想，如果全皓杀人偿命，失去他，自己将无法再承受任何苦难，活着还有什么意思？所以她向她的情人表白："在这个世界上，如果一个女人爱上一个男人，而且爱得胜于自己，爱得已和自己融为一体，那么一旦他将死或要死时，自己就只有选择死亡。"

一个温柔、善良、宽容、平静如水、与世无争的女子，其性格就这样由渐变到突发、由扭曲到极端，一步步蜕变为一个碎尸犯和杀人从犯，以致爱情和家庭的毁灭。正如梦萌在书中发出的这样一句感叹："极端的爱和极端的恨是一切悲剧最本质的素材。"这句极富哲理和无比精湛的感言，不但揭示了世间一切悲剧产生的渊薮，也诠释了麦娜悲剧的本质所在。悲剧，就这样把美好的东西血淋淋地撕开让人看。我们看到的不仅是一位柔弱女子的沉沦和陨落，同时也不可避免地触摸到人性与社会的某些隐痛和疮疤。

（原载当代文学艺术网。作者系中央某报资深记者、著名作家）

长篇小说《倾城》作者梦萌访谈录

雷国胜

记者：梦萌兄，听说你创作《倾城》时有许多波折和故事，能不能给读者分享其中的苦乐？

梦萌：可以呀，但听了别骂我"瓷锤""笨种"。说起来，真是让人哭笑不得。2001年内退后，我真正成了"坐家"，整天坐在家里谋思写点什么，于是就写起散文随笔，也算是一种逍遥心态吧。作品散见于《散文》《中华散文》《读者》等报刊，有的被介绍到国外，有的被收入百部图书，有的被在网络广泛传播。2005年开始创作的《倾城》，写了七八个月，当时书名《麦娜》，是我用电脑写的第一部小说。写完后不太满意，就搁置起来。接着又写《悲喜娱乐城》，历时十个月左右，修改两次，觉得比较满意，就送给出版社。正应了"大麦没黄小麦黄"这句话，先写的没出版，而后写的却出版了。在写这两部小说的两年里，家里一塌糊涂，用陕西话说，净办了些"鳖囊事"。糊里糊涂把几万元借给人，七八年要不回，只好诉诸法院。打官司那些日子，恰好来了冲动，开始修改《倾城》。一进入创作状态，由不得就重蹈了"瓷锤""笨种"的覆辙，明知恶人设套，自己却眼睁得大大地往里跳，结果连本带利损失七八万元。还是阿Q精神拯救了我，心想赔了就赔了，总算写成两部小说，"堤内损失堤外补"嘛！

记者：《倾城》2006年就写好了，为什么现在才出版？真的"堤内损失堤外补"了吗？

梦萌：当时图书市场疲软，几家出版社都不愿做赔本生意，后来中国工人出版社虽然接了书稿，却整整闲置三年。这次能顺利出版，也许是因为莫言获诺奖后给国人带来了一束文学的曙光吧。说到"堤内损失堤外补"，别提啦，补与不补都是损失。你算算，八年前银行利息七八厘，光利息就五六万，而稿费能有五六万？所以我很坦然，权当交学费了，以劳养文嘛！（苦笑）

记者：你为什么把艺术环境选在西安？你在西安生活过吗？

梦萌：我先后在西安生活过三四年，在厅机关，如果不舞文弄墨，也许早有个不小的官衔了。曾有多次升迁机会，都因自己脑袋整天胡思乱想，所以与机遇失之交臂，事实证明我没有从政的细胞。在西安那些日子，晚上没事就在大街上乱窜，书中麦娜和全皓的离奇遭遇，都是我所见所闻。西安是十几个王朝的都城，文化积淀厚重，市井风俗多彩，夜生活也很丰富，这就为各色人等提供了白天不可能看到的种种表演。而且，西安有那么多名胜古迹，至今却没有一部小说涉及，最初的灵感正是因此而来。也许有人嗤之以鼻，但在我看来，国内外许多名著，都在地域、区位、建筑、名胜古迹、花草树木等方面极尽铺排渲染之能事，极尽刻画描摹之能事。如曹雪芹《红楼梦》，正是浓墨重彩地描写了贾府的庭院建筑和园林艺术，所以我们才永远忘不了大观园；又如雨果《巴黎圣母院》，正是大篇幅地描写了巴黎街区、市政厅和教堂建筑等，所以我们才轻易记住了巴黎圣母院。特别是后者，这方面在结构上几乎占全书三分之一。至于《尼罗河上的惨案》《亚马孙河的激情》等，更是将文物古迹和人文景观贯穿始末。当然，《倾城》与这些名著无法相比，但作为一种艺术追求和别样的审美取向，为什么不能做一番尝试和探索呢？

记者：还有，书里描写糊火柴盒与药盒的场景非常生动逼真，你有过这些生活体验吗？

梦萌：三十多年前，有个亲戚在西安，全家给火柴厂糊盒子，我也糊过，所以对一些细节很熟悉。再就是糊药盒，改革开放之初，我爱人承包的招待所旁有几家保健品厂，许多下岗工人及其家属都以糊药盒为生，我自然对其生产程序略知一二。不过那时并没想到写文章，只是好奇，但作为生活细节就不经意地将之储存在记忆的仓库里了。而且这些储存的零部件都是潜意识的，一旦进入创作状态，就会自动蹦出来任由我选择运用。所以，在《倾城》里，麦家母女糊火柴盒，后来麦娜又糊药盒，而且二姐的保健品厂也因此而成。

记者：那么，你对帆布厂和牛仔布厂也有生活体验吗？

梦萌：当然有体验。咸阳市中山街原先就有个帆布厂，邻村乡党当厂长，那时我还是大龄青年，他给我介绍对象，我曾多次去过厂子，后来婚事未成，再没见过面，更不知厂子命运何属。至于牛仔布厂则是我爱人工作过的，而且我的一个同学就是厂里工会主席，所以我对牛仔布厂并不陌生。

记者：噢，我明白了，可不可以这么认为，你爱人就是女主人公麦娜的原型？

梦萌：不可以。因为我心目中的麦娜是世界上唯一的"这一个"，又是所有女子的"每一个"。其目的就是要让每个女子都在麦娜身上看到自己的影子，都把自己置入艺术的情境之中，但她们又都与麦娜不尽相同。看似矛盾，而生活和艺术总是在矛盾中演绎和凸显人物个性的。所以只可以说，在麦娜身上多少有我爱人的一些影子，譬如勤劳、善良、对爱情婚姻忠贞不贰，以及遇事不动脑子、总往好处想等。开个玩笑，难道麦娜身上没有你爱人的影子？

记者：你的回答很有趣，也很有哲理。我发现《倾城》有许多哲理性描写，如麦镇长关于火、火柴、太阳的一番联想，又是出于什么目的？

梦萌：人类社会总是在否定之否定中发展的，原来先进的东西，可能一夜间就成为落后的东西，特别在大变革时期更是如此。譬如，胶版彩印替代了铅字印刷、电子邮箱替代了传统邮政、移动手机替代了手摇电话、数码相机替代了胶片相机、打火机替代了火柴等。这些新技术新产品的出现，必然带来剧烈的观念认识的冲击和社会结构的调整，也必然带来人性表现形态的饱满性和突发性，所以我选择了火柴这个很敏感的问题，以此作为故事演进的由头和动因。正是这个火柴问题，几乎把所有人都裹挟进去了：麦镇长因火柴盒而昏倒住院并最终结束了政治生涯；麦姗与小胡子因火柴盒砸了政府牌子而被行政拘留；秘书长因火柴厂工人游行与火柴盒事件而认识了麦姗；全皓因火柴盒与麦娜坠入爱河而又在一场大火中入狱三年；曾繁枝因牛仔布厂拍卖而屈嫁给火柴厂的失业工人；火柴厂倒闭后失业工人又下乡承包了花木公司……至此，麦镇长关于火、火柴、太阳的联想便不仅仅是个哲学问题，也代表一部分人对改革开放的质疑和担忧。

记者：美国总统访问西安是个重大新闻题材，将此揳入长篇小说，对故事发展和人物性格有何积极意义？请谈谈当初的设想和所产生的艺术效果。

梦萌：五年后，一对情人终于重逢，却又因一个虚妄的罪恶导致一个真实的罪恶，他们成了杀人犯。而此刻，惊喜和恐惧——人类感情最激烈震撼的两个孽障，将他们猝然推入精神迷狂的黑洞。所以他们遍游西安名胜，尽情地享受失而复得又将得而复失的自由和爱情。特别是麦娜，当恰遇为美国总统举行隆重的入城式时，她不禁想起进城后的种种遭遇和磨难，想起辛酸曲折的爱情和孤儿寡母的生活，想起他们至今仍不是合法夫妻的悲惨命运，自己把自己塑化成一个既狂欢又恐惧、既渴望又绝望的矛盾复合体，加上虚荣心和要为情人殉情的魔鬼般的念头，她顷刻之间性格扭曲，精神颠覆，于是总统入城式就成为臆想中迟来的婚礼和爱情的最后晚餐。入城式的描写很重要，不但加速了故事情节的推进和人物性格的突变，也增强了悲剧凝重的底蕴和鲜明的对比度，悲剧效果因此而得以深化。

记者：女主人公麦娜是一位勤劳善良、温柔多情的女子，也是你倾情关注和塑造的理想人物，请谈谈导致她悲剧的根源是什么？

梦萌：这方面文学界评论不少，我基本认同，麦娜的悲剧正是社会体制和自我性格两方面作用的结果，而最关键和本质的根源还是自我性格。曾在农村居住的经历、长期待业的处境，加之父亲"无为而治"的道教思想和母亲"嘻嘻哈哈"的独特家风，给她性格注入太多的传统道德因素。面对改革潮流和繁华都市，她从不适应到融合、从投入到困惑、从倾情到惊慌，经历了彼时青年人都曾有过的思想历练和考验。但她自身的抵抗力太渺小，更没有产生相应的抗体，面对强大的诱惑和体制的压力，她的性格开始变化。特别当得知自己的一切不幸都是丈夫秘书长一手策划时，她完全失去理智，性格严重扭曲。常言道"兔子逼急了也要咬人""善良人仇恨起来更加歹毒"，所以她毫无顾忌，愤然"杀死"了自己的丈夫秘书长，并因此导致情人全皓杀死给自己带来一生伤害的另一个男人南楠，完成了自我性格的蜕变，同时也使自己付出了沉痛的代价。

记者：最后，请谈谈麦娜的典型意义和《倾城》的社会认识价值。

梦萌：《悲喜娱乐城》出版后记者采访时，我曾说过农民工、下岗工人、城市待业青年和就业失败的大中专毕业生，是游离于社会底层创造奇迹而又构成不安定因素的"四大家族"。而麦娜统揽了前三位，这种特殊身份不但带有鲜明的时代特征，而且更具有普遍的现实意义。《倾城》写的是20世纪90年代的故事，当时农民进城的浪潮铺天盖地，锐不可当，但仍处于迷茫、困惑和毫无目的的状态。进入21世纪后，情况发生了根本变化，"四大家族"所追求的不再是纯粹赚钱，而是谋求自我定位、自我发展、自我角色的转变，成为一个真正意义上的城市主人。这就提出一个尖锐而现实的问题，即如何融入城市。

显而易见，城市化进程的快速推进及其在推进过程中所衍生的负面效应和体制的缺失，使他们面临更大的诱惑和更残酷的现实。而另一方面，由于自身文化自觉、法律观念、感情和心理承受能力等的弱势，融入城市对他们来说无异于天方夜谭，所以悲剧便不再是个案和杜撰的故事。媒体披露的大量血淋淋的事件，难道不正说明这一切吗？所以，他们的前途命运、生存状况、喜怒哀乐等，不但应受到文学的倾情关注，也应引起社会学家和国家的特别关注。

（原载中国作家网。作者系著名作家，时任《咸阳日报》编辑）

击中人性的软肋

——读梦萌长篇小说《金喽啰》

白　烨

在人才济济、名家云集的陕西作家群中，梦萌不是一个成就显赫、声名远播的人，但绝对是一个胸怀壮志、不甘雌伏的角色。他在20世纪末和21世纪初，先后出版了长篇小说《爱河》《悲喜娱乐城》，备受文学界关注。近几年的时间里，他又一口气创作了《倾城》《金喽啰》《新部落》等几部长篇小说，更显示了他的生活积累的丰沛与小说写作的努力。就我读到的《金喽啰》这部作品来看，称得上是血肉饱满。

当我大致知道《金喽啰》是一部以地下传销人群为描写对象的小说时，多少是抱了一些担忧心态的。因为有关传销活动的暗流涌动和屡禁不止的情形，我们已经从电视报道与报纸媒介中听到和看到过太多了。这种已被记者和新闻充分涉足的题材领域，梦萌还能再做出什么文章，弄出什么花样呢？对此，我真是存有很大的疑虑。但认真看了《金喽啰》之后，我不仅打消了原有的疑虑，而且添加了意外的欣喜。因为，梦萌的《金喽啰》，虽然还带有纪实性乃至通俗性的诸多痕迹，但在题旨与人物等主要方面，都以极具文学意味的倾力浸润与有力把控，使作品别开生面，也别具韵致。

作品在主人公司令俊男误入传销和寻求解脱的主干故事中，有两点描写不流凡俗，让人意外，从而使作品把一个看似庸常的故事，翻出了新异的意味。其一，司令俊男进入传销组织的起因，并非是有人威逼利诱，而是一份暧昧的情感使然，那就是中学时代的女老师桂平筠的出面相邀。早年难忘的一夜情，如今暧昧的再召唤，使下岗又离异的司令俊男义无反顾地就去往了西南边陲某市。可以说，这份未了情缘和对旧情复燃的企望，是促使司令俊男鬼使神差地奔向桂平筠身边的内在动因。殊不知，此时的桂平筠已被传销组织营造的种种神话迷蒙了心智，情感不过只是她用来发展下线的诱饵。当司令俊男真正进入传销组织之后，桂平筠便越来越显露出不顾情感、只顾赚钱的真实面目。

但一切都悔之晚矣，司令俊男已深陷其中无力自拔。另外一点，则是司令俊男在经过痛苦的煎熬与冷静的省思之后，决意做一个隐而不露的"卧底"，通过打探底细，摸清组织，搜罗证据，以使这个害人的传销组织得到揭露与惩治。于是，他的身份转了，心态变了，这反使他自己由被动转为主动，通过与女经理俞溟的地下恋情，接触到传销组织更多的秘密，并依靠秦二尊等记者友人帮忙，使传销组织的非法经营、非法拘禁等罪行在媒体上得以曝光，最终遭到省市有关部门的联手打击。司令俊男自己也在友人的帮助下，救出了被骗至传销组织的前妻与儿子，最终脱离了那个由诸多虚拟幻梦构成的现实苦海。应当说，司令俊男由之前的多情而失足，到之后的变身再"潜伏"，不只给作品的故事叙述添加了变数与波折，还在人情与人性的观察与审视上，埋设了一定的意趣与相应的意蕴。

醒悟后的司令俊男，在与俞溟和桂平筠的情感周旋、与萨雷和瞎瞎大爷一次次的智力博弈、与秦二尊和南云的联手暗查中，不断探得的种种实情是令人惊异的，不仅那个被他们用作蒙人招牌的玉莹公司纯属子虚乌有，他们那种以诱骗的方式拉人，以"讲沟"的方式洗脑，以"体系"的方式监控，以单线的方式联系等，更是俨然有如戒规严密、自成一体的黑社会组织。而这一切还只是浮出水面的现象，隐藏于现象背后的，则是通过这种强制性的说教与"洗脑"，使置身其中的人们发生精神蜕变与人性异化。而再进一步追溯下去，人们看到的，是这种传销组织在"传教"的方式和"致富"幌子的掩饰之下，切近着人们常有的心病不断用力，紧盯住人性固有的弱点大做文章。如贪欲，一个"贪"字，便抓住了许多人，锁定了许多人，也支撑着传销者、成就着传销网络。作品通过俞溟的日益醒悟和游移不定，桂平筠的情感变异与精神变态，神秘人物瞎瞎大爷两面人生的矛盾心理，以及萨雷等人的执迷不悟与铤而走险，从不同的角度和层面，揭示了传销组织与网络对于人之本性的严重腐蚀与深重戕害。可以说，传销之所以能够盛行不衰，层出不穷，一些人之所以心存侥幸，深陷其中，隐秘不在别处，正在于利用了或挑动了人的贪欲与贪心这一人之本能，或者说是击中了人性的软肋。从这一点讲，传销只是舞台上的一件道具，而作者的真正用意则是直指人性的弱点和商业社会的病灶。所以，当《金喽啰》把这一切真实无欺又入木三分地揭示出来之后，它便在社会批判与人性自审的双重方向上，具有了惊醒人、启迪人和引起社会反思的积极意义与正面价值。

由《金喽啰》一书还可以看出，作家梦萌有着十分丰厚的生活储备与艺术积淀，如对陕西关中和西南边陲风土人情的精彩描写，对各色人物心理的细微刻画，对人性和感情最敏感脆弱之处的深刻剖析，对商业社会种种信誉和诚信危机的挖掘等都很熟稔，把控到位。特别是有关传销的各种活动的描写，包括行话、暗语等，他更是信手拈来，运用自如，而这与他的善于编织曲折故事的能耐结合起来之后，作品就有了紧凑而曲折的故事主线与跌宕起伏的故事情节，始终深含一种引人展纸疾读的内在魅力。而且，作品没有滞留于表面的热闹与一般的好看的原因，还在于作者在叙说故事的过程中，时时瞄着人们的情感悸动与心理感应，把人们的复杂性格与精神脉动一同显现出来。故事与人物的相得益彰，内蕴与形式的桴鼓相应，便使《金喽啰》这部小说不仅读来引人入胜，而且读后也耐人寻味。

（原载《文汇读书周报》。作者系中国当代文学研究会会长、著名评论家）

乡土与城市之间

——梦萌长篇小说《金喽啰》读后感

杨 扬

十年前，梦萌离开陕西来上海发展。他在上海的一家工程集团做文宣，没有人知道他是作家。在茫茫人海中，他感受着大都市生活的挤压，默默地坚持写作。后来他在上海的《新民晚报》发表文章，认识了出版社的编辑，将自己的新作《金喽啰》出版了。梦萌在陕西时，就有长篇小说出版。那时的作品充满了黄土的芬芳，评论家们为他的乡土气息和乡土景象所陶醉，希望他一如既往，坚持下去。但梦萌到了上海之后，眼前的景象与在陕西时判若两个世界。他坚持写作，但关注的对象似乎有点改变。

《金喽啰》是一部讲述传销故事的作品，在题材上很有新意。一批陕西的男男女女被骗至西南某城，开始了传销活动。当今中国最早的传销活动，可能起源于20世纪80年代末，但那时的规模和金额都无法与今天相比。在梦萌的笔下，传销是作为当今社会的某种症状来展现的。其中最重要的两个因素是金钱与欲望。在市场经济商品大潮的冲击下，基层社会勤劳致富的思想，被一夜暴富的冒险想法所左右，在金钱面前，大家蠢蠢欲动，希望找到发财致富的捷径。作品中的桂老师、司令俊男、俞溟、萨雷，都是陕西底层社会中的能人，他们不甘于生活在清贫的黄土世界，想到外面的世界闯荡一番，但迈出的第一步竟是传销骗局。作者的着眼点不在于传销产品的真伪和价值的多少，而在于围绕传销这一骗局，方方面面的社会力量以及各色人物的加入。那个叫爨城的西南边城，忽然间云集了十万传销大军，他们来自四面八方，但没有一个是当地人，因为传销者害怕黑社会，害怕当地人的强势，他们希望在一个零起点的异乡，大家同心协力，创造财富的神话。当然，这种冒险心态本身就是一种异想天开，只是加入这支传销大军的人们，差不多都心存侥幸，将异想天开当作创意经济，把一个又一个老乡朋友拉进骗局。

梦萌在写这部长篇小说时，一定对身陷骗局的那些普通人的内心焦虑有过深刻的体验，否则，他不会将桂老师的最后归宿安排在了精神病院，那是焦虑之下人的精神世界的彻底崩溃。桂老师原本是在陕西地方职校任教的体操教练，事业有成，有一个理想的家庭，但为了谋求更大的出路，辞职到大城市来寻找创业机会。但谁会想到，创业的结果竟是走进传销的死胡同。司令俊男是桂老师的学生，曾经的体操冠军，在报社做记者。家庭生活和个人事业尽管有一些小小的不尽如人意，但不至于过不下去。因为桂老师的一个电话，司令俊男鬼使神差地离开家乡，来到爨城，加入了传销大军。还有像俞溟这样的年轻女子，她原本是陕西当地一家工厂的团委书记，因为不甘心被锁在黄土高原上，离职来到外面创业，不知不觉中，也走进了传销的死胡同。想想这些普通人的普通生活，很难说过不下去，只是他们不满足于现状，都怀揣梦想，希望自己的生活有所改变。但改变生活，谈何容易！一失足成千古恨，进入了传销世界，人生的一切都改变了，就像作品中所说的，一进入传销的世界，人的生活就变得人不人、鬼不鬼的。脑子里整天转的，就是发展下线，拉几个会员来抵消自己的损失。正是这些充满内心矛盾而又颇具生活气息的人物，才支撑起了这部作品。

传销既然那么十恶不赦，为什么当地社会和政府就没有阻止和取缔呢？这正是梦萌在作品中要揭露的社会现象。作品用了不少细节来展示爨城的特殊社会气候和氛围，以及其对传销的推波助澜的作用。当地的出租车司机为那些传销人员提供便利，周围居民为传销人员提供房屋出租，当传销被真正打击取缔时，他们就不依了，纠集在一起，出租车司机罢市，房屋出租者到政府部门示威，以阻止政府有关部门对传销的打击。地方的公安、工商管理部门，从地方利益出发，明知传销是骗局，但相互推诿，明里暗里帮助传销人员。事实上，如果地方政府一开始就采取严厉的限制措施，十万传销大军根本不可能在一个地方安营扎寨。正是一些地方政府的纵容和推波助澜为传销的发展提供了社会温床。作品在这方面含而不发，反反复复提到那些工商行政执法人员和公安干警像模像样的执法过程，但对传销本身都不触动皮毛。当然，作品的主体还是传销大军中的各色人等，作者注重人物胜于对社会问题的关注。这也是作家不同于记者之处。

对于梦萌的《金喽啰》，可能读者对象不同，感受会完全不同。值得指出的是，从写作者的角度讲，一个原本非常本色的陕西作家，在上海生活的十年期间，他没有沿着乡土本色的写作道路，继续写那个乡土世界，而是写那些走出乡土世界的乡土人物在这个物欲横流的花花世界中的沉浮。这种选材的着眼点，应该是梦萌在上海城市生活的一个重要收获。但梦萌在作品表现中，有他自己的特色，这种特色之一，就是乡土世界与金钱社会之间，没有被截然隔断，而是以一种往来的方式存在着。这一群来自黄土高原的异乡人，在西南边城传销、骗人和受骗，过着梦游一样的生活。最后梦断异乡，重新选择返乡的归途。这样的结构处理，或许是梦萌面对现实的一种乌托邦想象，仿佛回到黄土世界，一切都会踏实。问题是经过闯荡历练的司令俊男和俞溟他们，还会安心于那片古朴的大地吗？张爱玲小说中，曾有人物回顾往昔生活时，感叹道："回不去了。"梦萌似乎是希望那些在外遇到挫折的陕西乡亲重返故乡，但身体是可以回去，灵魂呢，还回得去吗？回去了，能够安下心来吗？相比之下，我们会想到那些专注于陕西大地的写作者，他们是如何揭示那片古老大地的当下生活的。像贾平凹的《古炉》《老生》《高兴》中的乡土世界，基本上也处于土崩瓦解之中。所以，《金喽啰》最后的结局是司令俊男一家登上了回陕西的火车，但这返乡之路不一定踏实，毕竟他们的心已经不再那么平静了。

（原载当代文学艺术网。作者系上海市作协副主席、茅盾文学奖及鲁迅文学奖评委）

啼笑皆非黄粱梦

牛玉秋

鲁迅先生说："喜剧是把人生无价值的东西撕破给人看，悲剧则是把人生有价值的东西毁灭给人看。"喜剧让人笑，悲剧让人哭，以此推断，啼笑皆非这种情感状态，一般容易在价值认知产生混乱的情况下发生。毋庸讳言，我们现在所处的时代正是传统文化遭受猛烈冲击，各种价值体系杂陈并列的时代，价值认知混乱在各个年龄层次都有可能发生。《金喽啰》通过对一个传销组织的解剖，真实深刻地展示了精神思想领域啼笑皆非的状况。

在小说中我们首先看到了啼笑皆非的人员构成。这部小说中的人物已经不能用传统的善恶、是非、好坏来简单区分了。在一个以骗人钱财为终极目的的组织里，作家并没有把其成员妖魔化，相反倒是极力挖掘每个人心灵深处的微弱光芒。桂平筠是把司令俊男拉入传销组织的推荐人，司令俊男上当受骗的经历由她而起，而且她与司令俊男也有感情纠葛。但就是这样一个女人，心底还残存着对自己骗过的人的愧疚，特别是在精神不正常以后也忘不了对他人的亏欠。小说也没有把揭露传销组织的司令俊男塑造成英雄人物。这个人有点小聪明，有点小文才，还有点吊儿郎当。他是在自救与自赎的过程中完成对传销组织的揭露的。最典型的两面人当属爨大夏，即瞎瞎大爷。他身世显赫却又经历凄惨，隐居于山洞，混迹于市井，游离于网络之外，一边骗人又一边补偿，一边大挣黑心钱又一边无私回报社会。对这样的一群人你真不知道是该同情他们还是该憎恶他们。

在这一人群中我们还看到了啼笑皆非的历史动机。恩格斯曾经说过，主要人物的"动机不是从琐碎的个人欲望中，而正是从他们所处的历史潮流中得来的"。小说中的各色人等尽管身份、经历、性格、性别各不相同，但在一点上却是惊人的一致，那就是他们都想发财，而且是要暴富，用三万在短时间里换取八百万。而这个组织为了俘获人心所采用的理论武器和思想装备更是惊人地芜杂，从辛亥革命到共产党诞生，从北伐战争到红军长征，从八年抗战到全国解放，从"文革"到改革开放，历史的落脚点在他们那里只剩下三个字：反传统。而所谓反传统就是与主流社会相左，就是走钢丝，就是顶风船，就是钻法律的空子和打擦边球。他们把痴迷、神秘、入魔看成是一种境界。说他们愚昧吧，他们能把十万大军骗到自己的麾下；说他们精明吧，他们却在欺人的同时也在自欺。

啼笑皆非的人群中不断滋生着啼笑皆非的情感关系。小说重点描述了司令俊男和三个女人的情感关系：他的妻子景旒儿，他曾经的老师桂平筠，在传销组织里认识的俞溟。妻子已经与他离婚，桂老师走火入魔，俞溟获得虚假的成功。在骗人掠财的组织里还能找到真爱吗？且不说俞溟本来就是骗他的重要一环，就是他自己不也是时不时地想利用俞溟吗？到最后俞溟有难时司令俊男的表现总还算得上是真情流露，不过那时的俞溟值得去救吗？她是那个罪恶组织里的重要头目啊。让人觉得有点可爱的反倒是那个出场不多的景旒儿，她的"权当"理论虽然有点阿Q精神，毕竟也是一种胸怀和气度。正是景旒儿的可爱才使得司令俊男最后的选择有了基础和依附，否则真不知道男主人公将得到怎样的结局。

如果说以上的啼笑皆非充分表现了作家的敏感，那么，对啼笑皆非的社会背景的揭示就充分表现了作家的胆识。一个非法传销组织能在短时间里发展壮大，必然有外部社会条件的配合。这中间有政府把他们当作支柱产业和新开税源明里暗里的支持，还有获利百姓的拥趸。这样一个组织一年下来能为当地创收几个亿。所以，当地政府采取睁一只眼闭一只眼、民不举官不究的态度；当地老百姓更是公然反抗对传销组织的取缔，甚至发展成罢工和围攻政府的群体事件。正是在这种社会环境的支持和纵容下，非法传销组织才得以发展壮大。这岂不是更令人啼笑皆非？

这部小说的可贵之处就在于，在处理如此重大敏感的社会问题题材时，能够充分重视小说自身的艺术特点，从小处入手，从人性入手，丝丝入扣，以小见大，把一枕黄粱荒唐梦揭示得鞭辟入里，警世警人。

（原载《新民晚报》。作者系中国作家协会主任研究员、著名评论家）

污泥池中的高尚之花

——读梦萌长篇小说《金喽啰》

李 星

梦萌属于那种年轻时不显年轻，年老时却又不显老的人。20世纪80年代中后期到90年代初，正是他为文学发烧的年代，他写散文、报告文学、中短篇小说，创作热情旺盛。正是那时候，他写出一部很有激情和文采的长篇小说《爱河》，并热诚邀我写了序言。但是此后，我们之间的联络就越来越少了，直到2010年前后他送来一部长篇小说，大概叫《倾城》吧。我看了以后，觉得文采、激情依旧，才华依旧，就是情节之中加了太多的民情风俗及旅游景点等素材，削弱了小说的艺术感染力。五六年过去，他打电话说，他的一部新长篇出版了。我心想，他虽然有才气，但写作观念要是还停留在传统视野上，是很难突破的，直至收到《金喽啰》还为他担心。但读了之后，我却吃惊不小，一是因为他写的不再是乡土题材而是社会敏感题材；二是因为他的年龄大约已过六十，不仅文笔、才情依旧，更重要的是从字里行间，感觉到他的观念和视野不仅超越了地域限制，而且很时尚，充满青春气息；三是因为拥有农家出身、体制内公务员身份的梦萌，突然有了思想家的气质。他不仅对作品中所涉及的当代社会各种生活方式十分熟悉，给我以见过大世面、有大阅历之感，而且突然变得很有思想，不说火花四溅，才情横溢，却也常常表现出不俗的见解和思想穿透力。例如作品开头和中间的用词很有水平，景物描写很有动感，一些议论、分析也很深刻，具有哲学的意味。俨然一个饱读诗书的学问家和文化人。

在传销这一群体性诈骗题材中，以下几个方面凸显了《金喽啰》的非凡之处。

首先是作者对人性和大众关怀的立场明显，表现在参与传销的人大多是社会竞争场上的弱势人群，人生命运的不幸者、下岗工人、找不到工作的大学生、退休人员以及遭遇生计之忧的基层公务员等，真可谓各有各的不幸。正因为生存堪忧、艰困、无安全感，他们才更容易相信一夜暴富的谎言，折射出经济社会转型期，收入分配的不公和社会保障的缺失。相比被商业集团利用的社会舆论对于享乐主义和消费主义的引导与影响，小说对于政府相关职能部门及一些地方政府为了地方利益，在传销组织萌芽状态不仅对其视而不见，制止不力，甚至支持和保护的批判意识更加尖锐鲜明。而在引起媒体和上级领导关注以后，他们又用"搞运动"的方式，不顾广大普通传销人员的生存和生活，搞"打砸抢"，有的甚至走上刑事犯罪道路，让隐蔽很深的骨干分子逍遥法外。风潮一过，这些骨干又重新穿上"马甲"，使变相传销故态复萌。这些地方政府和权力的放纵，以及充满欺骗性的舆论引导，好像是与文学关系甚少的社会学问题，其实却从深层次考验着一个作家的倾向和良知，关系着文学创作的立场和导向。梦萌的《金喽啰》也正是在将批判的矛头指向谁的根本问题上，体现出自己为百姓大众代言的勇气和良知，使其具有了社会批判的意义和价值。

小说成功塑造了萨雷、俞溟、桂平筼、三哥、司令俊男、老韩、郑越、乐正、瞎瞎大爷等处于传销网络中不同位置的人物形象，生动而具体地揭露和展示了人性的复杂与黑暗、善良与光明。他们离我们很远，其实又离我们很近，或许就在我们之中。萨雷，那是一个多么有口才、有魄力、有行动力的领导者；俞溟、桂平筼是两个多么善解人意、热情似火、具有吸引力的中年女性；萨风、老韩、郑越忠诚、正直、朴实，都是我们日常所见的体制内的"同志"。他们的不幸，是轻信不该轻信的人，又以连自己也不太相信的理由去影响或者欺骗别人。只有萨雷与众不同，他太爱权力，太爱女色，又太有统治力或者叫领导力，让天性柔弱的女人以他为自己的依靠。司令俊男身上更多了知识分子常有的怀疑主义者的不相信、寻根究底，以及同情心。而瞎瞎大爷却又多像社会上靠偷税漏税、靠结交领导赢得资源，发了昧心财却又充大爷的"慈善家"。萨雷是俞溟骗来的下线，在传销网络中属于三级管理者，他果然不负她所望，以强有力的手段实施着有效的管理，使网络得到发展，也引起下线的不满，软弱的俞溟只能看着他壮大和擅权。幕后的神秘女人尤晚春，只好采取手段，将与司令俊男爱得死去活来的俞溟调离爨城。这是社会人性的影响，也是更大范围内权力及权力运作的影响和模拟。

小说还以较多篇幅写了男人、女人的性欲和性爱，写了俞溟和桂平筼两个女人对在事业上与她们三心二意的美男子司令俊男的争夺。在那样严格的层级管理和神秘氛围中却有着一个个真实与虚拟的家，承载着正常夫妻生活。性欲与金钱欲是一种互相隐喻的关系，桂平筼想以师生、上下级关系将司令俊男据为己有，俞溟却利用层级优势，横刀夺爱，与他建立隐秘的爱巢，做长久夫妻。从性爱、家庭的角度，小说写出了这些为虚构的百万富翁梦奋斗的人，特别是女人的性欲及希望有强大男人依靠的生活梦想，表现的是共同对传销组织的怀疑和心理空虚。"666"被查抄之后，桂平筠的精神失常和设计骗来司令俊男妻儿的报复行为，表现出的正是她在爱情与财富梦想破灭之后的绝望和疯狂。

记得美国文艺理论家苏珊·朗格在《艺术问题》一书中说过，艺术的最高境界是由具体、个人出发，最后到达共性本质及高度抽象。《金喽啰》不就是一部中外文学史上大量出现的寻宝小说、孤岛小说乃至财富神话小说、乌托邦小说吗？不正是以生动具体的个别人和特别的遭遇，抽象着人的善与恶、光明与黑暗、伟大与渺小、强势与软弱、高尚与卑微的活剧、闹剧、幻剧与悲剧吗？还有"金喽啰"的传说和典故、颇通人性的藏獒"知无"、爨城的考证及历史演进，以及神秘难解的"教化诗"等，与其说暗示或指向着"虚无"，不如说否定着贪得无厌的欲望，包括金钱欲、情色欲和权欲、统治欲，而戒贪抑欲、除恶扬善正是一切宗教的共同本质。

司令俊男不仅是《金喽啰》中的核心人物，而且担任着作者的叙述代理人的重要角色。他是被体操老师桂平筠欺骗进爨城的，并经过"一沟""二沟""三沟"的洗脑程序，已入股分红，并成为网络传销组织中的一员。然而这个据说总部在深圳、树大根深的国家重点项目诡异神秘的行事方式却让他心生疑虑，不仅发展不了下线，而且在得知有着悲惨人生经历、家中只有新男友给的三万元购房款的同学刘篆竟也被桂平筠骗来入伙的消息后，他终于看清了这伙人贪婪残酷的本质，并暗地制订出一个摧毁、揭露他们的计划。在连发两篇博文初战告捷之后，他又利用和俞溟的同居关系，一步步地搜集到涉及高层机密的材料为证据，并在萨雷、俞溟这些人的眼皮底下，以发展下线的名义，请来了记者秦二尊。秦二尊果然是个老江湖，一眼就识破他们做的是什么把戏……终于天翻地覆慨而慷，网络、报纸、杂志、电视，从地方到中央，从云南到陕西全面出击，一举捣毁了这个传销体系。司令俊男并不是一个被人威胁暗算了也不声张、好看而不中用的空心美男，而是个有思想、有主见、柔中有刚的反传销英雄，一个狠角色，一个行动者……萨雷之流看出他的危险性，也提防着他，却没有料到，他的行动是这么迅速。

可贵的是，梦萌并没有按传统英雄的套路来写他，也没有去写他成功后的得意忘形，反倒去写他的犹豫、悲哀、痛苦、疑虑与自责。他感到悲哀，既为桂老师悲哀，也为自己悲哀。他自责是因为他出卖了她，也出卖了连锁销售。

他甚至对自己正在实施的计划也产生了怀疑和动摇。天啊！这才是开始，后边的打击力度将会更大、更激烈呀！那么，他问自己，不这样又能如何呢？还能让大家再编造谎言去骗人吗？还能让魔鬼似的网络再捉弄和坑害更多无辜的人吗？他觉得自己正处于人与鬼、英雄与叛徒之间，完全失去了正常的判断力。而对正热恋着自己的曾经的老师，他更是"既同情怜悯，又痛惜留恋"，甚至还想着这些财物的损坏，人身与精神的伤害，这些曾经真实又虚妄的家"能否修复，又如何修复呢"……这是此时此地、此情此景之下司令俊男真实而又矛盾的心理，也是贯穿全书的一种不仅挥之不去，而且愈挥愈浓的心理情怀——它叫作同情，是植根于弱者之爱的心理情怀，也就是我们现在都知道的一种博大的爱和深厚的悲天悯人意识。到此，司令俊男这个形象上升到一个高贵的具有典型意义的境界！他不仅不居功为傲，相反是自我否定、自我怀疑，并把自己置于"人与鬼"、英雄与叛徒之间，这不是"判断力"的失衡，而是他精神的崇高与心灵的巨大超越！这种"英雄"在曾经被高度净化，因之也概念化、教条化的中国当代文学中太罕见了。不是生活中没有，而是少有人去深入体察、探究真正的英雄那些丰富、博大也更为真实的心理情感世界，而只知采用那些大而空的"豪言壮语"去包装他、美化他。这才是违背人的真实之情、之性的苍白与无力，这是虚假。实际上处于文学圈思潮、氛围之外的梦萌能攀升到如此高的境界，实在令我惊讶。

读了《金喽啰》，我始终在疑惑这样的题材、这样的生活、这样的人物，梦萌是怎么得来的？采访的，听来的，撞上的？若是那样，作品的细节，包括环境和场景细节、心理细节，不可能这样深入，这样饱满逼真。是自己经历的，以生命体验过的？但梦萌的人生履历中似乎又难以插进这一两年的空间和时间，又从来未听他及周围文友提及。难道，梦萌突然天才了，从别人讲述中产生如此的创作灵感，并用一个年逾六十的人的人生体验和感悟赋予题材以灵魂和血肉？我希望能听到梦萌先生的自我评价。

（原载当代文学艺术网）

《金喽啰》是一部好看耐读的小说

肖惊鸿

读了梦萌的长篇小说《金喽啰》，我感触颇深，感觉这是一部既好看又耐读的长篇小说。这一点很重要，一部小说不好看或没有可读性，就失去了文学的意义。所以，借助研讨会这个平台，我首先表示祝贺，祝贺《金喽啰》的出版，也祝贺作品研讨会的召开；其次就是谈谈自己的几点感受体会。

第一，这部小说的题材独特，写传销的小说在国内尚属少见，这也是一次大胆尝试。全书五十四章，四十万字，全景式地审视这一敏感问题，揭示了人性和社会的种种弊端，给人以反思和警示作用。从这一点讲，我很佩服梦萌的情怀和勇气。第一、二章还比较难读，到了第三章以后就比较顺畅，情节逐渐展开，人物性格也一一显露，给人一种柳暗花明的感觉。在新媒体时代，如果作者当初先通过网络推出，然后再进行纸质出版，将会吸引更多读者，扩大社会影响，效果会更好。要相信网络的力量，更不能忽略网络文学这种文学形式。正如中国作协副主席李敬泽强调的，不关注网络，总有一天文学将被边缘化。致力于网络文学的我，更关注这一点，也希望梦萌在今后出版运作时加以参考。

第二，对传销人员这一特殊人群，梦萌的价值取向是积极而正确的，既有批判又赋予同情，既充满冷嘲热讽又不乏警示劝诫。素材扎实丰富，描写细致绵密，情节真实感人，语言冷峻而不无弹性。在人物描写方面，把控到位，走向清晰，轻重有别，有起有伏，不是蜻蜓点水式的浅尝辄止和面面俱到，而是从表层到肌理、从举止到心理、从感性到理性逐渐深挖。如桂平筠，这位当年的体操教练，利用早已淡忘的师生恋将司令俊男骗至西南边陲，参加了传销组织，成为自己的一条"腿"。这里说的"腿"是指下线，还有所谓的"家"是指分支机构，以及"串体系""一沟二沟""大鼓小鼓"等，都是传销组织的活动和暗号，听起来匪夷所思。而正是通过这些匪夷所思的情节和细节，使桂平筠一步步从渴望走向痴迷，从痴迷走向邪魔，从邪魔走向崩溃，从崩溃走向精神病院。就此，人伦逐渐塌陷，人格逐渐扭曲，人性恶的一面被揭示得淋漓尽致。而司令俊男是她的学生和旧时的情人，他因情而堕入贪欲，因贪欲未达而产生怀疑，因怀疑而反戈一击，借助媒体进行揭露，最终政府出面捣毁了这个庞大的传销窝点，同时也使自己得到生活的回归和灵魂的救赎。还有俞溟、萨雷、乐正、郑越、瞎瞎大爷等各色人物，都写得有血有肉、饱满真实，既表现出其贪图钱财的本能，又时时闪耀着生命和人性的诸多亮点，极具个性特征和典型意义，给我留下深刻印象。

第三，《金喽啰》关注底层人民大众的生活与生命状态，写出他们的喜怒哀乐和漂泊异乡后走向犯罪边缘时的渴望和迷茫、焦虑和妄想。作为一般传销人员，他们是弱势群体，并非不可救药的坏人，也值得关注和同情。他们心存幻想，走钢丝、打擦边球、钻法律空子，想利用不正当手段发家致富，改变自己的命运，属于道德约束范畴，只有少数组织者和骨干分子才涉及违法犯罪，成为打击对象。他们的这些心理构成，既是本能使然，又在很大程度上带有转型时期的时代烙印。梦萌的文学视角能关注他们的生存状态和命运沉浮，也是一种人民性的体现。人民群众是历史的创造者，同时也是社会生活的创造者，只有关心他们的成败荣辱和生老病死，唤起他们人性中的真善美并帮助其剔除来自自身和社会的癌细胞，才能显示出作品的时代价值和现实意义。在《金喽啰》中很容易就读出这一思想脉络，这也是梦萌的难能可贵之处，更值得点赞。

（原载当代文学艺术网。作者系中国作家协会研究员、著名作家、影视评论家）

试论梦萌《金喽啰》的文学价值

常智奇

金钱不是万能的，但离开金钱却是万万不能的。从金钱诞生的那一天起，它就和人发生了须臾不可分的关系，它是人们劳动产品价值分配和交换的中介形式及手段。人的社会关系因其存在而多姿多彩，它时而站在与人为善的阳光下因爱而歌，时而站在与人对立的阴暗角落面壁而泣。马克思曾借用莎士比亚的语言论述它的二重性。在人类社会生活中，不是人驾驭金钱，就是金钱吞噬人。这是文学永恒的主题。伟大作家的经典在这里培育出万紫千红的审美之花。铜臭与纯洁的比照，贪婪与廉明的对峙，小人谋财与君子谋道的说理，家财万贯，不过一日三餐；良田千顷，不过夜卧一席；人为财死、鸟为食亡的庸俗社会学，都在我们的文学作品中有屡见不鲜的反映。

梦萌的长篇小说《金喽啰》，直击金钱，写金钱对人的诱惑，写金钱对人性的扭曲和异化，写法治社会对获取金钱不正当手段的管理。作品在金钱的二重性中映现人性的二重性，在人性的二重性中映显改革大潮中传销者在现实生存中的心路历程。作品中的爨城，是一个虚构的文学地名。但他描写的人及其生存状况和生活方式却是真实的。作者站在现实主义的创作基点上，直面中国社会变革中传销这一事件，直面市场经济条件下金钱对人性设下的炼狱，传销对道德的践踏，野蛮与文明的冲突，艺术地再现了21世纪中国改革开放中这个民族在走向文明时，一些人面对金钱而失去理智，精神被利益所绑架，情感被财富所压抑，心灵被原罪所困扰，道德在迷惘中追寻，肉欲在钱欲中狂欢，撕裂在弥合中求存，蝉蜕在化蝶中再生的情感历程。作者站在人本主义的角度，以社会文明进步为准绳，在人性的自我欲望燃烧与社会历史发展的总趋势中，描绘了一幅真实而又鲜活的历史前进中的"涡流图"。这"涡流图"就是爨城一群靠诈骗、欺哄、蒙诱、拐卖而妄想一夜暴富的传销者的生存状况和最后失败的命运。

作品的可贵之处就在于直面社会突出的矛盾，直面惨淡的人生，直面十万传销大军猖獗的现实，直面人性在金钱面前的迷惘。作者站在灵与肉、情与理、爱与欲、钱与法、野蛮与文明、前进与倒退的立场上，冷静、理智地表现潜意识中对自由与快乐的本能追求，表现法治社会对非法行为的打击和取缔。文学跟紧民生，跟紧时代，紧切时代的脉搏，表现人性在社会变革中的复杂性、多样性和革命性，这些都在梦萌的长篇小说《金喽啰》中得到了艺术的展示。

《金喽啰》表现的题材是典型的、社会的、时代的，作者把传销这一题材写得如此全面、细致、真切、生动、鲜活，是令人欣慰的。此前也有表现传销这一题材的先行者，如《南都周刊》的《作家慕容雪村深入窝点二十三天卧底传销纪实》，以及《我在传销中的八十二天》——中国第一本全面揭露传销内幕的纪实作品等。但这些作品，更多偏重于新闻通讯、社会纪实，偏重于记录社会现象、揭示社会问题、曝光大案要案。而少有写人性、写人情、写心灵、写精神者，少有在文学审美评价与历史评价相统一方面比《金喽啰》发掘得更鞭辟入里者。

《金喽啰》是一部对社会底层一些下岗工人、失业者、离异者、政界失意下海求财者、妄想空手套白狼者、期望不劳而获者、企图一夜暴富者、欺骗者、淘金者——既同情又不满，既哀其不幸又怒其不争的衷情劝善书。作品中的司令俊男对桂平筠那么尊爱、信任，桂平筠却利用他的爱骗了他，又骗了贫困不堪的刘篆，更变本加厉地骗司令俊男的妻儿，最后她落得害人害己的结局——精神失常。富有思想的老三也被吓死了……

这是一部针砭现实又具有维护和建设社会主义法治秩序，批判地方经济保护主义意义的书。十万传销大军在氋城，当地政府在初期鼓励村民盖出租房，搞出租车，甚至任"红灯区"猖獗，最后造成出租车司机罢工，群众聚集围攻政府机关的后果等，都向人们展现了法治的迫切性。

这是一部讲述在欲望、金钱、情恋、阴暗角落的暴力、神秘诡谲的行迹、警匪式的卧底的通俗小说的形式下，攀登文学精神高贵峰峦的大众读本。作品在诡谲变幻、神秘埋伏中展开生活丰富感人的情节，在人的本欲燃烧中冶炼人的理性、智性、慧性、灵性。书中的司令俊男、瞎瞎大爷、秦二尊、景旎儿等，代表着真、善、美。正是他们的存在，才撑起了这一方艺术的晴空。作品中的商映、桂平筠、萨雷、俞溟代表着假、恶、丑。司令俊男既是被骗者、受害者，又是卧底者、救赎者。他对俞溟有利用的目的，也有救赎的意图。这种复杂的感情，把该作品的审美价值走向投向一种高贵的文学精神和品质。当然，作品还有待于清晰地表达这种审美价值走向。

这是一部对"非虚构小说"概念和理论建设有推进作用的小说文本。"非虚构小说"概念的提出，应是面对现实生活中重大、迫切、焦灼、复杂、尖锐的国计民生的社会矛盾，提倡作家站在社会责任和历史使命的立场上，尊重历史的真实，直面惨淡人生，描写真实生活。"非虚构小说"不是不要"虚构"，是小说必然有"虚构"，必然有艺术的"典型化"。作品中的喽啰山、喽啰洞是虚构的。那么，"非虚构小说"与"虚构小说"的区别在哪里呢？《金喽啰》用自己的创作实践做出了艺术的回答。记叙的笔触、纪实的语言、写生的视角、生命的情感、生活的原汁、细节的虚构、环境的典型化，以及无象征、无隐喻、无浪漫、无夸张，有时带有生活原材料的粗粝，有时带有生活原汁原味的苦涩等，在《金喽啰》中都有程度不同的体现。

　　这是一部在互联网背景下写传销网络的小说。互联网的虚拟与传销网的虚拟两相映衬，作者传达出传销网"比互联网的虚拟更虚幻复杂，充满着矛盾、斗争、险象、欲望、诱惑和刺激。人一旦被这些东西掳掠，就会失去自我，自觉不自觉地被一股无形力量裹胁着走入歧途"。

　　总之，这是一部有生活含量、思想重量、艺术质量、审美分量、感人力量的作品，我喜欢这本书。

　　（原载当代文学艺术网。作者系陕西省作协文学院原院长、著名评论家）

色泽斑斓的浮世绘

——读梦萌长篇小说《金喽啰》

王宏图

一拿到梦萌的长篇新作《金喽啰》，封面下方两行醒目的关键词"职场/商场/情场/法场""幻剧/闹剧/活剧/悲剧"顿时吸引住了你的眼球。你的神经细胞快速运转，做出似是而非的判断：这是一部书市上风行的职场小说或商战小说。然而，最初两章的阅读打破了你原有的预期。并不如想象的那么顺畅，那么扣人心弦。你耐着性子，硬着头皮往下读，柳暗花明又一村，一个不无新奇、怪异的世界慢慢呈现在眼前。那是生活中的一个暗角，一片幽暗晦暝的区域，一个个表情生动的人物浮出地平线，手舞足蹈，上演着一幕幕充满悲欢离合的人间活剧。

《金喽啰》全书以男主人公司令俊男被其老师桂平筠诱骗到西南边陲、误入传销王国为情节推衍、发展的框架，塑造了萨雷、俞溟、瞎瞎大爷等一大批富有传奇色彩的人物，组缀成了一长幅中下层社会色泽斑斓的浮世绘。其间，人们如临其境地目睹了他们不无艰辛的生活状态。值得注意的是，在他们的身上，人们可以清晰地看到20世纪90年代以来社会剧烈变迁的鲜明印记。尽管传销活动作为骗局给人们带来巨大的危害，但卷入传销网络中的许多人是社会变革中的牺牲品、受损者，如司令俊男之所以听信桂平筠的鬼话，一个重要原因是他下岗失业，又经历了婚变，一时间彷徨于无地。而在整个社会盛行拜金主义的氛围中，他们也被这股汹涌的潮流裹挟着，渴望一夜暴富，有人甚至明知其间有诈也拼死一搏，以求摆脱原有的窘境，改写自己灰暗的人生。人们既为他们不无愚昧的盲目扼腕叹息，同时也为他们身上流溢而出的蓬勃、强健的生命力而感喟不已。它可谓人性中的希望之光，不断引领人们突破现实的局囿，在未知世界中开拓出新的疆土。

此外，整部小说对传销王国内部种种错综复杂的关系也做了详尽细致的刻画。那个隐匿的网络俨然一个自成一统的江湖，呼风唤雨、奸猾刁钻、阳奉阴违、暗度陈仓、声东击西，各种手腕谋略无所不用其极，而从事传销的人群与当地政府、居民间的关系也值得玩味。明知违法，但民不报官不究，睁一只眼闭一只眼，居民乐得客源滚滚，闷声发财——这已形成了一条完整的生态链。当媒体曝光传销黑幕、政府出手干预打击时，当地民众担心日后生计无着，还拥到工商局前示威抗议。在此，作者写出了当今社会生活（尤其是城镇化过程）的诡谲与复杂，其直面现实的勇气可见一斑。

至于司令俊男这一人物，虽然其内涵还算不上丰厚，但《金喽啰》还是描画出了他完整的心路历程。他起先因穷愁潦倒而南下，过后发觉自己误入歧途而痛悔不已。作者没有将他塑造成一个逆来顺受、随波逐流的人物，他尽管在品性上并不完美，但一旦觉醒后便着手搜集传销集团的证据，以伺机向媒体公布其重重黑幕。他与萨雷等人斗智斗勇，通过与记者秦二尊、南云等人的合作，终于向世人揭开了传销王国的画皮，让人们一睹其真相，他自己也与前妻破镜重圆，回归到正常的生活之中。

总而言之，《金喽啰》是一部别具一格的作品，它在展示传销王国的真相、揭露社会弊端的同时，揭示了众多人物的命运与内心世界，触及人性深处的弱点与光亮点，给人们以警醒与思索。

（原载中国作家网。作者系复旦大学中文系教授、著名作家、评论家）

试谈《金喽啰》人物个性特征

王 海

文学是人学，而长篇小说则是以人物支撑建构的"人学大厦"。约略盘点一下，《金喽啰》中有名有姓的人物就有四五十个，都是有别他人而特立独行的"这一个"，且个个血肉丰满，立体鲜活，读后久久难忘。

作为男主人公，司令俊男的个性表现，一是多情而不乱：他是全省体操冠军，长得帅，社交广，甚是吸引大家特别是女人的眼球。因一段师生恋陷入传销，又因传销投入女经理的温柔之乡。他在旧情人"开与关"哲学和新情人"爱情高度"以及前妻"权当论"的撕裂下，人性善的本质遭受严重考验。尽管如此，他仍对原有婚姻念念不忘，每每遭遇不测眼前总出现前妻和儿子的身影。而且，桂老师疯癫、俞淏遭绑架、刘篆被骗和三哥不幸殒命，他都表现出强烈的悲悯情怀和同情心。二是爱钱而不贪：他渴望钱，钱能挽救"三失"的生活，也能打破当前"三国鼎立"的感情局面。但在情与法、钱与德的角逐中，他始终坚守道义和良知的底线。他不愿说谎骗人，迟迟发展不了下线，总算邀来几个，但每当新人不认可时他却暗自庆幸，甚至想方设法帮着他们逃跑。三是机智而不诈：陷入红灯区而一尘不染、对两个谐音字的解密、在网上发表两篇文章、演讲会上实话实说，以及成功化解一场凶杀案等，皆是他智慧和真诚相结合的产物。他最初的清醒和反戈一击，并非由于思想认识的提高，而是在危及身家性命情况下的一种本能自救。然而正是这一自救方式，却歪打正着地发挥了正义的力量。他通过媒体朋友帮助，揭露了传销的高层黑幕，政府以此为据展开跨省联合行动，一举摧毁了这个传销体系。他救出了前妻和儿子，与前妻破镜重圆，一切归于正常。虽然赔了三万多元，却挽救了婚姻和家庭，他的心情还是很坦然的，正如前妻所说："事情都已过去，权当出国旅游了。"

俞淏真诚而虚荣、多情而自恋、坚韧而犹疑。当取得所谓的成功时，她便疯狂地追求昔日不幸的爱情和婚姻。她把与司令俊男的第一次做爱选在四星级酒店的二十三层，不但满足着自己虚拟的成就感和高高在上的虚荣心，也流露出意识中"空间颠倒""爱情失重"的矛盾心理。显然，她对司令俊男是一片真心，但这只是建立在虚假的百万富翁梦之上的，压根就没有预设结局的另一种可能。她完全被爱情冲昏头脑，变得弱智，而司令俊男正是利用这个偏差，把她发展成他搜集传销罪证的"一条腿"。就这样，俞溟在以己之矛攻己之盾的混乱逻辑中，为情人提供了传销的大量罪证，导致整个体系崩盘和爱情塌陷。她终于从可怕的绑架中走出来，而司令俊男和前妻破镜重圆却将她击倒在一棵玉兰树下，是死是活，不得而知。小说最后撇下一句话："春城的冬季，还不到玉兰花开放的时节。"也许，她选错了时节，爱情和金钱对她来说都是一场噩梦。

桂平筠出身于高干家庭，但因父亲站错队，畏罪自杀，导致母亲暴病而亡和哥哥工伤丧命，她成了孤儿。家庭的不幸和被人唾弃的感觉，给她性格注入争胜好强、万事不求人的特质。她要努力干出成绩，让社会承认自己。后来两次不幸的婚姻和工作变故，使她更加抑郁、敏感和神经质，一门心思闯入商海，先后搞过服装、美发、体校等，直至误入传销，不但花完所有积蓄，还欠下乡亲们一屁股良心债。正是出于这一心理，她被萨雷轻易骗来坠入另一个传销陷阱。为了还债，她对传销死心塌地，忠心耿耿，痴迷于发展下线和经营虚拟的家，甚至一改当初自己关于情欲"自来水"的观点，只有关而没有开，拒绝所有男人——而面对寂寞孤独的生活与日渐激烈的渴望，她又不得不在深夜用人工性器降伏情欲的烈马。最后，当苦心经营的虚拟的家被砸得稀巴烂时，她彻底崩溃了，只能被送进精神病院。

萨雷当过兵，从过政，是正儿八经的县团级，因为喜欢招蜂引蝶，所以仕途一直踏步不前。他为厂里制订了改革方案，精兵简政，结果首先把自己精简了。他不愧为时代产儿，心狠、胆大、有心计、爱折腾，几乎改革开放之初所有盛行的行当都涉足过，但全都以失败而告终。就在他要结束落魄的一生时，一个无意的信息点燃了他东山再起的野心。他将别人对付他的阴谋手段用来经营他的千万富翁美梦，充当网络神父的角色。他一边精心管理网络，一边仍花心不改，与旁系尹杭杭公开同居，将虚拟的家变成真实的窝。他善于钻研政策，知道怎么打擦边球，怎么规避风险，怎么应对公安和工商检查，所以发展下线和管理网络都驾轻就熟，得心应手，充满信心和激情。直到政府打击取缔了传销组织，他也未曾动摇，而是改头换面，另起炉灶，仍游刃有余地混迹于茫茫商海。

三哥也叫老三，是萨雷的亲弟弟，在追求财富上，他和哥哥方向一致，既是他的助手，也是他的保镖。他为人耿直，心地善良，夸夸其谈而不无心计。他帮萨雷管理网络，处置各种纠纷和危机，可谓左右逢源，但同时也承载着各种压力和精神煎熬。在处理自己的三个下线时，萨雷采取"黑吃黑"和"厚黑学"那一套，设计开除了三个"危险分子"，让"驴日的挨个肚子痛"；而三哥却碍于情面，不愿把事做绝，更不愿黑着良心坑人。于是兄弟二人爆发了激烈争斗，甚至动起拳脚。无奈之下，三哥窝着一肚子气，回老家住进医院。然而当他再次返回时，目睹驻地被砸的惨状，怪叫一声，当即昏倒，送到医院已咽气升天了。萨雷用病房被单裹了弟弟尸体，以病人转院为名提前进站坐上火车，一个鲜活的生命就这样消逝在他乡。

老韩这个人物颇具传统意义，他原是县民政局局长，刚来时动摇不定，一是从政策上质疑，二是寻找翻把的依据。他不会说谎骗人，总想把善意谎言的"含谎量"降低到最小程度而把"含善量"飙升到最大百分比。没想到，一个毫不经意的小伎俩，却使他时来运转，发展迅猛，很快成为经理。但他依然心存芥蒂，既渴望虚假的成功，又承受良心的鞭笞。他受命修复被砸的家具，偶然得知三哥噩耗，便愤然甩掉斧头，无限悲伤地喊道："能修复吗？修复了又能怎样？"于是，在一次酒宴上，他偷偷逃离，回到老家，恢复了正常生活。

更令人拍案称奇的是瞎瞎大爷这个所谓的西秦名流，他当过右派，社会亏待了他，平反后他又加倍回报社会。后来他突然对自己罕有的姓氏产生兴趣，便背井离乡来到西南边陲寻根问祖，进行考证。他既是游医，又替人拆字算卦和撰写诉状。他最终在喽啰观山洞离世，人们才发现他竟是传销网络的第三代传人！就这样，他一边贪婪地骗取钱财，又一边毫不吝啬地施舍捐赠，以"好人干坏事"和"坏人干好事"的矛盾心理走完了他独特的"两面人生"。

郑越和乐正这两个活宝，更是活灵活现，生动逼真，让人既爱且恨。一个邋遢而鬼点子层出不穷，一个爱说怪话而很讲哥们儿义气。他们一方面有意无意地颠覆着这个庞大的体系，一方面又在看"皮影"和"狗连蛋"游戏中满足长期受挫的情欲。特别是当他们误入红灯区并遭遇"网络妓女"的尴尬时，自诩磅礴如虹的情欲连同千万富翁美梦一起被撂到阴沟背后去了。

还有如商映的顺口溜、景旎儿的"权当论"、谷穗的"芒硝说"、景颜儿的敏感张扬、英英的"写保证"专业户、老马的商人气质和猪八戒思想、范主动的嘻嘻哈哈和黄色短信、岳月的能说会道和精明仔细、雷钊的小肚鸡肠和显派轻狂、辛代的"三不吃"和永不离手的大茶杯、成智单怕走路和蹲茅坑的官僚坏子等，如此小小喽啰、芸芸众生，无不彰显关中人的个性特征，包括思维方式、习惯嗜好，甚至语言行为。可以毫不夸张地说，这是从关中平原移植到西南边陲的一群中国槐，是大秦后裔在多民族杂居的边地演绎的一幅颇具秦风秦韵的风俗画。

而且，即便是其他省市的人，如东北白石山的秃头和狡狯、党自觉的诚实和毛躁、上海小老板陈一先的"爱情磨活"、河南女子羽羽的"不知肚里孩儿他爹是谁"、广东青年小崔无论女友怀谁的种"都视为己出"，以及云南当地的饭店老板、房东大嫂、足疗小姐、傣族擦皮鞋的少妇等，虽然戏份不多，但在素描和大写意的笔墨中，个个栩栩如生，饱满鲜活，让人不得不佩服梦萌观察人物的深透、刻画描写的娴熟、理解和把握人物内心世界的精准。

（原载中国作家网。作者系陕西省作协副主席、著名作家）

金钱镜像下的人性迷失与回归

——评梦萌长篇小说《金喽啰》

黄　波　邓锦丽

梦萌的《金喽啰》是一部直击职场、商场、情场、法场，全方位透视传销人群的长篇小说。作品围绕传销题材层层展开，瞄准社会敏感神经，紧追人物命运沉浮和心路历程，以一种新写实的手法，深刻揭示了一群小喽啰在金钱欲望诱惑下人性迷失和嬗变的心理过程，以及当百万富翁美梦破灭后走向人性复归的生活逻辑。

米兰·昆德拉说："小说家，既不是历史学家，也不是预言家，他是存在的勘探者。"小说不仅仅是讲故事，最终是对人性的深层剖析和对心灵的勘探。本部小说《金喽啰》共有五十六章，人物多达四五十个，个个形态丰满，富于个性。作品通过主人公司令俊男因旧情复燃而上当受骗直至反戈一击的角色转变，以及俞溟的游移不定和日益醒悟、桂平笃的情感变异与精神沦陷、瞎瞎大爷两面人生的矛盾心理、三哥绝望中的生命陨灭、萨雷等人的执迷不悟与铤而走险等，从不同角度和层面勘探金钱欲望的原罪矿脉及其对人性的诱惑与腐蚀。于是，在这个商业社会刚刚复萌、市场规则尚未完善的现实社会中，各种五花八门、彩色斑斓的镜像不期而生。所谓镜像，原指计算机时代各种文件的可复制性，而在这里，所有的复制、链接和下载，都充斥着刺眼的两个字：金钱。这样一来，我们在金钱镜像下看到的不仅仅是金钱的诱惑和罪恶，也透过镜像看到人性中尊严与羞耻、热情与冷酷、爱情与背叛、丑恶与良知的激烈碰撞和相互拼杀。这些在现实中被奴役、被压缩的人性本能，一旦获得复制和下载的端口，那绝对是像打开潘多拉盒子一样的灭顶之灾。所以当人们从痴迷入魔、麻木不仁的镜像中试图突破，试图走出这个犹如斗兽场一般的金钱镜像时，爱与恨、善与恶的冲突更加刺激主人公与读者迫切地寻求人性回归的精神通道。从迷失到回归，这就是《金喽啰》所具有的现实意义和文学价值，也是作家梦萌成为"人性解剖师"和"心灵勘探者"的有力佐证。

关于人性的迷失：人类在寻求满足自身需要的生产活动中，发展了人所具有的共同的人性，其中最基本的就是人的理性、情感和道德。小说描写了在传销逆流中，人们的金钱欲望被无限膨胀，理性丧失全无，情感皆是欺骗，亲情、爱情、友情都成了阿凡提的宝洞，成了传销者为凭借善意谎言发展下线给自己所安的"腿"，而人类一切美好的德行这时已消失殆尽。为了重振以前的雄风，萨雷处处投机取巧，钻法律空子，利用语言巧妙地编织各种谎言和美梦，对下级进行严密的盯梢、跟踪、控制，限制人身自由，甚至利用血脉关系拉拢自己的亲弟弟萨风及外甥小范加入这个传销网络，成为自己的帮手和保镖；对于司令俊男的质疑和反抗，萨雷先是利用俞溟和桂平筠的美貌进行色诱，当其危及网络安全时又采取恐吓、袭击等手段来加以控制。他们迷失在金钱与权力欲望之下，成为相互利用和被利用的小杂耍，所谓的爱情一文不值，成为一种稳固传销网络得以顺利发展的欺骗手段。桂平筠为了安司令俊男这条"腿"，起先利用金钱和情感欺骗，当对方出现动摇不定的心态时，她联合萨雷使出美人计，让俞溟以色相来俘获司令俊男，同时为了实现自己无法实现的百万富翁美梦，又如信徒般痴迷地把《成功八部》和《羊皮卷》奉为圣经，而对于自己的性欲却进行痛苦的压制，完全沦为金钱的奴隶。还有尹杭杭、关羽羽、盈儿等青年女子，她们此时的爱情早已变质，与其说是对爱情迷恋，不如说是对金钱无度追逐更为恰当，她们实际把自己的女儿身异化成传销的一个工具。当体系遭到破坏，利益失去保障时，内部出现的绑架、械斗、偷袭、哄抢诸如此类的情况已经成为常事。善良美好的德行被冷漠抛弃，麻木不仁主宰了全部精神和意识。作为网络的第三代传人的神秘人物瞎瞎大爷，他认识到自己陷入传销后，在金钱和良心谴责上出现了矛盾心理，结果人格分裂，一面继续操控传销体系大挣黑心钱，另一面又寻求良心的安慰和精神救赎，学法学道，帮助贫困百姓，并给个别传销失败者以金钱劝其回家，等等。如此两面人生，在传销网络中，不但使他人性极度迷失，更使他遭受到心灵上的戕害。

关于人性的复归：首先由主人公司令俊男的质疑开始，作为始终没有"安腿"的单个司令，他起初抱有发财梦想和情感寄托两重目的，但当这些希望变得越来越渺茫且身家性命受到威胁时，他才从人云亦云的歪理邪说中解脱出来，从而引起理性的思考和自觉，认识到连锁销售就是变相传销并开始反戈一击。他一方面利用个人的微弱力量避免更多人误入歧途，如让小舅子景颇儿逃跑，想方设法阻止桂平筠坑害可怜的刘篆，在网络上发文章揭露连锁销售的本质，联合记者秦二尊、南云报道传销黑幕；另一方面开展心理攻势，如引导俞溟质疑传销和利用她掌握更多的高层内幕，和老韩、乐正等讨论传销的危害等。最终通过计划布局成功反戈，从内部打乱了传销大营，自身获得解脱，妻儿团聚，回归到正常生活状态，找回自我人性。作为女主人公之一的俞溟，作家利用巧妙的谐音，"俞溟"谐音"愈明"，从中已经透露出她由"愚昧"到"愈明"的这一心理态度的转变。当她对司令俊男的爱情目的由钳制变成真正的情感寄托时，她在爱情上找到了缺失的人性。她冒着极大风险帮助司令俊男一起侦查公司造假、诈骗和黑社会违法犯罪事实等，直到遭遇姬小荣绑架和被威胁交钱时，她才认清财欲和传销的危害，获得良知的复苏和人性的救赎，回归到现实之中。

曹文轩说："人性是小说的最后深度。"金钱对于人性的伤害在当代小说中被频繁地表达出来，俨然成为一个文学主题，然而借助传销这一事件来传达却是文学中为数不多的。作家梦萌经由自身的经历，利用细致入微的手法，在小说《金喽啰》中解读了人性，描绘了一幅金钱镜像下人性的迷失与回归的风俗画，无不引发人们对于人性的思考，耐人寻味，在任何时期都具有重要的历史意义和现实意义。

（原载中国作家网。黄波系西藏民族大学文学院教授，邓锦丽系河南省确山县政府公务员）

莫做金钱小喽啰

——梦萌长篇小说《金喽啰》的现实意义

姚骏骊

了解一位作家，必须先阅读他的作品；阅读一部作品，更能认知一位作家。这是我读了著名作家梦萌先生长篇小说《金喽啰》后的第一感受。

梦萌先生的早期作品我在20世纪90年代初就读过，如长篇小说《爱河》和中短篇小说集《绿太阳》等。他那时的作品多与江河、水利、乡村有关，读起来清新、秀丽、有泥土味，给我留下了深刻印象。十多年来，他的著作颇丰，且去上海工作，生活阅历、创作经验和知识积累日益丰富，作品风格日臻成形，小说技巧、叙述节奏已驾轻就熟，所以就有了这部从农村题材移步城市题材的四十万字的现实主义长篇小说《金喽啰》。

2016年8月23日，梦萌先生的长篇小说《金喽啰》在上海书展期间举办发布会和研讨会，并引发京沪陕三地学界关注。我在报上发了消息，网络的力量不可小觑，就这样，失去联系多年的老朋友梦萌便联系上了我。9月初，我又写了一篇名为《一本书的碰撞》的文章，梦萌兄感动之余，于9月中旬给我寄来了书，并请我看完后写篇评论，我爽快地答应了。但不巧的是，我于9月中旬与出版社签订了散文集《吹糠见米》的图书出版合同，好长一段时间都忙于此事，加上本职工作，就一直静不下心读《金喽啰》，故一直未动笔。直到11月中旬，当我认真读完此书后，一种写作的冲动再也难以自抑，这才有空谈谈我的拙见。

互联网在中国是个新兴事物、朝阳产业。尽管普及仅十年左右，但因迅速、快捷、海量而令人痴迷。除了尖端高科技行业、机关企事业单位无纸化办公外，各级各类大中小学生学习也广泛应用，更多的人用互联网炒股、聊天、交友、打游戏。在几年前，网吧遍布城乡，网民不分老少。文化、教育部门常常联手，为的是把青少年从网吧里拽回课堂，拽回家庭。随着时间的推移，电脑普及了，手机智能化了，微信人人有了，这种现象才有所减少。

《金喽啰》正是以这一现象为社会大背景，从主人公司令俊男这个国有企业下岗职工在"民众信网"发表的一篇题为《汉语的魅力》帖子入笔，叙述司令俊男下岗后，凡事不顺、百无聊赖，就整天泡在网上消磨时光。时间一长，他成了失去工作、失去妻子（离婚）、失去儿子的"三失"人员。他不明白互联网何以令儿子走火入魔，从品学兼优生变成了成绩一落千丈的学困生，于是就亲自去试，结果也被令人眼花缭乱的网络虚拟世界所吸引，且神魂颠倒，不可自拔。好在他喜欢写文章，便在各种论坛上发表文章，并为成千上万的点击量而陶醉。可是玩着玩着，他发现这样既没效益又不落好，换来的只是一场空虚、失落、孤寂。

正在此时，他突然接到二十年前的体操老师和恋人的桂平筠的电话。次日见面一番云雨后，他即带着几乎所有积蓄三万多元，随桂老师去西南边陲投资所谓的"投资少、见效快、回报高、无风险"的西部大开发国家试点项目。但到了爨城，司令俊男方明白是"连锁销售"，知道自己被桂平筠骗来搞传销了。他带着种种疑问，但无论是上线桂平筠、经理萨雷、领导俞溟，都不正面回答。在严密的半军事化管控下，司令俊男只能委曲求全，处处小心。看着同伴相继都发展了下线，个个都在做着"百万富翁"的春秋大梦时，看着有人打架、有人抢劫、有人死亡等种种惨情后，司令俊男的灵魂受到震撼和拷问。同时，因他长期发展不了一个"腿"被边缘化，有文化、善思考的他，便利用各种空闲，找出种种借口去搜集证据。歪打正着的是，连锁销售的主要负责人俞溟爱上了他，使他有机会获取更多的信息、资料、证据。当上线再三强迫催促他发展下线、壮大业绩时，当昔日的室友、同乡都因他业务空白冷眼相对、躲他欺他时，司令俊男只好设计叫来了小舅子景颇儿。而景颇儿敏感地察觉到是传销，便巧妙地逃跑了，司令俊男更是陷入尴尬境地。万般无奈之下，他想起了过去报社的同事秦二尊，以投资彩印厂为名骗其到春城来，进而辗转爨城。已身家数百万、官至周末版主编的秦二尊，一到十万传销人员的集中地，就敏锐地发现这是一个庞大的传销组织。于是巧妙周旋，变不利为有利，协同当地媒体大腕南云，与司令俊男三人里应外合，偷偷采访，并将稿件不断发出，直至与央视合作，曝光了传销的内部黑幕、社会危害、种种惨象。这才引起工商、公安部门重视并逮捕、驱散、通缉有关人员，使这一毒瘤得以切除。就在这风口浪尖上，桂平筠竟然采取卑鄙手段，将司令俊男前妻景旒儿和儿子骗来做下线。在司令俊男好友郑越、乐正的掩护下，景旒儿和儿子巧妙地躲进旅馆，司令俊男回来后，夫妻破镜重圆，一家三口团圆，并踏上了回家之路。

这是一部直击商场、职场、情场、法场，全面透视传销人群的长篇小说，到处充满诱惑、谎言、阴谋、仇恨、暗杀。人们醉生梦死，在虚拟的网络里，苟且构建着虚拟的千万富翁美梦。故事曲折感人、情节跌宕起伏、结构宏大缜密、语言优美隽永、人物个性独特、心理描写激烈、张力猛劲无限，是一部颇具现代感和阅读时尚的小说。该书以传销为背景，着力挖掘人物命运和心路历程，解析转型期人们的爱情观、金钱观、事业观，深度揭示人性的弱点和社会的病灶，是一部不可多得的奇书妙卷。

　　"金"是金钱、财富；"喽啰"是兵卒、跟班、小平民、小混混。"金喽啰"就是为金钱而奔忙的芸芸众生。书中塑造了爨城，说城里有座喽啰山，山上有个喽啰观，民谣有首《喽啰诗》，更有趣的是作者成功塑造了有文明和被文明戕害的智者"瞎瞎大爷"——这个多重身份、多重性格、命运多舛的人物。他既是极"左"思潮的受害者，又是平反后播送善缘的布道者；既是传销网络的精神领袖，又是游离于网络之外的"消防员"。他一边大把大把地赚黑心钱，一边毫不吝惜地捐赠社会，尤其在工商部门打砸、摧毁传销窝点后，他面对流离失所、无家可归的传销人群，将人道善的一面施展阐发到极致，不但哀告执法部门网开一面，停止打砸，限令传销人员写出保证如期撤离，同时又自掏腰包连续多日在几家食堂替这些人买单赠饭。直至有几天无人结账时，郑越和乐正在"瞎瞎大爷"养的藏獒知无的引领下，赶到他所栖身的山洞，才知他倒霉升天了。

　　就这样，他在抵触的涅槃和涅槃的抵触中走完了自我抵触的人生，留给人们的是无尽的痛恨和惋惜。末了，他的哑女儿及女婿从老家赶来处理后事，又当众表示，要将父亲留下的九万元捐赠给家乡的希望工程。这种好人干坏事、坏人干好事的人鬼合体、善恶混淆的一生，读后令人不知该赞美还是该憎恨，似乎一时矛盾得失语，什么也说不清。

　　《金喽啰》直面社会人生，将人们熟知的传销、直销、网销等形式及破坏性揭示得犀利深刻，鞭辟入里；将各类人物写得入木三分，栩栩如生；将人们生来就有的贪心私欲、互相算计的软肋点击到位，抓铁有痕；将人性的善与恶、社会生活的罪与罚、精神层面的高尚与卑鄙、人际相关的诚信与讹诈解剖得细致入微，无以复加。如面对竹篮打水一场空的众"喽啰"，无论是上线桂平篾，还是经理俞溟和网络神父萨雷等，都无一例外地在照妖镜下现出原形。他们有的醒悟，有的后悔，有的反思回归，也有的摇身一变另起炉灶，说明这场"人妖"交锋的战役将持久继续下去。特别在当今市场失衡、人欲横流的现实中，诸如传销诈骗、网络诈骗、电信诈骗、婚姻诈骗、生子诈骗、集资诈骗、合同诈骗等违法之事愈演愈烈、防不胜防，给人们的社会生活和生命财产带来难以预知预控的灾难。小说告诫人们，面对变幻莫测的商业社会，千万莫做贪图金钱的小喽啰，唯有辛勤劳动、抓住机遇、创新创业、科学理财，才能创造财富和享受生活。所以说，在如此境况下，《金喽啰》更具有人性自省和社会警策的深远意义，不失为一部当代现实主义小说的范例。

这，就是长篇小说《金喽啰》的文学价值和社会意义。

（原载中国作家网。作者系文化学者，时任《陕西农村报》副总编）

传销人群的命运沉浮

王洪胜

8月23日，上海书展期间，梦萌的新作《金喽啰》先后在上海展览中心和青浦区举行首发式暨研讨会，研讨会由陕西省作家协会、文汇出版社和上海宏波集团联合召开，陕西省作家协会党组书记黄道峻、主席贾平凹发来贺信。

《金喽啰》是一部直击职场、商场、情场、法场，全方位透视传销人群命运浮沉的长篇小说：司令俊男下岗离异后，被老师桂平筠诱骗至西南边陲，参加了连锁销售。"连锁销售"即传销，这里号称有十万大军，到处充满诱惑、谎言、阴谋、仇恨和暗杀。人们醉生梦死，在虚拟的网络世界苟且生活，家庭、爱情和百万富翁美梦都显得遥不可及。"国家取缔打击二十余年，至今愈演愈烈，可见传销危害性的根深蒂固。"与会专家表示，《金喽啰》无疑击中了人性的要穴和社会的软肋，具有很强的社会批判价值和人性自审的积极意义。

梦萌有着十分丰厚的生活储备与艺术积累，如对陕西关中和西南边陲风土人情的精彩描写，对各色人物心理的细微刻画，对人性和感情最敏感脆弱之处的深刻剖析，对商业社会种种信誉和诚信危机的挖掘等都很熟稔，把控到位。专家认为，这一切与他善于编织曲折故事的能耐结合起来，作品就有了紧凑而曲折的故事主线与跌宕起伏的故事演进，始终深含一种引人展纸疾读的内在魅力。作品没有滞留于表面的热闹与一般的好看，还因为作者在叙说故事的过程中，时时瞄准人们的情感悸动与心理感应，把人物的复杂性格与精神脉动一同显现出来。故事与人物的相得益彰，内蕴与形式的桴鼓相应，使《金喽啰》这部小说不仅读时引人入胜，而且读后也耐人寻味。此外，小说还有一个显著特点是人物众多，并且个个血肉丰满、立体鲜活，特具关中人的个性特征。即便是一些戏份很少的人物，包括当地人和外省市人，在素描和大写意的笔墨中，也都神似形肖、生动逼真。

（原载《文汇读书周报》。作者时任《文汇读书周报》总编辑）

访著名作家梦萌

金　莹

2005年退休后，痴迷于散文创作的陕西作家梦萌，应朋友之邀前往西南边陲采风，却不料陷于传销网络，经历各种艰难才得以脱身。这一段特殊经历给了他以一种特殊方式贴近这一特殊人群的契机，也自然激发了他为之创作的冲动。

他告诉笔者，在那里，人们醉生梦死，在虚拟的网络中经营着虚拟的家庭、爱情和百万富翁美梦；在那里，谎言被包装成善意，违法被美化为反传统和擦边球，阴谋、欺诈、暗算如影相随；在那里，各色人等各显本领，各显本真，人性的劣根都是赤裸裸的，真善美也是赤裸裸的，这就有了记忆和书写的可能。梦萌说，当时他就产生这个念头，要写一写这个特殊群体。从传销网络脱身后，梦萌花了整整一年时间潜心创作长篇小说《金喽啰》，并一直为小说的出版寻找机会。

2016年8月中旬，梦萌的长篇小说《金喽啰》由文汇出版社出版。8月23日，这部聚焦地下传销人群的长篇小说《金喽啰》在上海书展期间亮相，并由陕西省作家协会、文汇出版社、上海宏波集团联合举行首发式和签名互动活动，接着又召开《金喽啰》研讨会。来自北京、上海、陕西等地的专家学者对《金喽啰》进行了全方位的解读。

在《金喽啰》之前，梦萌先后出版散文集、中短篇小说集、长篇小说等十余部。与会专家表示，他的小说有着强烈的现实主义气息，无论是关于水危机的《爱河》，关于非法集资的《悲喜娱乐城》，还是关于城市新移民的《倾城》，以及关于非法传销的《金喽啰》，都涉及社会转型期敏感焦点问题。而《金喽啰》聚焦非法传销这一特殊人群，直接描写了金钱对人性的扭曲和异化，依次展现传销人群的挣扎沉沦和心路历程，具有积极的社会意义。

采访中，梦萌坦言，自己当时对传销网络的组织形式、环境气氛、骗人伎俩，以及各个层级人员的生活细节、人物个性和心理活动等，都有深刻的观察体验和开掘认识，甚至和一些成员还成为朋友，书中四五十个人物基本都有原型。与会专家也认为，小说《金喽啰》虽然还带有即时性乃至通俗性的诸多痕迹，但在题旨和人物等主要方面，都以文学意味进行浸润和把握，使作品别具韵致。小说对处于传销网络中不同位置人物的形象刻画，也是生动逼真，各具特色。

（原载《文学报》。作者系青年作家，时任文学报记者、编辑）

从生态启蒙叙事到人性逻辑嬗变

——长篇小说《新部落》新在哪里

李国平

　　当《新部落》的封面的推荐语映入眼帘的那一瞬，我内心充满着期待与担忧。由于全球性的生态问题，生态文学创作风靡一时，这一主题的文学作品有直面现实的优势，亦有饱受学界诟病的艺术性缺失之症候。就生态主题创作而言，它在陕西文学中并不新鲜。21世纪以来，冷梦关于榆林米脂县高西沟村的纪实文学，京夫的《鹿鸣》，杜光辉的《可可西里狼》，钟平的《天地之间》《塬上》等作品都可当作严格意义上的生态文学，都在以文学的方式关注着当下的生态现状，开启了文学书写的不同方式，也暴露出一些问题。那么，梦萌的《新部落》同样以生态为主题，其新颖之处何在？又在哪些方面有所超越？会不会是同一主题的简单重复？怀着这样的期待与担忧，我阅读了此书。然而，随着阅读的深入，担忧之情悄然消散，欣喜之情油然而生。

　　小说以现实主义笔触，以全知全能视角讲述了三个互不相识之人因特大洪水意外迷失原始森林，陷入饥饿、疾病与死亡交织的困境之中而引发生存与毁灭、善良与罪恶、人性与兽性之间的冲撞与抗争的故事。作品通过对地球之痛、人类之痒、生命之殇的悲情书写与倾心展示，将批判与反思的锋芒直指造成生态灾难的现实社会及人类自身，极具穿透力与批判性，展现出不俗的艺术风貌。可以说，小说叙事简洁，看似庸常，实具新意。

　　首先，小说在人物角色构思上颇为用心。作品人物不多，但人物形象所映射的社会现实却是多维的。从表层意义来看，豪哥作为庆顺市金阳矿业总公司的法人代表，漠视生态且疯狂追逐物质利益与感官刺激，是欲望的象征，是生态问题涌现的根源与祸首；季月是国家环保部门的公职人员，倾心于生态保护事业，践行着生态理念，但处处受阻，事事不顺；画家修卓视艺术为生命，葆有崇高的艺术理想，但缺乏自觉的生态意识；作家童九哥是知识分子的代表，但因社会历史因素而躲避山林四十载，成为社会发展的局外人，隐喻着知识分子社会职责与批判意义的丧失。从深层意义来看，小说主要人物代表了社会发展中不可缺失的三个不同维度。社会发展需要豪哥式人物的冲锋陷阵，诸如破坏生态之类的种种问题也会如影随形，需要环保、水利等相关部门从宏观层面予以监督与管理，亦需要从个体微观角度进行审美教育与精神烛照。他们之间的行为冲突与现实关系折射出人物价值理念的抵牾与生态危机的复杂现状及解决问题的艰巨性与曲折性。豪哥的顽固不化，季月工作职权的形同虚设及尴尬遭遇，修卓艺术追求的缥缈及审美救赎的乏力，童九哥的遁隐逃逸及无法适应现实的感慨呓语等都饱含着深刻的现实映射色彩与鲜明的时代寓意价值。人物角色的如此设置凸显着作者的叙事意图及艺术匠心，有效地承载着生态文学文本现实表意与社会反思的社会功能，是小说焕发新意的一个突出之处。

其次，小说将批判与反思的触角伸向新的高度。与其他生态文本一样，社会批判与反思是其文学书写的重要内容。值得注意的是，《新部落》并未游走于社会批判与反思的浅层，而是深入肌理，体现出现代科层化体制的种种弊端。在阅读作品时，读者可能更多留意到了对以豪哥为代表的人欲望无度的揭露与批判，而忽略了欲望表象背后隐匿着更深层次的社会内容。工业革命以来，社会发展与生态保护之悖论一直是社会进步中不可回避的矛盾，也是直面现实的文学不可漠视的问题。对这一矛盾或问题的揭露、批判、反思是检视现实主义文学创作艺术水准高低的重要指向。在不同的历史时期与社会环境中，社会发展与生态保护之间的矛盾是复杂、多变的，甚至是不可捉摸的，而作家对之的体验与感知也需不断地调整与深化，只有如此才可以用文学的触角捕捉到现实生活表象与社会发展本质之间的深层逻辑关系，有的放矢地行使文学艺术之社会职责。

就《新部落》而言，豪哥先祖阔绰，但家道中落，到了其父辈沦落到尸首无还的悲惨境地，而他却能白手起家，迅速积累巨额财富并游走于社会上层，除一己之力外，其背后官商一体的社会隐性力量是不容忽视的重要因素。此外，小说以季月蜜月历险之旅的叙述正面直击了上自市委领导下至基层管理人员对政绩的逐捧与对生态的漠然。面对生态环境的破坏与恶化，环保、水利、土地、农业等行政部门之间的推诿，各级官员之间的扯皮、塞责，平民百姓深受其害又敢怒不敢言之行为、心理的扭曲等情节于有形无形之中暴露出现代科层化体制强力规约后的局限及无法克服性，有力地批判了现代科层化体制无序无力无度的种种弊端。可以说，梦萌对于生态问题与人性、管理体制机制之间的关系的认知是极其深刻的。然而，面对这些问题及文学表达，他无力改变也开不出有效的良方，正如文本中修卓的年迈无力、童九哥的遁隐逃避一样，终让人徒然而生一种气馁与无可奈何之感！

再次，小说生态叙事展现出新的面向。如果说小说生动地展现了豪哥是如何走上发家与欲望膨胀之路，又是如何失败与身陷囹圄以达批判反思之目的的话，那么与之并置的是小说中生态启蒙叙事的无处不在。作品自豪哥与季月不期而遇之时便已展开灵与肉、情与法的斗智斗勇。在黑暗、洪荒与死亡交织的原始森林中，豪哥的灵魂蜕变为野兽，在生理与感性的极度渴望之中，面对饥饿他茹毛饮血，面对季月他不懈地骚扰，面对修卓的"阻挠"他残忍凶恶，他的世界里只有掠夺、占有与宣泄，完全以自我本能为中心，是毫无生态理念与意识且极需启蒙的重要对象。为了生存与走出原始森林，季月试图以高雅健康的情调感染启迪他的天性，以天人合一、人兽相融的画面与气氛感动教化他的良知，以贴面舞、搓二步的方式缓解、释放他的本能欲望，期望慢慢拨亮他心中微弱的人性火苗，以求早日走出深山老林，回归社会。

如果说对于豪哥的生态启蒙是正面进行的，那么修卓人物形象的变化则是在潜隐中完成的。豪哥沉溺于感官刺激，而修卓迷恋于精神享受，他的境界远在豪哥之上，但他那孑然一身、云游四海的精神享受仅限于一己之悦而未博爱众物。因而，在书中作者凸显了修卓人物形象的变化过程，即由悦己到悦人爱物的转变，从而具有了自觉的生态理念及意识。修卓这种生态理念及意识的萌发源于两次现实经历，一次是海外游历中受到一位宁姓中国记者的启示，一次是被豪哥陷害后坠入谷底与狗熊生死相依的经历。与豪哥、修卓相比，作家童九哥生态意识的萌生完全是在与自然众物相互依存中潜移默化而来的，具有自发性。由此可知，书中的生态启蒙叙事隐匿着一条由外发到自发的逻辑嬗变脉络。此线索从明暗两条路径散发开去，从三个层面建构着本书的生态叙事。

最后，需要指出的是，《新部落》并未落入诸多生态文学"模式化"叙事的窠臼，而是斜逸出强大的审美张力与现实特性。从小说结尾看，作者的生态启蒙是失败的，至少是不成功的，豪哥在季月、修卓的启发、教化下并未萌生多少生态意识，只不过从人性本我回到了先前自我的状态。然而，这样的结局、叙事与当下众多生态文本千篇一律地成功塑造生态人格相比，无疑是真实的、自然的，也是可贵的。其实，梦萌如此构思，与其文学创作注重从社会关系、从人物性格、从外在到内在等诸多方面塑造人物形象，讲究小说环境与生活细节的真实性，讲究情节和故事的连续性、完整性不无关系。他的文字立足于现实，并非为了特定的意图或效果而盲目地塑造人物、推进叙事，而是具有鲜明的现实主义创作特点，对于当下现实主义创作过于追求审美效能，过于宣扬审美理想，过于迎合消费市场来说具有一定的疗救意义。

回溯梦萌的文学创作历程，我们知道，他是20世纪90年代以长篇小说《爱河》的出版走上文坛的。他的作品如长篇小说《悲喜娱乐城》《倾城》《金喽啰》，中短篇小说集《绿太阳》，散文集《多梦人生》《真情最好》等自问世以来，广受读者喜爱。作为一位业余作家，无论是作品数量还是创作质量，梦萌都达到甚至超出了职业作家的水准与艺术成就。就陕西文学而言，现实主义有着强大的传承谱系与无可撼摇的主体地位，直面现实、关注社会、关怀人生是其历久弥新与长盛不衰的重要缘由所在。从创作实际看，梦萌无疑在延续这一谱系，也在不断寻求着新的突破，因其作品立足于现实、扎根于大地、直面着人生而成为陕西作家群中颇具社会责任与影响力的作家。依此来说，长篇小说《新部落》无疑是一部浸染浓重现实主义色彩的、直面现实的力作。

（原载《文学报》。作者系陕西省作协副主席、《小说评论》原主编、茅盾文学奖评委）

触及人性本质的生态寓言

——读梦萌长篇小说《新部落》

李 星

梦萌是一位创造力旺盛的小说家，年逾花甲仍笔耕不辍，近期出版了他的第五部长篇小说《新部落》。与他之前的《爱河》《倾城》《金喽啰》等均以自己丰富多彩的人生经历为题材不同，《新部落》是一部纯虚构的寓言式小说。书的封面标明"直击生态环境"之痛、之痒、之殇，表达了作者对人类生存现实的深切忧虑，发出了面向人类未来的警告和呼唤。这也正是一个世纪以来许多文学大师如诺贝尔文学奖获得者戈尔丁（代表作《蝇王》）、海明威等的焦虑和使命。

作为一位资深作家，在《新部落》中，梦萌把自己的现实焦虑，抽象为一个宏大题材、宏大视野、宏大主旨——因生态环境被严重破坏而酿成一场特大洪水，又因特大洪水而使两男一女误入原始森林，并由此导致一场关系生与死的百日历险之旅、苦难之旅，也是考验与拷问人性之旅。

季月关心的固然有生死未卜的新婚丈夫，期待着与他团聚，但作为一个环保工作者，她更关注的是严重恶化的生态环境。她和爱人一边旅行结婚，一边深入矿区调查，所到之处，山体破碎，森林毁坏，河道壅塞，水库超限，而调查过程却迷雾重重，一路受阻。正在此时，一场前所未有的特大洪水不期而至，大小城镇被洪水摧毁，生命万物遭受灭顶之灾。在惊涛恶浪中，她与爱人失联，被洪水卷入死亡之湾，进而与修卓和豪哥误入原始森林。

画家修卓因家庭变故移居美国，目睹美国和世界的环境灾难，促使艺术生命发生重大变化，由"花鸟大师"转为"环保大师"，并开始了周游世界的生态写生和采风之旅。在原始森林，他不但创造了"新部落"山洞，还与白熊"七日同居"，与仙鹤共创"天下第一大写意"，并用花草、石粉、灰烬甚至尿水和经血，创作出一幅幅生命和生态既交融又相悖的壁画，试图以此唤醒人们的环保意识。

而以贿赂各级官员和乱开滥采发迹的矿业老板豪哥，面对孤独寂寞的原始森林，原本花天酒地的生活受到限制，于是便千方百计寻找生理刺激和情欲发泄。他对季月的骚扰，对修卓的谋害，对娃娃鱼的嗜好，对小狗和幼豹的虐待等，非道德和法律所能完全界定，他简直就是一个反自然的狂徒。特别当得知自己就是这场特大洪水的元凶后，他不仅不反思悔罪，反而以绝望心理，提出开发原始森林的狂妄计划，更是对季月感情和事业的严重挑战。

　　三人为众，善恶同在，危机四伏。修卓追求"美感享受"，豪哥寻找"生理刺激"，而客体对象都集中在唯一女性季月身上。面对年老体弱、心地纯良又对美好事物十分敏感的画家，季月视其为依靠和知己，却将生存希望寄托于野蛮彪悍、生存能力强而心怀叵测的豪哥。修卓暗中保护着季月，又不得不对豪哥虚与委蛇，讨好他，让他不要离开，带领大家走出绝境。这是一个性格品质差异巨大而关系微妙的生命共同体，要驾驶这条生命小舟驶出原始森林，对季月来说的确是人格道德和生存智慧的考验。作为知识女性，她洞若观火，对豪哥的企图心知肚明，但又对眼前的困境无能为力。尤其当她发现豪哥就是这场特大洪水的始作俑者时，感情和生命的负累使她走到了崩溃的边缘。要突围，要走出原始森林，不仅仅为了自己，也为了披露这场灾难的内幕，让这个恶魔接受法律的制裁。为此，她团结修卓，也包括小狗和小猴子，一次次化险为夷，一次次获得生命的成功。对豪哥她同样想方设法争取利用，甚至献身于"贴面舞"，以达到征服他并带领大家走出原始森林的目的。也正因为如此，她成为梦萌小说中以往很少出现而又能让读者眼前一亮的职业女性的形象。当然，小说对季月这个人物形象的刻画，也不是十全十美。她对豪哥的流氓强盗行为过于容忍和迁就，虽然是特殊环境下自我保护和求生的需要，也是欲擒故纵之术，但作者在肯定欲望、情欲这些基本人性需要时，笔墨还是控制得不够好。

　　童九哥这个具有传奇经历的知识分子，在全书中占有重要地位。他是一个躲进深山老林的"遁世者"，但却因祸得福，成了一个自然主义者。几十年的林中生活，作为人类一分子的他被自然异化了，但若换个角度看，真正异化的恰恰是曾自诩为自然之子的某些人类。童九哥成为自然的一部分，以山林为家，与野兽虫鸟为友，抚平人类社会留在心灵的创伤，过着自由自在的日子，经营着一片理想中的桃花源。狭路相逢后，老朋友修卓以他昔日恋人为诱饵，诱骗他走出森林，回归社会。然而，号称现代化的"文明世界"却使他大失所望，不仅女友因他受到牵连并死于车祸，而且在他的眼中，外部世界所谓的"大开发"更近于疯狂，无数的钢铁怪物涌向森林，烟尘滚滚，欲望疯长，连他也成了社会和媒体竞相议论和欣赏的另类。他最终执拗地返归山林，是作家梦萌对记忆中"毁林开荒""种粮上山"的痛苦记忆，是对现实"乱砍滥伐""乱开滥采"的忤逆和反叛，也是对那些反自然行为的控诉和抗议。

由《新部落》这部寓言体纯虚构小说，我看到了作家梦萌思想与人格境界的提升和扩大。他的文学关注已经大大跨越了自己的经历和奋斗史，以及一时一事的人生体会和形象记忆，进入以凝练的思想结晶体为依据，虚构一个故事，创造一组人物，构建一个形而上的意识世界。我曾经从贾平凹的近作《山本》中看到过这种如原子弹爆破的虚构的力量，赞佩有加。《新部落》也是梦萌艺术生涯和文学创作发展到一定程度的一次虚构、一次抽象、一次爆炸。人们从中看到的不仅是社会上人人都能看见的真实，更有超越未来想象的真实，这就是一个成熟作家通过虚构所产生的艺术力量。"平地捏个墓堆堆"的虚构才能，在文学创作中，远高于照相式模仿生活的才能。它才是更有价值的历史、现实和未来。由此观之，我认为以生态环境保护这个主题来概括《新部落》不一定很合适，正是从它的内容及人物命运、性格的可能性出发，在本书中梦萌才写活了善恶人物，不只在于生态环境保护，而有着更深更广的社会生活内涵，也有着更为广大范围的多种阐释的可能。

（原载《陕西日报》）

用文学的力量，构建人类的"新部落"

——读梦萌长篇小说《新部落》随想

曹伟明

因新冠病毒的肆虐，居家隔离，让我有时间静静地阅读梦萌的长篇小说《新部落》，思考全球性疫情暴发和生态恶化的问题。对于文学创作，出生于1946年，生肖为狗的梦萌，富有对现实生活感悟的敏锐和灵性。其实，早在20世纪90年代，梦萌便以长篇小说《爱河》独步文坛，随之《悲喜娱乐城》《倾城》《金喽啰》等文学作品喷薄而出。它们都立足于现实，扎根于大地，直面人生，聚焦人性，收获了许多读者。

《新部落》属于批判现实主义的文学作品，带有寓言式的特点，它是文学书写的生态小说，是梦萌对现实生活真善美的思考与对生态破坏的焦虑，具有文学创作新的创造和新的突破。

一是现实题材的新视角。

文学源于生活，反映生活。梦萌的《新部落》通过一场特大的洪水灾害，把三个素不相识的陌路人，共同带入了原始森林，陷入了饥饿、疾病与死亡交织的困境，为读者呈现了生存与毁灭、善良与罪恶、人性与兽性交织的故事，揭示了地球之痛、人类之痒、生命之殇，展现了灵与肉、情与法的抗争。在梦萌笔下，通过对荒山野岭、原始生态的新部落里人性的展现，呈现了人与人之间在追求人生价值中斗智斗勇的精彩场面，刻画了复杂而真实的人性，让读者与人物共命运、同思考。

二是人物设计的新构想。

梦萌的《新部落》为读者展现了人性中的三个立体维度，即本我、自我和超我。

1.豪哥（本我）：金阳矿业总公司的老总，他疯狂追逐金钱，放纵本我的欲望，释放着人类原始的本能。诸如骚扰季月、谋害修卓，以及捕捉娃娃鱼、打死豹子父母、蹂躏和虐杀小狗等疯狂举动，揭示了豪哥的本性。同时，他虽然白手起家，却凭借官商勾结迅速暴富，疯狂掠夺自然资源，贪得无厌地占有社会财富，追求个人的极度享受，欲望肆意膨胀，这都是本我所导致的结果。

2.修卓（自我）：作为画家，他视艺术为生命，有艺术的理想，有审美的追求，有真善的意识。他从悦己到悦人，由"花鸟大师"转而为"环保大师"。他的生态写生和采风之旅、创立"新部落"山洞、与白熊"七日同居"、与仙鹤同创"天下第一大写意"等创举，都是自我潜意识的无端披露和彰显。他还用花草、石粉、灰烬、经血、尿液等原始载体，创作出一幅幅生命和生态既交融又相斥的山洞壁画，开创了艺术创作的新天地，用以唤醒人们的环境保护意识。

3.童九哥（自我）：在小说《新部落》里，作为作家的童九哥，虽着墨不多，却也是用心刻画的知识分子代表。他追求天人合一、道法自然的生命哲学，将政治的不幸移情于大自然，在与动植物长期相濡以沫、耳鬓厮磨中，完成了人性的蜕变和"兽性"的塑化，成为大自然真正的一员。他热爱大自然，保护大自然，自觉不自觉地充当了原始共产主义和现代绿色发展理念的媾和者，对人类社会具有一定的启发性和警示性。他由入而复出转为出而复入，最终告别外部世界重归原始森林，就是这种启发性和警示性的具体表现。

4.季月（超我）：季月作为国家环保部门的公职人员，是一位富有理想的知识女性，追求高雅健康的情调。然而，在深山老林的百日历险中，为了感化豪哥，不断地妥协和让步。她通过跳贴面舞、搓二步，让豪哥的情绪得到安抚，使之释放和宣泄，达到开启教化的目的。季月妄想通过自己的努力，达到人兽相融、自然相亲的境界，然而，却收效甚微，冲突加剧。

梦萌通过对人物设计的巧妙构思，为故事情节铺陈，奠定了《新部落》文学表达的坚实基础，既增加了作品的可读性，又展示了人物性格的丰富性。

三是社会发展的新反思。

梦萌的《新部落》，作为一个关注人类、关注自然、关注环保的现实题材，具有宏大的叙事结构，不朽的主题表达。文学说到底是一门人学，所以，梦萌在《新部落》中，揭示了以破坏环境为代价的快速发展会导致人类社会不可持续发展的真理。《新部落》展现了人类只有保护环境，与自然共生共荣，才能做到人生价值和社会价值相统一的良性循环的前景。

四是文学表达的新高度。

梦萌的小说《新部落》具有现实主义批判的新表达和新阐释。然而，仅仅局限于批判的表达，显然是浅层次的，而只有批判与反思并存，才具有深层次的有效表达。在梦萌的笔下，他成功地塑造了豪哥这一暴发户形象，从豪哥身上，展现了勤劳致富与逐利暴富之间的区别，让读者感悟到什么才是人类有价值的真善美。

梦萌在季月身上，浓墨重彩地予以性格刻画，展现了某些官员对政绩的追逐与对生态的漠然，使得环境破坏与生态恶化，必然会阻碍人类进步。在环保、水利、土地和农业等方面，都存在着急功近利的现象。而梦萌对年迈的修卓和无力的童九哥，则着重描绘了他们不敢正视社会问题，逃避矛盾的软弱性，影射了作者相同的心态。

五是人物性格的新演变。

小说《新部落》突破了人物"模式化"的表达，人物性格具有性格脉络发展的审美张力，富有现实的批判性，警醒了众多读者。无论是《新部落》的环境营造、人物刻画，还是生活细节的描述，都具有真实性，让人物有血有肉、栩栩如生。

梦萌《新部落》中的人物，通过生死的百日历险之旅、苦难之旅、人性考验之旅、生命拷问之旅，人物性格从扁平到立体，从单一到复杂，有效地展现了人物的性格和时代的命运。如，豪哥从一开始的本我到后来的自我，具有性格的递进性，丰富了人物的形象。而季月对事业的追求，从寻找人类的家园，到追求人性的心灵慰藉，在新部落里，达到了真善美的性格统一。

综观梦萌的《新部落》，也有一些不足之处。尤其是在人物性格的刻画中，豪哥的内心描写略显浅薄，人物形象还不够丰满，性格塑造也有点简单化。季月这一人物，过于容忍和迁就，缺乏当代知识女性个性张扬、智勇双全的特质。柔性有余，刚性不足，形象的丰富性和立体化稍显欠缺。

我以为好的文学作品，永远是描绘一个美到极致、反映人性的理想世界，它让人憧憬、令人思索、给人启迪。文学总是以调剂现实生活的乏味与不堪，给人温暖、鼓舞，使人奋发向上，这都需要创作者不断创造和创新。梦萌在《新部落》中，确实有许多创新之处，然而，创新总需要不断突破和完善，小说展现的视野还可更广阔些，对人性的刻画还可更深入细腻些，作者对生活的阐释以及对生态环保意识的教化还可更隐蔽些。让人们在担忧人物命运、感悟人物性格的描绘和刻画中，潜移默化地真切感悟出来，达到自然流露的境界。我想这些过高的要求，梦萌是能够感悟的，我期待他以后的文学创作更上一层楼，呈现出更多为人们所喜闻乐见的精品佳作。

（原载《上海作家》。作者系上海市青浦区文联主席、著名作家和评论家）

一位理想主义者的心灵之旅

——读梦萌长篇小说《新部落》

林 宕

认真拜读了著名作家梦萌的长篇小说《新部落》后，我认为这是一部难得的探索生态命题的优秀小说，同时也是一部植根于生活和作家生命体验的批判现实主义的好作品。

20世纪80年代，长江的最大支流汉江发生了一场特大洪水，使陕南重镇安康毁于一旦，灾后作家两次到现场采风调研，写了三篇报告文学和一部中篇小说，从而触发创作相关题材的长篇小说的念头。与此同时，在21世纪初，作家受林业部之托去东北采风一个月，对原始森林有所了解，后来又在云南待了近半年，终于使这部长篇小说的构思渐趋成熟，并产生写作冲动和激情，回到家乡后，辛勤耕耘一年，最终完成长篇小说《新部落》。

展读梦萌的这部有着他独特生命体验的长篇小说，感觉它是充满着艺术想象力的：一场洪水造就了一个"新部落"，而"新部落"里的人物也不多，环保工作者季月、美籍华裔画家修卓和亿万富翁豪哥，其余就是猴子、小狗、白熊、豹子等野生动物。他们一边与寂寞、野兽、疾病、饥饿等进行抗争，另一边两男一女也展开了一次次灵与肉、情与法、生与死的激烈搏斗。从中我们看到，在与世隔绝的原始状态下，人性经受着严格的考验，好的一面显得更加崇高雅美，恶的一面显得更加宵小龌龊，有时甚至突破人性底线而几近兽性，相反在特定环境下兽性却闪耀着人性的诸多光芒。

作为一位写作者，笔者认为梦萌把小说人物置身于原始森林这样一个非常规的背景之中，是需要勇气和智慧的。这样做，对人物的刻画、情节的铺展、场景的转换等具有极大的挑战性。我读这部小说时，就在想，人物被放置在原始森林，弄不好就会把男主人公写成豺狼、虎豹，把女主人公写成蛇、野兔、狐狸等，而梦萌没有这样，没有把这部小说整成类似于儿童读物一样的寓言或童话作品。我们知道，有许多小说家在写作时，写着写着，笔下的文字就会游离他的写作初衷，自觉不自觉地随着笔下即时出现的人物以及所处的环境一直走下去。这样的写作特征说不上好还是不好，但梦萌最终没有让自己所塑造的人物形象迷失在原始森林继而变成豺狼虎豹、蛇虫百脚。

相反，这几个被洪水逼进原始森林的人物形象是鲜明的，可以说，读者在自己周围随处都可以找到这样的人物典型。这充分说明，作家在写作中是有很强控制力的，他对自己笔下人物的刻画和作品主题的挖掘也深刻精微，入木三分。小说的人物命运以及他们身上所体现的情和欲、善和恶始终贯穿于自然的"伟力"之中，使得生命、人性和自然三者紧密地融合，于是环境保护和生态文明便有了哲学含义和人文情怀。在这里，作家以世界灾难史为鉴，以本次特大洪水为利器，认真剖析了地球之痛、人类之痒、生命之殇的根本原因，为世界敲响了警钟。与此同时，《新部落》紧紧围绕这一泛人类的焦点热点问题，淋漓尽致地揭示了人与自然、人与野兽、人与艺术、人与金钱、人与人的关系，整部小说迸发着强烈的人性光芒和生命张力。

阅读这部长篇小说，我还发觉小说中童九哥是作者心目中一位颇有图腾崇拜意味的奇人。他是一个理想主义者，当理想破灭后便自暴自弃，隐居原始森林四十年，同时又有意无意地成为另一个理想主义者，这就是一个完全被外化、物化、自然化了的大自然保护神或大自然的一员。当他终于回归社会后，目睹环境破坏、白色污染、人欲横流的现实，又愤然与老朋友决裂，率领金雕和鹦鹉回到自认为是真正归宿的原始森林。童九哥身上体现着强烈的理想主义色彩，而作者创作这部带有生态诉求的长篇小说，又何尝不是一次理想主义者的心灵之旅呢？

值得一提的是，作为西北汉子的梦萌曾在上海工作过很长一段时间。他的工作单位是上海一家国内知名的生态治理和全过程工程咨询集团，因此，他对水、对水生态、对水环境和水利人等有着更深切的感情和感悟，这些感情和感悟，对他后来修改完善《新部落》的主旨开挖、人物深化、故事拓展等方面起到了锻打淬火和画龙点睛的作用。

（原载《城乡报》。作者系上海市青浦区作协主席、著名作家）

时代呼唤生态文学

——在梦萌《新部落》分享会上的发言

顾德鱼

今天，上海市青浦区图书馆和青浦区作协以"人与自然与文学"为主题，举办梦萌长篇小说《新部落》分享会，这是一件很有意义的事，既体现了梦萌文学创作的主要特征，也符合习近平总书记"绿水青山就是金山银山"的发展理念。在这里，作为朋友和同事，我对梦萌取得的成绩表示热烈祝贺，对青浦区图书馆和青浦区作协的支持关注表示诚挚感谢！

四十多年前，我和梦萌一起参加招工培训，一起参加水利工作。水利本身就属于生态范畴。管理着名列全国第五大灌区的宝鸡峡，使三百万亩农田得到灌溉，不但保证了农业丰收，也改善了关中西部的生态环境。而且梦萌还是这项伟大工程的参与者和建设者。再后来，无论在咸阳还是西安，直至二十余年后的上海，我们始终没脱离过水，始终在水的上善品质中完善自我和服务社会，与水、与土地、与水工建筑建立了难以割舍的亲情关系。正如中国作家协会副主席何建明参观宏波集团时的感言："我们每个人都离不开水，从某种意义上讲，人是水孕育的。"我们都是水，水就是生命的血脉，一直在流动，一直带着温度。宏波集团所从事的水利、水务、水生态、水环境、水治理、水科技等业务，都是水本身或水的衍生业态，从源头到本质构成了生态系统的基本成因。所以我们对生态文学的反应特别敏感和强烈，这再次证明生活是文学主要源泉的论断无比正确。

对于梦萌来说，生态问题不只是干巴巴的选题，而已融入他的血脉，成为他生命的一部分。他的第一篇散文《水杉礼赞》是写"植物活化石"的，发表在《陕西日报》副刊头条；他的第一部长篇小说《爱河》是写修建水利工程的，出版和在省人民广播电台长篇连播后引起很大社会反响；他的中篇小说《绿太阳》是写水土保持的，《装进棺材的忏悔书》是写水利灌溉的，均赋予小说水的生命和灵魂，将其放在同一个生态酒缸里酝酿发酵。特别是安康大洪水发生后，他亲赴灾区采风调研，相继创作了报告文学《水之魂》《砖刻的勋章》《神女》和中篇小说《跪拜死亡》，在灾难中感叹人的渺小和生命的脆弱，发出尊重自然、保护生态的叩天呼号。他主编的报告文学集《命脉之光》，全景式地记述了陕西水利事业的发展历程，以文学家的灵感和独特视角，聚焦水在阳光照耀下折射出的生态环保之虹。而且，进入杖国之年，他仍呕心沥血创作了长篇纪实文学《水经泽被》。该书以水和生态环保为主旨，将宏波集团置于上海改革发展的坐标系上，展映了企业的发展历程和美好前景，为社会提供了一面绿水青山的云镜像。

2019年，梦萌的长篇小说《新部落》由作家出版社隆重推出，小说以犀利的笔触和独特的视角，揭示了人类自毁家园的冰山一角。季月因调查环保案件而遭遇洪水；修卓在采风时被洪水包围；豪哥是亿万富翁，一边享受财富和美色，一边遭受大自然的惩罚。就这样，两男一女死里逃生，一步步陷入原始森林，度过一百多天的野人生活。他们与疾病、饥饿、野兽、死亡斗争，同时三人之间也展开了灵与肉的激烈搏斗。豪哥不但是这场特大洪水的元凶，而且是人类沙文主义的典型代表，他肢解山体、乱砍森林、堵塞河流，以及身陷原始森林后的虐杀小狗、捕食娃娃鱼、与豹子大战等狂妄乖戾的言行，将人类的原罪暴露得无以复加。他要开发原始森林，季月和修卓严加批驳，并列举1988年席卷全球的自然灾害向其敲响警钟。最令人感慨的是童九哥，四十余年的原始森林生活完全把他绿化了、物化了、自然化了。他与花草树木为伍，与飞禽走兽为邻，甚至连语言思维都退化了。但他在本能状态下的自然崇拜和生态自觉，却异乎寻常地敏感、强烈和执拗。当他带领大家走出原始森林看到外部世界人欲横流、环境破坏、生态失衡时，毅然与老朋友决裂，率领金雕和鹦鹉，回归自认为真正归宿的原始森林。是悲观厌世还是忤逆反叛？应该说，既是天问，也是警钟，由此我们便得知《新部落》自诩"地球之痛、人类之痒、生命之殇"的意义何在。

可以这么说，梦萌是一位生态文学的探索者和开拓者，他塑造了一系列具有生态人格的艺术形象，以主客体共融的方式，表达了对大自然的敬畏。面对丰富多彩的世界，他和他的艺术人物坚定地站在大自然的立场，成为生态环保的代言人和守护神。与此同时，他还创作了大量生态美文，如《金针花》《松鼠岛》《丹顶鹤》《大雁无言》《猴性初探》等，以及众多关于江河湖海的作品，其中许多新发现和金句给人启迪和自省。如《新部落》开篇引用的导言："大地不是我们从祖先那儿继承来的，而是从后代那儿借来的。"言下之意，就是说大自然不是我们的合法财产，而是我们透支子孙后代的资源。又如他提出"人类沙文主义"的概念，并从理论和实践上凸显了生态问题的严重性和紧迫性。他说水是有魂的，他说鸟的晨唱是对"灵魂的洗礼"。面对鱼浴他感慨道："鱼也亲亲，好温柔、好亲切喔！"他写人与松鼠相亲：瞧那女郎"双目荡漾着只有对自己夫君和儿女才有的那种爱的微波细澜"。他的"人兽错情"观点颇具颠覆性，认为有时动物继承了人类的诸多美德，有时人类却保留了兽类的诸多缺点。这些或前瞻，或深邃，或骇俗的语言，既是对天地自然和生命万物的礼赞，也是对生态文明和生态文学的呼唤。

应该说，生态文学的出现与现实环境恶化和生态危机直接相关，它源于人类工业文明所带来的人与自然关系的失衡和调整。当作家们关注生态环境问题时，他们的现实批判主义色彩就更加明显。我从梦萌的作品中似乎发现：当我们的工业总值每提高一倍，环境污染带来的恶果就增加十倍或百倍；当我们的GDP每提高一个百分点，国家交给环境保护的学费就增加十个或几十个百分点。所以，正如习近平总书记的生态文明思想和绿色发展理念所要求的，生态文明建设是现代国家治理体系的重要内容，当前一项迫切任务就是加快构建生态文明体系的"四梁八柱"，为建设美丽中国提供坚实的基础和保障。

时代呼唤生态文明，生态文明孕育和催生了生态文学。为此，我衷心祝愿梦萌今后能创作出更多更好的生态文学，也衷心祝愿青浦区在生态文明建设中天变得更蓝、地变得更绿、水变得更清、人变得更健康美丽！

（原载当代文学艺术网。作者系高级工程师、水利专家、上海某集团公司董事长）

读《新部落》有感

解惠英

　　我读过梦萌的四部长篇小说，可以说一部比一部好，特别是最近由作家出版社出版的《新部落》，无论题材还是主旨，也无论结构还是语言，都达到了一定高度，让人拿起来就放不下。更重要的是这部书里显露出像乔布斯说的那种"另类思维"，具有很强的前瞻性和思辨性，始终吸引和激发着人的阅读兴趣。

　　作品中的四个主要人物塑造得非常成功，他们身世不同，生活阅历不同，性格特点不同，都带有不同时代的深刻烙印。正因为如此，当灾难将他们推入封闭的原始森林时，这些个体特性和人性本能，就以各自的方式表现得异常激烈和执拗，于是便有了鬼魅般的"百日炼狱"，有了虚妄而又真实的"新部落"。在特定环境下，为了生存和满足有限的欲望，他们互相利用和被利用，以诸多不可能或介于可能与不可能之间的情节细节，演绎着生态环境这一宏大主题和浸淫其间的人性原罪的渊薮。在语言叙述方面，作者隐藏得很深，所有场景和情节都随着人物活动而自然流布，特别是对话也包括心理描写，让人物自思自想，自说自话，避免所有人都是作者一个人的口气，增强了人物的个性特征，读起来非常真实感人。

　　画家修卓的身世很独特，当社会运动和家庭变异将他挤压得几近绝望时，无意中穿越而来的一个祖先幽魂却拯救了他的生命和艺术灵魂。他因祸得福，移居美国，周游世界，阅尽山水，决心用纯粹的心在纯粹的大自然中创造纯粹的艺术，以此来唤醒人们的环保意识和保护地球家园的热情。写得真实可信，给人以力量。其中第一百三十九页写修卓经历一场奇遇后对生命有了一番全新的领悟："生命只有动物和植物之分，并无优劣之别"，"大家都在一条生物链上，相得益彰，和睦相处"，"人性和兽性并无明显界限，兽性常包含着人性的许多美德，而人性又常暴露出兽性的诸多劣迹"。这些颇为荒诞而又独特的观点和理念，不但厘清了"禽兽不如"这一历史公案，也彰显了新时期万物共荣、绿色发展的时代主旋律。

豪哥是一个带有明显社会烙印的复杂的时代复合体，祖上以金矿发家，父亲和哥哥又死于矿难，如此复杂的基因和命运，造就他对金钱疯狂和对大自然亵渎的性格特征，除某些特别夸张的地方，整体很好，有立体感，很生动，给人留下了深刻印象。

作品另一个显著特点，直击社会弊端，第二百五十四页真实地揭露了地方政府为了局部利益而置生态于不顾，与那些土豪勾结在一起，成了破坏环境的帮凶。第二百五十九页描写在利益面前他们联合，在责任面前又互相推诿、踢皮球，使本该解决的问题无法解决，这样就顺理成章引出洪水灾难，让天灾揭露人祸，惩罚教育人们，实乃妙笔！

还有就是语言优美，张力饱满，常引入一些与时俱进的新词汇、新语言，增强了作品的可读性，如"恐惧的癌细胞迅速在肉体蔓延扩散""食欲是情欲的原子反应堆"等。书中关于环境保护的辩论，语言更是尖锐犀利，直指黄龙，呼吁人们，大开发不能破坏生态环境，不能杀鸡取卵，否则会遭到大自然的惩罚！

总之，这本书很不错，能把严肃枯燥的口号"重视环境保护"演绎成一部可读性很强的小说，难能可贵；没有大量的知识积累，没有一定的专业知识和深厚的文学造诣，是绝对写不出来的。敬佩，祝贺！

（作者系知名女作家）

书写人与自然和谐相处的宏大主旨

——读梦萌长篇小说《新部落》

李 荣

　　或许世间最美的文字，可以涤荡灵魂，以一种生命至上的宏大叙述，渲染出一派童话般的浪漫和唯美，让繁杂的内心和膨胀的欲望变得宁静。这就是我读《新部落》的总体感受。小说通过艺术性的人物，用生态灾难和自身陷于环境危机的真实体验，绘声绘色地描写了原始森林的美好和人类对大自然须臾不可或缺的依赖，揭露了人类肆意破坏环境的种种现实，引发了人们对未来生态平衡的担忧和思考。

　　作家有一颗悲悯的心，更有一颗仁爱的心。他站在人类的立场，不与那些腐败气息、那些靠破坏环境聚敛财富的大亨同流合污。他以晶莹的灵魂、纯粹的艺术和敏感的情怀，将内心的话语和期望到达的理想家园都奉献给了读者。我们应该庆幸看到了此书，看到了比金钱更重要的东西，那就是人活着如何与自然和谐相处的宏大主旨。

　　因一场特大洪水，两男一女误入原始森林，度过百日"野人"生活。环保专家季月与爱人借旅行结婚之机，对金阳山乱砍林、乱开矿案例展开调查。一路云遮雾绕，处处遇阻，正在此时，洪水袭击了他们，也为他们的调查得出了结论。在原始森林，她用自己的聪明才智，应对两个男人的觊觎和骚扰。当得知这场灾难的元凶就是豪哥时，她的人性根基彻底颠覆。但她依然忍受着身心的煎熬和痛苦，甚至滑入道德的底线，用"贴面舞"降伏了豪哥，最终突围回归了社会。

　　豪哥是一个背负破坏环境累累罪恶的亿万富翁，他的人生哲学就是金钱和女人，金钱在原始森林失去意义，他就加倍追求女人，企图占有季月。为达目的，他使出各种伎俩，多次强奸未遂，直至试图谋杀第三者修卓。特别是在树上与幼豹对峙三天三夜，他饿得吃树叶树皮、树胶昆虫，这才有了些许自责和自省，认识到金钱和性欲的无趣、生态环境的重要和自己的滔天罪行，最终受到法律的严惩。

美籍华裔画家修卓虽置身艺术殿堂，却始终关注地球的"冷暖"，始终以"绿色和平组织"的名义站在反对"人类沙文主义"的前沿。他的"新部落"山洞，他的"日晷"和"花斑马"，他与白熊的"同居生活"，他用植物色素、灰烬、岩石粉末，以及掺和着经血和尿水绘出的八幅壁画，无疑是向人类发出的铿锵檄文。

作家童九哥因历史缘故，沦为时代的牺牲品，在原始森林生活四十余年，异化为动植物的一员，甚至连语言功能都失去了。当回归文明社会后，他目睹人欲横流、环境破坏的社会现状，感到愤慨和绝望，再次选择了"退出"，又回到了自然生存方式的原始森林。

丛林，充满了原始的冲动和欲望，是检验人性的秘密之地。主人公们攻坚克难，探险溯源，人兽相融，与疾病抗争，互相猜忌，人性的优缺点在作家笔下暴露无遗。小说成功塑造了几个特立独行的人物，既带有鲜明的时代烙印，也闪耀着人类命运的曙光。特别是将原始森林的动植物、微生物都交织于故事情节、人物命运和矛盾冲突之中，体现了生命的伟大。这些原汁原味的自然状态，通过不同的叙述层次和结构，以及富有弹性的语言表述，浸淫于每个想象空间。人类在自然灾难面前的恐惧、脆弱，人性的贪婪、暴力和血腥，最终表现出的顽强，人性的回归和救赎等，作者将这些人物内心的复杂演变，形象地展现出来，很有生命张力，给人以震撼，真可谓苦难与生命的启示录。

小说情节玄妙曲折，场面宏大真实，结构精悍严密，语言优美隽永，传奇性和象征意味强烈，营造出一个远古的"新部落"和现代版"伊甸园"，传达着一种"道法自然""谷神崇拜"的大道正义。看看现实世界：大地肢解，森林毁坏，河流污染，山体破碎，湿地萎缩等，那些以牺牲生态环境为代价构建的财富的金字塔，正是我们为自己和后代子孙挖掘的坟墓。大自然千百万年形成的秩序和规则，是有生命有感情的，台风、海啸、暴雨、雾霾、沙尘暴，正以前所未有的残酷无情向人类发起一次次报复和警告：该警醒了，不然地球毁灭、人类绝迹将为时不远！

"大地不是我们从祖先那儿继承来的，而是从后代那儿借来的。"希望更多读者从中获益，唤起人性真正的醒悟，从而改善人与自然的关系，保护地球，爱护自然，与自然和谐共处！

（原载《咸阳日报》。作者系青年女作家）

一场叙事实验对现代人欲望的审视

——读梦萌长篇小说《新部落》有感

程涵悦

作为刚起步的小说创作者，我谈一谈《新部落》这本小说给我的非常丰富的启发。

首先，小说创造了极具张力的叙事空间，作家试图完成一次叙事的实验。三个在现代社会生活中养成自我人格、在精神信仰上甚至有后现代的癫狂与迷茫特征的男女，进入原始森林后为生存而展开灵与肉的激烈搏斗并最终完成自我救赎。原始森林里毫无禁忌，人在这里将会重现自己生理和心理上的"兽性"，而男主人公豪哥在现代消费主义社会中养成的对权色交易的认知以及对自我欲望的放纵，在原始森林这一与世隔绝的特殊场域中被渐次放大。作者意图辨析的是，原始社会中推动人类繁衍乃至社会发展的欲望，与现代社会中人在掠夺自然资源、消费社会财富过程中无限膨胀的欲望是截然不同的。后者不但使得自己的精神陨落衰亡，而且正在创造并将不断创造灾难，比如这次带有毁灭性的特大洪水。作者巧妙地令女主人公季月以自己在现代社会中养成的对自我价值清晰的认知，与男主人公的昏聩抉择进行一次又一次的博弈，构建了非常经典的情感叙事，但更重要的是让读者反思现代社会赋予人的自我认知与期许是否真的在进步，并且能否被迁移到其他的语境中。总的来说，原始森林这一叙事场域既让读者清醒地看到人类自我欲望膨胀后的惨烈后果，更重要的是给现代人提供了审视自我内心世界和精神追求的空间。

其次，我想感谢这本小说的，是让我看到了作者以自己的创作野心为读者构建出的庞杂的兼具现实批判力和超现实反思性的小说结构。这种庞杂之所以没有成为小说叙事过程当中的累赘，而是丰富了小说的内涵，原因在于作者巧妙地借助小说人物的设定以及其命运走向，以此构建多元的镜像，折射社会的多重样态，以及现代人对自我生命意义的坎坷探索。比如，男主人公豪哥的背景映射出光怪陆离的商业社会风貌，而这又与小说意图反思现代人的精神缺失有机地融合在了一起。又比如，女主人公季月与艺术家修卓之间的情感交流，其实质是人在为自己寻找心灵的净土，而这种自我荡涤无论是在物欲横流的现代社会，还是人面对突如其来的生态困境无所适从时，都能够为人寻找回心灵本真的力量。再比如，隐居者童九哥去而又返原始森林，其实质是在探索人在何种情境下能够因社会的价值观获得内心的宁静。去而又返这一意味深长的结尾为小说留下了无穷的思考空间。

最后，我想说，《新部落》这部小说虽然具有极为深刻的人文内涵，但是其本身也有探险小说、寻宝小说、爱情小说等类型化的特征，这大大提升了作品的可读性，也为其后续被改编成影视作品等提供了可能。最近上映的《疯狂原始人2》也是让现代文明人与蒙昧时代的原始人进行对话、过招，进而引发对人性以及社会的反思。这本小说和这部电影的技巧与主题虽然不同，但是都有巨大的人文价值。

（作者系上海某校人民教师、青年女作家）

真善美的相互映衬

——读梦萌长篇小说《新部落》

杜崇信

对于陕西作家群中颇具社会责任感和影响力的作家梦萌，我知其名有二十多年了，因为他是我们咸阳人，时不时有人在耳旁提起，只是无缘相识。一个偶然的机会，在参加秦汉文学馆举办的一次活动上，我有幸认识了梦萌，他很低调很谦和地给我赠送了他新出版的长篇小说《新部落》。我十分欣喜，当天晚上便开始阅读，利用三个晚上读完，之后掩卷沉思良久，感慨万千，心灵极度震撼，不由得提笔点赞：这是一部好小说！好作品！

从《新部落》这部小说的目录来看，总体的设计和创作编排都是精心架构和精雕细琢的。"黑夜裂开一个个大口子，暴雨倾盆而下，与洪水纠合一起，奔腾着、咆哮着、冲撞着……天地被践踏蹂躏得一塌糊涂，分不清平原与高山、江河与湖海，到处是一片汪洋、一片洪荒、一片混沌。恐惧笼罩着世界，死亡泛滥成灾，生命万物此刻变得异常脆弱和不堪一击。"这就是小说开头所营造的大灾难、大场面、大题材，令人震撼，同时也紧紧抓住人的阅读期待和兴趣。

在这场特大洪水中，作者描写了一个在蜜月中与爱人分离的环保工作者季月、一个六十多岁的著名画家修卓、一个房地产及金矿老板豪哥。不同性格不同命运不同理想的两男一女因特大洪水误入原始森林，度过了茹毛饮血的一百多天的野人生活。他们采摘各种天然食物，如毛桃、山梨、板栗等，最后竟然生食青蛙、松鼠、蛇、鱼、野兔。为了能够取到火种，把生肉烤熟了吃，三个人效仿原始人的钻木取火，到处寻找火石。终于有一天，季月发现小猴子不停挠抓乱叫，然后把一小块黑黑的、薄薄的、云状的石料交给她。她疑惑之后才恍然大悟，啊！火石！火石！终于找到了火石！季月再也抑制不住喜悦的心情，火急火燎地找来了小铲和毛拉芯子，试着打石生火。一下、两下、火星灼人，毛拉芯子燃起来了。她急忙捡来茅草和枯树枝，一点点地引燃，火噼噼啪啪地愈烧愈旺。在原始森林的山洞里，终于燃起了生命之火，希望之火。

我们人类祖先在最初的原始社会里，没有阶级，没有剥削，人与人之间没有矛盾，和睦相处，打下的猎物平均分配，人人有份，不存在多吃多占。打不下猎物时大家一块儿挨饿，谁也不抱怨谁。因为那时候生产力极其低下，大自然环境十分恶劣，人类的始祖们便从单一的小家庭向大家庭融合，从旧石器时代向新石器时代过渡。经过漫长的历史岁月，人类才开始从原始社会慢慢地走向了奴隶社会。因为有了剩余价值，一部分人先富了起来，产生了贫富差距，从而就产生了两个对立的阶级——奴隶主和奴隶，这些环境与情节的设置，真可谓匠心独运，发人深思。

这三个人在猴子的帮助下，找到了火石，燃起了对生命的希望。他们在原始森林中从吃生鱼生肉到吃烤鱼烤肉烤鸡，却因为没有五味之首的盐巴，一切的肉食吃起来都是那么索然无味。为此他们又进行了大胆的尝试，企图在茫茫森林里找到盐巴，否则的话，他们的眼睛就会失明，两腿难以迈步。他们费了九牛二虎之力，却未找到盐巴，而只能在豪哥用尿水冒充食盐的恶作剧中饱受煎熬。至此，这三个人才有了一个共同的心愿——走出原始森林，回归人类社会。然而，他们三个人在与洪水、疾病、饥饿、野兽和死亡殊死抗争的同时，也展开了一次次灵与肉、情与法、生与死的激烈搏斗。寂寞孤独使人性受到钳制，他们就讲述各自的身世，如老画家修卓的罗曼蒂克、大老板豪哥的发家史、季月的蜜月历险等，都很生动感人，但同时也点燃了他们矛盾的导火索，从此使三人之间危机四伏。

修卓追求精神享受，偷拍了季月的半裸睡姿，还打算给季月拍摄全身裸体照，举办全国乃至世界级的裸体美女摄影展；豪哥则沉溺于生理刺激，依靠和季月跳贴面舞、搓二步的行为，以解决其生理需求的问题。在和季月跳贴面舞、搓二步的过程中，他的雄性荷尔蒙被刺激得更为旺盛，多次企图对季月实施真正的强暴和占有，而季月一次次的反抗与挣脱，使豪哥的阴谋未能得逞。但在小说的第九章里，豪哥还是对季月实施了强暴行为，但由于小猴子的帮助使她逃此一劫，免遭凌辱。这不得不令读者为人性的险恶与残忍而心生寒意，季月已经被这两个男人作践折磨得形疲神困，精神不振，几近崩溃。

就在这三个人处于度过了百日野人生活的迷茫中时，巧遇隐居四十年的右派作家童九哥。经过复杂多变的心路历程，修卓与童九哥彼此认出了对方，几经周折，童九哥终于同意带他们走出原始森林。尽管在童九哥的帮助引导下，他们走出了原始森林，受到了各级政府领导的重视和接待，但童九哥已经无法适应现代人的生活环境和生活方式，特别是当得知初恋情人苏婉已不在人世时，他的愤怒、绝望达到了极点，他不辞而别，率领着鹦鹉和金雕朝着属于他的原始森林款款而去。因为童九哥曾经的经历，又目睹眼前生态恶化、环境破坏、人欲横流的现实，相比较而言，他认为还是原始森林的生活好，应该回归原始，回归自然，回归到与世无争的原始状态之中去。

梦萌的这部长篇小说《新部落》，主要揭示了人类对自然环境的无情破坏，大自然又给人类以特大洪水报复的地球之痛。为此，我国政府已经认识并将继续认识到保护生态环境的重要性、必要性、急迫性，并提出了一整套退耕还林、植树造林、再造城市氧吧的绿色发展理念。特别是习近平总书记更是吸取新中国成立七十年来的经验教训，提出"绿水青山就是金山银山"的中国特色社会主义新时代发展的战略思想，爱护环境保护环境的全民环保意识深入人心。所以这部小说不失为忧患地球之痛、人类之痒、生命之殇，直击生态环境困境的难得一见的创先河之作！

尽管这部小说涉及的人物主要只有四个，但作者构思大胆，勇于探索，并把一些平日里人们不经常看到和意识到的科普知识巧妙地运用了进来，无形之中又拓宽了读者的视野，唤醒了人们对环境保护的高度重视。通过对四个人物的不同描写，勾勒出了人世间的万象百态，相互间映衬出真善美与假恶丑之间的明显反差，进一步证明人与人之间更需要包容、理解、互爱、共荣；只有这样社会才能进步，心灵才能升华，空气才能清新，世界命运共同体的目标才能实现。

（作者系自由撰稿人、知名作家）

梦萌长篇小说《新部落》读后感

蒋勤妹

梦萌老师的这部长篇小说《新部落》，是写洪水带来灾难的故事，这次的洪水"仿佛共工决水"，令人似乎又回到《圣经》中的"大洪水"灾难时代。

书中的主角有四人：修卓、豪哥、季月和童九哥。一百多天"新部落"的生活描写，令人惊悚，无火、无盐、无粮，为了生存，他们不得不生吃动物，文身计时，结藤为床，与兽为伍，甚至豪哥为争夺季月而对修卓实施了谋杀行动……这其中，无时无刻不在考验着人性的底线和体现人类原罪的复杂与无赖。

根据心理学家弗洛伊德的学说，书中的修卓、豪哥、季月三个主角的人物特征，正是整个人类的象征，有时候，在一个人身上会同时出现这三个人的特征。这种人物性格的多元化和立体化，极易引起读者的认同，艺术人物便活灵活现地在我们面前站立起来了。修卓乃精神世界的贵族；豪哥堪称物质世界的庄主，充满原罪的贪欲和冲动；季月为了走出原始森林和搞清这场特大洪水的原因，她一直在调和豪哥和修卓之间的关系，充当这个特殊命运共同体的领路人，她也是梦萌老师心目中理想的英雄人物。童九哥和修卓、豪哥、季月之间，又形成另一种特殊关系，前者从文明社会走向原始森林，过着与世隔绝的野人生活；后三者却要冲出原始森林重新回到文明社会，这种二律背反现象是摆在现代人面前难以逾越的矛盾。文明社会给予我们许多美好的东西，然而文明社会的人们，为了自己的贪欲、享受、刺激、宣泄、虚荣等而不择手段地生杀掠夺，疯狂占有，实质是在一步步走向"自掘坟墓"的道路。童九哥被骗着回到文明社会，但他看到生态危机、环境破坏、世风日下，又率领着鹦鹉和金雕，朝着属于他们的地方款款而去。他并不怨任何人，也不怨命运，只怨自己不认识这个世界，理所当然地应该退出。人是无所谓好坏的，他们的所有行为，归根结底都是社会和环境造成的，这个深奥的哲学命题，我们自当深刻反思和探究。

人类会不会回到大洪水时代？我不敢断言，而环境保护已然成为迫在眉睫的全球性问题，这是肯定和必然的。但愿我们不再透支后代的自然资源，而应以祖先的名义传承并保护好人类唯一的家园——地球。我写了一首拙诗《方舟上的哭泣》，也许对我们理解《新部落》能起到抛砖引玉的作用。

雨不停地下
它要淹没了谁
心里的血
一滴滴在歌斐木的方舟上
楼兰的新疆虎远去了
白臀叶猴远去了
还有多少物种即将消失踪迹
华南虎、山魈、船丁子鱼
长着四肢的和没有四肢的
它们也会消失在一个暗藏的陷阱
和预备捕杀的罗网中吗
人类啊
何时才能警觉清醒

（作者系青年女作家）

梦萌长篇小说《新部落》分享会纪实

王 莹

2020年12月5日，梦萌的长篇小说《新部落》分享会在上海市青浦区委党校举行，分享会由青浦区图书馆与青浦区作协联合举办，八十余名作家、新闻工作者、水利环保专家莅临分享会。

作者梦萌原籍陕西，为工程师、高级政工师、中国作家协会会员。其主要著作有长篇小说《爱河》《悲喜娱乐城》《倾城》《金喽啰》《新部落》，中短篇小说集《绿太阳》，《随意即风景》等三部散文集，以及多部报告文学集。其作品获得过省、市各类奖项十余次，有的作品被介绍到国外，是一位具有社会责任感和影响力的作家。

《新部落》由作家出版社出版，引起文学界和广大读者的较大反响。在一场特大洪水中，三男一女死里逃生，却陷入茫茫原始森林，度过了百日炼狱般的"野人"生活。作品以大量触目惊心的生态灾难和独特的人文视角，点击了"生态环境"这个世界性的焦点热点问题，揭示了地球之痛、人类之痒、生命之殇。同时在特定环境下，作品对人与自然、人与野兽、人与艺术、人与金钱、人与人的关系进行了深刻揭示和剖析，引发强烈的人性自省和生命张力。

在分享会上，作者梦萌从《新部落》的创作背景及创作经过、艺术形象、文学界评价等方面做了解读交流，深刻揭示了生态危机的严重性和文学应为之呼号的紧迫性，使与会者受到一次深刻的生态文学启蒙。水利专家、上海宏波集团董事长顾德鱼结合水生态环保业务实际，做了题为《时代呼唤生态文学》的发言，反映了社会大众对生态环境的关注和对生态文学的期待。青浦区文联主席曹伟明发言总结了《新部落》五个创新：一是现实题材的新视角，二是人物设计的新构想，三是社会发展的新反思，四是文学表达的新高度，五是人物性格的新演变。由此发出"用文学的力量，构建人类'新部落'"的深刻感言。会议由青浦区作协主席徐斌主持，并做了题为《一位理想主义者的心灵之旅》的发言，认为《新部落》是一部难得的探索生态命题的优秀小说，同时也是一部植根于生活和作家生命体验的批判现实主义的好作品。

长篇小说《新部落》分享会的成功举办，也是作者与读者、图书馆与作协合作互动的一次有益尝试，必将激励青浦区作家的创作热情和积极性，促进青浦区文学创作和阅读迈上一个新的层次和档位。

（原载《青浦报》。作者系上海某内部双月刊执行主编、青年作家）

骨子里是佩服

——梦萌短篇小说《角色》随议

阎　纲

我收到了最新一期的《咸阳文艺》，因为本期刊登了我的《"羊肉泡馍"传奇》，自然就格外关注。看了目录，头条就是梦萌的小说《角色》。梦萌了得！他以《爱河》步入文坛，又以《新部落》一鸣惊人，今年又有新作，此作不可不读。

《角色》的主人公叫眉户大叔，演过《白毛女》里的杨白劳。

快过年了，该缴水电费，该缴孩子们的种种欠费，"债不过年"嘛！债不过年，可是，为救命借给老熊的七万元年年讨，年年败兴而归。他既是欠债必还的角色，又是年根儿讨债的角色。作者把读者引入两难的内心冲突，纠结复纠结，欲罢不能。

大年三十，他上路了，大雪纷飞，他想起扎红头绳的喜儿。开篇精彩啊！

此刻，插入在长途车上和司机的对话。"你干脆到法院告他去！""哪有钱打官司，打了又能咋？"他说老熊的回答更让人哭笑不得："告我？无非拘留半个月，权当休假度蜜月呢！我要是进了牢谁给你挣钱还债呢？"

读者明明知道这回讨债依然是竹篮子打水，还是想看个究竟，看看作者的叙事本领。不承想梦萌一路道来，一波三折，才华毕露。

到了，人不在，后来发现人藏在二楼。请听讨债人和欠债人的一番对话："七万，八年了！你的良心让狗吃了？""你只对付我一个人，而我对付的是几十成百个，我真他妈的成杨白劳了！""你不给我就不走。""要钱没钱，要命一条，你他妈的是大年三十逼债的恶霸地主黄世仁！"老熊又说："我有两个女儿，难道……"提起女儿，他雷击一般想起可怜的喜儿。

老熊的小女儿把三百元塞进他的衣兜。他震惊："大叔怎么能要你的压岁钱？"

悻悻然，垂头丧气。大年三十，该上坟了。归途，他将仅剩的一点钱全买了香表和阴票，对着妻子的亡灵说："这阴票恐怕几十个亿吧，花不完就存银行，谁也别借。如今这花花世界，人心不古，诚信丧尽，借一个上一个当，借一个多一个仇人，娃他妈，你可要千万记住啊！"雪，越下越大，世界白茫茫一片。

既是"债不过年"，又是"年不讨债"。是黄世仁，还是杨白劳？世事真的瞎塌了、诚信真的丧尽了吗？

一切都在悲剧的联想中向前推进，波涛汹涌的内心冲突一浪高过一浪，是小说也是美文，是梦魇也是现实。

我不愿重复别人说的话，也不想写成评论的腔调，随便说说，骨子里全是佩服。

（原载《咸阳文艺》。作者系著名作家和文艺评论家，时任中国当代文学研究会副会长、中国新文学学会副会长）

梦萌小说的独特风格

——《绿太阳》序

王汶石

在当代中国文坛，有个流派叫"山药蛋派"。这是来自吕梁山与太行山的一群颇有影响的山西作家，在长期的共同文学活动中，自然形成的一个具有共同文学思想与艺术风格的作家群体。这个流派是他们自己以及评论界、读者界都已认可了的。

近几年来，首都的一批作家，师承老舍先生，大写京派小说，追求"京味"，有些作品也确实京味十足，耐人咀嚼，给人快慰。

陕西文学界，新中国成立以来的各个历史阶段，在文学创作方面，一直受到外界的特别关注。他们最早的一批作家，几乎全部来自延安，对新的生活和新的人物，充满火样的革命热情，他们的作品洋溢着高昂的革命激情，闪耀着社会主义新生活明亮的光彩。他们都有自己独特的追求和鲜明的艺术个性。他们每个人都有自己的风格。这也是读者界和评论界长期以来公认的，虽然他们并未称自己是什么派。

新时期以来，陕西文学界也有极大发展，出现了几位在国内外都享有盛誉的作家。近几年来更是新人辈出，在这些峥嵘初露的新秀中，不遗余力地追求自己艺术个性的人是很多的。本书作者梦萌同志就是其中应该引起人们关注的一位。

且不论其成熟程度如何，达到的水平如何，在《绿太阳》这本小说集里，确实有某种与众不同的东西。究竟是什么东西？我寻思许久，反复吟味，终于觉得可以将其称作"老陕味"。陕西有陕北、关中、陕南之分，这里所说的"老陕"，是指陕西关中地区，主要是关中乡村，也包括关中城镇的那种独特的地方风情。

这本小说的环境特色是老陕的，人物是老陕的。人们的思维路数、心理活动、言谈笑貌、举止动作是"老陕式"的，生活情趣、待人接物无不充满老陕的韵味。特别是作品的语言，无论是遣词用字，抑或是说话的方式，无不显示着老陕们的俏皮、机智与诙谐，显示着那种老陕式的独特的"蔫怪"味儿。

在人物的个性化方面，本书的作者也已拥有了一定的功力。他以他那近似玩世不恭的农民式诙谐的语言，着力刻画和塑造具有强烈"老陕味"的人物，使这些陕西乡党一个个栩栩如生地站立在读者的面前，使读者或哄笑，或赞赏，或同情，或哀伤，留给读者以生动强烈的印象，令读者对这些老陕不至于轻易忘怀。

本书的另一特点和值得推崇之处，是作者对待生活中的历史唯物主义的现实主义态度。本书所收录的作品，多是反映新时期现实生活的。当前写此题材的作品大体有着一个套子，不少作者自觉不自觉地钻进了那个套子里。令人欣慰的是，梦萌同志却不中那个圈套，不用流行的旧瓶装自己酿造的新酒。生活的内涵和形态是多样的，本书的中短篇小说，除个别篇目外，大多是按照实际生活的样子，经过艺术加工，又以生活的本来面目，艺术地再现在读者的面前的，中篇《绿太阳》就是个恰当的例子。

这是泾河流域一个林业站的昨天和今天的故事。作者以严肃的历史唯物主义的态度再现两代人的生活，评价两代人的功过是非，否定该否定的，肯定该肯定的。新来的年轻领导者是所谓的"开拓型"，他猛烈地冲击着老站长的保守思想，打破他多年来管理林业站的老框框，使林业站的事业有了迅猛的拓展，但他又像对待父亲般崇敬老站长，打心底赞叹老站长千辛万苦创造的辉煌业绩。在作者的笔下，老站长也曾是一位"开拓型"的先驱者，是他赤手空拳地带领几个人，在荒野里开辟出一个国有林场，创建了具有相当规模的社会主义家业，为后来者的继续发展创建了一个重要的基点。作者没有站在新的历史潮头回过头去，以轻薄的态度去嘲弄老一辈创业者，而是在表现他们与现实生活逐渐拉开距离的同时，以客观公正的态度，礼赞他们数十年含辛茹苦所创造的业绩；以满腔热情和绚丽的笔触，再现出他们的英雄本色，虽然在艺术表现的笔触上，作者处处不忘他那"老陕式"的诙谐。

书中的其他各篇，虽然取材各不相同，选定的主题各异，思想和艺术上达到的水平亦各不相同，但大部分作品，都还是紧扣现实生活，写出了新时期社会生活中普通人的多种形象。

作者之所以能在他的小说艺术中酿造出那么一点"陕味"，这大概同他始终泡在陕西乡党之中分不开。梦萌同志出生于关中那片布满帝王陵墓的文化古都咸阳原上，"文革"时辍学务农，后又长期在宝鸡峡水库工地参加水利大会战，和各地来的老陕们一个锅里搅勺把，一个窝棚里打对脚；他长期喝泾渭河水，吃油泼辣子片片面和苞谷面搅团长大，听的是秦腔、弦板和西府道情。他胸中积蕴的是"老陕"式的情愫，自然才可能写出那种令读者忍俊不禁的陕味小说。这也再一次证明那个颠扑不破的老道理，有出息的作家艺术家，必须长期生活在群众之中，熟悉群众生活的一切。

梦萌同志已经出版了一部长篇小说《爱河》，《绿太阳》这本集子收录了他以往发表过的和新写的部分中短篇小说。它的长处是自然，就像一块蕴玉的璞。璞有璞的自然之美，许多作家常常有意地追求这种美，在形象上刻意模拟自然；玉有玉的美，因而对生活的自然形态进行艺术提炼，就成为作家的终生不懈的追求了。本书作者如果在尽可能多地保持自然美的基调上，再多一点艺术提炼，我想会使作品得到进一步提高。陕西20世纪五六十年代的作家，在艺术提炼（包括运词炼字）上，一向是很下功夫的，一向是不遗余力地向他们的前辈作家学习的。恕我说一句心里话，我省近几年出现的文学新秀中，尚有不少颇具才华的同志，似乎还不曾想到对这一基本要求予以足够的重视，还不肯在这方面再多下一点功夫。

这不是雕虫小技。精雕细琢，千锤百炼，炉火纯青，美在其内。愿与梦萌同志和其他同好共勉。

（原载《延河》、中国工人出版社《绿太阳》。作者系陕西省作协原副主席、陕西省文联原副主席）

梦萌小说的平民意识

李 星

梦萌是20世纪90年代以来陕西文坛日渐活跃的作家，他的长篇小说《爱河》不仅是新时期文坛少见的水利题材，而且以现实主义与浪漫主义相结合的恣肆豪放，引起了文坛的关注和好评。在《爱河》之后，中国工人出版社又出版了他的中短篇小说集《绿太阳》，精选了十六部作品，老作家王汶石为之作序，对梦萌小说的思想和艺术追求给予了充分肯定。

水利战线方方面面的生活、人物和故事，仍是《绿太阳》题材的一大特点、一大优势，即使是农村和城镇的家庭伦理、爱情婚恋、社会新旧冲突，也大多以水利为背景，与水利沾边。这说明几十年水利工作的经历对梦萌的影响，也说明他小说创作遵循的现实主义创作原则。独特的创作题材，往往能表现出现实生活中某一被许多文学创作者所忽视的方面，揭示了人们一部分的生活现状，具有不容轻视的社会认识价值。但文学的认识功能只有与审美功能并存，并以后者统摄前者，才能构成艺术的存在、审美的事实和文学的话题。《绿太阳》的文学价值不只在于题材，也在于作者以水利或与水利有关的生活为背景和环境，对于人的复杂性的透视，对于现实脉搏的把握，以及艺术呈现的独特性和个别性。

存在决定意识，作家自己的生活经历、人生经历决定着作家的创作。因为梦萌自己经历了从农村务农青年到水利战线的民工再到水利职工的过程，无论在社会角色的哪个阶段，他都是社会底层的一员或与社会底层保持着密切的关系，所以表现农村或城镇底层人的命运，表现普通人生存的艰难和挣扎，便成为《绿太阳》的一个显著特色。

《屋外那座青冢》中的农村女青年韩芸芸只有二十二岁，但她却正经受着命运的残酷折磨。像许多姑娘一样，韩芸芸也有一个充满憧憬的学生时代，但她与知青大宝的初恋和幽会中的一次接吻、拥抱却成为她命运的一个转折点。不仅视她如掌上明珠的父母认为她已经失了身，丢了脸，逼她指认大宝强奸了她；大宝被判刑后，她也自卑自贱，无脸再上学，匆忙嫁给农村青年才才。她认命了，但才才却是个不能人事的残废。想靠儿子传宗接代的才才父母失望之后，竟然想出了一个"父代子耕"的主意，年过五旬的公公步步进逼。而韩芸芸却迎来了幸运：出狱后的大宝并没忘记她，并且与她实施了双双外逃的计划。作品中"屋外的那座青冢"是唐杨氏贵妃墓，作者这样设置，显然是要把时隔一千多年、身份地位各不相同的两个女人的命运联系起来，增强韩芸芸命运的历史深度。确实，造成杨玉环、韩芸芸命运的不只是外在的男性中心主义的传统，视女性为工具、玩物的观念，还有这些观念对女性自身的禁锢和戕害。如果韩芸芸自己能够将接吻和失身区别开来，不指证大宝强奸，不自轻自贱地随便嫁给才才，她的命运将会是另一个样子。

比起韩芸芸来，从中篇《夭折》中的黎淑影身上更能看到底层社会中女性的不幸，这种不幸已由女性自身殃及她们的孩子。她的不幸首先来自性变态却又封建意识浓厚的父亲。他先设计把女儿嫁给同样地位底下的流浪文人一帆，却又嫉妒女儿的幸福，监视他们的一切，也包括夫妻私生活；在一帆被逼走后，他又将女儿嫁给有钱的个体户猪尿泡，在后者的钱被他挖空后，他又开始破坏他们的婚姻，挑拨孙子宁宁和继父的关系，使宁宁为流氓裹挟、利用，并最终致死。在作品结构中，黎淑影始终未出场，只是生活在背景中，在台前的只是三个男人：她的流氓爸爸、穷文人一帆和不无江湖义气的暴发户猪尿泡——惨死的宁宁的外公、生父和养父，他们撕心裂肺的哭号，捶胸顿足的忏悔，都是针对宁宁的，而对黎淑影的所有不幸和痛苦只要不危及自身，他们就绝不陈述，涉及了也用的是"黄脸婆"这样带污蔑性的字眼。这种语言的遗忘和错置，带给读者的压抑和悲哀，远远超过对宁宁这个不幸的孩子的死的悲哀，与前者相比，他们对宁宁的关切和忏悔，简直就是一场毫无真情的闹剧。哀莫大于心死，这三个男人的心都死了，所以很难得到人们的同情。正是从文化习俗和社会习俗影响下的女性自身及男性两个方面，梦萌表现了对底层女性命运的关切和思考。

女性解放的尺度，常常是衡量人类解放的尺度，《绿太阳》对女性命运，特别是对底层女性命运的思考和关注，既是对社会现实的关注，也是对人的关注。

善与恶是人类从自己的处境中所抽象出来的第一个道德观念，它同时也成为贯穿人类社会始终，维系从简单到复杂的人际关系的一个基本标准，这中间和此后的一切思想家固然可以赋予它新的内容，但是却难以动摇它的根基。善与恶也因而成为人们区分复杂的社会自然现象及复杂的人类行为好与坏、是与非的基本界限。梦萌小说的平民性、平民精神，也表现在他常常自觉不自觉地用善恶标准、以善恶视角来表现他对生活的分析和评判——对善者的同情，对作恶者的憎恶和诅咒。值得称道的是，他并没有将善恶标准抽象化、绝对化，而总是赋予它们具体的时代内涵和现实内涵。

在长篇小说《爱河》中，他就在"文革"背景下塑造了潘欣生这一继承了家族传统中恶因子的政治投机家形象，画神画髓，入木三分。在《绿太阳》一书中，读者也随时可以看到善恶斗争对人物命运的巨大影响。《屋外那座青冢》中韩芸芸的公公、《夭折》中黎淑影的父亲，都既可看作是家族势力愚昧、色情、冥顽不灵的代表，也可看作人群里集中了恶的素质和品质的一类人。

《古城墙下的哀叹》写的也是一个恶人算计善人、欺凌善人的故事：在年终岁尾，包工头不得不把工钱如数付给老实民工高谝，但在一天之内，他又以赌博、色情为诱饵，把高谝的钱全部掠为己有。这种善恶斗争的古老图画，已被作家镶嵌在当今改革大潮迭起、农民进城打工出卖劳动力的背景下，便具有了强烈的时代气息。

《装进棺材的忏悔书》则将几十年来一位农民的曲折命运、恩怨是非同大的政治背景上的极"左"思潮、阶级斗争扩大化扭结在一起，构成了一个正直善良的水利工作者感人至深的人生悲剧。他是和阮晨同校同专业毕业，又分配在同一单位搞技术的密友，但在工作中却表现出不同的品性。许井忠于友情、忠于事业、忠于科学，不惜将女友让给阮晨，又代阮晨承担了技术责任，进了监狱；而阮晨却利用了他的忠诚、善良，踩着他的肩膀向上爬，最后又利用妻子与许井的感情联系，让许井代他入狱。几十年后，改名换姓并毁了容的许井，不愿再为阮晨承担违反科学的设计后果，奋然跳入急流，为抢救渠道塌方而牺牲。但即使在他死后，这桩恩怨是非仍未大白于世。阮晨照样升官晋爵，只有他妻子进行了迟到的忏悔。

所有这些善恶常常集于一身，弱者遭欺、善者无好报的故事，都有着作者从底层社会所带来的痛切的人生体验。这些故事具体体现或现实，或历史，且具有特定时代背景的内容，但其对复杂人性和忧患人生的展现却不无普遍的启示意义。

梦萌小说创作的根基扎在现实主义创作方法上，他注重从环境到细节的生活真实性，讲究情节和故事的连续性、完整性，注意从社会关系、从性格到思想、从外在到内在等诸多方面塑造形象，注意作家主观心理、情绪的隐蔽，等等。在这些之外，我认为梦萌小说同中国传统现实主义小说，包括新中国成立后很长一段时间的小说的内在联系，是理想化的审美倾向。例如对比鲜明的性格，构成冲突因果的单一与集中，好与坏、善与恶的分明，等等。这与他从平民中来并为平民写作是一致的，因为现实主义也曾被人称为"平民主义"。这些创作特点不仅可以从前举的作品中看出，也可以从《宽宽的大渠》《天邪》《十八爷》《绿太阳》等作品中看到。

《宽宽的大渠》塑造了小咯咯这个理想人物形象，他是队长冯印的外甥，平时给人的印象是听话的。队长为了以水谋私，就将村里的水权交给了他，以便自己控制。但小咯咯上任以后，却以改革精神，革除旧弊，制定了严格的用水章程。冯印控制他的阴谋破了产，刚想报复，小咯咯在上级支持下，将本斗渠的管理权夺了过来，冯印管不上了，小咯咯的改革措施得到全面实施。如果说在小咯咯身上被理想化的是他的有章有法、有理有节的改革精神和改革行为的话，那么对天邪，作者理想化的却是他的忠诚和善良。

在中篇《绿太阳》中作者全力塑造的则是邱平山这个青年水保工作者形象。他是带着累累心灵伤痕来到偏远的五凤岭苗圃就任场长的，这里的乡野风光、朴素的人情很快抚平了他内心的痛苦，使他能以忘我的姿态投身到苗圃的现实和未来规划中去。作品不仅从同自然的关系中，从生产领域改革的胆略和气魄方面，而且从情感和爱情纠葛，从处理新老关系、理解老一代、如何对待传统等各个方面，表现了邱平山的思想、性格、品质、才干。很显然，这是一个寄托了作者社会理想、道德理想、审美理想的人物。

平民需要理解和同情，平民灰色的世界和凡庸的生活也需要理想的烛照、抚慰、指引和鼓舞，这就是理想化在梦萌创作和心理结构中的位置。

梦萌的小说不仅有一定的行业特点，也有很强的地域特色、乡土特色，即老作家王汶石所说的"老陕味"：涎水面，"薄、细、筋，葱花菜叶油辣子，筷子头一挑，涮涮，辣油全团上了，张口一吸，受用极啦"；两个老头晚上看了电视演的秦腔《周仁回府》，第二天还意犹未尽地议论不休："那周仁就差池，声嫩，不入辙，蹬哒也少功夫，和任哲中、李爱琴差远了。瞧人家那提袍甩袖、吹胡子瞪眼，招招式式都在板眼上。任哲中闪单帽翅儿，那才叫绝，胡子甩上去，噌的就弹了回来，上去啥样，下来还啥样。"再如王八老汉批判农业上的瞎指挥："拔红苕、铲瓜蔓、划网格，三大发明。谷颗豆类被枪崩，光在高粱上耍花枪。产量上去咧，尻子也上去咧。咋了？高粱吃得屙不下，只好撅起尻子用棍棍掏……"再看十八爷的形象"个子很高，却长得歪歪楞楞……脑袋特大，圆圆的，架在脱了棱角的两肩之间，活像大喇叭不住地旋转播唱"；冯印"总是搔巴着那白兔娃甜梨瓜似的头，细小精明的眼珠子转来转去打不定主意"。更重要的是，梦萌笔下的人物常常具有关中人的气质：忠诚而不乏固执，粗犷率直而多有心计，具有现实感而又容易知足。"一方水土养一方人"，地域特色不仅使梦萌的小说更真实，更贴近普通人的生活，也使他们具有了独特的审美情趣。它提供给读者的不仅是一个独特的存在的世界，也是一个独特的审美的世界。

在生活中梦萌是一个经历曲折、刻苦耐劳而又具有自己执着的人生追求的人，在艺术中梦萌也是一个咬定青山不放松、甘为文学理想献身的人。我们相信，他会认真总结经验，不断充实自己，写出更多更好的作品。

（原载《小说评论》，并收录于陕西人民出版社《灯下漫笔》）

读梦萌《绿太阳》

费秉勋

读了梦萌的中短篇小说集《绿太阳》，深感梦萌是一个严肃审视社会、表现生活而又具有文学感受力和表现力的作家。他的创作承袭着较多现当代文学的传统遗传，但同时也收纳了足够的新时代的气息。读他的作品，我能感受到扑面而来的新生活的冲击，而这种新生活是在时间流逝中所形成的，有着深厚的根基，没有新得只剩下新而让人觉得新奇浮泛；在艺术上能感到一种文学的拓展，但却没有追波逐浪刻意入时的傀佻感。王汶石同志说梦萌的作品有"老陕味"，如果是说作品中的人物，的确写的是关中人，写得真实，当然有"老陕味"，但其作品第三人称的叙述语言，我却觉得超越了"老陕味"，且没有地方的土味。同时梦萌小说的叙写形式和结构形式甚至文学风格，都在不同作品中随着人物和内容需要不断变换。在20世纪90年代初，梦萌的作品虽然已经不少，而且可以说都不错，但并未形成较突出的相对稳定的个人风格。但这只能说明，现在要在文坛上取得一席地位，特别是要在全国范围内成为瞩目的作家，是非常不容易的。

下面我谈谈对一些作品的具体印象。《十八爷》是一个艺术性很高的短篇，它通过一个特定时代强大社会意识塑造而成的人变疯后，由于这种意识在脑中的凝冻滞留，处处表现为堂·吉诃德式的可笑行为的故事，以喜剧的笔调深刻表现了农村的人情、社会及其意识的变迁和人世的沧桑。"是的，十八爷已看透人，看透这个世界。人太可怜、太悲哀了！一生忙忙迫迫、哭哭笑笑，都是为了命令和指挥人，又都免不了受人命令和指挥。人一辈子就这么回事。世界也这么回事。真他妈的，太可怜可悲了！"这是疯子的心理活动，看似疯疯癫癫，却比许多正常人清醒，颇有《狂人日记》的韵味。《绿太阳》《装进棺材的忏悔书》都有些工业题材小说的味道，我认为对于一般都是写农村的陕西文坛来说，这是值得重视的。《绿太阳》中的爱情纠葛，邱平山对父亲的孝道，胡大顺一家对邱平山之父不寻常的感情，都写得凄美感人，读后使人不禁回归到早已被淡化久违了的人性美和人情美的诗情画意之中。缺点是个别情节安排欠妥，缺乏内在根据。这篇作品中的有些章节写得很出色，小邱乍到五凤岭，几个男人请他喝酒的叙写，很有杨争光的风格，区别是杨争光更冷峻些，梦萌则多了几分幽默。矮丰三是梦萌凭灵敏的文学感受力发现的一个生活中常有的富于个性也富于时代特征的独特形象。面对改革开放的大潮，由于生理和性格的缺陷，他既迫不及待地想脱贫致富，又总是找不到实现的途径，就只好在"抓信息"和"换名片"中玩弄阿Q的"精神胜利法"的把戏，几经曲折坎坷，最终寻找到自己的价值和归宿。《装进棺材的忏悔书》的题材和主要人物及其关系，容易使人想起杜鹏程的《在和平的日子里》，故事哀婉凄迷，人物也很有个性。只是主人公从许井变为午进，太离奇玄乎，使作品的现实主义色调有所冲淡。

梦萌的文学潜力是很大的，成果也是可观的，他应当算作陕西作家中的重要一员，他在文学上再上新台阶将不是遥远的事情。

（原载《小说评论》。作者系著名评论家，时任西北大学中文系教授）

水的精灵

——小说家梦萌小议

京　夫

　　要说是作家班乃至高深的文学理论教会了梦萌写小说，不如说是生活教会了他，或者说是水教会了他。水使梦萌走上文学之路。

　　读梦萌的小说，生活的浪花（或水花）会扑面而来，火热的水利建设工地，碧波荡漾的高峡平湖，流水欢歌的灌溉渠畔，机声隆隆的水电站房，图纸如山的设计室，高级指挥员与普通的水利建设者以及配水管理员，都成为梦萌文学创作中的一道道风景线，一个个鲜活的人物形象。在这里，兵不血刃却有灵魂激烈搏击，洪水咆哮而又柔情万种。

　　梦萌不是生活的主宰和强者，却是一个忠诚而脚踏实地的参与者、战斗者、弄潮儿。他在农家的土院里长大，当过民工，在水利建设工地最前沿摸爬滚打，并从这儿突围，用文学创作实现自己的人生价值，反哺水的宽厚仁爱与滋养。他执着地在水利工地上打了一口深井，供自己创作，有汩汩不停歇的源泉，滋养他时时躁动的心灵，润泽他的笔，陶冶他的诗情。水已经成为他生命的一部分，或成为他生活的全部。他为水而歌，为水而咏，以水抒情，写水之魂、水之忧、水之梦、水之爱憎。他的文字，带着水的清丽、水的活泼、水的柔情，在浪花上激荡。

　　梦萌作品中，有为水而歌而献身的女子，她们是水的精灵。她们的灵魂，化成了水魂，永流天地间，滋养着一条条爱河。

　　梦萌的小说里，也有水中丈夫。水绕山，山恋水，水的柔情后面有刚，刚柔相济是为强。刚正耿介，灵魂不屈，矢志不移。《装进棺材的忏悔书》中的许井便是这样的汉子。受压时，他虽弯下了腰，低下了高贵的头，但灵魂却挺得笔直，纯净似水。他为朋友罹难，而心胸坦荡，义无反顾。他历尽艰辛和人间悲苦，重回旧地，隐姓更名，却发现他的牺牲并未换来拯救者的自省，而蕴藏着欺骗和阴谋。巨大的悲哀使他彻底绝望了！但就在他绝望之际，命运之神给他安排了一个很壮烈的归宿：海棠沟填方果然发生了险情，他毫不犹豫地跳入水中，用身体堵住大渠缺口，让痛苦的灵魂与纯洁的水合二为一，以求永远的解脱。梦萌笔下刚性的汉子有很多，而许井给人留下的印象却让人挥之不去。

梦萌在讴歌这些水中丈夫的同时，也刻画了一些水鬼形象，他们是以阮晨为代表的灵魂卑下、龌龊，为了利欲权欲，不惜出卖朋友，噬咬善良者灵魂的小丑。梦萌无情地鞭笞小丑，也是为了弃恶扬善，也是水的上善品格。

水是梦萌的精神家园，寄情于水，是为了创造一个精神的栖宿之地。上善若水，抒写水，追求大善大美之境界，落于大爱，这也是他灵魂深处流淌不息的"爱河"。他同时也追求水的律动和灵动，一种智慧，使文字具有水的活脱。

古往今来，水给了思想家思想，给了哲学家哲理，给了艺术家以新的思维。艺术因为有了水的柔美，才有了诗韵、曲线、舞姿以至于生生不息的创造灵感。写水、歌水、画水、舞水、戏水，都不乏杰作，水成了艺术永恒的主题之一。梦萌写水，有得也有失。水是绿色的太阳，水的领域十分广阔，十分深邃，需要往深处开掘，需要追求新的境界。水也会如柔柔刻刀，在梦萌的创作长河里，去磨砺和荡涤粗糙，丰富想象，修饰梦萌人为的堤防，使其更臻完美。水会成就一个更成熟的梦萌。

（原载《工人文化》。作者系著名作家，时任陕西省作协党组成员）

梦萌小说独特的艺术视角

韩梅村　李玉悌

如果不把小说从理论上过分地抽象衍化，则更有利于我们讨论小说这一问题。如同其他书面文学一样，小说最简单不过的功能有两个，一是给人以愉悦，二是给人以审美教育。没有了前者，小说便失去了生命；而失去了后者，小说则没有了崇高。人的心理需求正如人的生理需求一样是多方面的，而这就决定了小说有种种写法：写得咋呼，跌宕起伏；写得舒缓，春雨润物；写得像南方人那样诡秘机巧；写得像北方人那样平实含蓄。不管何种写法，写得好，寓教于乐，都具有迷人的魅力和审美价值。笔者以为，梦萌的小说属于后一种。读他的小说集《绿太阳》，就给人一种厚实沉稳、朴素端方之感。

一

纵观《绿太阳》，可以看出作家的心态十分沉稳。这表现在作家对于题材的选取上。在严肃文学受到商品经济大潮的冲击而日渐式微的情况下，梦萌没有失去一个严肃作家的贞节而以低品位的作品去迎合读者：不写逸闻野史，不写古逐旧，而是将笔触深入眼前的改革时代，深入他所生活的那块苍朴厚实的渭北平原，写他所熟悉而又普普通通的人和事。《绿太阳》所收录的十六个中短篇，大都在这个时空范围之内。并且，在写当代生活这一点上，梦萌和其他作家也有不同。他也写爱情，写人性，但绝不以庸俗的性爱描写去招徕读者，去诱发人们潜意识中那些为文明社会所不容的东西。他的作品纯朴而干净。他所追求的，是靠对凡人凡事的美学品位以赢得读者，而不是任何人为的低级趣味。一句话，他走了一条平实的也是最难走的路，他要于平实中磨砺自己。这表明了作家对艺术所持有的见解以及对之所葆有的神圣追求。相对于那些媚俗文学作家来说，梦萌算得上一条关中硬汉，相信他的追求是具有崇高的道德价值和美学价值的。

二

一部文学作品既是现实生活的反映，也是作家心灵的产物。在小说集《绿太阳》中，梦萌以其沉稳平和的心态，领悟出生活就像一轮绿太阳。试看中篇《绿太阳》所写："这时，旭日东升，阳光像流水似的泻满五凤岭的沟沟岔岔，这金的光和绿的雾纠缠在一起，朦朦胧胧，虚虚幻幻，浮荡着一种奇妙的景观：五凤岭上的五座山梁之间的空隙没有了，连成一体，全被这金和绿充塞了，远远望去，像一个绿果，像太阳的影子。""这里什么都好，山亲，水亲，草木亲，人更亲，像一轮太阳，又比太阳阴凉、清爽。"绿太阳这一意象，蕴含着作家对于理想生活的矢志追求。他冷静客观地审视生活，积极乐观地看待未来。

表现之一，是作家通过艺术的形式，表现出改革是大势所趋、民心所向，唯有改革才有生机、才有光明的主旨。

《宽宽的大渠》写改革之风愈刮愈猛，而某村在用水制度上却还是老套套，致使平时渠道无人修整，浇地时却你争我夺。这既浪费了水力，又没有浇好地。有鉴于此，一个名叫鹿娃的青年果决地对用水制度进行了改革，有效杜绝了用水方面的弊端，受到了群众的普遍拥护。

中篇《绿太阳》，则写一个林业站几十年毫无变化，由于改革开放，竟使一个仅有七八个人的小小五凤岭林业站，变成了一个拥有四百八十名职工、四千多万元固定资产、四百多万元流动资金、年上缴利税二百八十多万元的五凤岭农工商综合开发公司。

在这两篇作品中，作家从不同角度写出了改革带给渭北平原的新变化。由此，我们看到了改革的必然性。在作家的笔下，改革的太阳是温暖的，就像作品中的那轮绿太阳一样。

表现之二，是作家在小说中以绿太阳般的温情来对待那些一时赶不上发展形势的老一辈创业者。改革要推出一批人，同时又使另一批人成为落伍者。如何看待这些"老式人"？作者没有以轻薄之态去挖苦讽刺他们，而是以历史的唯物的观点看待他们的过去和现在，揭示新旧两种观念是如何在他们内心互相碰撞的。这样，作者对他们的态度就不是一味否定，而是在表现他们落伍的同时又礼赞了他们的功绩。

十八爷几十年如一日视生产队上工的铃声为冲锋陷阵的军号，队长叫干啥就干啥，为集体出力流汗。然而随着改革的深入，昔日的铁铃失去了它的效用。面对这一突如其来的变化，十八爷惶惶不安，他一次又一次地来到那系挂铁铃的大树下，几经踌躇之后，终于敲响了那已成为历史陈迹的铁铃，结局可想而知。十八爷的这一举动，生动地表现了千百万农民对旧的经济体制的迷恋心理，以及挥手告别过去时的心理阵痛。

与十八爷相比，胡大顺则是另一种类型的创业者。当年，他只身闯进五凤岭，硬是用镢头和血汗开出了一块小小的苗圃。然而随着改革春风的到来，五凤岭年轻的一代，却推出了一幅开发建设五凤岭的宏伟蓝图。眼看着辛苦经营数十年的五凤岭苗圃即将从自己眼前消失，胡大顺不禁痛哭流涕起来。

作品就是这样通过对十八爷和胡大顺等人物形象的塑造，告诉人们：人生乃至整个人类历史就是一个不断否定和肯定的过程。像胡大顺这些第一辈创业者所表现出的心态，或许就是我们自己明天的心态，因此，对老一辈创业者命运的思考和对他们心态的剖示，必将启发人们正确对待他们的过去和现在，同时也有助于我们正确对待自己。这样，作家的描写就把人们导向了一个更高的认识层次，具有了普遍的意义。

表现之三，是作家始终以积极乐观的态度看待人生。其具体表现，就是不轻易将小说中的事件悲剧化。

《屋外那座青冢》写一个名叫韩芸芸的姑娘，因将自己与农村青年蔡大宝的初恋告诉了母亲，却意外使蔡大宝被判刑，自己也因此丢了清白名声，被迫下嫁给一个人称"二妮子"的万元户唐才才做妻子。不仅如此，其公公为了所谓"唐家香火"有继，竟然不顾人伦道德，企图玷污韩芸芸。这完全是一个悲剧题材。但梦萌却没有将它处理为一个悲剧，而是让韩芸芸在得知阴谋后机智逃走，终于与蔡大宝结为夫妻。这一处理方式无疑会给人以振奋和鼓舞，同时也避免了描写过程中可能遇到的种种尴尬。

《拥挤》写高二年级学生蓓蓓在"厌学风"和"早就业"风气影响下参加某厂的招工考试，当其满怀信心地坐到考场答题时，才发现面前的考题与事先费了九牛二虎之力得到的"内部考题"完全不符。小说结尾，作者没有让其因灰心绝望而流落街头，而是让他痛定思痛，重新走回学校，在知识的海洋中设计新的人生。

追求一种喜剧的结局，其实并非作家的思想单薄，而是对生活和人生的一种理解和期望。悲剧是对人生和社会问题的深化，意在引起人们的思考和注意；喜剧则给人展示一种解决问题的光明途径。凡是有思想有道德的作家，都能从这截然不同的艺术形式中看到其相统一的地方。梦萌对自己所选择的喜剧表现方式，有着自己的理解。他说："夭折一株小花小草很容易，夭折一种事业也不难。只要善于识别并自觉奋争，就会避免厄运而获得新生。"（《夭折》）可见，作者对其笔下人物命运的处理方式，完全是由其一定的人生观所决定的。

表现之四，是作品艺术地表现了改革需要人才，并产生、锻炼了人才这一极具时代色彩的生活现实。在梦萌笔下，改革不仅使像邱平山这样的知识分子找到了用武之地（《绿太阳》），而且也将鹿娃（《宽宽的大渠》）、天邪（《天邪》）这样一些貌不出众、平平常常的农村青年催化成有魅力、有能力、有胆量、有理想，能够带领群众走向致富道路的骨干人物。作品雄辩地昭示，倘使没有改革，像鹿娃和天邪这样的农村青年，终其一生，也仍然只能是一个头脑简单、目光短浅的老式农民而已。

作家的描写既是理想的，也是符合生活实际的，是作家在追求真实的基础上对待生活的一种美学品位。这些，无疑是一种心态平和沉稳的表现。从人与外界乃至人与自身的关系来讲，平稳的心态会使人变得十分灵敏、精细。没有一种平稳的心态，人对外界的感受能力就会大大降低，感受的区域也会大大缩小。同焦虑、浮躁的心态相比，平稳的心态更有利于作家审视生活，看清生活的本质，更便于洞察人的内心，把握住时代的脉搏。梦萌正是以此心态，赋予这本小说集以厚重的思想内涵。

三

《绿太阳》还为人们塑造了一个个触手可及的人物形象。

高谝（《古城墙下的哀汉》），一个五十余岁的关中汉子，他从乡下来到西安古城墙的工地当民工，干活十分卖力。之所以如此，无非是要对得住别人发给自己的工钱。工头不慎从城墙摔下，他毫无畏惧地以自己的双手将其接住。工头破例预付给他四百元工钱，让他回家与老婆孩子团聚。这使他心里发热，感动得差点没叫出声来。然而后来当他发现工头又设计将预付给他的四百元钱以赌博的形式骗走后，气愤地一脚踹开工头房门，以一个关中汉子特有的方式，抡圆那厚实有力的巴掌，在工头脸上重重地留下十个手指印子，然后愤然而去。

同高谝相比，鹿娃属于关中人所说的那种"二尿"或"二杆子"式的人物。当队长冯印以"狼背子舅"的身份让他做了灌溉大渠上的分渠长时，他并没有因此而对冯印"手下留情"。这是包括冯印在内的全村所有人都没能想到的。而鹿娃的耿直和可爱却于此鲜明地表现了出来。

此外，像十八爷的痴迷执拗，天邪的诚实忠厚以及胡大顺的平实倔强等，都具有独特的个性特征。

《此书即将出版》中的作家林一山，则是一个带有关中汉子血性的知识分子。他纯朴耿直、求真敬业，长年累月伏案疾书，成果累累。然而由于他不肯写色情凶杀和逸闻野史，没有人愿意出他的书。后来，他收到了一家出版社"此书即将出版"的通知书，这使他多年来郁积在心的憋屈感顿然消失，兴奋异常。然而当他得知这一切竟是他表弟用钱替他买了书号时，一怒之下，将所有书稿全部撕得粉碎。这就是作家林一山，一个个性鲜明的关中汉子！

梦萌笔下的人物关中味十足：憨实，质朴，单纯，刚烈。由于作家在创作的道路上坚持写自己所熟悉的生活和人物，所以尽管在艺术表现上还缺少打磨，精巧不够，但却显得平实扎实，自成一格，这是难能可贵的。

四

《绿太阳》中的作品在结构上大体采用了戏剧式的结构原则。就其具体表现而言，大概又有两种情况：

其一是顺应读者喜欢猎奇的阅读心理，精心调整事件先后顺序，往往将关键情节移作开头，以引起读者的注意。在《屋外那座青冢》中，作者首先描写美丽善良的姑娘韩芸芸凄清地在唐家守着活寡。这种太不公正的人生命运必然迫使作家穷本溯源，翔实地写出女主人公不幸遭际的来龙去脉，而读者则正是在这样强烈的阅读期待中得到了审美上的愉悦。

其二是作品情节的发展往往具有某种意外性。《十八爷》中的十八爷赖以生存的三间厢房不幸被烧，人们都以为他已经死了。然而若干年后，人们却在城中意外发现失踪多年的十八爷在一家木材公司做了门卫。这种结构方式其实并不新颖。这是传统现实主义的惯用手法。在新手法层出不穷的时期，梦萌却仍然采用这种结构方式，只能说明他老实本分。

梦萌小说在语言上则具有鲜明的乡土味，语句一般较短，用词平实、干净利落、形象生动而富有幽默感。如在《天邪》中，无论是描写天邪吃蚕豆的情景，还是表现天邪与其叔父的对话，都明显地具有一种关中味。作家写高谝的行为、心态和语言，也无不浸润着一种关中特色。这种对地方语言的充分采撷、提炼和使用，无疑是表现其笔下人物形象，反映关中地域普通人家生活所必需的。

《绿太阳》的创作显示了梦萌的艺术追求。笔者相信，只要作家循此道路坚持不懈地走下去，一定会取得更加令人瞩目的成就。

（原载《秦都》。韩梅村系咸阳师院中文系副教授、著名评论家，李玉悌系东莞理工学院教授）

《绿太阳》的诗意意象

杨焕亭

　　以一种叙事文本去营构浓郁的诗意意象，以一种温馨如茵的故事去传达作家对于人文生态的关注，以一组内心世界丰富的艺术群像去实现作家对于人的生存价值的美学认定，这是梦萌长达十一万字的中篇小说《绿太阳》的艺术魅力所在。

　　在当今各种文学思潮绚烂多彩，甚至瞬息消长的形势下，《绿太阳》从叙事模式到文学语言，都打着深刻的传统现实主义的烙印。然而，作家在故事所发生的典型环境的选择上，却表现出独到的人文视角。地处三县交界的五凤岭苗圃之所以成为绿太阳升起的地平线，不仅在于它岚气氤氲的青山秀水、蕴含丰富的自然资源、田园诗式的人情世故，还在于它同中华民族古老的人文精神保持着源远流长的联系。这样，作品中那美丽动人的神话传说，那深沉幽远的历史追溯，便绝非毫不经意的冗笔闲章，而成为主人公价值选择的一种文化铺垫。及至邱平山在泾河桥头与银杏的相遇，月夜小宴上职工们的纯朴豪爽，都使邱平山在滔滔商海中，在喧嚣的都市中，在原先的恋人瞿秋蝉世俗乃至庸俗的目光中不曾看到的几于失落的精神、情操、道德和理念蜕变中，心灵遭遇了新的蒸腾和撞击。如果说，绿太阳最终以一种意象悬挂在瞑目的邱大爷的床头，那么，它的胚胎则孕育于第一夜邱平山如波如浪的思绪中。在这里，艺术人物充当了作家理性思考的载体。作家采用蒙太奇手法，把银杏的善解人意与秋蝉的市侩冷漠，把酒中的月亮与夜空中的月亮，把酒的甘冽醇厚与人的古道热肠镶嵌在情感的天平和思维的滤网上，从而把典型环境由自然的优美上升到人文的悠深。透过邱平山静夜回忆中的价值评估，透过他"宾至如归"的感觉，不难发现作家文化溯源的哲学寻觅。

　　这使得《绿太阳》与近年来一些文学作品淡化典型环境、淡化传统，于人的原生态、于人物的情感碎片上去构建所谓的"写实、体验"，于一种"苦难共享""不得已而为之"的随波逐流中为人文失落开脱辩解的所谓"当代现实主义"形成了鲜明的对照。在作家凝重而又忧郁的眸子里，经济的繁荣，城市的崛起，物质的丰富与精神的贫困、心灵的冷漠、道德的扭曲、价值的失落，是那样冲突剧烈地构成了令现实生活中像邱平山这样的普通人物很困惑、很无奈甚至很烦恼的深层矛盾。这些矛盾使作家把目光转向生活的多棱侧面和新的空间，他试图在自己的艺术世界中找回这些曾经使一个民族饱经沧桑而得以生存，得以延续，得以在激烈的变迁中与新世纪拥抱的文化遗存和文化元素。所以，我们宁可把邱平山那种一时难以说清的一种风格，一种气质，一种祖先和民族留下的传统的审美通感，看作是作家表现人物精神、关注人文现状的一种艺术呈现。所以，我认为第一章是解读《绿太阳》全部内涵的锁钥，是作家营构诗意意象的土壤，是传统与现代相交织的舞台，这种海明威式的叙事方式无疑提高了《绿太阳》的艺术品位。

作家就是借助了这种特殊的、典型的自然和人文环境，以邱平山和胡大顺的矛盾冲突，邱平山与银、红二杏的情感纠葛为线索，浓墨重彩地展开人物的命运风雨，跌宕起伏地刻画人物的情感历程，层次有序地揭示人物主体多面的性格特征。在五凤岭这个远离都市的安谧宁静甚至邱平山到来之前近乎死气沉沉的社会舞台上，胡大顺是一部色彩斑斓的书。在他的身上，集中了中国农耕文明这种文化的许多经岁月磨砺而不朽的优秀积淀，同时又背着许多尘封经年的历史重负。他执着地拥抱着用自己的生命和情感浇筑起来的事业和土地，他甘于平淡，疏于名利，甚至连头衔的概念也不屑追究的绿色情结，他对于邱大爷兄弟般的情愫，还有对于妻子槐花绵绵无绝期的思念，实际上是浸润了中国农民潜意识深处的儒家文化品格的自然的外化。这种很难用接受了多少知识熏陶、读了多少儒家经典来衡量的浸润和外化，使得胡大顺的性格呈现出协调而又矛盾的特点。他与邱平山之间的冲突，是传统管理体制与现代管理体制、农耕文明与现代文明的冲突。然而，作家的灵动和智慧就在于没有把胡大顺刻画成食古不化而最终与邱平山分道扬镳的时代弃儿。我注意到许多论家都从"至善"的层面上去解读这种处理，这并不错，然而，却很不够。我认为作家是从文化层面上肯定了传统与现代的相融性的。这样，当绿太阳的春晖在两代人澄明的心野上染出一片碧茵时，他们矛盾的化解便成为水到渠成的趋势。他们的拥抱无疑具有生命意义上的诗情画意。

在这里，邱平山因要借用桐苗地打钻孔盖厂房而触动了胡大顺情感深处本已淡忘的创伤，从而引发了他撕心裂肺的痛哭和最终豁达明理地同意迁坟，这就使邱平山不禁洒下铭感肺腑的泪水，这样一来两个细节就同样具有了诗意的审美价值。邱平山在初到五凤岭的月夜那种很朦胧的审美通感到此终于得以明晰起来。它丝毫不含有谁战胜谁、谁说服谁、谁改造谁的制约或者因果关系。胡大顺潜意识中那些饱蕴着生命汁液的道德和情感财富因在现代文明的激流中找到了栖息地而获得了永存的价值。与之相呼应，邱平山全新的、现代的、创造性的生命不仅在胡大顺的心弦上击出空谷飞瀑般的共鸣，尤其因了传统的润泽而获得了蒸腾、升华和净化，这使他那开放的胸襟增强了对瞿秋蝉式的都市"浮躁症"的免疫和分辨能力。这种艺术处理，赋予作品以历史理性的意蕴。在某种意义上，达到了对文明链条的解密，实现了作家对于中国当代人文生态的理性透视："一个丢弃传统的民族是没有希望的民族，而一个墨守传统的民族是没有活力的民族。"胡大顺与邱平山矛盾的化解做了绿太阳的催生婆。

绿太阳不仅是生命的诗意象征，也是爱的诗意象征。胡大顺携带的人性之美和道德精神，在两个女儿银红二杏那里得到延伸和继承。这是邱平山与银杏相爱而又最终和红杏走在一起的基石和土壤。银杏走入邱平山的情感世界，不只是因为她直率的热情和迷人的丹凤眼，也不仅仅因为她清脆悦耳如春溪叮当的歌喉，更基于一种心照不宣的文化认同和价值认同，这就是她对邱父那种与瞿秋蝉完全不同的责任意识和情感表达。然而，这种灵魂的沟通也并非一触即发，一见钟情，一拍即合。在这场漫长而又坎坷的苦恋中，作家借助于爱的推波助澜，层层深入地丰富了人物的性格特征。在情感的旋涡中，邱平山是一个真正的男人。

如果说，他初到五凤岭时对于银杏的追求表现出若即若离的迟钝，是因为他无法抹掉瞿秋蝉在他心灵底板上的影子，那么，作家在这里恰恰是展现了主人公人性丰沛的一面。在他看来，生命虽然在人生的漫漫旅途中要不断接受道德的审视，然而，生命不应该也不可能成为道德的附庸，它本身就应该有自己独立的、生生不息的地位和价值。那么，当他接到范小青的信以后，最终决定与银杏分手，则使得主人公在道德的紫光下实现了向人的类特性的复归。这种复归导致他后来在处理与瞿秋蝉和红杏的情感矛盾时多了理智，多了宁静，多了文化的品茗而少了骚动和不安。这是作家对于近年来弥漫于文学作品中蔑视道德、膨胀主体、淡化人的社会性而独钟人的动物性、萎缩美，实现"肉"的诱惑的倾向的一种理性的曲折的批评。

这样，绿太阳因了人在喧嚣的商海中找到了本位而绿得蓬勃，因为灵魂在撞击中实现了净化和超越而绿得滴翠，因了邱大爷怀着无限眷恋告别这个世界而不愿意再给这个神圣的晶体增加阴影而绿得深沉，因了五凤岭历史性的变迁而绿得永恒。作家就是这样，以人文的视角、艺术的张力、凝重的笔触，完成了绿太阳在邱平山心中播种而于邱大爷床头成熟的荡魂摄魄的乐章。让我们引摘作品结尾时一位画家的话来作为这篇文章的结尾："那是一种意象，一种传统，一种美德，一种对象化了的自然，像五凤岭的事业一样，太美了，太美了！"

这也许正是梦萌的《绿太阳》中的全部美学追求而最终淘濯和浓缩的炼蜜。

（原载《秦都》）

大水至美

——《水经泽被》序

何建明

我们每个人都离不开水。从某种意义上讲，人是"水"孕育而成的。

老子曰"上善若水"，孔子曰"智者乐水"。生命因水而起，人类因水而生，"三山六水一分田"说明水主宰着世界。故此，历史上便有了水利这个行业和众多治水人物，如大禹、春申君、郑国和李冰父子等；也因此，古今中外一切文学艺术无不以水为滥觞，如《诗经》《山海经》《水经注》《河渠书》和唐诗宋词中大量的山水诗，以及自成体系的中国山水画和经典音乐等。中国人民的伟大领袖毛泽东的"水利是农业的命脉"和人民敬爱的习近平总书记的"绿水青山就是金山银山"的论述，更多地赋予了水时代的战略意义和民族复兴的现实内涵。这也使我有机会走进上海宏波集团，有幸读到一部关于他们改革发展的纪实文学《水经泽被》，于是对水、对水利、对水利人产生了深刻认识和敬仰之情。

江南出生的我，其实命里就与"水"息息相关：爷爷的爷爷三兄弟生于苏州，后在上海陆家嘴一带与友人一起经营了一个码头，曾颇为成功。后来洋人来了，铁船代替了木船，他们又回到苏州老家。"文革"时，落难的父亲在我七岁时带着我"上上海"——与其他农民们一起摇着一条小船，沿苏州河入黄浦江……还是陆家嘴附近，大船撞坏小船，我们侥幸逃生，在与风浪的搏斗中，我被冲到黄浦江那头，差点丢了性命，最后是那片土地救了我一命，所以现在我跟浦东格外有感情。长大后的我，在部队的战略工程兵水文地质部队工作，又与水结下不解之缘。四十多年后，重返故乡，当回顾上海以水开埠的历史，看到上海天蓝水清的环境时，我依然感觉水就是生命的血脉，一直在流动，一直带着温度。

令人欣慰的是，在这期间我有幸认识了上海宏波集团董事长顾德鱼、总裁李松等高管和众多工程技术人员。他们的可贵之处，不在于将一个只有三四人的小公司，发展成拥有三十余项国家高等级资质、四大业务板块、十余家分公司和子公司、一千五百名员工、业绩遍布全国各地、年产值近十亿元的全过程工程咨询和生态环保科技集团，而在于他们巧妙地将方圆哲学运用于企业管理，使以钢筋和混凝土为本色的工程建筑、以水质检测和生态修复为特征的环保科技、以水准高程和方圆图形为标志的勘察设计、以市场占有率和利润最大化为指标的经营管理、以人才培养和团队建设为目标的企业文化等，无不在哲学大义和文化自觉中尽显时代芳华，为现代企业树立了典型范例。

《水经泽被》以满腔热情和真诚，全景式记述了上海宏波集团励精图治、改革发展的创业历程和峥嵘岁月，抒写了顾德鱼和李松他们"上善若水"的品格、"智者乐水"的智慧、"水到渠成"的信念和"水滴石穿"的定力。这个书名起得好，水经意指水之宏旨要义；泽是恩泽恩惠；被是施与或赋予，其大意为：以水广泽天下，用爱拥抱有恩于我的祖国大地。该书分十八章，约二十五万字，是目前全国少有的直接记述一家工程咨询企业的长篇纪实文学。作品以水的上下游和上海改革发展轨迹为纵坐标，以四大业务板块和全国各地为横坐标，然后将企业和个人命运设置于这个坐标系上，从而演绎出一幕幕可歌可泣、感天动地的历史活剧。凡国家和省市重点工程，如南水北调、引汉济渭、盐龙湖、世博会、迪士尼、进博会、花博会、城博会、青草沙原水、白龙岗系列污水治理等工程中，都有宏波人的身影和贡献。他们干得好，写得也好，可以认为是非虚构叙述的一次有益的成功尝试和实践。特别是顾德鱼以自己的心血、汗水，以及对水的感情，创立这么辉煌的企业，实属不易。而且，他的"插楔子""差异化""方圆之道"等管理理念和实战思维，既展示了宏观的战略谋划和微观的细部整合，也彰显了他独特的人生智慧、生活情感和个性特征，使得这样一位改革者、创业者、奉献者的形象便栩栩如生地站在了时代面前。该书既是他个人的写照，也是宏波人和全体水利人的群雕，我向他和他们致以衷心祝愿和崇高敬意！

该书作者梦萌和王莹，一老一少，都是陕西人。王莹年轻能干，一人主编一个双月刊，微信公众号也颇受业界赞赏。梦萌是中国作家协会会员，他的长篇小说题材直击社会焦点热点问题，如与水相关的《爱河》《绿太阳》，另有《悲喜娱乐城》《金喽啰》《倾城》《新部落》等，都在社会上引起良好反响。作家晚年工作和生活在上海，这部《水经泽被》是他来沪的第一部作品。相信梦萌先生能够创作出更多优秀作品，如水一般地滋润大上海这块热土。

（原载中国作家网、《青浦报》。作者系中国作家协会副主席）

水与乡情支撑的文学祭坛

——读梦萌散文集《多梦人生》

雷抒雁

我把梦萌的散文放在就手处，有暇时就读一篇。因为那里边的山，那里边的水，那里边的故事，是我打小就看到过、就听到过的；那里边栩栩如生的人物，不少也是我所熟悉的朋友。

读梦萌的散文，我就有了一种返乡之游的满足，有了故友重逢的愉悦。梦萌以空灵的文思，质朴的情感，绘声绘色的乡音，把关中平原的古老风情重现在我的眼前。关中是一片文化积淀深厚的沃土，一山一水一物一俗，常常于史有载，无一处无来历。说关中事，只道眼前景，难以让人掂量那凝重的分量。但是，拘泥于古，又难使文思畅流，易牛卖弄之嫌，梦萌恰恰在这二者的处理上得当。无论说周陵，道顺陵，谈泔河，讲乾州，都是融古入今，娓娓道来，如数家珍。写清明后的嫩苜蓿，入秋后的甜玉米，都写出了儿时的天真贪馋，让人口水欲滴。

乡土风物入文，是许多作家的本色文章，要紧的不是夸耀家乡美丽，而在于把一种浓浓的乡情泼洒在纸上，让读者感受到一种乡情、亲情的人性之美。读梦萌的散文，在别人也许可以贪图关中风情的新奇，于我则是在那熟悉的风物中体味一种滋润我童年身心的乳香。这就是梦萌的文章为什么我会边读、边想、边回味，有时还会沉浸在如醉如梦的情景里，一股暖流常常如温厚的手，抚摩我的灵魂。

说到水，那是梦萌的特色。倒不仅仅因为梦萌从事水利工作，爱水是他的本职；也不仅仅因为黄土高原缺水，水是他的向往。在梦萌的一双眼里，与水对视时，便闪耀着一种一见钟情的光芒。他从水里看到史，看到诗，看到画，看到一种波动、灵智、柔善的情怀。

"小船在水光与月辉的纬线里，犹若一只来往穿飞的梭子，桨动、船动、水动、月动，刹那间又织造出一库如玉如乳的白绫……"（《乾州探乳》）这样空灵清秀的文字，文坛久违，难怪使人物我两忘，返璞归真，顿生禅意。

而当他站在渭惠渠的拦河大坝上，看渠闸启动，浊流夺路而出，"轰隆的响声和强大的吸力，使人感到要么被吸入地层，要么被抛向太空的失重和刺激，伴之而生的是一种强烈的宣泄欲和本能冲动"。这种独特的感受，调动起物我相通的现代联想，写得真切而强烈。

当今，散文勃生。"大散文"一经提出，对散文传统的观念是一个解放。杂文、随笔、新闻，以至公文，也纷纷汇入散文。其好处，当然是使散文变得亲切，当初那种端着架子的"正宗"散文少了，随意文章多了。这很适合于日见其多的报纸副刊。但是可背可诵，可以传世的"经典"文章却少了。芜杂之词，散乱之思，不经精构，随意而出，已可堪忧。

梦萌的散文，因其情怀激荡，动人之处随处可圈可点。以他之情思、之文笔、之灵性，必有佳文华章问世，我祝愿他，也期待着。

（原载《文艺报》。作者系著名诗人，时任中国鲁迅文学院常务副院长）

作家梦萌印象

李若冰

我读梦萌的作品后留下了这样强烈的印象：这是一个文学的寻梦者，一个文学的搏击者。

梦萌这般自信，这般执着，仿佛一个咬钢嚼铁的硬汉子，一口口咀嚼，一步步地在文学的山峰上攀登。他是这般热烈，这般多情，在文学海洋里击波逐浪，不达到预想的彼岸是决不会甘休的。

这种印象来自他的作品。他年幼时就在做文学梦，一首四句小诗变成了铅字，登上了小报，使他欣喜若狂，从此便有了做不完的梦。等他上了中学的时候，更是不断地写短诗长诗，办《青龙》油印小报，给报刊投稿。谁知，祸从天降，在《中国青年》杂志发了一篇小文后，突然从香港寄来一封匿名信，竟使他被当作"里通外国"的特务遭受审查。

这个从小就有了朦胧选择的梦萌，跑到了宝鸡峡当民工，依然做着辛酸苦涩的梦。钢钎、十字镐磨砺着他的意志，石头、水泥浇筑着他的性格，那工地，那水流，那星云蓝天，给予他绮丽的想象和诗的翅膀，于是他刻苦地写了许多诗和散文，并被一些报刊选用。不料，他又突然被隔离审查，"里通外国"的问题又被抖搂了出来。他悲愤，他痛苦，在那狂乱不讲道理的年代里，他有苦也无处诉说！

即使遭受了这样那样的挫折，也无法摧毁梦萌的文学梦。他固执倔强，笃信弥坚。后来，他又入西大作家班进修，开阔了艺术视野。二十年的宝鸡峡水利生涯，激起他无限的柔情，唤醒了他水的灵魂。水，是那么飘忽多姿，是那么辉煌绮丽，他用全部的爱去拥抱水流，去抒写水流。于是，水成了他的生命，水成为他的伴侣。他一味迷恋地写出了水的诗和报告文学，水的散文和小说，已结集出版的有散文集《多梦人生》，中短篇小说集《绿太阳》，长篇小说《爱河》，等等。

梦萌是水的爱恋者，水是他赖以生存的生命，水造就了梦萌，加上不懈的艺术追求，使他成为水文学的一个开拓者。

每一个作家都有自己的优势和劣势，善于避劣就优，寻找和发挥自己的优势，这就是一个作家成功的奥秘。但是，并不是所有作家都能认识和做到这一点，梦萌却不失时机地抓住了自己的优势，展现了自己熟悉的生活领域，发挥出了自己潜在的艺术才华。因此，在他的散文、小说和报告文学里，一接触到熟悉水的人物形象便是活灵活现的，一接触到熟悉的生活他的作品便焕发出不可抑制的激情。他在水流中寻觅灵感，在水流中寻觅自己的风格，在水流中寻觅自己的价值，并已获得可贵的成就，确立了自己的位置。

你看，梦萌在他第一篇散文成名作《水杉礼赞》里，把水杉这种被誉为"活化石"的落叶乔木，描绘得惟妙惟肖，简直人格化了。在《水之魂》里，他饱蘸浓墨描画了陕南恒口水文站的老测工梅德新，在《砖刻的勋章》里，他又着意抒写了另一位水位观测员马世林。那珍爱一竿竹篙、一叶测船和一把水尺的精神，那以水为家、视水如命的魂魄，实在感人肺腑，发人深思。在《张祖望面面观》里，梦萌又诉说了一个具有创业气魄的测绘总队队长。在《献给大地的诗》里，梦萌又写了一个"好吃"的美食家、"爱鼓捣"的发明家陈兴安，他历经十年艰辛，终于研制出 KDU 型渠道衬砌系列机械，荣获国家科技成果和发明奖。写得生动简练，亲切感人，笔下生花，因为梦萌十分熟悉也忒热爱他们。

梦萌在艺术上有自己的追求，而且肯下功夫，他写起创业人物来，一反通常平面的描写，而着重各个人物不同性格的多侧面展现，因此读来觉得人物很活，可感性很强。同时，他善于把自己掺进去，这里既可以感觉到人物本身的诗情画意，也可以感觉到作者自己的感情投入，作者和人物的感情波动一致，喜怒哀乐一致，相互交融，我觉得这正是梦萌作品耐人寻味的地方，也正是他创作上的显著特色。

梦萌关于水魂各种体裁的作品，已有不少评论家予以评说。然而，纵观他的文学作品，不仅具有独特的水魂的性格特征，而且文笔激越昂然，多情多爱，蕴藏一种潜在的美感力量，水的灵魂跃然纸上，使人赏心悦目，振奋不已。还有，他走的完全是属于自己的路，不为"自我表现"之类思潮所动，这点特别可贵。

梦萌的右手臂畸形，手背和掌心肌肉萎缩，小指和无名指一半奇痒发麻……即便如此，他在文学的旅程中有如此成就，而且仍在顽强地攀登文学高峰，永不自我满足，永无止境地奋飞，令人钦佩！

的确，他不愧是一个文学的搏击者！

（原载《西安晚报》。作者系著名作家，时任陕西省文联主席）

魂系江河

王　愚

在我的印象中，水文站的水位观测员的生活，大概是相当枯燥的。他们看到的是标杆，注意的是数字，记录的是水位，日复一日，年复一年，基本上是重复性的劳动。当然，如果从职业分工和社会的责任着眼，不能不承认水位观测员的劳动是值得尊敬的，他们的辛苦也是值得赞佩的，但如果仅仅去写这些方面，也许他们可以是让人们仿效的楷模，可以是教育人们安心于平凡岗位的榜样，写出来的作品可以当作评选模范人物和先进分子的材料，却未必是触动人们情感以至于震动人们灵魂的文学作品。

这里不存在典型材料和文学作品孰高孰低的问题，它们各有各的作用，有时一篇好的先进典型材料，会起到文学作品所无法起到的作用，比如说可供讨论，可供学习，可以造就一大批推动社会主义事业前进的先进人物。当然，文学作品的作用有时也不一定能被先进的典型材料所代替，比如说能触动人的感情，能陶冶人的灵魂，能升华人的精神境界，能影响一个时代的民族精神。

我说这些近乎常识的话，意在澄清一种误解，似乎只要写出一些先进人物的事迹，就可以称之为"报告文学"或者"小说"了。从这个角度看，水文观测员的生活的枯燥，不在于他们所从事的职业重要与否，而在于他们所从事的职业中似乎很难表现出那些撼动人心的诗意来。

然而，读过梦萌同志写两位水文观测员生活的报告文学之后，使我完全改变了那种过于自信的印象。不论是《水之魂》中的梅德新，还是《砖刻的勋章》中的马世林，他们的事迹自然有不少先进之处，尤其是马世林在洪水到来之际，不顾个人安危，仍然一丝不苟地记下水位的变化，保存了相当宝贵的水文资料，强烈的责任心确实值得学习。但是，在我们这个英雄辈出的年代，他们的事迹，虽有突出意义，却绝非什么惊天动地、举足轻重、关乎国家命运和民族前途的大事。梦萌同志的报告文学，却写得那样激动人心，使人读后久久不能忘怀，甚至使人感到人的一生也许缺乏做出轰轰烈烈壮举的契机，但一定要活得有追求、有价值、有灵魂，否则便枉在人世，从中领悟到一点使自己精神有所升华的人生体验。因此，这就不是一般的先进典型的材料，而是具有触动人们灵魂作用的文学作品了。

梦萌同志何以能做到这一点？照我看，主要是他通过自己的体验，着重在写这两个普通水文观测员的灵魂，写他们对事业的爱，对江河的情，对自己的人生价值较高层次的追求。

梦萌同志把写梅德新的那篇报告文学题作《水之魂》，是很有见地的。就是那样一个年逾花甲，已经办过退休手续的老测工，照说他风里来雨里去，默默无闻奉献了大半辈子，应该安度晚年了，何况他也不是没有可以享享清福的条件，但使他魂牵梦绕的还是那清波荡漾的恒河，那几乎夺走过他生命的恒河。他并没有斤斤计较于自己获得了什么，又失去了什么，他的全部生命同恒河的水涨水落，同水文测量的标志，同惊涛骇浪中的小船，同悬空而行的缆道，紧紧联结在一起，甚至中秋节的月饼、石榴、香蕉、橘子，也会变成测量用的沙桶、望远镜、报话机、化验瓶、竹篙，或者分不清两者究竟是一体还是两样。从这些描绘中，恐怕不会有人再去衡量他从事的工作究竟意义有多么重大，而是深深被老人那执着于江河、挚爱于事业的灵魂所震慑、所感染。一个人的灵魂能这样纯净而热烈，坦荡而无私，大概就不会被一时的风尚所左右，被狭隘的私利所蒙蔽了。这就不仅是一位普通水文观测员的明亮的心，而是人生旅途中应该十分珍贵的精神境界。

《砖刻的勋章》中的那位马世林，更是把水文观测房当作是自己的家，在他的概念中，水文观测并不仅仅具有职业、工作的意义，那就是他的生活，就是他的生命，而那像领带一样的汉江就像他的亲人一样。也因此，他可以一个人连夜蹲在观测房里，他可以每时每刻注视着水文的变化，他可以见微知著地从火柴的发潮预感到洪水的到来。也因此，他在洪水到来之后，仍然坚守岗位，直到连生命都受到威胁时，还要在砖墙边刻上水位的变化标志。说他不怕死，恐怕不见得，当洪水淹没了他退守的最后一处楼面时，他也发出了"救命"的呼喊。但他最终还是坚守岗位，留下了珍贵的洪水涨势的水文资料。因为他的生命和水文观测已经融为一体，保护记载下的难得的水文资料，同保护他的生命原本就是一致的，没有什么区别。他热爱生命也热爱水文观测，舍掉生命同舍掉水文观测资料，对他来说，同样是不可思议的。梦萌同志在这里既没有人为地掩饰马世林求生的本能，也没有故作矫情地把他的求生和保护水文资料糅在一起，借此显示一个普通观测员那朴实而又诚挚的事业追求和高度责任感，出现在读者面前的是一个活生生的人，一个充满着活力的灵魂。然而他又是一个具有高尚精神品质的人，这就比简单地用事迹去加以烘托，或者直接地用浓墨重彩去加以渲染，对读者的触动更强烈，对读者的启发更深沉。

正因为梦萌同志着重写人的灵魂，写人的追求，写人的精神，这些长年累月、单人独骑在水文观测岗位上奉献青春、奉献生命的普通人，才闪发出那样耀眼的火光。他们也许没有做出可以垂训后世的丰功伟绩，甚至一辈子也不可能做出什么惊天地、泣鬼神的英雄业绩，但他们魂系江河，把自己的全部生命同水文观测事业联结在一起，这种精神境界使他们无愧于是生活的基石、民族的脊梁，这也正是这两篇报告文学真正的可贵之处。自然，作者如果不是用自己的全部热爱之情去体验主人公的心灵历程，不是以自己的全部笔墨去着重探索主人公灵魂深处的律动与变化，是写不出这样感人的作品的。

从这一点出发，我要说梦萌同志写的这两篇报告文学，尽管还有稚嫩之处和粗糙之处，至少他还没有更深入地体验和表达出主人公灵魂深处的冲撞和衍化。要知道，一个把自己生命和事业追求融为一体的人，不仅在达到这个境界时要在灵魂深处经历一番冲撞，就是在人生旅途中，也要不断经受风雨的冲刷，时常调整自己的心理结构和心理承受能力。这也就显得作品的内容不免有些单薄。但是，梦萌同志毕竟捉住了两位主人公的心灵之光，而且着力用诗一样的语言表达这种闪光，因此，他就确实写出了很好的文学作品，而且起到了感人灵魂、促人思考的效果，这一点是主要的，也是宝贵的。

（原载《泾渭》。作者系著名评论家，时任陕西省作协副主席）

梦萌小议

程　海

　　梦萌和我相交甚久。他为人忠厚，又有一副赤胆热肠，侠义感人。生活中的梦萌如此，作品更是他的翻版和心灵的一面镜子。一生痴爱文学，唯此而忘他，唯此而不知秦汉。整天总是眨巴着眼思考着什么，总是爬格子想写点什么，不如此便觉得生活乏味，身体不舒服。前几年在西北大学作家班学习期间，完成并出版了长篇小说《爱河》，后来又出版了几本中短篇小说集和散文集，颇受读者喜爱和文学界关注。

　　《爱河》写的是当年修建宝鸡峡水利工程的事情，可谓大题材、大事件、大主题。而梦萌又自始至终参与了该工程的建设，所以写得很流畅、很生动。据我所知，《爱河》是我国第一部正面描写水利建设的长篇小说，也是改革开放之初咸阳第一、陕西少有的长篇小说，在新时期长篇小说圣战中，无疑起到了投石探路的作用，这点应给予充分肯定。小说结构虽尚有不足之处，但总体来说仍是成功的。这部小说出版和在省人民广播电台连播后，千万个读者竞相传阅和收听，反响甚为热烈。许多著名评论家为此书写了中肯的评论，给予了较高评价。

　　时间的狂流能冲洗一切，但一个巨大的工程，动用了几十万民工，用了七八年时间，牺牲了那么多人，难道就如同一片过眼烟云，真的要从记忆中慢慢淡化，以至于消失了吗？梦萌是一位固执的要挽住时间狂流的人，他用他的《爱河》重新唤起了这段记忆，使这段记忆以艺术的形式重新鲜活起来，辉煌起来。他将自己的艺术激情化为浓酒，醉了江月，也醉了当年那些牺牲者的英魂。小说的艺术魅力把那些峥嵘岁月化为不朽，化为永恒，这就是他这部小说的意义所在。

　　西天取经的九九八十一难缺一难都不能成为大美，冬小麦比春小麦更有滋味是因为冬小麦耐过了更多的寒冷。正因为梦萌经历了他人不曾有过的长期的生活磨难和创作的寒冷，所以他的作品才像西天取经与冬小麦一样，已走入大美之境并别有一番滋味。他的中短篇小说写得很奇诡、很见功力、很耐读。

尤其是他的散文，生活的磨砺，气韵的积蓄，功力的老到，意象的勃发，使其渐向炉火纯青的道上迈去。散文集《多梦人生》出版后受到广大读者青睐，也给我留下深刻美好的印象。正如作者在自序中所说："该书所收篇什，或山或水，或人或事，或景或物，皆是足之迹，心之音，人生之梦幻……观其文，如观自然之美趣，如采宇宙之精神。"此书中，我甚为欣赏的篇目有：《游三游》《孤独》《闲神》《苦难与天才》《猴性初探》等。近年来他的散文多见于全国各类报刊，我偶有所觅，如《品梅》《烟台听海》《春想苜蓿》《残缺也美》《小镇轶事》等。怎一个趣字了得！将真情藏而不露，然后娓娓道来，层层剥剔，直到终了才轻轻点破，一枚鲜蜜的荔枝便啖食在口，美趣无穷，令人拍案叫绝。特别是《灭蚊有术》，将一件不足挂齿的生活琐事，描写得淋漓尽致，意蕴深邃，浸透着作家对社会和生命的大彻大悟与铭骨的警示，真有《聊斋》之诡谲，《梦溪笔谈》之隽永，堪称散文精品。

散文是直抒胸臆的文体。在梦萌的作品中，作者的真性情、真歌哭处处可见。读着读着，你便会渐渐忘却生活中真实的梦萌，代之而起的是一个纯情的、优雅的、诙谐的、艺术的梦萌。而艺术的梦萌要比生活中的梦萌精彩得多、高大得多、完美得多。你还会觉得艺术中的梦萌才是真梦萌、好梦萌，并从中真切地感受到他对艺术执着的追求、对人生虔诚的憧憬、对理想不遗余力的奉献。

艺术是一个蒸馏器，它蒸馏掉了生命的一切杂质，剩下的只是一个光芒四射的超越世俗的灵魂。

梦萌的笔力是老到的，语言是优美的，艺术匠心是绚丽的。愿梦萌今后能写出更上乘的作品。

（原载《三秦都市报》。作者系著名作家，时任咸阳市作协主席）

随处皆是风景

简　平

　　最近，文汇出版社推出了陕西作家梦萌的第三部散文集《随意即风景》，如同书名，但凡他笔下写到的都是满眼的风景。这部散文集由七个小辑组成："怡情山水""神与物游""童乡之赖""万有灵犀""市井趸趣""魅在舌尖""文心思奇"，可谓包罗万象，琳琅满目，可见作家眼观八路，足及四方，事事留心，遂成笔下缤纷万千的风景。

　　我总觉得，一个人能够从万事万物中找到风景，那是要有一些定力的。首先，需要平和安宁的心态，岁月静好，从容处世；其次，需要美的眼睛和善的心灵，不论何时何地，何人何物，都以善度量，获取美的内涵；最后，需要热爱生活，拥抱生活，有一种入世的激情，因此去看去听去观赏去品尝，然后都成了笔下风景。显然，梦萌就是这样的作家，从七个辑名里就能体会到他沉浸于切实的生活之中，既放眼名山大川，也回眸童年故乡；既追怀远古幽思，也慨叹今日世事百态。

　　梦萌的散文有着鲜明的个人风格。梦萌是细致的，有精密的观察，《清清骆马湖》中，他写在湖水中缓缓前行的船队，晓雾、霞光彼此牵绕，云蒸霞蔚、落英缤纷，仿若一帧帧电影画面。梦萌是典雅的，有优美的语言，《大雁无言》中他对自然环境的破坏所导致的雁阵消失备感沉痛，但不是咄咄逼人的责难，而是通过拼图般的记忆还原曾经有过的人与自然的和谐，还原雁阵掠过时童话般的隽美。《扫帚苗》对乡村劳作的描述生动而具体，母亲对棉田的护卫就像是护着婴儿，所以虽然孩子喜欢，但还是非常理性地处置棉田里疯长的扫帚苗，既不让它与棉花争夺养分，又使它适当地存在，以扫除病虫害，很不一般地写活了农事。梦萌是敏感的，所以有缜密的心思，在《纤纤黄狗花》中，他对母亲的书写真挚而感人："不知打何时起，她的发髻上整天都别着一朵黄狗花，映衬得面容更显得憔悴苍白。唯独深夜，当儿女都熟睡后，她才偷偷抚着那小花，哼着那歌谣，整个夜空也容纳不下她的一声声暗泣与叹息。"我在这样的文字中默想一个大脚片的女子，如何走过那些艰难的岁月。

我觉得当下散文写作的一个很大趋势是由"轻"向"重"，很多读者认为风花雪月、小街廊桥之类的轻俏散文，可以交给更多一般的作者去创作，而作家写作不应停留在这样的层次，应当更加开阔——视野的开阔，胸襟的开阔，思想的开阔，认知的开阔，文化的开阔，并将这种开阔传达给读者。确实，在一个环境复杂而严峻的时代，面对接踵而至的种种世相，不要说读者，散文作家真的可以毫不关注和关切吗？真的可以只行小情小调的吟咏，而不希冀自己的作品进行富有深度和厚度的思想耕耘与文化拓疆吗？梦萌散文集中的一些篇章正合于这样的希冀。比如《北大之北》《访鲁迅故居》《忽想萨哈夫》《呼兰河的呼唤》等，有对百年建筑在都市化进程中无法生存的惆怅，有对叛逆世俗的勇气的钦敬，有对谎言的讥刺，有对历史的诘问，而这些都出自梦萌在日常生活中的所遇所思。我一直相信，文字的力量在于思想的力量，而思想的壮阔才是文学真正的风景；对于梦萌来说，他的即行即思，也便呈现为随处皆是风景。

（原载《文学报》。作者系上海广播电视台高级编辑、制片人，著名文艺评论家）

鲜活的人物，生活的结晶

李　星

　　梦萌同志的报告文学我读过几篇，印象颇佳，主要的优点是构思好、角度新、语言生动风趣、人物鲜活，具备了一定的文学性，可读性强。《献给大地的诗》《张祖望面面观》不算他的最精粹之作，但也能从中看到他的报告文学的几个特点。

　　首先，大概因为梦萌同志是一个水利工作者，而且长期在水利部门工作，所以造就了他在报告文学上天然的优势。

　　一是所谓熟悉生活，包括对所写专业技术的熟悉。没有这个基础，他不会对涉及专业技术的问题驾轻就熟，笔底生花、生情，也不会纵横古今，挥洒自如。报告文学既然是纪实性和文学性的统一，就不能回避在今日我国经济生活中越来越重要、越来越突出的科学技术问题。这就要求报告文学的作者不光要具备文学的修养和素质，同样还要具备所反映行业、部门的专业技术知识。这不只是描写的准确和不闹技术笑话的问题，更是从描写对象的工作价值向思想精神价值升华的基本问题。徐迟如果不钻研数学问题，能将哥德巴赫猜想形象地比喻为女皇王冠上的明珠吗？如果没有这种认识，他能发现陈景润攀登数学高峰的意义和价值吗？同样，我们也只有跟随作者了解了水利方面的现状以后，才会明白陈兴安发明U型渠道衬砌系列机械的意义。恩格斯曾经说过，他从巴尔扎克等法国现实主义艺术大师的小说中了解到的经济学知识，比从同时代的经济学家著作中了解到的还多。如果说小说都是这样，那么对报告文学来说，科技方面的知识也就不会是多余的了。

　　二是所谓作者对生活中实干型人物的推崇，这虽然不能全归为天然优势，但与作者长期从事水利工作有关。梦萌同志对那些实干型的工程技术人员、管理人员更有激情，而且特别推崇他们为"四化"建设献身的精神。《献给大地的诗》的主人公陈兴安崛起于行伍之间，硬是凭着对祖国、对人民事业的责任心，克服不懂外语等困难，发明了U型渠道衬砌系列机械。正如文章所说："一个水危机，一个耕地危机，正是这两个危机才使他感到忧愤和急迫，同时也增强了信心，加快了他科研攻关的步伐。"张祖望本来有份舒适的在机关的工作，但他"放着高枝不登，偏爱跳崖"，主动去一个后进单位工作，并且很快改变了这个单位的面貌。梦萌同志选择这些典型人物进行艺术创作，他的这种与"四化"大业相连的艺术使命感和勇气，特别值得推崇。

其次，熟悉生活，也熟悉相关的人物，使两篇报告文学所塑造的人物鲜明生动、丰满突出。人是世界的主体、生活的主体，人也是各种叙事文学的中心和主体，报告文学也不例外，它是报告文学的文学价值、审美价值的核心所在。梦萌同志笔下的陈兴安、张祖望之所以形象鲜明突出，一是因为他们的事迹典型，二是因为作者充分把握了他们的个性特征，并且予以艺术的呈现。

例如对陈兴安，作者一开始的介绍就非同一般："此君身材修长，四肢捷如猿猴。双目炯炯有神，常作笑状，也易激动，给人以诙谐、亲切之感……一生无奢望，视功名利禄若粪土，只求为群众多做点好事……此等人生哲学，就生出两大嗜好，一曰好吃，二曰爱鼓捣。"这是形象描写，通过形象，又涉及他的个性和精神世界。可贵的是，这里的性格概括，作为一种基调，贯穿文章的始终，贯穿于人物的一言一行。"爱鼓捣"使他将技术革新、科技攻关当作生命的本能，他从不灰心丧气，从不满足于已有成就。"好吃"在一般人心目中，应该不算什么美德，但是陈兴安的好吃是他性格中的一个重要部分。一是因为他吃得光明磊落，不吃昧心食；二是吃和他爱鼓捣、视功名利禄如粪土，又有必然的联系，说明他活得洒脱，懂得生活的艺术，这使得他的这一爱好具有了人生哲学的意义。所以好吃，并没有丑化人物形象，反倒使他更生动，更完整，更有深度。结尾部分对陈兴安两口子做猪下水的描写，实在是神来之笔，足见作者的艺术匠心。

关于张祖望的艺术表现，有两点特别值得称道。一是张祖望是有开拓精神的改革者，一般文学作品写这种改革者，大多冷面无私，一色的大红脸，只知呼喊着前进，而显得谋略不足。他们也做出了成绩，却常常使自己陷于孤立。梦萌同志从生活实际出发，跳出了这种千人一面的模式，既写出了他开拓奋进的一面，也写出了他的谋略和领导艺术，突出了他在处理人际关系中"中庸""温和"的美德。"中庸"在张祖望这里与哲学有关，却又不只是哲学，充满了道德的色彩，这就是"说说笑笑皆文章"，"许多棘手问题就是在这说说笑笑中解决的"。他解决副队长的问题时使用的方法就是这种中庸之道的典型运用：一方面认为你不合适，应该调离；另一方面又主动帮助你解决重大的子女安排问题。"将欲取之，必先予之""不偏不倚，允执厥中"，剔除这些古人名言的权术味道，它其实可以成为革命队伍内部处理人际关系的准则，具有一种东方式的人情味。张祖望做得好，梦萌同志也抓得好、写得好。二是同陈兴安爱吃一样，张祖望爱养猫。养猫似乎也不算是一种美德，尤其改革者、领导者，没有一个作者、一篇文章这么写。但梦萌写了，写得十分成功。文章开头就涉及了猫，读者也以为是点缀的闲笔，但最后一节"猫的喜剧"却异军突起，从猫上引出了张队长昔日孤独的单身汉生活、他的罗曼史。一个小动物竟然与人物生活经历、爱情、家庭、事业紧密联系在一起，真有古人所谓"草蛇灰线，伏笔千里"，一旦揭出，全篇皆活的妙用。

仅从这两篇作品中也可看出，梦萌同志为文是很重视情感的带入的，情感带入了，才能寻找到每篇文章独特的叙述语境、语调。可能同这两篇文章的主人公乐观、豁达、豪爽的性格有关吧，这两篇文章的语言也很幽默，富有生活情趣，毫无枯燥、干巴之感，具有特殊的魅力和韵味。

（原载《中外纪实文学》）

酌奇不失真，玩华不坠实

凌先有

梦萌的《阿波罗子孙》向我们讲述了一个普通人的故事。他没有显赫的地位，仅仅是一个生活在水利战线最基层的小水电站站长；也没有惊人魅力，只有"二柄、排骨、黑老包"。然而，作者却将他放在改革开放这一壮阔的历史背景中，展现他极为丰富的精神世界。这里，有他面对重重困难，"独自在引渭南干渠上徘徊"时的困惑和迷惘；也有他为攻破一个个难关，"乐得直颠，哼哼唧唧进了机房"时的欢乐和幸福；有他三请"诸葛亮"时的倔强和对待公私的刚直，也有他对待职工群众的赤诚和对亲人的柔情。一个活生生的郭治权！使人如闻其声，如见其人，激起人们对他的事业的关注和理解。

报告文学是文学为体，报告为用，以真人真事为基础，从文学表现方法入手。它不同于小说，它不是虚构、塑造典型，而是揭示和刻画典型。梦萌选择了主人公郭治权富有特征性和典型性的事件，抓住它们之间的内在联系，进行"调兵遣将"，集中和概括，比较好地把握住了主人公的性格、气质。在主人公生活的纵断面上，梦萌从郭治权儿时的梦想着笔，没有过多地写他的成长史，而是以简洁明快的笔触，几个"于是"便浓缩了他生活历程的概貌。接着，梦萌将镜头拉回，将焦点对准他走马上任后，面对"机组严重老化，管理混乱"的现实，为了推动他梦寐以求的"太阳车"，他从"拧紧太阳车的螺丝开始下手"，展示他改革、开拓历程的横断面。

在这一横断面，梦萌着力刻画郭治权外犟内柔的性格特征。为了执行既定的各项管理制度，在"质问、吵闹，甚至谩骂、恫吓一股脑儿压来"的情况下，"他忍了"，硬是照章办事，"该罚的罚了，该奖的奖了"；为了配备一名得力的运行组长，老郭在碰了两次钉子之后，不惜"光着脚，车脚踏掉了就拐着骑"，将王福胜有病的孩子送进医院，终于感动了王福胜，使他"出山"上任，成为他工作上的得力助手。在工作上，老郭"一犟对百难"，而对职工、对亲人，却一片柔情。"他用自己的钱买糖果糕点，先后看望了四十多名有病职工和家属"。家里人口多，生活清苦，自己吃开水煮饭，省下鸡蛋给老人。这里，梦萌比较注重形象化的再现，有简单明了的叙述和速写场面，也有特征描绘和特写镜头，以虚衬实，详略有致。作者在运用各种艺术手法时，立足于"真"与"实"，没有故意回避主人公的弱点，片面地追求新闻效果，把他理想化，纳入作者自己的框子，也没有一味在高大完美上做文章。

在刻画郭治权的个性特征时，作者选择了他与王福胜第一次交谈时的一个细节：漆黑的冬夜，他们看到一条如绳似蛇的东西在渠中游动，绳乎？蛇乎？双方为此各持己见，争执不下。结果在郭治权用手电照、争个究竟时，"不料脚下一滑，他掉进渠里，衣服全湿了，冻得直哆嗦"。这一情节于文章的主体似乎是节外生枝，但梦萌却用了不少笔墨，形中取神，一下子把郭治权固执己见、不屈不挠的"犟"劲写得惟妙惟肖，有力地发掘了人物性格特征，使其具有较好的艺术感染力。这种"犟"的刻画，不仅成为他一请王福胜告吹的原因，也为他用"火一样的激情"大胆改革和艰苦拼搏的行动打下了基础。

细节作为构成整体的各个局部，能够使我们认识所描绘的对象，认识作品中的人物、事件、环境以及由他们所表现的事物整体与作品主题。恩格斯在谈到古代朴素辩证法时曾说过："这种观点虽然正确地把握了现象和总画面的一般性质，却不足以说明构成这幅总画面的各个细节，而我们要是不知道这些细节，就看不清总画面。"（《马克思恩格斯选集》第三卷第六十页）细节并不是孤立存在的，它是总画面的一个组成部分，又相对独立，服务于人物的某一特定的情况下的性格、情节和场景的某一特定的需要。"老郭说话了，声音细细的，有点颤，像个女人"，给我们的印象是细致的，深沉的；"在这些涉世不深的初生之犊面前，他却变得瞠目结舌、话也哽塞在嗓子眼了"，又使我们感到一个改革者深深的苦衷；"老郭却像入了魔似的迷着他的太阳车，睡觉梦的电电电，吃饭想的电电电"……使人们看到了他对自己钟爱的事业的执着追求；"他语气很平淡，脸上流露出满足和慰藉的表情"，又使我们感受到了老郭初步成功后的幸福。细节是具体的，表现了郭治权在不同情况下的性格特征，这些侧面也凝成了他比较完整的性格。

《阿波罗子孙》尽管对典型人物的发掘尚欠深度，但作者较好地把握了报告文学这一体裁，精心构思，灵活运用各种文学手法，着力反映其本质的横断面，纵横交错，浑然一体，使人物的个性特征酌奇而不失其真，玩华而不坠其实。

（原载《泾渭》）

乡情水梦　世相人生

——梦萌作品研讨会纪要

邢小利

　　我省作家梦萌的作品研讨会日前在宝鸡千王海水上娱乐城召开。这次研讨会由陕西省作协、陕西省水利厅和咸阳市文联联合召开。来自北京及我省的评论家、作家及有关单位领导、记者六十余人参加了研讨会。

　　梦萌生于1946年，是陕西咸阳渭城人。毕业于西北大学作家班。他1966年前在家乡读书，1968年参加宝鸡峡水利建设，曾任咸阳指挥部宣传干事和民兵师的连指导员。1990年参加工作，先后当过试验员、灌溉管理员、工会干部、供水处干部等，现在宝鸡峡管理局政治处工作。梦萌是陕西作家群中重要一员，十多年来，他出版的文学作品有长篇小说《爱河》，中短篇小说集《绿太阳》，散文集《多梦人生》《真情最好》等。参加研讨会的同志从不同方面、不同角度对梦萌的小说和散文进行了分析和评论。

　　鲁迅文学院常务副院长、著名诗人雷抒雁首先发言。雷抒雁用诗的语言对梦萌的散文进行了评价：梦萌像荷花，孕育在水中；梦萌又像小草，扎根于大地。梦萌具有两个显见的情结，一个是乡土，一个是山水。梦萌几乎把陕西的山水风物、人事乡俗写遍了，如乾陵、汧河、华山、法门寺、渭惠渠等；且不只限于陕西，也写了大量外省的景观风情，如长江、长城等。梦萌是搞水利的，他似乎对水特别敏感，而且有他独特的视角和见解。他的散文文字简洁、婉约、空灵。读后总有一个兴奋点和一种阴柔凄美的情调在撩拨人性共有的情感琴弦。梦萌的乡土情结也特别深，他写苜蓿、写涝池、写点豆豆、写磨房、写嫩玉米、写小镇轶事等，写一个很小的琐事和细节，都能唤起人对家乡和童年的回忆与眷恋，读起来深感亲切有味。正是乡土和山水这两个情结支撑起了梦萌的文学世界，也包括他的小说，使他的文学作品有较高的品位。雷抒雁说，梦萌是水利行业的作家，行业有行业的优势，行业也有行业的局限。梦萌应该继续努力，寻求跨度更大的文学创作内容和方式，在全国文坛找准自己的位置。

中国作协评论家牛玉秋接着发言，她说她感到两个意外：一是想不到陕西水利系统各级领导如此关注文学和支持自己的作者；二是想不到看似沉默少语的梦萌能创作出这么多的有一定特色的作品，梦萌对文学的追求精神令人感动。在具体分析了小说《天邪》《十八爷》和《绿太阳》等作品之后，牛玉秋说，梦萌的作品文字功力老到，题材涉猎很广，很有实力和潜力。像《绿太阳》，题目就好，有水的象征，又有美的意蕴。他对水的感触特别深刻，这是他独特的发现，也是他独具实力而且矢志不渝倾心关注的全球性、全人类性的大题材、大主题。牛玉秋着重谈了她对梦萌小说的三个看法。一是梦萌的小说常在历史与现实之间寻找一种对应关系，关中是一个历史文化积淀较为深厚的地方，梦萌常把历史文化、民间传说与水、黄土地、现实的人物命运联结起来，这使他的小说具有非常丰厚的历史文化底蕴与民族性。梦萌还要努力超越这些传统，使作家主体的独特见解更激烈些、更深刻些，将某种东西推向极致，或许可获得更大的成功。二是人物性格中关中人的特质非常明显。如天邪与二爸的谈话，吃蚕豆，驯马以及把粮包送回古井村等，把关中人的特点写得惟妙惟肖，栩栩如生。《十八爷》的主人公有一句话，说人一生太简单了，不是指挥命令别人就是被人命令和指挥，社会内容和人生内涵都非常丰富，既写出了人物性格中比较深厚的思想内涵，对人物的外在形态也捕捉到位，描写很精彩。三是从作品中感到梦萌是个很善良的人，他写的故事常有一个圆满的结局，人物往往是正直、善良的，这里体现出一个作家善良的愿望。但善良对创作也有不利的一面，生活中也有恶，有残酷，对恶避而远之，就会缺乏有深度的揭示。

评论家李星强调，梦萌既是一个行业作家，又不限于行业。他写水，是对中国文学一大主题的开拓。梦萌的《爱河》不但题材是独有的，而且是当年咸阳较早出现的一部长篇，是当时陕西不多的长篇小说之一。《爱河》是一部水魂之歌，传达了作者对民族与水、人类与水的关系的深刻思考。作家不仅关注一个行业，而且放眼全球，思考和探索人类与水的关系。主人公沈平的坝葬和王淼的水葬，都意蕴深长，象征奇特，正如《义勇军进行曲》唱的"把我们的血肉筑成我们新的长城"一样，西府人民也用自己的血汗灵肉筑起一条爱的长河与情的堤坝。谈到梦萌作品中的现实主义，李星认为当前梦萌的创作有几种倾向，一是知识分子写作，批判现实，从终极关怀的角度看社会与人生；二是唯美主义，注重形式和语言的创新与探索；三是主流化的立场；四是民间化的立场。我认为梦萌属主流与民间的结合，既有批判性又有建设性，他在意识形成上，注重建设立场，有亮点，同时又有浓厚的平民意识和民间情怀。这是长期文化滋养的结果，无可更改，也无法选择。因而，梦萌作品的现实主义又有很强的民族精神，它与老百姓的生活比较贴近，也注重老百姓的审美趣味，注重故事性与可读性。

西北大学教授费秉勋认为，梦萌是一个严肃审视社会生活而又具有文学感受力和表现力的作家。他的创作承袭着较多的现当代文学的传统，但同时也收纳了足够的新时代的气息。读他的作品，能感受到扑面而来的新生活的冲击，但这种新生活是过去的生活在时间流逝中形成的，有着深邃的根基，没有新得只让人觉得新奇浮泛。在艺术上让人能感到一种文学的拓展，但没有追波逐浪刻意入时的僄桃感。费秉勋分析说，《十八爷》是一个艺术性很高的短篇，笔法有鲁迅的感觉。它叙述了一个特定时代强大社会意识塑造成的人变质后，由于这种意识在脑中的凝结滞留，处处表现为堂·吉诃德式的可笑，以喜剧的笔调深刻表现了农村的人情、社会及意识的变迁和人世的沧桑。"是的，十八爷已看透人、看透这个世界。人太可怜、太悲哀了！一生忙忙迫迫、哭哭笑笑，都是为了命令和指挥人，又都免不了受人的命令和指挥。人一辈子就这么回事。世界也这么回事。真他妈的，太可怜可悲了！"这是疯子的心理活动，看他疯疯癫癫，却比许多正常人清醒，这颇有《狂人日记》的韵味。《绿太阳》《装进棺材的忏悔书》都有些工业题材小说的感觉，这对于一般都是写农村的陕西文坛来说，是值得重视的。《绿太阳》中的爱情纠葛显得新意不够，写邱平山对父亲的孝道是感人的，但在这方面笔墨太重，胡大顺一家对邱平山之父的不寻常感情，也缺乏内在根据。这篇作品中的有些章节写得很出色，小邱乍到五凤岭，几个男人请他喝酒的叙述，很有杨争光的韵味，但杨争光更冷峻些，梦萌则多了些幽默。费秉勋认为，梦萌的文学潜力是很大的，成果也是可观的，他应当算作陕西作家中的重要一员，他在文学上再上新台阶将不是遥的事。

西安联大教授王仲生发言说，读梦萌的小说，感到他是个善良人。他的艺术根基非常丰厚，生活积累非常扎实厚重，对人生和社会有许多非同一般的感悟和真知灼见。从《屁红的天》到《绿太阳》，可以看出梦萌多方面的潜力。陕西师范大学教授畅广元说，梦萌的创作是很严肃的，具有很强的忧患意识，天邪和十八爷这两个人物写得很成功，人物蕴含着很大的社会容量，是好作品。但个别情节安排缺乏合理性，有些地方没有展开，略显单薄。

谈到梦萌的散文，诗人毛锜说，梦萌的散文读起来亲切感人，觉得很有味，很有意思。梦萌写水、写景物、写名胜，都很独到，别出心裁，常于不经意间给人一种意想不到的美感享受和哲思妙趣。他热爱生活，走到哪儿写到哪儿，看见啥就写啥，对生活很敏感，创作冲动甚烈，文字功力颇佳，读起来流畅优美。作家孙见喜用文学化的语言谈他对梦萌散文的印象说，读梦萌的散文，如临秦川旷野，极目之处，有牛羊浅草，有帝王高陵，有粗陶古鼎，有临水村姑。梦萌在春天的苜蓿地里，似不经意地采撷，却有新奇的描写，而且在词语运用上独有巧技。如他说吃了苜蓿芽"整个春天就在我肚子里了"。梦萌写景而不导游，他重在探寻知觉的深新之意，格物致知是求道，是求取人事物理的内在规律。

省作协副主席高建群代表省文联主席李若冰向研讨会和梦萌表示祝贺，咸阳师专教授韩梅村、咸阳作协副主席杨焕亭、省文联理论部主任白宝学等，还就《爱河》的文化层面、《绿太阳》的诗意意象和散文"史、诗、思"的结合等特色进行了广泛的探讨。与会同志认为，梦萌的文学潜力和创作实力不可小视，梦萌是陕西业余作家群中的一个佼佼者，对他应有一个正确的定位和评价。大家希望梦萌写出更多更好的作品，力争有更大的突破和跨越，以确立自己在陕西乃至全国的文学地位。

（原载《小说评论》。作者系《小说评论》原副主编、著名评论家）

情真意真文真

——读梦萌的散文随感

峭　石

　　1987年，梦萌的散文《悠悠古渡情》在某刊发表的时候，编辑部嘱我写点"点评"。从那时候到现在，荏苒之间，五年多已经过去，梦萌要出版他的散文集了，他拿来了三四十篇散文校样，要我读，并要我写点文字。我不是评论家，我只能作为一个热心的读者，写一点我的感想。

　　我之所以提起这事，是有以下两个原因。一个是，我和他已有八九年的交往，他在创作上的勤奋和刻苦，我是多少了解一些的。写《悠悠古渡情》时他数易其稿而不惮其烦。此文发表之后，别的作品不说，仅散文就有三四十篇，这是很不容易的。这成绩，不但说明了他在创作上的飞跃，而且说明他在文学上追求的执着。另一个是，在这段点评中，表明了我对散文的一点看法。我以为中国的散文有这样一个传统，即是"真"——事真、情真、意真。散文大多数以真实的人、事、景、物为基础，为引爆感情的导火线。因为文中的人、物、事、景都是真的，它所倾吐的感情才会是真的，由情而伸的意也才会是真的。这样的散文才具有活鲜鲜的生命力。相反，如果散文中的人、事、景、物是假的，是捏造的或杜撰的，则其情与意都会随着假起来，使人读来败兴。这是散文与小说不同的所在。如果你没经历过某件事，却要写你经历了某件事，你没去过某个地方，却要写你去了某个地方，你即使编得再圆，也会让人倒胃口的。任何文学作品，读来都不能让人产生假的感觉，散文尤其如此。例如司马迁的《报任少卿书》，韩愈的《祭十二郎文》，柳宗元的《永州八记》，苏轼的《赤壁赋》，归有光的《项脊轩志》，朱自清的《背影》等，都是以真实事件作为基础，情真意真，才成为千古妙文的。

　　我并不想把我的这种观点强加给别人。散文既然是"创作"，也许还有别的路子可走。我也不想用我的这种看法，去套梦萌的散文作品。文无定规。好的作品自有它好的原因，但我可以这样说，在读了梦萌的这些散文作品之后，我发现他的散文作品中的大部分篇章，与我的上述看法是不谋而合的。梦萌长期在水利系统工作，他对"水"有着特殊的、深厚的、真挚的感情。他一写到"水"，便与众不同。《水啊，我的魂》中，他认为水是有魂的。这便是他与众不同的发现。这是一种具有诗意的发现，也是对水的富有诗意的开掘。他的《悠悠古渡情》写咸阳古渡，《渭河风韵》写渭河，《西府一洞天》写千河水库，《神女》写汉江，《彩色虹影》写韦水倒虹，《游三游》写长江，似乎都在尽力挖掘水之魂，并尽力加以诗化。对于水的这种真情真意，是梦萌长期与水相处所孕育的可贵的感情。读这些文章时，你处处可以感觉到他跳跃着的赤子之心。他的感情随着水在飘荡，他的心也随着水奔流，他让你的心也随着水之魂魄在大地上游弋，在水的诗情画意中沉醉。

在题材上，水之外，写得感人的，便是他写家乡故土的文字了。《母亲的回忆》以质朴的笔墨，倾吐着一种沉重的情愫。《哦，家乡的二门楼》，以早已不存在的一座门楼，写出一种深深的眷恋之情，不经意地展示了农村沧桑变化的图画。《秦川柳笛》《点豆点》以童心描绘了五陵原上的风俗画，从这些文章可以很明显地看出，其情感是浓烈的，其底蕴是厚实的，掩卷之后，犹能给人以联想之余韵，这是作家长期生活积累的结果。

以上所说的文章大都是以直抒胸臆而见长的。但这只是梦萌散文的一个方面。而在事真情真意真的基础上，以奇巧的艺术构思而见长的，当数散文集中之《品梅》了。说是品梅，并非真的去品什么梅，只不过是吃了一回羊肉泡馍而已，由羊肉泡馍里的几片肉联想到梅花，不能不说是一种奇妙的联想。由未吃到吃、到吃后发现偷工减料，五片肉减为两片肉，由肉的鲜嫩想到梅花以及梅花以疏为美，不求其完全形似而着眼于神似的特点，不禁使人感到一种诗意的美。一件微不足道的小事展现了一种胸怀，给人一种哲思，这不得不让人惊服作者的匠心。在这些作品中，我以为这应是一篇上乘之作。看来，梦萌在这几年散文创作的"折腾"中，是大有所悟的。当然，这种"悟"不仅仅表现在此篇，在《京华觅槐》《游三游》《初夏》《冬韵》等篇中也可以看出来。

总之，我以为梦萌的这些作品都写得很不错。我为他写出这些好作品而欣喜。如果说这些作品还有缺点的话，我以为有如下两点：一是选材上，有个别篇章还有点杂芜，影响作品的洗练；二是文字上的推敲还显粗糙。但瑕不掩瑜。祝梦萌在这些成绩的基础上，写出更多更好的精美散文来。

（原载《中国水利报》。作者系著名作家，时任咸阳市文联主席）

梦萌散文的思辨美

杨焕亭

读梦萌的散文集《多梦人生》，始觉在五千年远古的河道上流连徜徉，继之在哲学的洞天遨游漫步，时而又似乎在野径香园中寻春觅秋。那史的凝重，思的弘远，诗的激扬和梦的多彩，充盈着哲学与诗意的思辨美。

当我们说到人是历史的存在这个命题的时候，不仅意味着生命的有限和珍贵，更在于只有人这一大自然的骄子才可能目睹高岸为谷、深谷为陵的岁月变迁，才可能感悟到王朝兴替、古往今来的历史沧桑。这一切，在普通人那里，过者即逝，逝者即昨，而一旦进入艺术家的审美视野，就成为一种积淀，一种酿造，一种生命的回溯和诗意的锻铸。这样，滔滔的渭水，于作家的眸子中就定格成一部"书简"，一把"铮铮耀目的宝剑"，一幅"妙趣横生的风俗画"，一串"珠光宝气的项链"，从中读出的是周秦雄风，汉唐气韵。而无论是蒙着岁月风尘的千年古渡，还是记载着美丽神话的景观；无论是被誉为树木"活化石"的水杉，还是刻满民族百年悲欢的古槐，被镶嵌成历史年轮上一条条褐色的纹路。因而，作家那些"渭河，创造了中华民族的悠久历史；渭河，孕育了中华民族的灿烂文化"等近于诗的语言，描绘了一道文化的风景线。而不是花前月下的吴侬小唱，抑或是罗扇扑萤的闺中闲情。

读梦萌的散文，会发现他对生命的讴歌和感慨，往往喷涌着"思"的流泉，他从夏的骚动和不安中读出绿帜和夏虹的妊娠；从秋雨的缠绵悱恻中品味自然轮回的失墒和龟裂，人世的不平和落差，人生的缺憾和追怀；透过寂然的冬韵去窥探生命的律动，这一颗颗用时间和空间的"砾石"打磨的珍珠缀合而成的人生乐章，却于作家的笔下幻化成一个"圆"，一个"从哪儿开始，歪歪扭扭了一圈，却又回到原先的地方"的"圆"。这空谷足音般的凝重的叹息，表现了作家面对缤纷的价值魔方和道德万花筒，希冀人之初的那种质朴和澄明的心绪，有一种"各复归其根"的练达与豁然。

梦萌的可贵之处在于，他从逐时间之波而流的生命中领悟出历史的演绎，生命的延续，情感的相通和事业承袭的真谛。由此而更加执着地耕耘生活，更加深情地拥抱世界，从而把孤独化作一堆篝火，把苦难孕化为天才的情人，把挫折视为通往彼岸的驿站。其艺术的笔触，情感的泼墨，不仅向我们展示了人性的蓬勃如茵，而且深刻而又可摸可感地揭示了美的客观实在性和彼岸的现实性，传达了一种人的存在的美学意义和价值评估。这也许正是梦萌散文的魅力所在。

多思，是中国作家乃至知识分子最为可贵的文化品格，而思考的结果就是真与假、美与丑、善与恶的泾清渭浊和不容混淆，是守住精神阵地和灵魂净土的责任感和使命意识。在梦萌的散文中，这一切都被包装在幽默和调侃的轻松和不经意之下。诸如关于舌头功能的辛辣，关于"猴性"的鞭辟入里与前无古人的初探，关于一碗羊肉泡而引出的逆向思维，关于"水分"一词的全新的视角，使得他的作品多了老子的睿明、庄子的灵性和儒家的执着，这给在商海欲海面前陷入迷乱的文学世相，无疑提供了一面理性的镜子。

有人说，"诗"唱出的是人间的悲欢离合，"思"则考虑宇宙人生的意义。我读梦萌的散文，觉得他将二者相互联系构成了人对于命运历程的瞻前与顾后，张扬着五彩霓虹般的人的诗意的存在。从关于走路的童梦，到家乡晓烟中的柳笛；从缠绵温柔的纯情一霎，到对于母亲风雨人生的追忆；从开在崖畔的纤纤黄狗花，到老家眭村的传说，每一缕乡思，每一份情爱，都浸润着生存文化的汁液。无论其在艺术表现上是"触景生情"的无我之境，还是"执情强物"的有我之境，抑或是"观流水者，与水俱流"的异质同构，物我互入，我们从字里行间涌动着的生命春潮，燃烧着的生命之火，唱响着的生命旋律中读出的是由四个通俗而又深邃的字组成的短句："活着真好！"

（原载《西北文学报》）

春天的苜蓿地

——梦萌散文读后感

孙见喜

作品研讨会是收获的盘点，也是对积尘的打扫。最革命的作者搬走旧货，粉刷房子，迎娶"新娘"。"新娘"是新的创作观念，新的创作路子，新的思想方法。变中求新，新中孕变，使作品常处于精锐状态。

读梦萌的散文，如临秦川旷野，极目之处，有牛羊浅草，有帝王高陵，有粗陶古鼎，有临水村姑。春天的苜蓿地里，梦萌似不经意采撷，却于新鲜的描写与创造自己的语词组合上独有巧技。他用"辛辣"描写初夏的阳光，用"韶秀"描写李靖的石碑；他说青春痘是为"心灵之壤制造养分的'根瘤菌'"，说吃了苜蓿芽"整个春天就在我肚里了"，说评论家李星讲话如"穹窿喧隆"，等等。这不只是几个汉字的随笔抛掷，而是追求汉字使用的新鲜和准确，是对汉语这份古老遗产的珍惜和心疼。老父可以入土为安，祖父可以不要牌位，但靠汉语文字吃饭的人，终生挖掘汉语字词的潜质和新意却是一份古老的职责。

梦萌散文的另一特点是他写景而不导游。他重在探寻知觉的深新之意，格物致知是求道，是求取人事物理的内在规律。如写旅顺之口、烟台之海，写乾州探乳、齐鲁鸟窠，写凉台观景、春之苜蓿，等等。他写烟台海滨的鸥鸟翔集，其壮观之景令人向往，而其实却是废纸和塑料袋随风旋飞，这种对商业社会不露声色的批判沉积在文章深处；他写齐鲁平原植被良好的小山，写二百公里之内一千多个形态各异的鸟窠，而鸟窠之门竟是鸟儿们用衔来的塑料薄膜做成的。这里没说玉米地膜和塑料大棚对土地的白色污染，没说环境保护多么重要的热门话题，可留给读者的沉重和遐思不亚于上万字的正面报道，这就是文学的玄妙和分量。

梦萌似乎已得"提炼"文心之道，似乎已得"深刻"主题之道，但愿这种以轻取重的散文笔致，在他以后的写作中能成为一种自觉行为。他在《家有凉台好观景》一文中，写了楼下城府的奇幻，写了停车场各色官员的铜臭私欲，之后，感慨道："地位愈高就住得愈低，住得愈低就眼界愈窄"，从而挖出了官员腐败的另一种根蒂。这里没有政令法纪的僵硬陈述，也没有时代理论的空泛说教，却深深地道出了社会弊端的循环和循环的社会弊端。

梦萌的散文不多，有些篇章"面没揉到"，但他写的是文学。

（原载《西安晚报》。作者系著名作家，时任太白文艺出版社编辑）

情化心海生诗韵

——读梦萌散文随笔

董信义

梦萌是个小说家。

梦萌的想象奇诡大胆，语言个性风采浓烈，小说传统、自然、明朗又不乏诗意，充溢着生命与磨难、痛苦撕扯的快感。

在梦萌看来，美好的东西都在生命的追逐中，在真情酿炼的生活中。而小说的虚构、夸张、铺排及想象又不能真正反映他在生活中的瞬间感受，也难以及时传达作家对社会、人生、自然的真实想法与体验。于是，梦萌在沉寂了一段时间后，操练起了散文，而且一写四季生色。在出版了散文集《多梦人生》之后又不断有新作面世，我案头放的《真情最好》就是梦萌近期散文的精粹之作。我读罢思绪飞扬。我没想到看似漠然与冷寂的梦萌，心中却有着奔涌的热血。他的作品，无不传递着一种强烈的生命力，有着鲜活的图画感和不可言说的质感。诗意的语言与理趣使我沉浸在他的文字之中，欲罢不能。

梦萌不苟言笑，不善辞令，他的生动和爽达都体现在他的心灵世界里，也彰显在他奉献给读者的五彩华章里。因而更多的时候，梦萌是沉默的，是静态的。但仔细读他的散文，我们便可以断定，那是一种激情狂涌之后的沉静，更是一种大痛大悟之后的坦然。对于人、事、情、景，梦萌倾注了全部的爱，在这种爱里，更多的是作家摈弃自我，走出屋子，关注世情、人情、风情而产生的一种虔诚沉醉的爱。真可谓心中存有山河景，灵肉共颤悟人生，不畏浮云遮望眼，愿将真情祭苍穹。这种达观、率朴的情感使他笔下的散文得以汪洋恣肆。

《真情最好》这组散文，共分三辑。第一辑"这景这物"是作家留恋山水，寄情风物的抒情散文；第二辑"此心此情"是作家怀想旧事，点化世风的叙事散文；第三辑"斯人斯语"是作家感念生命，体悟文心的哲理散文。我之所以这样对三辑作品这样分类，是我在阅读之后产生的强烈感受中捕捉到的。

这种感受如同"唉着蜜饯、酗着蜜酒"，直抒真情真性，使人难以忘怀。

"这景这物"一辑，是记游之历程，写景之美妙，寓生活之美好。无论是《笔架泔砚》还是《旅顺口说》，都展现了作者的心路历程。读读《寻找大连》或是《周陵不周》《顺陵不顺》，作品中的人文思考及诗意格调无不令人拍案叫绝。虽然在个别段落也有平实冗赘的语言问题，但不影响我们陶醉在作者绘就的诗情意趣中。我们能感受到《烟台听海》的神秘，《乾陵探乳》的奇诡，《齐鲁大地多鸟窠》的空灵。写景与抒情，思辨与记叙，延伸着读者的情感和思想，点化着遮掩在景观之后的人文思考，给人提供了较为广阔的想象空间，一个令人感怀、使人遐想、促人顿悟的空间。读这样的散文，人会豁然爱山爱水爱人爱物，会有一种超然物外的感觉。这是散文的诗意美，更是散文的智慧美。

在"此心此情"里，作家有时淡泊如水，便有了《家有凉台好观景》；有时才情似火，便有了《诗点桃花》；有时静心静态，便有了《雾里观花》；有时突发奇想，便有了《残缺也美》；有时激昂愤慨，便有了《灭蚊有术》；有时思乡怀故，便有了《童年的磨房》和《小镇轶事》；有时面对觥筹交错和美味佳肴，笔下便有了《春想苜蓿》和《嫩玉米情结》。可以说"此心此情"是一种坦诚，是一种大爱，也是一种真性情。

在这组散文里，我感受到了作家的才情和智慧，更体会到了作者散文独有的风味。《雾里观花》一文沉静中有一种疏离感。试看作家这段简约洗练、美情美思的文字："道旁一阁楼，猫一般端卧，屋顶、栅栏和门皆影影乎乎地笼在一道雾的樊篱中。突然就发现二楼凉台有一异物，圆圆的呈红铜色，似日似月，若镜若花，灿得了得，能觉得那红铜色正朝雾里渗滴。头一次见了也就见了，并未引起多大兴趣。后来常去散步，由不得又观那物，雾薄时才弄清那是一朵花。"忽张忽弛，似诗似画，叙述描写，传神诱人。若不是写过小说，便很难使语言有这种魅力，这是极其可贵的。在这组散文里，更多的篇章写得较为平实自然，如作家用的"渗滴"一词一样，他是用平实的语言，自然的状态，向读者"渗滴"他的情感和思想。这种行为，实是平凡中见奇绝的妙笔，使人读后不忍释卷。

"斯人斯语"来得爽达、调皮、幽默，其中不乏诗意。在《美美青春痘》里，作家诗情大发，酣畅淋漓："说是花朵，却不开在花圃。说是火焰，却不燃在炉膛……花与火就在自自然然和知趣无奈中高擎起一面青春的旗帜。这旗帜，编织着花的美丽、花的鲜妍、花的芳馨……"读这样的文字，我感到作家年轻的心。

　　我不知道这青春的回归对于作家意味着什么，可我真感到，因为作家年轻的心，才使其散文勃发着强劲的活力和日渐高扬的基调。在这组哲理散文里，作家写了身外世界的葱茏多姿和内心世界的纷纭思绪，更注重了对人的现实存在的观照和思考。《李星我师》一文，娓娓道来，情感真实。把自己做人从文的收获归于良师的指点和益友的帮助，充满着真诚和真爱。写程海，语言活泼、调皮、幽默，使人不仅识得程海的另一面，更感受到了作家的童心稚气和率真，很是耐读。

　　总体来看，梦萌的散文思接万物、神游万里，从空蒙走向现实，从现实走向理想，追求的执着与信念的坚定，使梦萌成为一个写作散文的高手。祝愿梦萌佳作迭出，写出更好更优秀的散文作品来。

（作者系咸阳市作协副主席、著名作家）

美在刻意随意间

——读梦萌散文集《随意即风景》

安升先

作家梦萌是我的老朋友，我们都是土生土长的咸阳人，退休后各有所好，十余年未见。最近，他从上海回来，送我他新出版的散文集《随意即风景》和长篇小说《新部落》。年过古稀的老孟在不到一年时间里，有两本新作问世，其勤奋与高产不言而喻。戊戌仲夏，已入杖国之年的他，不坐缆车，徒步两三个小时，登上泰山玉皇顶，足以说明他的身体和文学成就一样倍儿棒！

《随意即风景》分为"怡情山水""神与物游""童乡之赖""万有灵犀""市井趸趣""魅在舌尖""文心思齐"等七辑，收录不同时期的作品一百一十八篇。看似毫不经心的随情随意，实则篇篇都是精雕细琢之作。他用积极向上的心态，刻意观察，刻意融入，刻意构思，心中便有了随意的触发、随意的想象、随意的发掘，散文的魅力由此而生。在这里，刻意和随意互为条件又互为结果——只有随意的心态，才有刻意的发现；只有刻意的发现和打磨，才有随意的灵感和升华。于是看似平常甚至琐碎的日常小事，在作家笔下，便充满哲思哲理、美意美趣、诗心诗情。正如《后汉书·党锢传序》所说："刻意则行不肆，牵物则其志流。"也如《文心雕龙·通变》所言："才颖之士，刻意学文。"

书中所录篇章是作家数十年日常生活中点点滴滴的见闻和感受，既有原汁原味的美色天趣，又有怡情山水的本色游记；既有用原始矿料"冶炼出童真与乡情的真金"，又有在市井"蒸馏幽默，酿制文学"的酒气；既有对花草鱼虫的灵犀相通，又有对圣哲先贤的"文心思齐"等。其把司空见惯的秋千、柳笛、大雁、金针花、枸杞芽、苜蓿、洋槐花等都描写得十分逼真。他写孤独、写鼾声、写喷嚏、写鱼浴、写青春痘等，读来好像中医的针灸或拔火罐，无不搔到人性的痒痒处，使人既痛且乐，欲罢不能，尽享生命的造化。他说"喷嚏是生命长河一个漂亮的水漂儿，是上帝创造人时特意留下的一个伏笔"；

孤独是一根鞭子、一支香烟、一堆篝火；青春痘是生命的根瘤菌、爱情的标点符号、青春的尖端放电和选民登记表上的火红印章等，想象之独特、构思之精妙、意境之深远，大大超出读者的预期，从而获得意想不到的美感享受。

梦萌阅读了大量的中外文学名著，写起来信手拈来，文章语如珠玑，底蕴深厚。世界文艺史上的三大怪杰弥尔顿、贝多芬和帕格尼尼，一个是瞎子、一个是聋子、一个是哑巴。这个被众人熟视无睹的素材却被梦萌联系在一起，发掘出一篇优秀的作品——《苦难与天才》。是苦难成就了天才，还是天才特别热爱苦难？或许这正是上帝用他的搭配论，摁着计算器计算好了的呢！这样的文字，这样的构思，可谓匠心独运，其艺术造诣由此可见一斑。正因为如此，这篇文章被数百家报刊网站竞相刊登，还成为青少年辅导教材和中学语文考试命题的内容。

梦萌长期在基层工作，又应邀到各地采风、观光、游览，人生阅历不凡，生活积淀深厚，因而词语丰富，文笔传神，不拘一格。他用漫画的笔法，将作家程海的大头、凸肚、快腿描写得形神兼备，入木三分。既有对其背时"挨过不少挫，受尽窝囊气"的叹息，又有对其"孕育幽默，出产灵感、研磨思想"的褒扬。由于肚子大，他"跳舞犯规，发誓再不跳舞"，睡觉时占去床的四分之三，所以"夫人以绳分疆，却常常越过三八线"，其腰间挂一"如意宝玉"，出门在外，犹如归国华侨或大腹便便的款爷被人尊敬。程海虽是凸肚，却从不拿大肚子夯人。这些文字恰如一幅夸张而形象的漫画，使程海形象逼真，活灵活现。

梦萌凝视陈忠实在《白鹿原》扉页的头像，用大写意的手法，重新为文学大师画出一幅肖像画：一块石头，一座原，一颗星球。石头是一块"变形弹性固体"的石头，一块在地幔蓄谋已久终于摆脱内应力冲出地壳的石头……于是这石头"便有了资格称得上文学殿堂一块忠实的垫脚石"；原是一座养活了冯景潘、蓝袍先生、白嘉轩、鹿子霖和他们后代子孙的白鹿原……于是这原"便有了资格称得上大地的一位忠实儿子"；星球是"一颗太阳系未被命名的星球，一颗燃烧自己也燃烧我们的星球"……于是这星球"便有了资格作为人类一位忠实的探索者"。一张照片，在梦萌笔下成为一个诗意的物象，一个宏大的世界，使陈忠实人格品质和《白鹿原》一样高大、深刻、厚重起来。

梦萌观察生活视角独特而颇具新意，泰山一般人都写它的雄伟壮丽、人文景观、摩崖题刻等，而梦萌却聚焦于泰山盘道粗粝刚劲的台阶，以此抒发对泰山的礼赞与感怀。在他的笔下，泰山台阶有的青苔斑驳，有的剥蚀累累，透露出浓厚的沧桑感。瞧那一层一层、一叠一叠、一级一级台阶，古朴奥绝、铿锵有力、扶摇直上。还有，他乘坐世界著名游轮，而思绪始终交织在月、夜、船、海的四元组合之中。"月亮给大海铺了一条金光大道，一直延伸到船底，船也是一轮皓月，是海上的月亮。须臾间，天地好像颠倒了，天上的月和夜成了地上的船和海，地上的船和海成了天上的月和夜"，四物同构，互为印证，情景交融，这该是一种怎样的静美享受啊！

梦萌的知识面很宽，文学功底深厚扎实。从他的作品可以看出，除了文学造诣外，其对哲学、历史、地理、天文、数学、现代高科技等方面均有涉猎，且运用自如，恰到好处。梦萌作品的语言带有磁性，时而优美隽永，时而恬淡空灵，时而幽默滑稽，不经意间给人带来些许愉悦、些许感动和些许启迪。

（作者时任咸阳市秦都区文化馆副馆长、咸阳市民间艺术家协会副主席）

梦萌的文学梦

顾德鱼

梦萌，原名孟耀省，又名孟萌，1946年出生，陕西省咸阳市人，大学中文系毕业，先后在水利部门和民营企业从事工程管理、试验研究、政工政研、报刊编辑等工作，系民革成员、工程师、高级政工师、中国作家协会会员。这种专业交叉、角色频频转换的复杂经历，给他注入多能、多面、多变、多梦的基因。正如陕西省文联副主席肖云儒所说，梦萌"大半生做着两个梦——水的梦和文学的梦，也许还有一个湿漉漉黄土地的梦"。已故的中国鲁迅文学院常务副院长雷抒雁曾评价："正是乡土和山水这两个情结支撑起梦萌的文学祭坛。"已故的陕西省文联主席李若冰曾称梦萌"是一个文学的寻梦者，一个文学的搏击者"。

他自幼热爱文学，小学时在《咸阳报》发表处女作，初中时学校为他举办诗歌展览，高中时因在《中国青年》杂志发表文章而收到香港来信，后被当作"里通外国"者备受审查。但他不屈不挠，始终勤奋学习和工作，昼夜不舍地写作，曾发表诗歌、散文、小说、新闻、报告文学及专业论文等上千篇（首），主办《泾渭》《文萃》《秦苑》等文学报刊。经过二十多年的积累沉淀，他的文学事业逐渐成熟，创作态势一发而不可收，陆续出版散文集、报告文学集、中短篇小说集和长篇小说十余部。

1991年，长篇小说《爱河》由陕西人民出版社出版，陕西人民广播电台在黄金时段历时一个多月进行长篇连播，引起较大社会反响。时任《小说评论》主编、中国小说学会副会长的李星认为"《爱河》是一部水魂之歌"，"这是中国新时期文学的骄傲，也是中国人民的骄傲"。西北大学教授刘建军称："作者选取了一个牢靠的立足点，并采取现实主义的挖掘方法，把混合着血汗的泥土端给人们看，它让人看到的是无法回避的也是无法掩饰的真实人生。"评论家肖云儒认为《爱河》"对象化为一条流淌着秦人之爱的河。其中汇聚着世代秦人河似的爱，深挚的爱，苦痛的爱，堵抑终而畅达的爱。这里有歌的翻飞，有泪的沉浮，有人生和命运的回流"。

1993年，中短篇小说集《绿太阳》由中国工人出版社出版，著名作家王汶石认为，在人物的个性化方面，梦萌"以他那近似玩世不恭的农民式诙谐语言，着力刻画和塑造具有强烈老陕味的人物，使这些陕西乡党一个个栩栩如生地站立在读者面前，使读者或哄笑、或赞赏、或同情、或哀伤，留给读者以生动强烈的印象"。中国作协创研部主任研究员牛玉秋称：梦萌小说的最大特点是人物性格特质非常明显。如天邪与二爸的谈话、吃蚕豆、驯马以及在古井村收粮等，把关中人的特点写得惟妙惟肖。《十八爷》中的主人公有一句话，说"人一生太简单了，不是指挥命令别人就是被人命令和指挥"，社会内容和人生内涵非常丰富。西北大学教授费秉勋指出，"十八爷看似疯癫，却比许多正常人清醒，颇有《狂人日记》的韵味"，"《绿太阳》有些章节写得很出色，五凤岭几个男人喝酒的叙写，很有杨争光的韵味，区别是杨争光更冷峻些，梦萌则多了些幽默"。陕西师大教授畅广元称："梦萌创作是很严肃的，具有很强的忧患意识，天邪和十八爷这两个人物写得很成功，人物蕴含着很大的社会容量，是好作品。"

　　2005年，长篇小说《悲喜娱乐城》由大众文艺出版社出版，西安联合大学教授王仲生评道："可以说这是一部既'好看'又颇为'耐看'的长篇小说。"主人公殷小铨的畸形人格和短暂人生是"生命的狂欢与精神的涅槃"。青年评论家邢建海称："读《悲喜娱乐城》，我想这定是一次悲与喜的蹦跶——既是作品中人物的蹦跶，也是读者的蹦跶，更是作家自身的蹦跶。"评论家杨焕亭认为，作家"通过象征体的智性设定和从容调度，从而完成了对当代中国经济与文化深层矛盾的感性书写和文学释读"，"鬼城的焚毁和主人公殷小铨的殒命……正好构成《悲喜娱乐城》象征艺术的最高亮点"。

　　2014年，长篇小说《倾城》由中国工人出版社出版，李星认为，小说书写了进城的农村男女青年的命运起伏，"在堕落与坚守、高尚与卑鄙、新生与腐朽、希望与绝望共生共存中，浓墨重彩地勾画出一幅改革初期中国城乡的风情画卷"；中国当代文学研究会会长白烨评价道："如果说《倾城》是一曲醒人的悲歌的话，那么，它不只是唱给'城市新移民'的，也是唱给当下整个社会的。"作家子虚评价，梦萌在书中写道，极端的爱和极端的恨是一切悲剧最本质的素材。"悲剧，就这样把美好的东西血淋淋地撕开让人看，我们看到的不仅是一位柔弱女子的沉沦和陨落，也不可避免地触摸到人性与社会的某些隐痛和疮疤。"时任中国作协副主席的陈忠实曾评价："随着作家梦萌纠结曲折的故事和极具艺术张力的语言叙述，读者不仅跻躜于艺术的第二世界迷途难返，同时也深为现实生活的美好和无奈而如痴如醉，当歌当哭。"

2016年，长篇小说《金喽啰》由文汇出版社出版，这是一部直击职场、商场、情场、法场，全方位透视传销人群的小说。司令俊男下岗离异后，被老师桂平筠诱骗至西南边陲，参加了连锁销售工作。这里号称有十万大军，到处充满诱惑、谎言、阴谋、仇恨和暗杀。人们醉生梦死，在虚拟的网络里苟且着虚拟的生活、家庭、爱情和百万富翁之美梦。小说以传销为故事背景，着力发掘人物的命运沉浮和心路历程，解析转型期人们的爱情观、金钱观和事业观，深度揭示了人性的弱点和社会的病灶，颇具现代感。

在上海2016年书展期间，陕西省作家协会、文汇出版社和上海宏波集团联合召开了《金喽啰》研讨会，陕西省作协党组书记黄道峻以及作协主席贾平凹发来贺信，中国当代文学研究会会长白烨发来评论文章，来自北京、上海、陕西等地的专家、学者、作家、评论家牛玉秋、肖惊鸿、杨扬、王宏图、曹伟明、王海、李星、畅广元、常智奇、韩霁虹等及新闻出版界共三十余人对作品进行了全方位、多视角的批评解读和理论探讨。

专家们认为，传销是社会肌体正在裂变的癌细胞，国家取缔打击了二十余年，至今愈演愈烈，可见其危害性多大！从这一点讲，《金喽啰》无疑击中了人性的要穴和社会的软肋，具有很强的社会批判价值和人性自审的积极意义。有专家指出，《金喽啰》直击金钱，写金钱对人的私欲的诱惑和煽动，写金钱对人性的扭曲和"异化"。作品在金钱的二重性中映现人性的二重性，在人性的二重性中映现传销人群的挣扎沉沦和心路历程。可贵之处在于，作家在处理如此重大敏感的社会问题题材时，能够充分重视小说自身的艺术特点，从小处入手，从人性入手，以小见大，把一枕黄粱荒唐梦揭示得鞭辟入里，警醒世人。

会议上大家一致认为，小说成功塑造了司令俊男、俞溟、桂平筠、萨雷、三哥，以及老韩、郑越、乐正、瞎瞎大爷等处于传销网络不同位置的人物形象，生动而具体地揭示了人性的复杂与黑暗、善良与光明。正是这群各具特色、血肉丰满的小小喽啰，支撑起这部作品，演绎出一幕幕令人啼笑皆非的人间活剧。同时，在英雄人物亦即主人公的处理上，梦萌并没有按传统套路来写，反倒写出司令俊男成功后的犹豫和悲哀、痛苦和自责，甚至觉得自己处于人与鬼、英雄与叛徒之间。这种真实而又矛盾的心理贯穿全书。与传统意义上被净化、概念化、教条化的英雄相比，这样处理不但使主人公形象上升到一个高度，也使精神与心灵超越了世俗的藩篱。这在中国当代文学中的确罕见。与会专家一致认为，《金喽啰》的故事与人物的相得益彰，内蕴与形式的桴鼓相应，使这部长篇小说不仅读时引人入胜，而且读后也耐人寻味。

梦萌坚持业余创作三十余年，取得了令人惊羡的成果，先后有六十余位专家学者撰文给予评价，有称现实主义的、有称新写实主义的、有称象征主义的、有称平民意识和陕味小说的，等等。但无论归于什么流派和风格，都彰显着一个鲜明特征，即总是关注底层人民群众，总是和普通老百姓的生活命运紧密相连，总是直击社会的热点和人性的痛点。

2007年初，梦萌退休后来到上海生活和工作，一人编辑两个行业刊物，既增强了企业的软实力，也为自己储备了丰厚的生活素材。正如他常说的，在上海十余年，目的是寻求南方与北方、东部与西部文化的异同和切入口，旨在积累素材、熟悉人物、开阔视野、认知社会、挖掘生活，力争创作出更好的作品。

追踪梦萌的文学轨迹

石 竹

　　梦萌是我的大学同学和文友，在西大学习期间，他已完成长篇小说《爱河》并出版发行。有了这一资本，他一头扑向改革开放大潮，像个体户一样跑企业，主编出版了四五部报告文学集。正是这一时期，我们的文学情谊得到深化，在沣河水库，在壶口瀑布，水的博大情怀和向善品格，奠定了我们为人为文的基石，增强了我们经受时代洗礼和深耕文学的自信。可以这么说，改革开放是文学艺术取之不尽的宝藏，而我们则是其中的勘探者和受益者。

　　梦萌一生弄文成痴，耕耘不止，著述丰厚，是陕西作家群中颇有社会责任感和影响力的作家。他的散文散见于《散文》《中华散文》《读者》等全国各类报刊，其中《苦难与天才》载录于一百多家报刊，《狼路》被介绍到国外。更令我赞佩的是他已出版长篇小说五部和中短篇小说集一部。陕西作协分别在宝鸡和上海为他召开了作品研讨会。李若冰、王愚、王汶石、刘建军、陈忠实、雷抒雁、李星、白烨、杨扬等省内外六十余位著名作家、评论家都撰文给予他及他的作品很高的评价。《陕西日报》《文艺报》《文学报》《文汇读书周报》《青年报》《新民晚报》《中华读书报》，以及中国作家网、北京作家网、中外艺术家等一百多家报刊、网站予以推介报道。

　　《爱河》1991年由陕西人民出版社出版，同年陕西人民广播电台进行长篇连播。时任《小说评论》主编的李星称《爱河》是一部水魂之歌。这是中国新时期文学的骄傲，也是中国人民的骄傲。西北大学教授刘建军认为，梦萌把混合着血汗的泥土端给人们看，它让人看到的是无法回避的也是无法掩饰的真实人生。时任陕西省文联副主席的肖云儒称，《爱河》对象化为一条流淌着秦人之爱的河，其中汇聚着世代秦人河似的爱，这里有歌的翻飞，有泪的沉浮，有人生和命运的回流。

　　《悲喜娱乐城》2005年由大众文艺出版社出版。小说以非法集资为题材，通过"鬼城"官司，揭示了改革开放对人们的世界观、金钱观、爱情观的严重挑战和考验。西安联合大学教授王仲生称，这是一部既"好看"且颇为"耐看"的长篇小说。主人公殷小铨的畸形人格和短暂人生，是生命的狂欢与精神的涅槃。评论家杨焕亭称，梦萌通过象征体的智性设定和从容调度，从而完成了对当代中国经济与文化深层矛盾的感性书写和文学释读。鬼城的焚毁和主人公殷小铨的殒命，正好构成《悲喜娱乐城》象征艺术的亮点。

《倾城》2014年由中国工人出版社出版。时任中国作协副主席的陈忠实评道：随着作家梦萌纠结曲折的故事和极具艺术张力的语言叙述，读者不仅踯躅于艺术的第二世界迷途难返，同时也深为现实生活的美好和无奈而如痴如醉，当歌当哭。中国当代文学研究会会长白烨评道：如果说《倾城》是一曲醒人的悲歌的话，那么，它不只是唱给"城市新移民"的，也是唱给当下整个社会的。中国小说学会副会长李星称，小说书写了进城的农村男女青年的命运起伏，在堕落与坚守、高尚与卑鄙、新生与腐朽、希望与绝望共生共存中，浓墨重彩地勾画出一幅改革初期中国城乡的风情画卷。

《金喽啰》2016年由文汇出版社出版。作品直指非法传销，以敏锐犀利的视角，透析了金钱镜像下人性的迷失与复归。白烨称，《金喽啰》"击中人性的软肋"；上海作协副主席杨扬称，小说和作家同时完成了"从乡土到城市之间"的一次蜕变；中国作协研究员牛玉秋称，小说"从小处入手，从人性入手，丝丝入扣，以小见大，鞭辟入里，警世警人"；著名评论家常智奇称，"这是一部有生活含量、思想重量、艺术质量、审美分量、感人力量的作品，我喜欢这本书"。

《新部落》2018年由作家出版社出版。两男一女在特大洪水中死里逃生，误入原始森林，度过百日"野人"生活。作品以大量触目惊心的生态灾难和独特的人文视角，点击了"生态环境"这个世界性的焦点、热点问题，揭示了地球之痛、人类之痒、生命之殇。同时在特定环境下，作品将人与自然、人与野兽、人与艺术、人与金钱、人与人的关系揭示得淋漓尽致，迸发出强烈的人性光芒和生命张力。

中短篇小说集《绿太阳》1993年由中国工人出版社出版。著名作家王汶石在序中称：梦萌以近似玩世不恭的农民式诙谐语言，留给读者以生动强烈的印象。著名评论家牛玉秋称：梦萌小说把关中人的特点写得惟妙惟肖。《十八爷》中的主人公有一句话，说"人一生太简单了，不是指挥命令别人就是被人命令和指挥"，社会内容和人生内涵非常丰富。西北大学教授费秉勋称，《十八爷》像鲁迅《狂人日记》一样具有深远的社会意义。陕西师大教授畅广元称：梦萌的作品具有很强的忧患意识，天邪和十八爷这两个人物写得很成功，人物蕴含着很大的社会容量，是好作品。

梦萌曾告诉我，进入杖国之年，蓦然回首，才发现自己所有的小说，"始终沿着改革开放这条主矿脉不断掘进和深耕"。是的，他的小说从不同侧面反映了改革开放给人们带来的冲击、阵痛、犹豫、欢愉和希望，揭示了普通百姓的命运沉浮和心路历程，展现了波澜壮阔的时代潮流和丰富多彩的社会生活。更难能可贵的是，他以作家特有的第六感洞悉改革开放过程中衍生的诸多负面影响，直击社会病灶和人性软肋，发挥着警醒世人的社会功能和艺术魅力。

（作者系著名作家，时任咸阳市职工作协主席）

一本书的碰撞

姚骏骊

如果你猛然接到一个多年不见、杳无音信的人的电话，不用说，首先是激动。2016年9月1日，当我接到旧友作家梦萌的电话时，就是这种惊喜的感觉。

电话是从上海打来的，是个陌生号码。一向广交朋友的我，没有因为外地号而拒接，更未因未存名字而多想，就在第一时间接通了电话。

"喂，老姚，你好！我是梦萌。"电话那头说。

"你怎么用的上海号码？"我问。

"是，我现在在上海工作，欢迎你来转转，我全程陪同。"他热情地说道。

在通话中得知，原来，梦萌先生十年前就去了上海，在2016年8月23日的上海图书展上，有关方面为他的长篇小说《金喽啰》分别举行首发式和作品研讨会。这个消息我是从省内几位作家朋友的微信朋友圈看到的，职业的习惯和对文学、文人的敏感，促使我编发了一则消息——《我省作家梦萌作品在上海引发关注》，发表在近日的媒体上。但这条微信消息发的时间早，原定出席研讨会的专家有所变化，所以我的新闻稿与事实有点出入，将三位未到会的专家也写进去了，这才有了他的来电说明。

正是这个误差和不到三百字的新闻报道，引起了梦萌先生的注意，才把电话打到我的单位，进而查到我的手机，这就有了文章开头的那通电话。他和我寒暄一番后，郑重地说："兄弟，快补救一下吧，不然没出席研讨会的专家会误会。"我答应重新组稿补救，并让他把会议通稿立即发过来，当天我就在几家媒体重新发了新闻稿，有的网站多频道重复报道，真可谓"铺天盖地"。这是他当时的原话，他语气焦急地说："姚总，感谢你的关注和支持！但太过分了，铺天盖地，会产生炒作之嫌，快想办法纠正一下吧！"于是我又关闭了一些频道和功能，回归了常态。从这件事可以看出，他办事非常认真，也很低调，不失一位文人的良好品性。事情妥善处理后，他给我留言说："真幸运，要不是这次碰撞，怕一辈子也难相见了。"说得我眼睛潮潮的。

梦萌先生与我是旧识，也是乡党。早在1995年，我刚进入陕西日报社工作不久，适逢关中大旱，我去省宝鸡峡管理局采访，局长告诉我，他们单位有个大作家梦萌。我遂提出见见这位作家。在交谈中得知，他就是长篇小说《爱河》的作者，他人瘦言寡、发稀脸白、才思敏锐、和蔼可亲。他赠了我《爱河》，我们就成了文友。

后来，只要我去咸阳，就与梦萌聊天、谈文学、说文化。不久，他的中短篇小说集《绿太阳》出版，我又在第一时间得到了书。打那以后，我们就再很少见面，不承想，他这次新作《金喽啰》的出版，成为我们续接友谊的纽带。正如梦萌先生所言，要不是这次碰撞，怕一辈子也难相见了。

近年来，我一直致力于文化工作，文学是其中最重要的一个组成部分，我自己也一直从事文学创作。一个时期以来，读书、作序、写评论、题写书名、帮人修改文章、进行作品推广及市场转化、进行海外文化交流等，我也自觉不自觉地成为文化圈的一员。省内作家的创作动态，常引起我关注，文学新人的崛起、老作家的近况、名家的活动等也常进入我的视野。有时，一篇不经意间的短文，就会使有些作者将其作为书序；有时，几句感言发出，就有朋友与我互动。这使我愈来愈觉得做人的谨慎、作文的细心、写作的神圣、文字的担当、文化的力量。

梦萌先生年逾花甲，笔耕不辍，近年来出版了十多部文集，且去上海已十年，不忘初心，坚持创作，令人钦佩其毅力、其魄力、其魅力。《金喽啰》我暂时还未读到，但从著名文学评论家、茅盾文学奖评委李星先生的书评中可以看出，这部小说是写城市的，是讲述有关传销故事的，是梦萌先生从乡土题材转移到城市题材，从关注农民命运到关注社会问题的一部呕心沥血之作。就凭这一点，我认为他就没白在上海滩上待，没枉在黄浦江边留。

过去，在社会交往中，人们最讨厌的是卖保险的人；后来，一不小心就陷入传销、直销的骗局，多少人深陷泥潭，不可自拔，倾家荡产，朋友反目，亲人成仇；如今，你打开朋友圈，五花八门的"微商"使人眼花缭乱。人们都在小心翼翼、谨小慎微中生活，生怕被熟人以传销、直销、微销、集资、众筹等名目，以及防不胜防的网络诈骗、电信诈骗而蒙蔽诱惑甚至上当受骗。案例天天公布，事情还是天天发生，群众上访不断，公安机关疲于奔命。之所以这样，其实原因只有一个，那就是贪便宜、存侥幸、求暴富，说白了就是想走捷径发大财。

书籍是文化产品、精神产物。作家的劳动是孤独的、独立的、个性的、创新的。当物质生活相对充裕以后，人们就会追求心灵的宁静、精神的充实。这，就是作家劳动的价值。

梦萌先生是一位多产且颇具社会责任感的作家，也是一位陕西少有的走出去的作家。正如我总结的："影响有影响的人、教化有文化的人。把影响做得足够深远，将文化做得要像文化，让文化成为奢侈消费。让享受文化成为一种习惯、一种时尚、一种风气，使文人生活得更有尊严、更有品位、更有地位。"

这，就是我的目标，相信也是所有文化人的心愿。

梦萌文学之路扫描

寒 之

梦萌经历坎坷，多灾多难。幼年丧父，青年丧母，自幼顽强倔强，性格内向，孤独深沉，唯酷爱文学艺术。二十多年来，他一直坚持业余创作，勤奋不辍。梦萌真正的文学生涯是从1988年开始的。此间他考入西北大学作家班，经过较系统的理论学习和文艺氛围的熏陶，使长期的生活积累和创作冲动，如江河奔泻，一发而不可收。《爱河》是一曲气吞山河、撼人心魄的爱的颂歌。小说以修建宝鸡峡水利工程为背景，通过对工程建设的艰难曲折和几对青年男女爱情故事的描写，展现了不幸年代激荡人心的生活和斗争。沈平与王淼、欣生与珍珍、珍珍与沈平、巧儿与欣生的爱情悲剧，被血淋淋地撕开让人看，目的在于鞭挞社会的丑恶和人自身的劣性；而这悲剧，又无不与工程建设的每个环节相关，与渭北人民的前途命运相连。在这里，爱与仇，情与法，高尚与卑鄙，纯洁与龌龊，展开了激烈搏斗，既悲且壮，亦真亦幻，使人从美的毁灭中看到希望的闪光，得到灵魂的净化。作品以壮阔的气势、众多的人物、跌宕的情节、幽默隽永的语言、苍凉悲壮的情调，垒建起一座神秘奇特的艺术宫殿，吸引读者不得不忘情地去涉那爱的长河……

梦萌和他的作品越来越广泛地被广大读者所熟悉，并引起较大社会反响和文学界的关注。《爱河》出版后，国内有十多家报刊报道和介绍，陕西人民广播电台进行了长篇连播，有六位评论家撰文评述，并获咸阳市图书二等奖。

梦萌中短篇小说故事怪诞，人物活灵活现，故事情节幽默风趣，语言诙谐俏皮，初具陕西关中人"蔫怪味"的独特风格。正如著名作家王汶石在《绿太阳》的序中所写，梦萌"以他那近似玩世不恭的农民式诙谐语言，着力刻画和塑造具有强烈老陕味的人物，使这些陕西乡党一个个栩栩如生地站在读者面前，使读者或哄笑，或赞赏，或同情，或哀伤，留给读者以生动强烈的印象，令读者对这些老陕不至于轻易忘怀"，"令人欣慰的是，梦萌同志却不中那个圈套，不用流行的旧瓶装自己酿造的新酒"。

（原载《作家报》。作者时任社科院副研究员）

196

文学的寻梦者

辛建斌

作家梦萌在散文集《多梦人生》的自序中自况："贱者生痴，痴者多梦。得了这毛病，便整日迷迷糊糊、昏昏蒙蒙若梦状。卧之而梦，行之亦梦；夜里而梦，白日亦梦。大梦套小梦，噩梦连美梦。梦不见周公，就梦身前身后事，恍如时间倒流，流到终点，回过头重新又活一世。"又说："其实，梦是人的另一种活法和享受，也是文学的另一种文体样式。美梦也罢，噩梦也罢，记下来，就是上上的小说、散文和诗。"正如文中所言，梦萌不但取了个多梦多幻的笔名，而且第一部散文集书名为《多梦人生》，就连书房也冠以"多梦斋"之名，梦之于他已成了真实的生活，而生活之于他又成了多彩的梦幻。他是一位把生活、梦幻和文学搅和在一起的奇人怪人，也是一位不甘寂寞和不屈服于命运的文学的寻梦者。

梦萌原名孟耀省，曾用名孟萌、子皿等。1946年农历腊月三十生于咸阳市渭城区底张镇眭村。毕业于西北大学作家班，现为陕西省作家协会会员。曾发表各类文艺作品三百多篇（首），已出版的作品有长篇小说《爱河》、中短篇小说集《绿太阳》，散文集《多梦人生》和多部报告文学集，另有一部九幕历史剧、多部戏曲小品和电视专题片等，是陕西业余作家群中收获颇丰、较有影响的作家之一。

梦萌经历坎坷，多灾多难。幼年丧父，青年丧母，中年丧子。母梁氏玉秀勤劳善良，贤惠能干，乐善好施，与世无争。此种传统美德也注入梦萌的血液中。他自幼顽强倔强，性格内向，孤独深沉，唯酷爱文学艺术。学生时代兴趣广泛，唐诗宋词、琴棋书画、文艺体育，无不涉猎。不但能作诗画画，且打得一手好篮球，曾是市、县代表队队员和国家田径三级运动员。初中时学校还为他专门举办过诗作展览。假期回村，他曾自费创办《青龙》油印小报，并主持办板报、跑竹马、演大戏等文化活动。他的嗓音条件很好，唱歌、唱秦腔在校在乡都很有名气，是远近闻名的"风流才子"。

1965年，他在《中国青年》杂志上发表了一篇小文，"文革"初突然接到香港寄来的一封匿名信，从此招来没完没了的审查和冷遇。正在他绝望之际，宝鸡峡工程上马复工，他毅然来到水利工地，一干就是二十多年。他像一个被遗弃的孤儿，找到了生命的归宿。白天他带领民工筛沙子、浇筑混凝土，晚上通宵写诗作画，第二天就贴到工地上。钢钎、十字镐磨炼了他的意志，石头、混凝土浇筑了他的性格，水流、灯火给了他想象的翅膀。之后他又调到指挥部办简报、广播站、文艺队，写了大量新闻稿件和文艺作品，如《红色机手刘治莲》《水利工地铁姑娘》等，均被报刊采用。1970年招工转正，至今仍在水利部门从事业务和宣传工作。二十多年来，他一直坚持业余创作，笔耕不辍，除文学作品外，还有三四百篇新闻稿件、业务文章等见于报刊和电台。曾多次获奖，及咸阳市市政府、省水利系统等部门颁发的文艺创作和文化宣传先进个人称号。

1988年，他考入西北大学作家班，经过较系统的理论学习和文艺氛围的熏陶，长期的生活积累和创作冲动，如江河奔泻，汹涌澎湃。他一边学习，一边主持编辑文艺杂志《泾渭》，还一边创作剧本《郑国间秦》、长篇小说《爱河》和中篇小说《绿太阳》，同时又跑遍全省，采访撰稿、编辑出版了多部报告文学集。长达十一万字的《绿太阳》刚刚脱稿，又开始长篇《爱河》的马拉松。长篇写累了，写不下去了，就间隔着写短篇、散文和报告文学。有时两种体裁同时起步，交替进行，无怪文朋诗友称他为拼命三郎。

梦萌的作品以水利题材见长，同时也涉猎社会生活各个方面。其作品生活气息浓郁，人物鲜活，故事奇诡，语言生动幽默，已形成自己独特的风格，即令人忍俊不禁的"老陕味儿"。他善于在历史与现实、城市与乡村、生活与文化的接合部上挖掘闪光的宝藏，在青年与老人、男人与女人、强者与弱者心灵之间铺设感情的桥梁。其代表作有《屋外那座青冢》《古城墙下的哀叹》《天邪》《十八爷》《夭折》《绿太阳》和《爱河》等。

《夭折》通过一个孩子的死，揭示家庭和婚恋中一个令人瞩目的问题：儿女大了，父母要自觉地将自己让位给儿女们的爱情，否则将导致道德的沦丧和家庭的悲剧。一个儿子，两个爸爸，餐厅醉语，如泣如诉，亦悲亦狂，催人泪下。小说以新奇的手法，独特的语言，真切的感受，叙述了一个柔肠寸断、感天动地的故事。其所蕴含的人生经验和揭示的社会问题，引起读者由衷的叹喟和深刻的思考。

《绿太阳》描写发生在五凤岭的故事和人物。青年技术员小邱的出现，不但打破了五凤岭"自给自足"的生活方式，也给旧的经营模式带来巨大冲击，且使其创始人胡大顺风平浪静的家庭出现了骚动和不安。大女银杏忍痛割爱，另有所图。小女红杏气愤姐姐喜新厌旧，暗中夺其所爱……揶揶唱唱，曲曲折折，使小小的五凤岭成为改革潮流中社会、家庭和人们心态急剧变化的写意画。画中那浓浓的绿意让邱父觉得再活下去就会破坏这美好的画面，临死前，他在床头做了一个绿果商标。这永远是个谜，谁也猜不透。作品把读者引入一个山美、水美、人美的理想世界。也许这就是绿太阳，是时下被淡化了的但又使人们时刻怀念和向往的那种世风乡情。

梦萌和他的作品越来越多地被广大读者所熟悉，并引起较大社会反响和文学界的关注。长篇小说《爱河》出版后，国内有三十多家报刊报道和介绍，陕西人民广播电台做了长篇连播，有二十多位评论家撰文评述，并获咸阳市图书二等奖。评论家李星称，"《爱河》正是一曲响彻云霄的当代水魂之歌"，"这是中国新时期文学的骄傲"。西北大学教授刘建军撰文评论《爱河》说："作者选取了一个牢靠的立足点，并采取了现实主义的开掘方法，把混合着血汗的泥土端给人们看，它让人看到的是无法回避的也是无法掩饰的真实人生。"评论家肖云儒在对《爱河》严肃的现实主义精神进行高度评价后，又大加赞许，从全书水魂的意象与意蕴到生活风情，从人物性格到故事的跌宕奇诡，从主人公的水葬到坝葬，从幽默的语言到亦真亦幻的想象，都可以看到一条隐约的浪漫主义色彩的线索在小说中绵延。评论家韩梅村还撰文对《爱河》从历史文化、水利文化、生活文化三个层面进行透视，称这种目的性地在文学作品中楔入文化机制，"是一种积极的创作倾向"，"综观梦萌小说中文化层面的建构，不仅为其人物心理和行为提供了一个独特而具体的活动场所，而且对作品情节的发展，人物性格的刻画，都起着无法替代的作用"。中国台湾老庄学会秘书长、《中道》月刊社长李健淮称："喜得大作《爱河》，深感荣幸，拜读之余，益觉内容充实，文藻华丽，而故事尤为感人，非圣手彩笔，不足见其真情，令人十分欣赏。"

梦萌最初写诗，后虽有突破，但终无所成。散文却很有特色，切入生活，切入心灵，多姿多彩，多情多爱，语言优美隽永，使读者既可享受自然美趣，又可调节心理失重，且给人以生活及生命的启迪。著名作家峭石称梦萌散文"情真意真文真"。著名评论家王愚评道，"梦萌同志着重写人的灵魂，写人的追求，写人的精神"，"而且着力用诗的语言去表述这种闪光点"。著名评论家李星写道："梦萌同志为文是很重视情感的进入的……语言也很幽默、诙谐，富有生活的情趣，毫无枯燥干巴之感，具有特殊的魅力和韵味。"著名作家李若冰称："梦萌是水的爱恋者，水是他赖以生存的生命，水造就了梦萌，加上不懈的艺术追求，使他成为一个水文学的开拓者。"中国艺术研究院现代文艺研究室主任郑恩波称，梦萌散文"时有新意，文学功底相当深厚，特别是《水杉礼赞》等篇的结构、内蕴颇具大散文家秦牧某些篇章的风采和韵味"。

　　梦萌为人正直，专图文达，刚直不阿，疾恶如仇，富于同情心和荣誉感，对家乡、友人、黄土地的情感赤诚炽烈。长篇小说《爱河》出版后，他除给社会各界赠书四百多本外，还专程给家乡渭城区各乡镇文化站和老家眭村赠书一百多本。中共渭城区委宣传部发文称，"梦萌是我区文学作者队伍中的佼佼者"，并号召全区人民学习他这种勤于耕耘、勇于探索、乐于奉献的精神。

　　（作者系资深记者编辑、《渭水》主编、咸阳市秦都区作协主席、
　　著名作家）

诗文成癖，人生如梦

——作家梦萌小记

安升先

他躺下是渭河，站起来是渭北高原。

这位与水与渭河与渭北高原紧紧拥抱在一起融合在一起，身材精瘦，胡须丛乱，目光炯然的汉子，便是被人们称为文学搏击者的梦萌。他曾说文学是愚人的事业，是痴情汉和多情女的梦魇。人生如梦，他曾经跟我讲过，小时候他患过一场大病，巫婆要把他扔进城壕，却被母亲抱回家，吸吸溜溜地又活下来了。他从此便爱做梦，大半生总是迷迷怔怔如梦状，还做起了枝枝蔓蔓的文学梦。他认为文学的本质就是把梦、潜意识的东西揭示出来，这是作家一生挖掘不尽的矿藏。我想这话是对的，不然他的笔名何以叫梦萌，他的书屋何以取名"多梦斋"？他创作的各类文学作品何以具有水一般如梦如幻的魅力呢！

一

我与梦萌认识已经有二十多个年头了，那时我在咸阳报社副刊编辑部，他在数百里外的宝鸡峡水利工地，不断地寄一些诗歌、散文、通讯稿过来。他热爱文学，创作上孜孜以求。几次想改行或到报社当编辑，或到文化馆从事专业创作，都因种种原因未能如愿。但他热爱文学创作的初衷和热情始终未改，苦苦地做着他的文学梦，日夜在枯燥无味的方格纸里跋涉，在古今中外的文学名著中汲取精神营养和文学精华。

他终于成功了。近几年内，除了在报刊上发表大量作品外，还出版了长篇小说《爱河》，中短篇小说集《绿太阳》，散文集《多梦人生》，报告文学集《大厦奠基人》《命脉之光》《世纪风》等，计有一百多万字。先后有十多家新闻媒体对他和他的作品进行了推介，有十多位作家、评论家评述他的作品，并给予很高评价。陕西人民广播电台在黄金时段连播了他的长篇小说《爱河》，将千万个建设者带回当年如火如荼的宝鸡峡工地，在社会上引起强烈反响。他大器晚成，在过了不惑之年后，以新时期少见的水利题材，以恣肆豪放的超然之态，以浓烈的"陕味"风格，成为陕西文坛日渐活跃的作家，圆了他追求多年的文学梦。

二

梦萌生于泾河渭水交汇处的咸阳北原，童年时代却没有水的滋润，使他这棵幼苗长得干巴巴且瘦弱，像"晒花"了的玉米秆儿似的。

梦萌幼年丧父，青年丧母，中年丧子，崎岖坎坷的命运，多灾多难的经历，铸就了他顽强倔强、孤独深沉、积极向上的性格。他爱书如命，读书成瘾。小时候每逢古会，他舍不得吃五分钱一盘的油炒粉，却用母亲给的五角钱买几本书，跑到泾河边一口气读到天黑才回家。为了读书，他曾因拿走叔父的一本古书而遭到打骂。中学时代，他兴趣广泛，琴棋书画、文艺体育，无不涉猎。在学校他办黑板报，自费创办油印小报。学校还专门为他举办诗作展览。在家乡，他主持跑竹马、演大戏、写对联、画窗花。读高中时，他的作品就见诸报端，因此而出名，也因此而招祸。"文革"时他因收到香港匿名信而被怀疑"里通外国"，受到多次审查，这就是文学给他的第一束鲜花——苦涩而多刺的玫瑰。

即将进入20世纪70年代时，家乡父老在渭北高原演出一场大禹治水的活剧，他带领家乡父老和下乡知识青年来到宝鸡峡工地，拉土方、筛沙子、浇筑混凝土。那朵苦涩多刺的玫瑰，终于有了现蕾开花的阳光雨露和土壤。他再也按捺不住自己激动的心情，又拿起笔做他的文学梦。晚上他通宵写诗作画，第二天就贴到工地。他在指挥部办简报、办广播、组织文艺宣传队，他写新闻报道、写诗、写散文，自编自演节目，成为工地和家乡一带颇有名气的笔杆子和"风流才子"。

水造就了梦萌。他一边在水中寻找灵感，在水中洗涤性情，又一边在水中苦苦打捞属于自己的珍宝珠玑。

三

梦萌真正的文学生涯是从1988年开始的。此间他考入西北大学作家班，经过较系统的理论学习和文化氛围的熏陶，长期的生活积累和创作冲动，如江河奔泻，一发不可收。他写宝鸡峡，写渭北高原，写关中，写渭河。在西安炭市街和边家村的临时住所，在西北大学小白楼，在咸阳家中用阳台改装的"多梦斋"，常常可以看到他时而像吃了安眠药一样低头纳闷，时而像酒兴发作一般如痴如狂，时而像老牛反刍似的喃喃自语。

梦萌的写作方法很特别，先不在格子纸上写，而是先在废纸背面写得很小很草，密密麻麻，之后又删改得乱七八糟，画上许多莫名其妙的标志符号。别人如捧天书，根本无法辨认，他却如有特异功能，一目数行，认读如流。顺利时五六个小时不吃不睡，一周半个月不下楼不出门。不顺时就憋得在床上在沙发上打滚乱哼哼，如癫痫症发作。整整两年中，他就像浸泡在酒坛里的一颗酒枣，又如初入佛门的虔诚信徒，全身心地进入若梦如幻的境界。十一万字的中篇小说《绿太阳》刚刚脱稿，他又拉开长篇小说《爱河》的写作序幕。长篇写累了，又穿插写短篇，写散文，写报告文学。与此同时，他还主办了一个行业的文艺刊物，是一家杂志的特约撰稿人。繁重的大学学业完成时，门门功课都在九十分以上，这种拼命三郎精神，博得西北大学中文系师生的称赞。他常常陷入那激动人心的小说情节中不能自拔，以致忘了妻子儿女，懒于人间烟火，不知有秦汉。当他有一天走出这一境界时，才发现一切都乱了，都变了。先是儿子夭折，继而家庭离散，生活失去正常的秩序——文学回馈他的又是那一束苦涩多刺的玫瑰。

四

生活环境和人生经历决定了作家的创作对象，无论哪一位作家都要表现他最熟悉的生活和人物。在宝鸡峡汧河大坝上，他和民工肩并肩在"橡皮路"上拉架子车，脚蹬脚睡在麦秸地铺上，冒着呼呼的西北风，蹲在土壕里吃着大烩菜杠子馍，一块儿在如水月光下海阔天空地胡吹浪谝。民工的酸甜苦辣就是他的酸甜苦辣，民工的愿望要求就是他的愿望要求，《爱河》的写作是作者的真情投入，生命投入。浓郁的生活气息，细腻的人物性格描写，诙谐幽默的乡土语言，激荡人心的故事情节，无不伴随着作者心灵的震颤和感情共鸣。

梦萌一直生活在社会底层，接触的都是最底层的平民百姓。他的作品大多书写平民百姓的生活，表现普通人命运和生活的艰难。平民意识是他小说的显著特点。他用自己独特的审美视角和对生活的分析评判，塑造出各具鲜明特色的人物形象。长篇小说《爱河》中沈平与王淼的命运悲剧，中篇小说《绿太阳》中邱平山与银杏、红杏的爱情纠葛，中篇小说《夭折》中一个孩子和两个爸爸如泣如诉的感人故事，《装进棺材的忏悔书》里许开与阮晨三十年间的恩恩怨怨等，都可以看出这一特征和走向。他的小说故事奇诡，人物鲜活，情节风趣幽默，语言诙谐俏皮，具有陕西人"蔫怪味"的独特风格。他常以近乎玩世不恭的农民式诙谐语言，着力刻画和塑造众多具有强烈"老陕味"的人物，使这些陕西乡党，栩栩如生地站在读者面前，让人久久难以忘怀。无论是《爱河》中的塌鼻五叔、褚山猫、张狗团，还是《绿太阳》中的胡大顺、邱父、矮丰三、马满，或《天邪》中的天邪，《十八爷》中的十八爷，《古城墙下的哀叹》中的高谝，《宽宽的大渠》中的鹿娃，《路的裂变》中的王八，《此书即将出版》中的作家林一山，等等，他们的一颦一矍，一言一行，甚至说话的手势、声调，都活灵活现地展现出老陕的形与神。

读梦萌的小说，可以看到作家的心态始终表现得异常沉稳。在严肃文学受到商品经济大潮冲击日渐式微的情况下，梦萌没有失去一位严肃作家的良知和贞操。不写古逐旧，不写轶文野史，不写凶杀色情，而是把笔触深入眼前的时代，深入新时期人们心灵嬗变时将变未变、将离未离、将合未合的这一特殊层面。写自己所熟悉而又普通的人和事，写改革开放，一反当前流行的老套子，不用流行的旧瓶装自己酿造的新酒。他总是用独特的方式，多棱折射出人生的轨迹和生命的真谛。他也写爱情、写人性，但绝不以庸俗的性爱描写吸引读者。他的作品纯朴而干净。它所追求的是，靠平凡人平凡事的美学品位赢得读者。一句话，他走的是平实的也是最难走的路。这表明了作者对艺术所持有的见解，以及对新作的神圣追求。相对于那些媚俗文学作家来说，梦萌算得上一条关中硬汉。

五

梦萌的散文题材，大体可以分为两大类，一类是写水的，一类是写故乡亲人的。因为他对这些生活太熟悉了，他对这些人和物太有感情了，因而写得情真意真文真，毫无掩饰和忸怩。《悠悠古渡情》是写咸阳古渡的，《渭河风韵》是写渭河的，《游三游》是写长江三峡的，《西府一洞天》是写汧河水库的，《彩色虹影》是写韦水倒虹的。一写到水他便有与众不同的发现，他认为水是有魂的。水之于梦萌已成为对象化的自然，成为美的理想和人格理想的象征。正如他说的，"水浇灌着我的诗心，我便是水，水便是我，我虔诚而执着地追求水的性格和风格”。作家赋予水既浪漫又现实的灵性，写出了水的灵魂、水的神韵、水的品格。作者的感情随着水起伏荡漾，让读者的心也随着水之灵魂在大地上游弋，在水的诗情画意中沉醉。浓烈的感情，厚实的底蕴，勾起读者无限遐想与无穷回味。

近年来他主要集中一段时间从事报告文学创作，足迹遍布三秦大地，题材涉及社会各个领域。先后共发表五十余篇。他的报告文学感情激昂，人物鲜活，既具有散文的欣赏价值，又有浓厚的时代气息。如《奥宫之魅》《水之魂》《渭城曲》《爱神赋》《砖刻的勋章》等轰动一时，有的为多家报纸转载，有的被广播电台连播，有的则被介绍到海外，其中《奥宫之魅》被《中国青年报》用两个整版全文刊登，在社会上引起很大反响。

1993年7月我与报社记者王治学采访他时，他正与市作协主席程海先生在他那八平方米的临时家中海侃。旁边放着正在校对的报告文学集《世纪风》的清样。程海先生打趣道：“梦萌写报告文学是咸阳第一，激情昂扬，文采横溢，我甘拜下风。”梦萌笑着说：“写报告文学不是我的目的，为的是熟悉社会，熟悉生活，熟悉人物，为今后创作积累素材。论文学功底和艺术感受，我真该向程海大师好好学习！”听说最近单位给梦萌分得一套单元房，他特意辟出一间做书屋，正式命名为“多梦斋”。我特意邀了几位文友，去向梦萌先生恭贺乔迁之喜，只见他正在书案前啃读世界名著。我们都被他书屋“多梦斋”这个名字吸引，赞道：“好名字！梦多情亦多，情多文必畅。梦兄梦多，想必又有大部头即将问世。”梦萌忙站起来又是取烟又是让座，神情却如孔乙己分蚕豆似的自谦自怜道：“多乎哉？不多也！”

梦萌告诉我们，前一阵子，为了创作，他暂时离开单位，说是下海，既没有捞到鱼虾，也没有被淹死。最近他将集中攻读一些名著，思考一些问题，然后写一部以安康洪水为背景和以住房问题为线索的长篇小说，如果不受其他干扰，这两部作品将于1994年底完稿。

告别梦萌，告别“多梦斋”，我的心情久久难以平静，我的这位朋友不愧为一位文学搏击者，一位文学寻梦人，这个梦就是那束苦涩而多刺的玫瑰，棘手而芬芳！

泾渭骄子

崔上人

梦萌一生为文，成绩不菲，令人敬重。

陈忠实说他擅长"纠结曲折的故事"；白烨说他痴迷文学，"绝对是一个胸怀壮志、不甘雌伏的角色"；李星说他"创作倾向属主流与民间的结合，既有批判性又有建设性"；雷抒雁说"乡土和山水这两个情结支撑起梦萌的文学祭坛"。

其作品以诙谐幽默、深邃沉重、现实感强、心理描写激烈真实而见长，善于在大起大落、大喜大悲的情境中展示人物性格和震撼读者心灵，是陕西作家群中颇有实力和社会责任感的作家。

少年多才艺

顺陵是武则天母亲杨氏之墓。陵冢肃穆神奇，石狮威武雄壮。

顺陵旁边有眭村，村西北是百顷沟，泾河就在村子脚下。不远处，泾河与渭河汇流，泾渭分明的成语就源出于此。

1946年腊月三十，梦萌诞于眭村。小时爱听母亲讲口口（故事）。父亲略识文字，偶教几首古诗和顺口溜。门中叔父，当过兵，懂古文。他曾偷叔父的线装书，看完悄悄送还。

顺陵和百顷沟是梦萌的童年摇篮和文学温床。上陵采花、揪酸枣。骑上庞大的独角兽石雕，在上面贴白纸，用铅笔拓印石刻花纹。下沟剜菜、割草、捡菌子。累了爬上岸，听泾河涛声和船工号子，还有修石渡三转弯胶轮大车的刹闸声。

读小学，上课交头接耳，老师拿粉笔头打，他眼疾手快，一把接住，逗得老师同学哄堂大笑。

学校以古庙当教室，古庙石碑很多，读不懂，他就骑着石龟做鬼样。他常爬上废墟土堆捡木炭，木炭黑黝黝的，他拿着木炭到处乱写乱画。

年年腊月画窗花，直到年三十，左邻右舍都贴他画的窗花。

礼拜天劳动挣工分，休息时说快板，他用手拍打胸脯，啪啪响，代替竹板。

去泾阳逛庙会，母亲给了五毛钱，他舍不得吃油炒粉，买成娃娃书，躺在泾河滩，头枕鹅卵石，读得津津有味。

有次在泾河游泳，他陷入淤泥，差点淹死。

语文老师把他的诗登在油印报上。有一首还上了《咸阳报》。从此，他跳进文学海洋瞎扑腾。

在汉惠帝安陵旁读初中，住校，他背的锅塌塌，带的酸黄菜，排队吃苞谷糁。上数学课，老师说，这娃光爱吃"锅底底"（锅巴）。

大炼钢铁时，在渭河淘铁砂。闲了追浪花，捡贝壳，还搜集了许多渭河故事。

当文体干事，办墙报、排节目、打篮球。语文老师把他的诗歌在全校展览。

一天下课，他和漂亮的女同学排节目，其他同学悄悄锁上门。于是，全校传开，他俩谈恋爱。二十多年后，他鬼使神差，去西安找她，在她家吃了鱼，喝了酒，过后却搞不清为什么。

在周陵读高中。周文王、周武王陵和百年柏树林，使他深受历史和文化熏陶。

他是校篮球队主力，又是国家田径三级运动员，后还成为市县篮球队队员。

他学习偏科严重。整天胡思乱想，读读写写。数理化听不进去，就在课本上乱写乱涂，天地边角，一概不漏，全是蹩脚诗和无厘头昏话。

放暑假，他在村里办油印小报，用肥皂刻报头。村里来的工作组，是美院学生。他跟着画壁画，写大标语。后来在水利工地大显身手，大标语写得比房还高，壁报办在放水塔上。

寒假回村组织篮球队，打赢十里八乡。成立业余剧团，排大戏，有《血泪仇》《红嫂》等，他既是主角，又是导演。领头跑竹马，到公社表演。有年冬天，他请来市人民剧团、大众剧团在村里义演，惊动乡里。

少年丧父，青年丧母，中年丧子，一生饱受亲情之殇。

追寻文学梦

"文革"时，他在咸阳办广播站、报纸、文艺队，风风火火。

给《中国青年》杂志写稿，刊登。香港寄来匿名信，被质疑审查，使他对

"文革"有了新认识。他将信交给公安局，多年受审查。人们议论，说他"里通外国"。这事对他一生影响很大，升学、招工、参军，甚至找对象，都成了阻碍。

1968年，大队成立民兵连，于运河任连长（后来自编自导自演电影《乡下人》），梦萌任指导员。民兵连高举红旗，高唱战歌，雄赳赳，气昂昂，奔赴宝鸡峡工地。

工程引的渭河水，从宝鸡蜿蜒二百多公里，最后连接泾河。他自称泾渭之子，所以对工程很投入。工地人山人海，红旗招展，歌声嘹亮。战天斗地的场面，使他热血沸腾，激情燃烧。

后来被调到工区、指挥部，办简报、广播站、文艺队，写了许多作品，在《宝鸡文艺》《西安晚报》发表。

1970年，他被招为正式工，很快转干，成为一位水利工作者，一生都与泾渭二河纠缠在一起。其间写了大量新闻和文学作品，散见《陕西日报》《西安晚报》《中国水利报》《中国水利》《中国青年报》等。其中《陕西水利的脆弱点》发表后，引起省政府高度重视，全力解决水源问题，计划实施引汉济渭工程。

改革开放初期，他为单位做生意，凭关系搞到毛料、毛毯、瓷砖等紧俏商品，转手倒卖，为大家谋利。后来又兼职承包招待所，苦心经营，一举扭亏为盈。

梦萌为人善良正直、疾恶如仇，不为名利声色所惑。2005年，单位工资低，群众到省政府上访，他参加。后在网上发表署名文章《从宝鸡峡看关中灌区的白血病》，点击量过亿。经职工多方努力，最终涨了工资。2006年，他被朋友骗入传销，在云南待了三四个月。他不忍心骗人发展下线，赔了四万多元。文化宫有座"鬼城"，集资户受骗，他挺身而出，打了几年官司，为老百姓挽回损失。他借调到省水利厅三年，处长多次劝他留下待机上调，他决然辞谢。直至天命之年，领导又找他谈话，调其到厅里重用，他去了一周，找不到感觉，再次打道回府。

此时他已有了梦萌这个笔名，意思是文学梦的萌芽。1989年，他考入西北大学作家班，开始真正意义上的文学寻梦。经过系统的文学理论学习和实践激励，创作灵感和冲动一发而不可收，生活积累和人物故事如陈年老酒，揪扯得他整日神魂颠倒、如醉似狂。他拉开长篇小说《爱河》的写作帷幕，有时思路不畅，就穿插着写中篇小说《绿太阳》。

作家班毕业，他先在水利厅办文艺刊物《泾渭》，还出版报告文学集。后受聘《小说评论》，再后充当独立写手，专门写报告文学，足迹遍及关中，陆续出版《命脉之光》《大厦奠基人》《世纪风》等，其中《奥宫之魅》在《中国青年报》两个整版刊出。再之后，他与程海合作，主办《文萃》和《秦苑》。他将此称为熟悉社会和人物的"运势"，是工程开工前的"前期准备工作"。

21世纪初，梦萌几乎在文坛消失。但知情人知道，他并未丢弃文学梦，而是沉淀生活，关注和思考社会。他一边充当白领，致力水利事业，一边潜心创作散文随笔。西安一家文化公司，专门运作他的作品，一年多就在全国各地发表其作品五六十篇。不久，他的散文集《多梦人生》《真情最好》出版，给读者带来全新的体验。

1999年，他被中国作家协会接收为会员。

作品誉文坛

1991年，梦萌的长篇小说《爱河》由陕西人民出版社出版，并在陕西人民广播电台黄金时段长篇连播。李星作序，肖云儒评论，海茵和王成播音。小说以宝鸡峡工程为背景，书写了一群以水为命、以爱至上的青年男女悲欢离合、生死相约的时代画卷。可贵的是，在全国文学方兴未艾、陕西长篇匮乏的情况下，《爱河》无疑为后续长篇小说起到抛砖引玉的作用。李星称，"《爱河》是一曲动人心魄的爱的颂歌"，"这是中国新时期文学的骄傲"。西北大学教授刘建军于《陕西日报》刊文称，梦萌"选取了一个牢靠的立足点，并采取现实主义的挖掘方法，把混合着血汗和泥土的作品端给人们看，它让人看到的是无法回避的也是无法掩饰的真实人生"。陕西省文联副主席肖云儒评论，《爱河》"汇聚着世代秦人河似的爱，深挚的爱，苦痛的爱，堵抑终而畅达的爱。这里有歌的翻飞，有泪的沉浮，有人生和命运的回流"。

2000年，省作协在宝鸡千王海旅游船召开梦萌作品研讨会。中国鲁迅文学院常务副院长雷抒雁、中国作协专业评论家牛玉秋，省内作家评论家赵熙、高建群、李星、京夫、畅广元、王仲生、费秉勋、毛锜、李国平、方英文、邢小利、杨焕亭等参加，省委宣传部、水利厅领导讲话，对梦萌的作品和创作道路给予充分肯定和高度评价。

2005年，《悲喜娱乐城》收盘，李星、李建军提出意见，他大改。该书后由大众文艺出版社出版，是梦萌涉足城市题材的第一部长篇小说。作品深刻揭示了亚金融给社会生活以及人们思想意识带来的巨大冲击。西安联合大学教授王仲生撰文称其是一部既"好看"又颇为"耐看"的长篇小说，主人公在精神层面是一次"生命的狂欢与精神的涅槃"。评论家杨焕亭指出，《悲喜娱乐城》"无疑是带有里程碑意义的尝试和探索"，是作者对自己"坚守的文学话语的重塑和变革，以一种与时俱进的创作姿态，通过象征体的智性设定和从容调度，从而完成了对当代中国经济与文化深层矛盾的感性书写和文学释读"。

《倾城》的生活原型和创作驱动来自他在西安那几年的生活感受。每当夜晚，他就到街上乱窜。西安是十几个王朝的都城，文化积淀厚重，市井风俗多彩，夜生活也很活跃，这就为各种人提供了白天不可能看到的种种表演，书中麦娜和全皓的遭遇境况都是他的所见所闻。

2014年，《倾城》由中国工人出版社出版。主人公由一位温柔、善良的美女，一步步蜕变成碎尸犯，最终导致爱情和家庭的毁灭。评论家李星称其为"一幅变革初期中国城乡的风情画卷"；文化学者凌先有称其为"西安的文学地标"；中国社科院文学所白烨认为，《倾城》的成功，"一是作品在'写什么'上有着基于独特经验的人生故事，二是在'怎么写'上曲折的故事与凄美的人物的相互映衬"；中国作家协会副主席陈忠实讲："一场本不该发生的意外事件，一场凄美感人的三角恋爱，一位爱情至上的唯美女子，一个虚妄的罪恶导致一个真实的罪恶，构成《倾城》全部的悲剧色彩和美学含义。"

正如梦萌在书中发出的感叹："极端的爱和极端的恨是一切悲剧最本质的素材。"悲剧，就这样把美好的东西血淋淋地撕开让人看，我们看到的不仅是一位柔弱女子的沉沦和陨落，同时也不可避免地触摸到人性与社会的某些隐痛和疮疤。

梦萌中短篇小说集《绿太阳》由王汶石作序，称其为"陕味小说"，人物的"思维路数、心理活动、言谈笑貌、举止动作是老陕式的，生活情趣、待人接物都充满老陕的韵味"。西北大学教授费秉勋评道，"《十八爷》是一个艺术性很高的短篇……颇有鲁迅《狂人日记》的文风"，"《装进棺材的忏悔书》和《绿太阳》又有杜鹏程某些工业题材的风格"。陕西师范大学教授畅广元认为："梦萌的创作是很严肃的，具有很强的忧患意识。天邪和十八爷这两个人物写得很成功，人物蕴含着很大的社会容量，是好作品。"中国作协牛玉秋指出："梦萌的小说功力老到，题材涉猎广泛，很有实力和潜力。作品有三个特点，一是常在历史与现实之间寻找一种对应关系，二是人物性格具有明显的关中人特质，三是富于理想主义色彩。"

梦萌的散文精妙别致，语言优美，有庄有谐，有褒有贬，常于不经意间给人一种美的享受和启迪。雷抒雁在《文艺报》发文道，梦萌的"散文文字简洁、婉约、空灵，感人。读后总有一个兴奋点和一种阴柔凄美的情调撩拨人性共有的感情琴弦"。中国艺术研究院现代文艺研究室原主任郑恩波讲："梦萌散文时有新意，文学功底相当深厚，特别是《水杉礼赞》《秦川柳笛》等篇的结构、内蕴等，颇具大散文家秦牧某些篇章的风采和韵味。"陕西省作协原主席李若冰撰文称，梦萌散文"文笔激越昂然，多情多爱，蕴蓄一种潜在的美感力量"。著名诗人毛锜指出："梦萌散文读起来亲切感人，很有味，也很有意思。他热爱生活，对生活很敏感，感情充沛激扬，文字功力颇佳，读起来流畅优美。"

梦萌的散文作品散见于《散文》《中华散文》《读者》《延河》《青海湖》等报刊，其中《狼路》被介绍到国外，《苦难与天才》被收录于百余部励志图书和青少年读物。

他走到哪儿写到哪儿。散文游记自不必说，其他也不例外。安康洪水暴发后，他赶赴现场采访，创作了一部中篇小说和两篇报告文学，陕西省作协原副主席、著名评论家王愚读后，撰文大加赞赏。林业部邀请他去东北采风，原始森林触发他的灵感，回来后结合安康洪水，创作了长篇小说《新部落》。即使在云南误入传销，他也没有空手，苦耕一年，终于完成长篇小说《金喽啰》的创作。

花甲闯沪海

梦萌笔耕不辍，弄文成痴，整天直愣愣睁着眼，总想在生活中发现些什么，在书海中采撷些什么，在方格纸和电脑上写些什么。他对周围关系和个人生活等一切从简，所以净办些"鳖囊事"。有人借他七八万元，五六年不还，只好诉诸法律。不料，被告和法官勾结，不算利息，将一台旧装载机"断堆堆"判给他，结果赔了五六万。他为集体和个人打了三四场官司，场场都赢，却场场赔钱。他做生意、承包招待所，为集体盈利，自己不但没赚钱，反而得罪了不少人。

自2007年起，他一气之下，背井离乡，去苏州搞动漫，在上海一人独办两份刊物，分别为季刊和双月刊，均辟有文学栏目。

其间，他与顾德鱼合作主编了《水立方》《弱冠之门》等大型丛书，陆续由中国水利电力出版社、中国工人出版社出版。他还撰写了大量新闻通讯、专业文章、纪实文学、诗歌、散文等，散见于《中国水利报》《中国南水北调报》《苏州日报》《新民晚报》《中国工程咨询》等报刊。其中大型纪实文学《苏州河，百年的诉说》《沧海桑田谁为证》《精卫之殇》《上海设备监理二十年》等被多家媒体转载。

他利用工作之便和单位外出活动之机，涉山揽水，浪迹天涯，写了大量游记，有的在报刊发表，有的在网络广为传播。

梦萌的文学梦启蒙于母亲的口、父亲的顺口溜和叔父的线装书；文学梦的摇篮和温床得益于顺陵、百顷沟与泾渭二河的滋养；但实现文学梦的真正助力是世界名著，其中鲁迅、雨果、巴尔扎克、屠格涅夫、托尔斯泰的作品对他影响最大。

梦萌说他寓居上海十余年，目的是寻求南方与北方、东部与西部文化的异同及切入口，进一步深入生活，熟悉社会和人物，力争创作出更好的作品。

（原载《渭城文化》。作者系文化馆馆员、著名纪实文学作家）

下 部

部

梦萌论

苦难与天才

上帝像精明的生意人，给你一分天才，就搭配几倍于天才的苦难。

世界超级小提琴家帕格尼尼，就是一位同时接受两项馈赠，又善于用苦难的琴弦把演奏天才发挥到极致的奇人。

他首先是一位苦难者。四岁时的一场麻疹和强直性昏厥症，让他差点躺入棺材。七岁患上严重肺炎，不得不大量放血治疗。四十六岁牙床突然长满脓疮，只好拔掉几乎所有牙齿。牙病刚愈，又染上可怕的眼疾，幼小的儿子成了他手中的拐杖。五十岁后，关节炎、肠道炎、喉结核等多种疾病折磨着他的肌体。后来声带也坏了，靠儿子按口型翻译他的话。他仅活到五十七岁，就口吐鲜血而亡。死后尸体也备受磨难，墓穴先后被搬迁了八九次。

上帝搭配给他的苦难实在太残酷无情了。

但他似乎觉得这还不够深重，又给他的生活设置了各种障碍和旋涡。他长期把自己囚禁起来，每天练琴十至十二小时，忘记饥饿和死亡。十三岁起，他就周游各地，过着流浪的生活。他一生和五个女人发生过感情纠葛，其中有拿破仑的遗孀和妹妹，姑嫂之间为他展开了激烈争夺。但在他眼中，这也不是爱情，而只是他练琴的教场。除了儿子和小提琴，他几乎没有其他亲人。

苦难才是他的情人，他把她拥抱得那么热烈和悲壮。

他其次才是一位天才。三岁学琴，十二岁就举办首场音乐会，并一举成名，轰动音乐界。之后他的琴声传遍法、意、奥、德、英等国。他的演奏使帕尔马首席提琴家罗拉惊异得从病榻上跳下来，木然而立，无颜收他为徒。他的琴声使卢卡观众欣喜若狂，宣布他为共和国首席小提琴家。在意大利巡回演出时他的演奏产生了神奇的效果，人们到处传说他的琴弦是用情妇的肠子制作的，魔鬼又暗授他妖术，所以他的琴声才魔力无穷。维也纳一位盲人听他的琴声，以为是乐队演奏，当得知台上只他一人时，大叫"他是个魔鬼"，随之匆忙逃走。巴黎人为他的琴声陶醉，忘记正在流行的严重霍乱，演奏会依然场场爆满……

帕格尼尼不但用独特的指法、弓法和充满魔力的旋律征服了整个世界，而且发展了指挥艺术，创作出《随想曲》《无穷动》《女妖舞》和六部小提琴协奏曲以及许多吉他演奏曲。几乎欧洲所有文学艺术大师如大仲马、巴尔扎克、肖邦、司汤达等都听过他的演奏并为之激动。音乐评论家柏辽兹称他是"操琴弓的魔术师"。歌德评价他 "在琴弦上展现了火一样的灵魂"。李斯特大喊："天啊，在这四根琴弦中包含着多少苦难、痛苦和受到残害的生灵啊！"

上帝创造天才的方式便这般独特和不可思议。

人们不禁要问，是苦难成就了天才，还是天才特别热爱苦难？

这还真是个难题。但人们分明知道，弥尔顿、贝多芬和帕格尼尼被称为世界文艺史上三大怪杰，居然一个成了瞎子、一个成了聋子、一个成了哑巴！——或许这正是上帝用他的搭配论摁着计算器早已计算好了的呢。

（原载《散文》《读者》）

重读马尔克斯

　　1967年，哥伦比亚作家马尔克斯的长篇小说《百年孤独》问世，立即轰动拉美国家，随后风靡世界，销量达数百万册。十五年后，瑞典学院理所当然地把诺贝尔文学奖的桂冠戴在他的头上。时隔三年，他的另一部巨著《霍乱时期的爱情》问鼎文坛，第一版就印了一百二十万册，并在十多个国家同时发行，至今仍在畅销书的排行榜上，吸引着一代代读者。

　　《霍乱时期的爱情》的故事情节很简单：弗洛伦蒂诺对费尔明娜一见钟情，苦苦追求却一直未果。当时霍乱流行，他病愈后不思上进，沉溺于酒色。费尔明娜最终嫁给青年医生胡维纳尔。费尔明娜和胡维纳尔共同生活了五十年，在社交场合与公众心目中堪称完美的一对。但实际上他们之间毫无爱情可言，他只是为她提供了优裕的物质生活，而她对他也只是尽到了妻子应尽的义务。进入老年，他们仍相敬如宾，但心里都苦叹没有真正的爱情和幸福，夫妻生活犹如一台破损的机器周而复始地运转。五十年后，胡维纳尔猝死，费尔明娜依然为这种没有爱情的婚姻操守贞节而拒绝弗洛伦蒂诺的求婚。面对拒绝，弗洛伦蒂诺并未灰心，经过种种努力，终于获得费尔明娜的爱情。一对纠扯了半个世纪的耄耋情侣乘船航行在波涛滚滚的江面，船上挂着黄色的瘟疫信号旗，把他们与外界隔离。

　　这部小说不只写了一个感人的"三角恋爱"故事，它最可贵之处是寓社会政治于爱情之中，真实再现了加勒比海地区半个多世纪的世事沧桑。作品以两男一女的爱情为主线，深刻揭示了战争、疾病和生态破坏对人类的危害。

　　历史上哥伦比亚战争频繁，仅19世纪就发生二十七次，其中最后一次即小说中的"千日战争"更是灾难深重。小说虽未直接描写战争，但随处可见战争阴影。比如牵涉某人某事，往往以"某某战争"界定；学生穿的"不知从哪次战争中弄来的军装"，携枪上学，动辄互相射击；就连小说开头摄影师自杀也选择在"军用床"上，临死谁也没搞清这位逃亡者在"哪次战争"中丧失了双腿等，足见战争遗患无穷。

　　小说大肆渲染霍乱流行的阴森、恐怖气氛，使人备感压抑和窒息。胡维纳尔的父亲单枪匹马与瘟疫搏斗，在抢救病人时不幸染上霍乱而毙命。胡维纳尔则不同，除了治病救人外，他的重点是直击传染病源：愚昧落后和不良的生活习惯。他从治本入手，千方百计地改变滋生疾病的恶劣环境和不卫生的陋习，终于控制住了霍乱的传播与扩散。

人类的另一类敌人是生态灾难。小说中同一个地方，五十年前，河面宽阔，河水清澈，树木葱郁，动物成群，沿途一派繁华景象。五十年后，河道壅塞，河水混浊，树木殆尽，动物绝迹，到处是破败的惨状。自然环境遭到了严重破坏，生态失去平衡，受害的正是人类自己。

这是一个神秘的无形链条：战争与无知造成生态破坏，生态破坏又导致疾病瘟疫。人类就在这个链条中演绎着历史，而历史却无时无刻不在惩罚和煎熬着人类自身。如今，当我们在战争冲突不断、恐怖活动频繁、生态灾难深重、艾滋病蔓延的日子里，重新阅读这部小说，不但会被那凄美的故事情节、鲜活的人物形象和隽永的语言文字所感染，也一定会引发我们对地球村的安危和人类自身生存状况的反思和感慨。

历史是一面镜子。作家的第六感觉（预见性）无疑是历史的望远镜。恩格斯曾说过，他从巴尔扎克小说中得到的经济学、历史学等知识，比从同时代任何经济和历史著作中得到的还要多。毋庸置疑，将近半个世纪前，马尔克斯的这些警示和训诫是多么准确和深刻啊！所以，今天重读这部重量级文学巨著，更具有现实意义。

为此，特引用马尔克斯在诺贝尔文学奖领奖演说中的一句话，与读者共勉："任何洪水猛兽、瘟疫、饥馑、动乱，甚至数百年的战争，都不能削弱生命战胜死亡的优势。"

（原载《咸阳日报》梦萌专栏）

爱因斯坦另一面

我们都知道，爱因斯坦是一位伟大的科学家，他所创立的相对论、提出的光子假设等，对人类社会发展具有划时代的深远意义。但他坚定的政治立场和完美的人格魅力却鲜为人知——他同时也是一位反法西斯的坚强斗士。

1931年，当得知中国发生了"九·一八"事变后，爱因斯坦义愤填膺，多次以德国威廉皇家物理所所长、柏林大学教授和诺贝尔物理学奖获得者的名义，呼吁世界坚决制止日本对中国的侵略。1933年初，爱因斯坦正在美国讲学，当得知希特勒上台的消息后，他立即让人通知普鲁士科学院，取消他原定回柏林讲学的计划，以示反对和抗议。接着，德国纳粹当局掀起反犹热潮，当然不会放过爱因斯坦。纳粹分子攻击他是"犹太国际间谍"，非法抄了他的家，并悬赏两万马克要他的脑袋。但他没有被吓倒，慨然声明放弃德国国籍和普鲁士科学院院士职务，接受了美国普林斯顿大学的聘任，并于1939年加入美国国籍。1936年"七君子"事件发生后，他立即致电声援中国人民的抗日斗争，谴责国民政府的不抵抗政策。1938年1月5日，南京失陷后，爱因斯坦联合英国哲学家罗素、法国作家罗兰等世界著名人士发表宣言，号召全球抵制日货，支持中国人民的抗日斗争。

在美国，法西斯对他极尽造谣污蔑之能事，并威胁要起诉他，要把他投入监牢，但他毫不畏惧，进行了针锋相对的斗争。他铿锵有力地说："每一个受到（麦卡锡的）这类委员会传讯的知识分子，都应当拒绝做证，也就是说，他必须准备坐牢，准备破产，总之，他必须为祖国的文明、幸福和利益而牺牲个人的一切。"而在德国，对纳粹分子来说可谓"近水楼台先得月"，他们利用爱因斯坦的研究成果，先后从国外购进铀矿，开始了原子弹的秘密研制。1940年，爱因斯坦得知此事后，马上给美国总统罗斯福写了一封私人密件，揭露这个令世界震惊的事实。但使他万万没想到的正是他的这封信，提醒和敦促罗斯福最后下定决心，秘密实施了"曼哈顿计划"。五年后，美国秘密研制原子弹成功，并于同年8月，先后在日本广岛和长崎各投下一颗，造成人类的空前悲剧。

美国的原子弹无疑加速了日本侵华战争的失败和整个反法西斯战争的胜

利，但同时也使人们看到战争残酷的一面。为此，爱因斯坦深有感触地说："仗是打赢了，但没有赢来和平。"之后，他发起并成立了原子科学委员会，他亲任主席，为制止核战争、实现世界和平做出了不懈努力。直到生命的最后几天，他还与罗素签署个人宣言，发出了"我们将结束人类的生存呢，还是人类将结束战争呢"的惊世恒言，为世界敲响了警钟。

今天，在隆重纪念中国抗日战争胜利七十周年之际，我们更加怀念当年隔空喊话给予中国人民正义呼吁和舆论支持的世纪伟人。爱因斯坦，一位成就显赫的科学家和反法西斯的坚强斗士，中国和世界人民永远铭记他的伟大与不朽！

（原载文汇出版社《随意即风景》）

残缺也美

一个嫣然五百多年的微笑，不知陶醉和倾倒过多少人。

然而最新研究成果披露，意大利著名画家达·芬奇的杰作《蒙娜丽莎》中少妇的微笑，背后却掩藏着一口黑黄丑陋的牙齿。

这真是一则令人难以置信的历史笑话。

但人们又不得不接受这个残酷的现实。

几百年来，达·芬奇画中少妇蒙娜丽莎以其匀称的体态、光艳的肤色、深情的目光和妩媚的微笑，为世界塑造了一个美的象征和参照。特别是神秘而含蓄的微笑，把一位妙龄少妇的芳心纯情藏而不露地微漾成嘴边的一弯弧线，令人顿生美感，爱至极致。为什么会产生如此强烈的美感效果呢？那下弦月般的弧线又藏着什么呢？曾有无数论家试图揭开这个秘密，但都没有成功。蒙娜丽莎含蓄而神秘的微笑，已成为文艺史家争论了整整五个世纪而始终未果的一个深奥而费解的谜。

最近，英国考古学家通过对蒙娜丽莎的生活原型，即达·芬奇的模特儿伊莎贝拉头骨和牙齿的鉴定研究，发现这位昔日美丽动人的小姐牙齿居然腐蚀得特别严重，不但黑而发黄，还有宽宽的牙缝和蛀牙。负责此项研究的考古博士生弗里斯颇有感触地说："伊莎贝拉这么漂亮，却是满口坏牙，她当然不愿让人看到自己的美中不足。所以当她成为达·芬奇的模特儿后，总不敢开心地咧嘴畅笑，这才有了蒙娜丽莎独特的含蓄而神秘的微笑。"

这就是说，如果当初伊莎贝拉有一口洁白漂亮的牙齿，或许就不是抿嘴微笑而是张口大笑，那么这笑将是另一种美的表现形式或根本谈不上美，这样达·芬奇的《蒙娜丽莎》也将不再是蒙娜丽莎的微笑，自然《蒙娜丽莎》更不会成为世界名画而受宠五个世纪、倾倒无数崇拜者。

原来蒙娜丽莎的微笑得益于一口坏牙。

原来艺术和美的诞生竟如此偶然和独特。

这不禁使我想起米罗的维纳斯。1820年，在地中海米罗岛上，一位农夫耕地时挖出一尊雕像，高两米出头，断臂。经专家鉴定，这是古希腊神话中爱神和美神维纳斯的雕像。雕像结构完整和谐，体态丰满匀称，表情快乐明朗，处处显示着人体之美和高尚的艺术情调，充满着诗意和魅力。这一发现震惊了整个世界。后来因其手臂残缺，许多人试图修复，但无论多么高超的技艺，均不能与原作协调起来。人们最终放弃修复的念头，让断臂就这样永远残缺着。然而正是这种残缺的存在，却产生了意想不到的效果，时至今日，断臂维纳斯仍作为雕塑史上的最高成就散发着美的光芒和韶辉。

通过这两件事，是否可以得出这样一个结论：残缺也是美。正如前者，稍加掩饰，而且得当，即可获得无缺陷所难以达到的特殊之美；又如后者，全然不必修饰，将错就错，反而产生始料不及的更大魅力。正如庄子所说："既雕既琢，复归于朴。"同时，他又驳斥雕琢"不仅不美，而是残美"。老先生的本意是强调返璞归真，即天道，只要合乎天道，残美也美。这种审美观念对当代社会生活与文艺思想是否具有借鉴和启示作用呢？当我们在对蒙娜丽莎的掩饰美和维纳斯的残缺美进行一番审视和反思后，也一定会生出许多新的感慨和想法的。

所以说，伊莎贝拉坏牙的发现，绝不会破坏人们对《蒙娜丽莎》名画欣赏的心情，犹如断臂维纳斯的残缺美一样，相反会得到更多人的钟情和倾心呢！

（原载文汇出版社《随意即风景》）

诗满草堂

　　成都人喜欢张扬造势，果然就张扬造势出一个林林总总的诗歌王国。当我在成都浣花溪畔亲身体验了诗歌大道、诗歌广场、游人诗墙、诗歌标志符号、诗歌典故展览、历代诗人雕塑群等诗化了的园林景观和现代化建筑艺术后，便有了这个想法，并被诱惑着走进杜甫草堂，走进诗圣独树一帜的诗歌宝殿。

　　过了浣花溪，一进草堂南门，我一颗烦躁的心立即就沉静下来。我没有急于登临万佛楼和一览亭，也没有急于观瞻草堂陈列馆和杜诗木刻长廊，而是久久地漫步在花径溪畔，水榭林间。这里的土壤都很肥沃，像专门为种植诗歌而配置的；这里的溪水特别清澈，像特意为浇灌诗歌而引流的；这里的空气格外清新，像精心为优化诗歌而过滤的；这里的草木葳蕤，像结满累累的诗歌果实。我就这样在樟树和楠木的庇荫下，在绵竹和枇杷的抚摩下，默默地走呀走呀，从这头到那头，从那头到这头，试图让刚刚沉静的心平静些再平静些，让略显匆促的脚步轻缓些再轻缓些，唯恐惊醒诗人婉郁的诗梦，亵渎诗圣伟大而不朽的诗魂。

　　唐初，著名诗人杜审言临终前，对宋之问等诗人说："我活着的时候，把你们的诗名都压住了。现在老之将至，你们总算有了出头之日。只可惜我的后代，没一个人能继承我的文学事业！"但杜审言万万没有想到，几十年后，他的孙子杜甫不但继承了他的事业，而且成为远比他成就大得多的一代诗圣。

　　杜甫生活在大唐帝国由盛转衰的特定时期，特别是亲历了安史之乱，使他的诗歌创作达到了一个新的巅峰。高度的人民性和强烈的爱国主义精神，是杜甫诗歌的两大特征。他对人民无限同情，对统治阶级无限憎恨。动乱年代把他推入颠沛流离、啼饥号寒的苦难之中，得以与人民同呼吸、共命运。他感情真挚地描写人民的疾苦，"穷年忧黎元，叹息肠内热"，"堂前扑枣任西邻，无食无衣一妇人"。即使独居草堂，他也时刻牵挂着人民群众，大声疾呼："安得广厦千万间，大庇天下寒士俱欢颜！"他一针见血地揭露统治阶级的腐朽没落、骄奢淫逸，"朱门酒肉臭，路有冻死骨"，"闻道杀人汉水上，妇女多在官军中"。他的爱国主义精神，主要表现在对祖国山川的热爱和对国家前途命运的担忧。在《春望》中，他为国破而掉泪；在《闻官军收河南河北》中，他为胜利而欢欣鼓舞。"济时敢爱死，寂寞壮心惊"，为了国家和民族的利益，他愿献出自己宝贵的生命。特别是"三吏""三别""三绝句"，以及《丽人行》《兵车行》等篇，堪称千古绝唱，至今广为流传，成为诗歌经典。

做了这些心理和感情的铺垫，我才心正气足，才有资格走进诗歌的殿堂。我迂回到草堂正门，沿着一条中轴线徐徐前行。在大廨拜谒先哲的铜像，在史诗堂赏读杜老的华章，在工部祠观瞻乾隆、嘉庆二帝御题的《草堂石刻图》和宋代诗人陆游、黄庭坚的配飨神龛，在少陵草堂碑欣赏康熙之子果亲王的行书真迹，在陈列馆阅览杜诗的各种版本和历代圣贤的诗文题墨，在草堂影壁和杜诗书画院感知诗圣精神的传承和外延，在唐代遗址寻觅杜甫诗歌的历史文化内涵和时代潜质……面对这些历史与现实、有形与无形的文化遗存，我就像一个不肖子孙，突然闯入祖先的墓道，疯狂地搬运那方块字般的一块块"金砖"，心里充满着贪恋和冲动。当我终于走出一个个厅堂展馆时，竟然也喃喃地吟哦作诗了，也流连踯躅得像个诗人了。

受到如此恩宠和礼遇，我便以一个诗痴的虔诚，继续追寻诗圣的足迹。在路标指引下，我寻寻觅觅，总算来到茅屋故居。公元759年，杜甫因躲避战乱，决然弃官不仕，携妻带子，辗转千里来到四川成都。他靠着朋友的帮助，在浣花溪畔搭起几间茅屋，过上了较为安稳的日子。诗人在这里生活了四年，或与村夫种药捕鱼，或与朋友对饮放歌，创作出大量思想性很高、艺术造诣很深的诗歌。他一生创作的诗歌成千上万，流传下来的有一千四百余首，仅在此就创作了二百四十首。由此可见，草堂之于诗圣，真可谓相厮相守、相依相连啊！

茅屋故居位于竹林深处，柴扉敞开，篱笆合围，溪水环绕。院子有石桌石凳，花草药圃，幽香阵阵，久蕴不散。房屋坐北朝南，两暗两明，青石砌墙，稻草弥顶，门窗敞亮。内设卧室、书房、客厅和厨房四个部分。室内家具和生活用品，简单而实用。溪水从门前缓缓流过，上有潺潺瀑布，下有幽幽拱桥，一座茅草凉亭铺陈其间，悠然生出几多诗情画意。我步出柴扉，凭栏而坐，不禁搜寻起先生的诗句。"浣花溪水水西头，主人为卜林塘幽""花径不曾缘客扫，蓬门今始为君开""旁人错比扬雄宅，懒惰无心作解嘲""好雨知时节，当春乃发生。随风潜入夜，润物细无声"……此刻，我眼前突然出现一个形容枯槁、翘着山羊胡须的智者，正高歌《茅屋为秋风所破歌》……如果时间能倒流，生命能复活，我一定每天都要去那茅屋，不是偷抢屋顶的茅草，而是为先生掌灯研墨，甘当一个忠实的书童。但一切都无法挽回，当先生离开成都在夔州漂泊三年后，一个伟大的生命最终结束于湘江舟中，时年五十七岁。

杜老啊！你为什么过早地离开人世，过早地降下诗歌的大旗？

尽管这个问题学术界众说纷纭，但我从他作品中似乎读出另一种惨烈悲壮的生活。我发现，杜甫诗里多有白头、早衰、疾病、药饵、针灸，甚至仙丹等字眼，而且每每都搔到人性本能最敏感的痒痒处。"白头搔更短，浑欲不胜簪""三年犹疟疾，一鬼不销亡""沉疴聚药饵，顿忘所进劳""为我谢贾公，病肺卧江沱""江涛万古峡，肺气久衰翁"……到了夔州后，他的诗几乎每篇都涉及这些内容，如"衰年病只瘦""行药病涔涔""药饵扶吾随所之"，等等。特别是《晓发公安》，被后人称为格律拗体。王嗣奭大加赞赏："七律之变，至此而极妙，亦至此而极真。"金圣叹每晚必读此诗，读着读着，竟将一头乌发陡然读白！

杜甫年轻时身体健壮，喜欢骑马、射箭、打猎、出游，曾常年游历于齐赵、吴越等地，发出"会当凌绝顶，一览众山小"的豪言壮语。可当他四十岁时头发就已变白，后来又患上疟疾和肺结核。到了晚年，更是百病缠身，肺病和疟疾还未痊愈，又得了消渴病、偏头风和牙病，视力下降，左耳失聪，右臂瘫钝，风湿性关节炎严重，瘦如蒲柳，步履跟跄。天哪！这是为什么？为什么世上一切苦难和不幸偏偏都降临在他的身上呢？我不禁热泪纵横，望着茅屋故居，默默叩问自己，叩问苍天。

苍天无言。但杜甫在《偶题》中做了回答："缘情慰飘荡，抱疾屡迁移。"在这里，漂荡是前提，抱疾是结果，二者有着必然联系。他一生三次科举不第，两次仕途遭贬，一面过着漂泊不定、饥寒交迫的生活；又一面关注时局，体察百姓，忧国忧民忧天下……如此久而久之，岂能不积劳成疾、抑郁早衰、忧愤而死呢？用现在的精神分析法来看，正是这种忧国忧民忧天下的"情结"，才给他的人生带来浓重的悲剧色彩，使他的诗歌具有"沉郁顿挫"的独特风格。这一风格既带有时代的烙印，也交织着本能渴望和主体性格的滥觞，是发自生命本真的呻吟与呐喊。没有强烈的爱国主义情怀，没有与人民水乳交融的情感，没有痛彻心扉的生命体验，就不可能形成这一风格。同样，如果没有发自生命内核近似病态的歌吟，也不会产生如此巨大执拗的人性共鸣和艺术魅力。泱泱中华诗坛，一千多年才出现一个杜甫，而唯有杜甫才有这一风格。这就是后世诗人如白居易、元稹、韩愈、李商隐、王安石、黄庭坚、陆游、黄遵宪等积极践行"唯歌生民病"诗风的原因所在，也是杜甫被尊为"诗圣"的原因所在。

我恋恋不舍地离开茅屋故居，沿着正门方向返回。刚走出大廨，突然发现溪畔桥头耸立着两棵奇怪的大树。树冠非常大，枝叶浓密。树身粗壮而形状奇怪，干中有枝，枝中有干，枝干相依。根须暴露，紊乱交错，紧紧抓抱着土地。经请教，才知此乃黄葛树，树龄已数百年，其枝条只要一挨地，就会生出新根、新芽、新枝、新叶，攀缠着树身一直生长。此等造物景象，闻所未闻，踟蹰良久，仍觉奇幻。临出草堂正门，我还在心里纳闷：那历经风雨、见土即生、携子抱孙、胸怀博大而极具生命力的黄葛树，可是诗圣和杜诗的化身？

（原载文汇出版社《随意即风景》）

读李白咏月诗

　　每当我们仰望夜空时，看到最大最亮的星便是月亮。农历初一到十五，月从无到有，从一弯弧线到一痕月牙，再后就愈来愈盈，到最后便成为一个玉盘似的满圆了。尔后这满圆又一日日变亏变缺，再从月牙到弧线再到无，以此循环无穷。这是多么迷人又令人神往的自然景观啊！当它盈亏变幻时把皎洁明媚的清辉洒向大地、山河和村户时，赋予人间多少人生与自然的美趣，勾起人们多少欢乐与思念的情怀，引起诗人多少比兴嗟叹的灵感和冲动！

　　在多如星汉的咏月大家中，当属唐代大诗人李白最为登峰造极。李白一生爱月成痴，与月共眠，与月同饮。他一生不但写了大量咏月的诗，而且给女儿取名明月奴，据说还为在水中捉月而死，并由此有了今之捉月台和《李白捉月图》。可见月之于李白既是生命之所系，也是感情之所向。月就是他，他就是月，物我同化，人月合一。当研读他的诗作时，便会发现这一"恋月情结"贯穿诗人整个生命里程和他所营造的诗歌之林。

　　李白笔下的月是一个庞大的美感参照系，也是最具魅力的形象。如《金陵城西楼月下吟》中的"白云映水摇空城，白露垂珠滴秋月"，《秋浦歌》中的"渌水静素月，月明白鹭飞"，《下终南山》中的"暮从碧山下，山月随人归"，《子夜吴歌》中的"长安一片月，万户捣衣声"，《忆东山二首》中的"白云还自散，山月落谁家"等。这月，这月夜，这月色，再伴以白云、白鹭、渌水、碧山，真是瑶台仙境，美感葱茏，令人久赏忘归。

　　李白笔下的月极富感情色彩，是有血有肉的尤物和知情达意的知音。如《闻王昌龄左迁龙标遥有此寄》中的"我寄愁心与明月，随君直到夜郎西"，《夜泊牛渚怀古》中的"登舟望秋月，空忆谢将军"，《关山月》中的"明月出天山，苍茫云海间。长风几万里，吹度玉门关"，《长相思》中的"月色欲尽花含烟，月明如素愁不眠"，《谢公亭》中的"客散青天月，山空碧水流"，《与夏十二登岳阳楼》中的"雁行愁心去，山衔好月来"，《赠孟浩然》中的"醉月频中圣，迷花不事君"等。或愁，或忆，或喜，或忧，月始终浸润于人类感情之河，纤弄于世间微妙关系之弦。

　　李白笔下的月极具性格魅力和人格力量，是他心性气度的呈示和自然外化。如《把酒问月》中的"今人不见古时月，今月曾照古时人"，"青天有月来几时？我今停杯一问之。皎如飞镜临舟阙，绿烟散尽清辉发"。"来"和"停"两字，让一位与月为伴、超然脱俗的月之骄子活脱脱站在我们面前。后二句用"皎如飞镜"和"清辉发"，哀婉缠绵地抒发了诗人凛然耿介之气。

李白笔下的月又是一个团圆的象征，饱含着人生聚散、思乡怀古的切切之情。如"床前明月光，疑是地上霜。举头望明月，低头思故乡"；"梦绕边城月，心飞故国楼。思归若汾水，无日不悠悠"；"峨眉山月半轮秋，影入平羌江水流。夜发清溪向三峡，思君不见下渝州"等。特别是《月下独酌》，堪称咏月绝唱："花间一壶酒，独酌无相亲。举杯邀明月，对影成三人。……永结无情游，相期邈云汉。"月乎？人乎？影乎？抑或是三者合而为一，其传达出的一种特殊感受：孤独。孤独即思乡，思乡必思亲，思亲便自然而然引发诗人对光明、自由、团圆的强烈愿望和执着追求。

香港百年飘零，百年孤独，百年思念，国人难道不正是如此缠绵悱恻和柔肠寸断的吗？"青天有月来几时"，"相期邈云汉"。这"云汉"就是1997年香港回归之时。此情境下，重读李白咏月诗，心中便有了一番别样的感受和新意。

（原载《金融早报》）

忠实写照

——为《白鹿原》扉页陈忠实头像而作

一块石头——一块承受过地核强压高温成为"变形弹性固体"的石头，一块在地幔蓄谋已久终于摆脱内营力冲出地壳的石头，一块记载着岩浆、火山和矿产家史与履历的石头，一块见证沧海桑田变迁的石头，一块雕刻着雷霆、力、生命和思想的石头。像金字塔前的人面狮身像（可惜没有身）一样横亘着人类古老混沌的图腾，像米开朗琪罗刻刀下的大卫一样彰显生命的张力，像美第奇礼拜堂《昼》《夜》《暮》《晨》一样期颐民族的觉醒与解放，像罗丹的《地狱之门》中的"思想者"一样洞悉人间天上的一切阴霾与晴明……"你们要设想形象正迎着你们，向你们突进。……同样，在美好的雕刻中，人们常常猜得出是一种强烈的内在冲动。"这种内在冲动，是从岩浆的冷却中复活的吗？是从轮廓的冷酷中显现的吗？是从斧凿的皱褶中流露的吗？是从刻刀的隆起或凹陷中喷发的吗？是从地面的厚度和深度中涌动的吗？是的，正因为有了这一内在冲动，才使它成为一块艺术的石头，才使石头成为一个精妙的艺术品。何以能如此完美地物我合一呢？只有阅读了大师自诩死后枕头（陈忠实钟爱蓝田玉石枕头）的《白鹿原》，才能读通读懂我们面前的这块石头，正如只有弄清"通灵宝玉"这块特殊石头的意蕴，才算真正读通读懂《红楼梦》这部"石头记"一样的有趣。于是，这块石头便有了生命，有了思想和灵魂，有了资格作为文学殿堂一块忠实的垫脚石。

一座高原——一座孕育了半坡人和马家窑文化的西部高原，一座滋养了长江与黄河的青藏高原，一座创造了华夏民族历史和灿烂文化的黄土高原，一座生长着小麦、玉米、棉花、苜蓿、豌豆和埋葬着众多帝王陵寝的渭北高原，一座养活了冯景藩、蓝袍先生、白嘉轩、鹿子霖和他们子孙后代的白鹿原。站在它面前，仿佛是在浏览中国西部的版图。造山运动造就了其独特的颜面肤色，板块构造赋予了其铮铮如铁的骨骼，历史风云沉积了其浓厚的意蕴，风化剥蚀和滑坡泥石流赐予了其沉重的沧桑感。瞧，那纹理清晰的等高线，那棱角分明的谷峰沟回，是井田制和沟洫法演绎的象形文字吗？那像太阳翅膀和黑色幽灵似的葱茏蓊郁之地，是滋生蔓延周秦雄风、汉唐气韵和人文风情的林莽庄稼地吗？那青海湖的澄明犀锐，那"死亡之海"罗布泊的朦胧虚幻，是"世纪末的回眸与凝视"，抑或是构思"重塑中华文明的渴望"吗？就在这凝视与渴望中，号称中华民族摇篮的长江和黄河由此诞生了。然而，这摇篮还没摇出高原的艰难崎岖，突然被秦岭隔离成两个截然不同的气候带。一座"飞马不能逾"的潼关古隘便于两大流域分界处巍然耸立，好似含着和咀嚼着什么，又似在滔滔不绝地讲述发生在白鹿原上的悲壮故事……"所有悲剧的发生都不是偶然的，都是这个民族从衰败走向复兴复壮过程的必然。这是一个生活的演变过程，也是历史演进的过程。"是啊，只有当我们阅读了《白鹿原》，才能认识这个过程，才能洞悉"一个民族的秘史"，才能真正读通读懂这座古老神秘的高原。于是，这高原便有了生命，有了思想和灵魂，有了资格称得上大地一位忠实的儿子。

　　一颗星球——一颗太阳系的星球，一颗离我们最近就在我们中间的星球，一颗围绕我们旋转自己又不停旋转的星球，一颗燃烧着自己也燃烧着我们心灵的星球。那是太阳和半人半马座吗？那是绕日运行的九大行星之一分子吗？那是除水星和金星而外其余七大行星相伴相随的五十个卫星吗？那是用哈雷望远镜观察到的扫帚状的彗星吗？那是冲出星际空间被大地吸引而来的流星吗？那是现存世界上最大的"吉林—76"冷却了的陨星吗？其实，它并不属于哪一种星球，不属而无不属，这就是哲学的大境。我们感受到了太阳的升起与沉落，观测到了九星联珠的奇观与壮举，探测到了月球表面神奇的环形山，观瞻到了彗星壮观的彗发与彗尾，捕捉到了星云际会的流星群与陨石雨……当我们脑际涌现出这么多意象时，最终形成的概念究其原因是外星人向地球发射的一个不明飞行物或叫作宇宙飞碟——如同地球人向外星发射的无数卫星和宇宙飞船一样，正探测记录着彼此发展的历史与存在的秘密。"在陈忠实的笔下，历史不再是一部单线条的阶级对抗史，同时也是一部在对抗中相互依存的历史；历史不再是一部单纯的政治史，同时也是一部经济史、文化史、自然史、心灵史；历史的生动性不只是在社会政治层面展开，也在人性和人的心理层面展开，而且后者比前者更为生动，更为丰富，更有诗学的价值。"（李星语）啊！这颗星球，这颗人造的宇宙天体，还会为人类探测一些什么，为世界揭示一些什么呢？我们像盼望"发现号"宇宙飞船从月球或火星上发回照片和资料一样，充满着阅读期待，也充满着对生命和类地球人的渴望！于是，这颗星球便有了生命，有了思想和灵魂，有了资格做一位人类忠实的探索者。

（原载《新大陆》）

李星我师

著名评论家李星虽然只大我两三岁，却堪称我的良师益友，是他一步步把我引入文坛并一次次介绍给广大读者的。记得我在读中学时就有个习惯，读文学作品必读评论文章，特别是把评论和原作参照阅读，不但印象深，理解快，且常收到正本清源、廓清视听的效果。所以在我心目中，早早就对评论家产生了一种神秘与敬畏之感。然而，十多年前，当我第一次接触李星时，久萦于心的这一感觉却完全改变了。那是在一次文学培训班上，李星刚一露面走进教室，就一下缩短了讲台与课桌间的距离，一副笑容可掬的菩萨相使得文学青年心甘情愿与他共赴艺术的炼狱。他墩墩个，四方脸，络腮胡，有家乡杨贵妃墓上的白塔土永远也搽不白的黑而健康的肤色，使人不由得联想起茂陵的青冢和临潼的兵马俑。说话满口关中腔，略带嗡声，如江河般一泻千里，一路恣肆飞溅着思想精华、先锋意识、新潮观念、睿智哲思和生命壮歌的浪花，在文学长河飞翻喧豗。这就是我在三个多小时炼狱之苦和穹隆喧豗中对李星的第一印象。

培训班结束不久，我因主编某文学刊物去省作协请李星写一篇综合评论文章。当时我忐忑不安，总以为名人的神龛不好敬，又怯于自己位卑言微，未必能请动他的大驾。不料当我说明来意并将一大沓稿件递给他时，他竟欣然应承了。更使我惊异和敬佩的是，只十多天时间，他不仅阅读完了十多万字的稿件，并如期完成了那篇文章。直到我取稿时仍能感觉到他为之超负荷运作的倦意和脱稿时的喜悦"总算完成任务了。在你们的行业能办个纯文学刊物，又有这么多作者，实属不易。作品也不错，特别是梦萌的《阿波罗子孙》，文学性较强，堪称此中上品。"听到他表扬自己，我激动得有些自鸣得意地说："李老师，梦萌就是我呀！"他这才恍然大悟："看名字，还以为是位女士，没想到和我一样，也是五尺须眉。不过，从作品看，你基础很好，潜力很大，要好好努力，争取大的突破。"李星的文章发表后引起了很大反响，文中也多次提到我的作品并给予积极肯定。还有一次，我给《中外纪实文学》寄了两篇稿子，主编徐岳读后大加赞赏，遂请李星写了篇评论文章，文章刊出后，我几乎是流着泪读完的。这是权威人士对我第一次诉诸文字的肯定与褒扬，是肯定我的价值的一份"合同"啊!

有了这一"合同",我便常去李星处,从他那里获得了许多为人为文的感觉和启迪。后经他介绍,我先后加入中国小说学会和省作协,并考入西北大学作家班。在这座高等学府,我较系统地学习了文学理论,并接受了更多文化艺术熏陶,这些使大半生的生活积累与尘封已久的感情酿造一下子成熟了,发酵了。我开始了长篇小说《爱河》的艰苦创作,与此同时又创作了长达十一万字的中篇小说《绿太阳》。一边是爱河,一边是太阳;一边是学业,一边是家庭。置身其间,我被折磨揉搓得死去活来,终日经受炼狱之苦,压榨生命的每一滴汁液。一年多后,当我终于松口气欢呼两个孪生兄弟诞生的同时,我年仅十三岁的独生儿子夭折了!我没有向李星透露不幸,但他在阅读两部作品时已敏锐地感受到我在命运隧道中痛苦的叹息和呐喊。他不但欣然答应为《爱河》作序,并将我引荐给杜鹏程、李若冰、王汶石、王愚、陈忠实、晓蕾等文学前辈和师长。王汶石为中短篇小说集《绿太阳》作序,刘建军、肖云儒、李若冰、王愚等均为我的作品写了评论文章,并在多家报刊发表;省人民广播电台还历时一个月在黄金时段连播了《爱河》。为了使中短篇小说集《绿太阳》及时出版,李星又向北京几家出版社极力推荐。《绿太阳》在北京出版后,李星阅读了第二遍,并写了评论文章,在《小说评论》上刊登。有位文友为我的文学之路写了篇综述文章,我去征求李星意见,他不但当即阅读,过后还亲自修改和清誊,并亲自贴邮票寄给《作家报》。不久后,当我收到他寄来的刊有那篇文章的报纸时,我觉得报纸特别沉重,那是辗转千里为我填发的一份"学历"证书啊!

20世纪90年代初是我文学之路的重要时期,其间出版长篇小说一部、中短篇小说集一部、散文集一部、报告文学集多部,连同报刊发表的作品,共计约二百万字,不但广播电台连播了长篇小说,且有三十多家报刊进行了推介和评论。在一片赞扬声中,我有点把握不住自己,就去请教李星,征求他对我作品的整体评价,即能达到怎样一个档次。他沉默了好大一会儿,然后不好意思地说:"其实,你的优势和不足,我在几篇文章中都提到了,陆陆续续也和你谈过。从整体看,还有夹生饭,还没到火候,还缺少大气。但你有基础和优势,应朝这方面努力,不要因表面的浮躁气氛而松懈。"话语中充满师长的严厉与关爱,至今我仍铭记在心。有一次,为了答谢他的支持与厚爱,我请他吃饭,同去的有陈忠实、李国平、邢小利等,结果付款时他和陈忠实无论如何不让我掏腰包。直到现在回忆起来,我还惋惜那次饭吃得实在窝囊。特别是当时陈忠实的《白鹿原》已饮誉海内外，在他面前我简直局促得像个乡巴佬，连一句答谢应酬的得体话都没有。好在作家凭感觉生活，想必他们是一定能领会我一片感激和崇敬之情的。

大约在1993年，我受聘《小说评论》编辑部搞通联和外协。如果不是家庭和单位的种种原因，也许至今我仍在李星手下吃粮。由于半途而废，更由于文人天真幼稚和面善心软的弱点，最终被几个所谓的企业家耍弄了。为此我觉得对不起李星，也因为回单位后几乎中断创作三年，所以很少去省作协，更羞于见李星。后来环境稍有改善，我又爬格不止，主攻散文，仅1997年就在全国各类报刊发表作品六十余篇，并很快出版了第二部散文集。为了推出文友杨焕亭评我散文的文章，也为了给省作协各位师长赠送新书，我便带着谢罪的心理去见李星。他还是那么笑容可掬，还是那么热情好客，好似三年前压根儿就没发生那件令人脸红又羞于开口的蠢事。他详细询问我的近况，勉励我不要气馁，要蓄势待发，争取写出更好的作品。当我要去向各位送书时，他一再说人不好找，要我把书和稿子留下，由他代送。直至回到家我才突然醒悟又犯了个大错误。好长一段时间眼前总出现他代我送书的情景：二十多本书，他两手各拎一摞，东院西院地跑，楼上楼下地颠，喘着粗气，笑眯眯的，好像他送的不是别人的书而是他的宏著。想到此，我一阵心痛，真后悔不该一次又一次地让他为我代劳。无奈他那么热情，而我又那么痴傻，一热一痴，文人天性，自然就有了阴差阳错的滑稽剧。一个多月后，那篇稿子在《西北文学报》上发表了，在他给我寄报的当天，也同时给我寄来了他新出版的两部论著《书海漫笔》和《读书漫笔》，书中自然收录了他对我作品的评论文章。捧着它，我仿佛捧着一份初涉文坛的"入场券"，欣喜和感激之情难以言表。

读李星的论著，就像在现实生活中和他面对面交往相处一样，是心碰心的感情交流，是真实生活的自在享受，是对生命乐章的本能体验，是站在文学巅峰的宁静致远。的确，作为中国人民大学的高才生，李星的文学修养和理论功底是深厚的，这些"常规武器"再加上一个有别他人的"常人心态"，使他的文论走向具有了独特优势和天地。他谦虚、热情、乐观、机智、善良，富于同情心和正义感，这些特质不但塑造了良好的人格形象，也为他准确把握作品、把握人物、把握生活、把握时代、把握真善美提供了"心灵相通"的主体效应和心理机缘。他对雷达和曾镇南的处女作、莫言的《红高粱》、张炜的《古船》、路遥的"从农村到城市"、邹志安的"心理过渡"、杨争光的"苦难意识"和"批判精神"、贾平凹的"使命感与人民性"、陈忠实《白鹿原》的中

"隐秘的存在和启示"、陕西作家群的"农裔城籍"等的理论观照，以及对无数文学新人新作新思想的发现和推举，就是其理论功底和人格魅力相结合的产物。知道了这一切，李星对我特别的支持和偏爱就容易理解了，偏爱也就不成其偏爱了。善于发现作品，发现新人，发现新思想，这已成为他的职业习惯，成为他为人为文的高风亮节。

所以我说，李星不但是我和所有文学新人的良师益友，也是陕西和中国文学园地一位辛勤、热情、忘我而具有个性的园丁。

（原载《编读之间》）

访南云瑞

前不久，我去京城办事，想顺道看望南云瑞先生，不料他已退休，而且搬了家，据说搬到了一个很远的叫回龙观的地方。出版社的同志给了我他家的电话号码，我忙拨通。接电话的是他老伴，听口音也是陕西人，便有了亲切感。大概她也和我一样，一听到乡音，就格外温柔热情。她说老南到医院检查身体去了，不知何时才能回来。我先后打了三四次电话，她也不厌不烦，仍是那么温柔热情。她问了我的情况，说实在对不起，他还没回来，等晚上再联系。我惋惜地放弃了拜访的念头，打算第二天去内蒙古希拉穆仁草原旅游。出于礼貌，也为了告别，晚上我又给他打了电话。还没等我提及告别的事，南总就热情地告诉我到哪儿乘车、乘几路车、在哪儿下车、车票多少钱、他家是某区某楼某号，等等。一股浓烈的乡音乡情，霎时把我的心灼得滚烫滚烫，我只好再次改变计划，说定第二天早上准时去回龙观他家。

虽是5月中旬，但北京天气很热，风也特大。两个多小时急匆匆地找车、等车、坐车、倒车，我身上早已大汗淋漓，随之淋漓的大汗又被五六级大风生吞活剥了去，临到他家已是灰头土脸的了。稍事擦洗，南总就全然撕掉醋熘普通话的面纱，满嘴秦腔秦韵询问起家乡变化：小麦得是受旱咧？渭河得是污染咧？西安城墙得是开放咧？新来的省委书记咋个相？陕西又冒出哪个新锐作家？……看他急切冲动的样子，我几乎不敢相信他已是年近七旬的老人。他老伴姓李，西安人，原先在中国青年出版社当编辑，一谈到陕西作家，话题一下宽泛了许多。

我过去只知道南总原在西北局工作，后调到中国青年出版社当编辑和文艺部主任，再后又调到中国工人出版社当副总编。可我万万没有想到，他竟然与陕西作家有着鲜为人知的渊源。柳青《创业史》的"续篇"是他于中青社编辑出版的。他与贾平凹曾在陕西人民出版社同一个办公室办公，又特别要好，常在一起闲谝，要么就骑自行车在大街小巷乱窜。后来他调到北京，贾平凹第一部小说集就是他编辑出版的。他是路遥《人生》《我的姐姐》的责任编辑，同时，他将《人生》推荐给《收获》杂志全文发表。他亲自编辑出版了邹志安的两部长篇小说，其中一部还被他介绍到香港再版。另外如李若冰、赵熙、白描、程海、李康美等作家的书，他都竭尽全力扶持帮助，使其得以顺利出版发行。他与在京的陕籍学人阎纲、周明、何西来等都是朋友，常有来往和走动。雷抒雁在他手下吃过十余年粮饷，既是部下又是乡党。还有陕西的王愚、李星等都是他的知己朋友。我的中短篇小说集《绿太阳》，正是经李星推荐由他编辑出版的，从此我认识了这位陕西学人和前辈……

谈起这些人和事，夫妻俩就如数家珍，感到无比兴奋和自豪。特别是一提起邹志安，话语间无不带有对亲人的那种敬佩、惋惜和眷恋之情。他说邹志安来京时，迫于经济条件，常在他的办公室吃住。每逢老伴送来饭，他俩就二一添作五，吃得既节俭又自在。志安一边狼吞虎咽，一边直夸嫂子的红烧鱼做得实在好，吃了还想吃。所以后来，他老伴干脆就送两份饭，要不就带着志安到家里就餐。南总说，陕西"冷娃"的性格特征，从这些作家身上也得到了验证。他们都是些耐得大劫大难、倔强玩命的角色。这种生命的张扬，岂能没有人生的大彻大悟和文学的大树大果呢？

也许是职业的缘故，南总和李老师不禁又谈起出版界的事，时时流露出很强的忧患意识。他们谈了出版社的困境、图书市场的混乱、版权法和知识产权亟须加强普及等行业现状。说着说着，南总走进书房拿出一摞盗版图书，有各种版本的《红楼梦》《金瓶梅》等，装帧都很精美，定价都在百元左右，而实际售价只有十元。南总苦笑着说，这些盗版书，不但豪华精致，而且错别字很少，谁还愿意掏大价钱买正版书呢？这就是盗版书屡禁不止的根源所在，也是出版社难以为继的根源所在。他说他常去书摊和书市转悠，碰见如意的就买几本，放在书房收藏起来，权当一个时代的见证吧！

李老师的厨艺不错，陕西捞面条加上一番京味包装，就有了别样的好滋味。吃罢饭，我浏览着客厅字画和书房藏书，也被浓重的书卷气陶冶得文绉绉的了。房子很大，约一百六十平方米。李老师说两个儿子成了家，很少回来，两人住这么大房子，还真有些冷清和孤单。南总就说，正因为寂寞清静，才能安定下来读书，思考一些学问和人生的不解之事。他说他和老伴都是学中文的，也都是搞编辑出版的，搞了一辈子文字工作，却没有自己的著作，一生只为他人作嫁衣裳。虽然偶有小愧，但总的感觉还是活得很充实。他说他现在除了看书，就是出门散步，有时也上网，写点评论杂感之类的小玩意儿，不图著书立说，只求心的一时放纵和悠闲。

（原载《咸阳日报》）

程海漫画三章

大　头

　　程海年已天命，头上却没有一根白发，且密实硬扎得像毛刺猬。《我的夏娃》《热爱命运》《苦难祈祷》的扉页都有他的同一张照片，黑色穹庐就独独迸出一缕乌发，像雄鹰搏击长空的一只翅膀。这翅膀一扇动，以下之蚕眉、蝌蚪眼、蒜头鼻、大嘴巴都生动起来，优秀起来，端的一个拳击家模样。

　　因为只有头像，无参照物，所以显示不出其外貌特征，但如果观全身照或与他人相比，就一下抓住了，即头特大。头大且圆，犹如东升之月和西沉之日，太阳系便多了颗未名行星。有画家为他画漫画，竟用卡尺测量计算后透露，此君头面积比一般人大二十余平方厘米。因为头大，美发小姐怯于动刀动剪，所以他常不修边幅。因为头大，买不到合适帽子，所以冬天再冷也只好让那大头傲向风雪。因为头大，夫人专备了特号脸盆，不然洗脸时头就会卡在盆里拔不出来。因为头大，友人赠了绰号"鳖大头"——过去背时他的确受尽窝囊气，也吃过不少亏。

　　然而就是这颗硕大无比的头颅，却是一台制造思想、研磨智慧、孕育幽默、出产灵感、精化语言和文学的机器。两片厚嘴唇，出口成章，妙语连珠。写作不打草稿，铅笔橡皮，一挥而就，很少修改，笔下生花。从对命运的热爱到向苦难的祈祷再到人格的粉碎，从哑巴的色彩到枸杞豆的意象再到夏娃的人性张力，从凡·高的耳朵到张金玲的死再到曾国藩的"鸡奸"，不知那大脑袋机器是怎么制造出如此精品绝活的。事业心甚强，精品意识也极强，不成熟绝不动笔，不满意绝不发表，一旦寄出去又绝不允许谁动一个字腿腿。我亲眼所见，一编辑要改某稿，两人在电话里居然争论了五六分钟。他严正声明，不能动一根头发丝！对方开玩笑，说不但动头发，还想动你头上二斤肉。他仍寸步不让，说就算要动头上二斤肉，也不能动文章一个字！对方笑了，说头上二斤肉都没了，还要文章弄啥？

　　"鳖大头"也有生气的时候，要是遇到不平和不顺心的事，那犟劲傲气使人恨不得割了他的"血脖子"炒菜下酒。但此时，那颗大脑袋肯定率着他的蚕眉、蝌蚪眼、蒜头鼻、厚嘴唇和"鹰翅膀"，早已趴在餐桌边了，并彬彬有礼地举杯说："诸位，为了活得轻松自由，忘掉本我，忘掉自己的脑袋吧！干杯！"

凸 肚

某年某月某日某医院，一台奇形怪状的现代化设备刚一靠近手术台，躺在台上的胆结石病人便惊恐万状，问此乃何物，欲作何处置？待医生说了"炸石头"三个字，病人一骨碌爬起，扭头就逃走了。这个逃跑的家伙就是程海。从此他不再提"炸"，更不挨刀，只是保守治疗。药吃了不少，食忌了不少，不吃肉、不吃蛋，然那石头却在自诩海腹海量中天天见长，已致皮囊被撑得凸凸的，像个孕妇。后虽经名家治疗，结石消除，而像孕妇一样的凸肚却再也缩不回去了。

因为肚皮大，做衣服时前襟必须比后襟长三寸，不然就露肚脐了。与女伴跳舞，胸距二寸，但肚皮却早已犯规，一气之下，他从此再不进舞场。原住一间半房，大间十二三平方米，一张床被凸肚占去四分之三，气得夫人张氏淑云只好以绳分疆，互不侵犯。小房间既是儿女卧室，又兼他的书房，夏季天热，儿女已大，他只恨大肚皮无处躲藏。今虽已换作三室两厅，而床的尺寸不能变，所以常侵犯"三八线"，屡遭夫人抗议。一气之下，他独辟一室，挥毫泼墨，点染丹青，灵感驰骋，任凭凸肚尽兴恣肆。有了这般凸肚，腰间又系一"如意宝玉"，出门在外，如归国华侨或大腹便便的款爷，让人尊之敬之而永不吃亏受气。

幼时家穷，受尽苦难，现虽有名有钱有地位，但生活仍节俭，甚至吝啬到家。市内办事，从不坐出租，而是骑着一辆叫"蚂蚱"的自行车，吱吱呀呀地一路高歌。谈恋爱时媳妇织的一条毛围巾，早已破旧过时，仍不忍丢弃，每到冬天便箍起一匝毛围巾的项圈。文朋诗友常被吃宰，但让他请客却比上天难，除非宴毕拍屁股就走，撂下斯人不得不忍痛割爱掏腰包。每每至此，便哈哈大笑，自认倒霉，并大骂这些家伙真是讹鬼，硬下手抢人呢！凡文学的事，却慷慨得敢下血本。一次花一千多元从新华书店拉回全套诺贝尔文学获奖著作和其他世界名著。我曾亲眼见他花五百元收购一幅石鲁字画，花一千元几经周折购得宋伯鲁墨宝。歌词作者陶耕一生穷困潦倒，家破人亡，独身一人在砖场卖苦力，程海多次去看望。当得知其自杀身亡时又连忙骑车跑了十多里去凭吊，过后又撰文发表，悲怆而感人。众人皆说，程海虽是凸肚，却从不拿大肚子夯人。

快　腿

二十多年前，我曾托人走后门为程海先生买了辆加重飞鸽牌自行车，从此他那走路频率很快的腿和"鹰翅膀"一起飞起来了。他对我感激不尽，说我在他最困难时给他弄了个好坐骑，而这坐骑就像唐太宗的白蹄乌一样，也为他的文学金字塔立下了汗马功劳。下乡采风、走亲访友、晚上无事在大街上兜风乱窜，特别是为夫人转正、调动、评职称等，"白蹄乌"无时不与之为伴。进城后，"白蹄乌"更是派上了用场，买菜买粮用之，接娃上下学用之，寻医治病用之，迎亲送友用之，至今这辆破车仍不离其左右。骑车时他的两腿好似安了加速器，嘟嘟嘟，大头凸肚"鹰翅膀"，过后像刮了一股龙卷风。走路腿功更厉害，进商店逛公园不是丢了夫人就是寻不见娃，气得夫人发誓再不和他上街，而儿子却讪笑着说，他爸如果长跑肯定是个运动健将。

前些年时兴大漆仿古家具，听说乾县有厂家生产，他就赶到乾县，看后不满意又折腾到兴平。到兴平仍看不上货，又绕个大圈子赶到周至，再步行二十里到南山脚下某镇，七拐八绕终于叩开一方家大门。进了院子，果然工艺货色不俗，一一览后仍摇头叹息。方家便不悦，说此乃祖传三代绝活，关中没有第二家。他说不嫌工艺，而是构图。方家就说，只要你能想出说出，我就能做出。程海张大嘴便笑，说要是你能做出满意的活，我就写文章在报上替你宣传。于是一个住下写文章，一个就按图精雕细琢。果然一月后，方家送来绝活，程海喜不自禁，文章自然发了，家具钱肯定也优惠大半。

近几年程海成绩显赫，名声大振，但他绝不趋炎附势、瞅红灭黑、谄上欺下，更不忘穷哥们儿文朋诗友。他的交友条件是只要兴趣相同、性格相合、语言相投，无论工人农民还是书匠戏子，也无论政界要员还是下岗职工，皆尊之为友。所以"白蹄乌"常出没于穷乡僻壤、小巷陋院；所以家里常聚了三教九流、各色人等。以文会友，以艺会友，以谝会友，海阔天空，古今中外，胡吹浪侃，自得其乐。程海除小说诗文名闻遐迩外，更练得一手好字，前来讨要墨宝者络绎不绝；略通周易、八卦和麻衣相，喜给友人演示，中者十有二三；更有一大爱好是收藏古董，如今到他装修一新的三室两厅里，书架杂柜上摆了不少瓦当、陶俑、瓦罐、瓷壶等古玩，加之四壁悬挂的名人字画和他的墨宝，时常来的朋友被陶冶熏染得不是鉴赏家也能鉴赏、不是诗人也能作诗、不是画家也能泼墨挥毫。生活在如此人文书香府邸，岂能不熏陶出哲思睿智和精美华章耶！

（原载《人事报》）

王海的价值

王海的长篇小说《老坟》获美国"国际文化与科学交流奖",这不但是他本人的一件喜事大事,也是咸阳乃至陕西的一件喜事大事。其一说明了王海和他的《老坟》超越国界,拥有了更多的读者;其二标志着咸阳倾情打造的"五陵原文化"得到了西方读者的认同,作为一种民族的传统文化,其必将对发展经济、繁荣文化起到积极的催生作用,所以更值得褒扬和庆贺。

"咸阳宫阙郁嵯峨,六国楼台艳绮罗"。咸阳不但是中国第一个封建王朝的国都,也是周秦汉唐各代帝王将相灵魂安寝之地。在咸阳北坂原区上星罗棋布的高陵青冢,像一轮轮陨落的太阳,蔚然形成一种气势恢宏的壮丽景观和文化景象。一座陵墓就是一段历史,埃及的金字塔是这样,咸阳的帝王陵墓群也是这样。这些陨落的太阳蕴藏着厚重的历史文化,孕育和熏陶着世代咸阳人的情与性。王海就是在这种文化心理积淀和人文环境氛围中成长起来的,并以此为生命的图腾和文学的处女地,殚精竭虑,辛勤耕耘,终于将神秘符号和密码转换为一首亮丽的诗,一曲铿锵的歌。

王海无疑开掘了一脉文学艺术的富矿,也使他的小说人物有了文学的架构和生活的支撑。《老坟》的长处是以细节取人,如面面土、打秋千、砖瓦窑、睡木尔、马背惩罚等,都描写得生动逼真、细致入微。有人甚至怀疑书稿不是他的亲笔,不然刚入不惑的他,怎么能对新中国成立前的生活有如此深刻的感受和体验呢?又怎么能把父辈爷辈的人物刻画得如此活灵活现、栩栩如生呢?而且这些人物,无论是卧薪尝胆的夏文,还是凶残狠毒的夏仁和作为道德化身的陵爷,抑或是卖身葬母的秀和骑木马、伴公鸡的麦草,以及断指、吞古币的米雪等,无不在传统与叛逆、道德与人性、情感与欲望的旋涡中或哭或笑,或恨或怒,都生得顶天立地,活得有声有色,死得惨烈悲壮。他们不愧为皇陵根下的男女老少,几多王道霸气,可堪悲叹哀怜!

《老坟》不单是为我们提供了众多血肉丰满的艺术人物,描绘出一幅优美隽永的五陵原乡土风俗画,也开创了"陵文化"的先河。"陵文化"是一个崭新的课题,几乎涵盖了历史、文化、哲学、考古、民俗等所有人文学科,是研究人类文明史和时代发展的中轴线。显而易见,"陵文化"蕴藏如此广泛和深厚，世界不多，中国少见，唯独咸阳堪称翘楚。民族的也是世界的，这正是作家一生苦苦的追求，也是《老坟》获得国际奖项的秘诀所在吧！

但同时，"陵文化"又是一个深奥而繁杂的综合工程，《老坟》获奖只是向王海，也向咸阳市提出了更高的要求和目标。所以我希望王海再接再厉，沿着这个中轴线继续开掘下去，以更多更好的作品去摘取五陵原皇冠上璀璨的明珠；也希望咸阳市以此为契机，把"五陵原文化"的研究开发推而广之，持而恒之，使"陵文化"像埃及"金字塔文化"一样走出国门，走向世界，为咸阳人民带来真正的福祉。

狗看星星一片明

——追溯《往事如歌》人物命运轨迹

读完杨焕亭长篇小说《往事如歌》，我的心情久难平静，突然想起一句话："狗看星星一片明"。这是关中人常说的一句俗语，形容懵懂无知，什么都看不清楚，也不会看清楚。掩卷细思，正如田黎明为卢新华这句话辩解时说的那样，面对历史长河，我们谁不是一只狗一颗星星呢？谁又能把世界把自己的命运看得清分得明呢？所以顺着这句话，便不难追寻书中人物的命运轨迹，从而领略小说所蕴含的哲学和人生的意味。

类似这样的话在小说里大约出现过四次。第一次在大学的一次讨论会上，卢新华发言结束时，冷不丁说道："……（我们）如果不抓紧学习一点知识，将来到社会上岂不是狗看星星一片明么！"第二次在报社，主任对工农兵大学生表示不屑，程林即兴作诗并配画讥讽，而主任却一点也看不懂，于是程林就在心里窃笑道："去你的吧，狗看星星一片明！"第三次是在监狱门口，残疾人作家王丽萍看到自己名义上的丈夫冯晓白被押上刑车时的一番感慨，"她觉得人从降落在世时起，几乎终生都在寻找一种未知"。第四次是小说结尾，三十年后，当林媛媛和任晓霞领着同父异母的姐弟站在卢新华坟前时，书中有如下描写："任晓霞于是就很伤心，就觉得林媛媛还是没有真正地读懂卢新华，而一个无法读懂男人内心块垒的女人，是不可能走进对方世界的……"

很显然，卢新华的这句话反映了他当时焦虑和担忧的心态，同时也有意无意地为自己的命运和小说基调做好了铺垫。九年，只短短九年啊，这句话就被现实生活所验证，也给他的生命画上一个残缺不全的句号。他没看清自己，更没看清生活的本质。生活就是满天"星星"，他为此充满期望，充满激情。他日以继夜地采访、写稿、救灾、跑资金、修桥，也获得了美好的爱情。但他万万没有想到，正是这桥，这爱情，居然成了套在他脖子上的两根绞索。一方面，同窗好友程林夺走了他所爱的妻子；另一方面，塌桥事件造成多人死伤并引出一件腐败案。而这一切他自己全然不知，反而为之倾情爱怜和高唱赞歌。他出庭作证只是出于正义良心，直到殒命法庭，他也未看清杨耀民、黄书记和

243

刘副县长的真实面目，更别说看清社会和社会不停运转的齿轮了。这不正如他九年前说的"狗看星星一片明"吗？

程林的话可以说是强者的抗争和张扬，也代表了工农兵学员不甘沉沦、自强不息的精神特质。他是政治运动的得益者。他被发落到黄原县劳动锻炼时结识了报社刘总，并相濡以沫长达半年。后来刘总得以复出，他的命运随之出现转机。但后来的几次提拔机会，都因他工农兵学员的身份而使他被淘汰出局。在爱情上，他一直把追求他的张玉琴拒之门外，却矢志不渝地暗恋林媛媛。当将为人妻的林媛媛拒绝他的非礼时，他便暗自和卢新华较起了劲：看谁笑到最后。他虽然笑到了最后，并夺走卢新华之爱，但他却不知林媛媛真正的目的只是调回省城……对自己钟爱的女人尚且如此，包括他的回城受宠、提拔告吹等，他不也和那位主任一样"狗看星星一片明"吗？

冯晓白可算是幸运儿，不但留在省城，后来还当上了交通局副局长。他的命运线隐藏着两大危机，一是爱情婚姻受挫，二是事业连连败北。王丽萍的残疾对他来说，既是感情的残缺，也是人性扭曲的根源。他就这样在表面夫妻的面纱下，一方面寻求婚外恋的人性回归，另一方面又把兴奋点转移到仕途上。为了凸显政绩，他收购名家书画敬献给交通厅厅长，因此而争到跨河大桥项目。然而正是自己千辛万苦搞起的这个所谓政绩，却无情地断送了他的政治生命。直到被推上被告席，直到每天扒着铁窗凝望满天星星，他也没读通读懂人生与社会这部大书啊！

他们三人不同的命运轨迹，既是一代工农兵大学生的典型代表，也是这部小说创造的第二世界的有力支撑。还有其他人，如，李波挨批、坐牢、治沙，直到后来当镇长和律师；叶子为追求李波的爱情，舍弃大城市来到塞外，以殉道的精神把爱情和肉身一起埋葬于茫茫沙漠；王丽萍因救人致残，意外地回到省城，从此爱情和婚姻便成了一个漂亮的空壳；而张玉琴则像一台乱了频道的收音机，在爱情和工作中苦苦挣扎，却一直调不准频道找不回自我；林媛媛把九年宝贵青春献给山区，最终为进城而弃夫别女，留下终生的愧疚和遗憾。比较而言，田黎明显得平淡无奇，但他屈从于父母之命、媒妁之言的婚姻，以及妻子下岗等生活的种种重轭，又使他忍受着怎样的无奈和幽怨呢？这就是他们的命运轨迹，是一组工农兵学员的群像。他们短暂的人生经历，无不充满着艰辛和曲折，充满着变数和未知。短短九年，在历史和人生的坐标上只不过是微不足道的冰山一角，今后还会有多少这样的变数和未知呢？过去没人看清，将来也无人看清，一切都处于变数和未知之中。这样一来，王丽萍的"未知论"

和任晓霞的"未读懂说"就顺理成章而不难理解了。

　　诚然，无论作为天上的星星，还是作为地上的狗，都有自己的价值和位置，都按照自己的轨迹而生存和运行。狗看不清星星，星星也看不清狗，眼前都是一片明。明就是朦胧，就是无限，就是大气象，就是绚烂多彩、千奇百怪的世界和人生。但关键是都要活着，而且都要好好地活着。人活得都不易，包括杨耀民、黄书记、刘副县长，以及定娃子等鸡鸣狗盗之流，他们也没能看清社会和自己，不然为什么要"自杀"和千方百计掩盖自己的罪孽呢？

　　这便引出老子"无为而治"与"祸福相倚"的哲学话题。我想，大概杨焕亭自幼生长在老子设坛讲道的楼观台下，又精于哲学历史，所以他的小说始终贯穿着这一主导思想——单从人物命运的轨迹就可感受到其间意蕴的深邃和哲思的悠远。这分明是一种大智慧和大境界的彰显。无怪乎连书名也起为《往事如歌》，那往事、那歌，不正是天上的星星和地上的狗吗？而作为自然人的我们，有谁不是这样存在和生活着，又有谁能把这一切都弄清弄明呢？

人生何止一搏

——读冯西海长篇小说《彩票》

  舞会、模特、股票、彩票、上网、酒宴、咖啡、黄段子、流行歌曲……这些商业社会特有的佐餐，在冯西海的长篇小说《彩票》里随处可见，颇具阅读时尚和审美诱惑，不期然间把读者一个个迷惑着带入现代都市的万花筒。这对于惯以农村题材为命脉的陕西文坛来说，无疑是一个巨大冲击和挑战。记得在多次文学会议上，省内外专家曾为此惋惜，呼吁陕西文学界在继承传统的基础上，应努力培育和推出一批以都市生活为题材的作家与作品。现在，《彩票》正以柔弱而张狂、睿智而懵懂、绮丽而迷幻的姿容，蹒跚着向我们走来，在身后"农裔城籍"的广袤大地留下一道深深的犁沟……从这一点讲，《彩票》更具有开拓意义，应引起文学界的关注和讨论。

  城市日新月异的变化和如魔的魅力，使其更加充满欲望、浮躁、诱惑、刺激、险象和机遇。无论祖籍在此还是迁徙至此抑或仍在城市徘徊游移的人们，一方面尽情享受城市的繁华、时髦和美丽，另一方面又各自做着各自的淘金美梦。人们以各种面孔出现，有的甚至搭上身家性命，也要试一试、赌一赌、搏一搏，以期聚敛更多的财富。在这里，赌超越了赌博的含义，而成为冒险、拼搏、碰运气、抓机遇等的同义词，既体现着时代特征，又具有挠搔人性之痒的特效。纵览众多赌博的行当，彩票可谓最简单易行和备受青睐的一种。于是便有了冯西海的《彩票》和一个叫李洋的玩家。

  李洋是一个忠于职守、疾恶如仇的公务员，也是一个正直、善良、倔强、讲义气而又容易"想入非非"的情种和业余作家。他忠于职守却得不到提拔，徒有虚名却难以致富，与经理高梦楼和工头黑狼相比，他简直就是政治"阳痿"和经济"性无能"。无怪乎妻子周琼薆视他是个长不大的孩子，是个一文不值的臭作家，甚至晚上做爱时也表现出施舍般的吝啬。他心理发生倾斜，开始利用各种机会寻找平衡和弥补。他终于发现买彩票是一个捷径和良方，希冀上帝仁慈的手指能特别眷顾自己，期盼天上掉馅饼恰好就掉在自己昼夜不舍的方格纸上。他要赌一把，搏一把，试试自己的运气。

李洋第一次买了二元彩票，果然中奖，二元眨眼变成二十元。他受到刺激和获得灵感后，第二次买了一千元，大概上帝手指抖了一下，不知把馅饼撂到哪个野沟洼里去了。最后一次是他和情人李婷路过，不经意顺手买了二元注，想不到竟中了头等大奖！奖品是一辆宝马车和十五万元奖金，共计六十多万元。霎时，他的灵与肉，随着欢腾的锣鼓声一起沸腾了。他欣喜若狂地去领奖，主办方却声称他的彩票是假的。假的？怎么可能呢？！他据理力争，但一切都徒劳无益。他义愤填膺，迷失自我，爬上几十米高的广告牌，企图以死表白自己的无辜和抗争。一时之间，李洋和彩票案成了轰动全国的热点新闻。接下来便是他和记者李婷紧密联手，没完没了地揭秘和曝光，申辩和控告。与此同时，彩票案也搔痒了长平和周山两市的神经，双方的各个关系网都紧锣密鼓地运转起来。彩票中心主任高梦鸿、经理黑狼、城建总公司经理高梦楼等连环设计，步步为营，甚至连报社总编、建委主任也层层施压，试图让他默认就范。最终，在新闻媒体的监督和省市领导的关注下，李洋总算获得了胜利。

但作为精神贵族的李洋，不只为了六十万元奖品，他更看重的是反腐惩恶，挖出深藏在彩票背后的蛀虫。在第二个回合里，李洋却赔了夫人又折兵，惨败得一塌糊涂。先是晋升副经理告吹，接着失去妻子和情人。更使他难以忍受的是，勾引走他的妻子和情人的不是别人，正是自己的对手——彩票案的始作俑者高梦鸿和高梦楼，而如此之流却依然作威作福，逍遥法外。至此，李洋人性的另一面迅速膨胀，心理彻底倾斜和失衡。在万念俱灰中，他再次爬上创造新闻的广告牌创造了又一个特大新闻：大奖得主李洋跳楼自杀，以死控诉彩票醍醐黑幕。

这个赌来得太残酷太悲惨了吧！也许有人说，李洋以生命为赌注，实在得不偿失。那么，围绕彩票案蠢蠢欲动的各色人等，难道不也是在赌吗？难道他们就赌得心安理得吗？是的，人人都在赌。高梦鸿以党纪国法做赌注，赌的是自己的乌纱帽和与李婷的新婚洞房。高梦楼以手中权力为赌注，赌的是保住哥哥的官位和占有李洋的妻子。周琼以离婚为赌注，赌的是对丈夫的背叛，对金钱和权力的臣服。李婷以感情为赌注，赌的是人格和正义，是对副总编交椅的追逐。至于带有黑社会性质的黑狼，干脆什么赌注也不用，玩起空手套白狼的把戏，居然也玩得得心应手，随心所欲，赌的当然是白花花的银子……读到这里，谁能说李洋的赌得不偿失，其他人的赌就心安理得呢？

从心理角度分析，赌与博是人性最执拗和张扬的本能，特别在竞争激烈的商业社会，表现得尤为剧烈和强势。除《彩票》中的人外，大千世界，芸芸众生，谁一生没有赌与搏过呢？只不过有大有小、有巧有拙、有输有赢、有成有败，如此而已罢了。所以，我们在读《彩票》时，便读出些许哲学意味和人生真谛。人生能有几回搏？这是《彩票》中又一个值得玩味的读点。可惜铺排挖掘得不够深广。我相信，以作家的生活积累、文学感觉和才情学识，一定会有更大长进和突破。我希望冯西海的文学犁铧永远犀利先锐，开拓出都市小说的一片沃土，以弥补陕西文坛的缺憾。

（原载《咸阳日报》）

人籍焉在

——评《人籍》高涨的批判精神

这的确是个严峻而沉重的问题。学生有学籍，工人有厂籍，军人有军籍，国民有国籍，党员有党籍……人呢，人有人籍吗？户籍只是人存在的证明，没有高低贵贱之分，总统与乞丐，将军与罪犯，都坐在同一条板凳上。说白了，这里的人籍实际上就是人权，指人本应享有的人身自由和各种民主权利，其核心当属生命权和生存权。人权已成为世界的焦点热点，西方世界对中国的人权问题说三道四，以达反华目的。中国的人权问题是不用质疑的，国务院的白皮书就是最好的例证，也是世界公认和国人津津乐道的事实。中国历史上是否发生过人权危机，现实中是否还存在侵犯人权的事情？这似乎已成了禁区，怕是至今国内还没有一部此类题材的小说。白毛女由人变成"鬼"失去了人籍，共产党挽救了她，使她很快恢复了人籍；杜建冰由人变成"鬼"同样失去人籍，但要恢复却困难重重——除非他重新投胎，重活一世。这该多么令人悲哀、愤懑而又无奈啊！读完长篇小说《人籍》，我长吁了口气，不禁发出这样的一通议论与喟叹。

《人籍》是豆冷伯同时出版的"豳风三叠"中的首部。小说以一个剧本为线索贯穿始终，通过它的诞生、受批、藏匿、被盗，直到二十多年后被人剽窃并排练演出，牵动着豳原县社会各阶层，以及几个家庭与几代人的政治生涯、感情纠葛和命运沉浮，展现了不同时期两代人心灵之撞、欲望之逐与人性之张的激烈搏斗。小说人文情怀饱满，悲剧色彩浓烈，批判精神高涨而颇见功力，是我省乃至全国目前少有的一部优秀之作。

小说的批判精神是通过以下三个方面完成的。

一是通过人物命运强化批判精神。在"文革"那一特殊时期，四个同班同学选择了不同的生活道路：杜建冰因创作《三姓庄》被妻子告发而成为反革命，被捕前他把剧本托给同学冷心愚保存，遂与妻子分手，却又得到另一女子"见义勇为"式的爱情，出狱后隐居山中多年，最后被黄蜂"蜇死"；周麒麟成为不可一世的造反派头目，残酷打击迫害杜建冰，又长期与冷心愚的妻子常

249

春芳私通，并占有了剧本《三姓庄》；常春芳与冷心愚同床异梦，暗中却对周麒麟投桃报李，供出了剧本藏匿的秘密；冷心愚轻易接受了常春芳的爱情，却一直戴着绿帽子，又因丢失老同学的剧本而长期惴惴不安……二十五年后，这些罪恶的种子终于开花结果了：时任县文化局局长的周麒麟毫无顾忌地把剧本攘为己有，并进行了大肆宣传和重点排练，企图骗取更大的荣誉和政治资本；冷心愚突然发病住院，拒不导演，也劝阻别人不要导演这台戏，最后抑郁而死；常春芳与冷心愚离婚后又遭周麒麟抛弃，悔恨之际沦为疯子，最终暴死街头；杜建冰死而复生，却有家不能回，有儿不能认，成了一个失去人籍的"活鬼"。面对残酷的现实，他不禁释然了——"他决定不要那人籍了……在幽原，你能得到承认么！幽原只承认嫖子和奴才、庸徒和愚昧的人籍。只要你还是个真正的人，那你就别想得到承认！"如此彻底的批判精神贯穿于人物命运的全过程，无疑起到了强化批判精神的作用。

二是通过人文环境深化批判精神。小说的时间定位在"文革"时期到改革开放之初，空间定位在幽原县城以及县剧团和杜家乡。幽原县城是一个"偏远""落后""混乱"、充满骚动和竞争而又"可爱"的地方。"因为这里有如此盛艳辉煌的落日！有茫茫苍苍、大起大落的梁峁沟峪！这里天地雄胜，让人感到气壮魄壮，感到一种浑莽的震撼。这里的梁峁，这里的沟壑都是秦腔，是那豪放的旋律，是那苍凉充沛的音调，是那深厚浓郁的感情。"小说的批判精神正如这粗犷豪放的秦腔一样在黄土沟壑间滋生与彰显。除此而外，人物关系和性格也无不折射出批判精神的光芒。如青年导演石沙柳在导与不导中失去自我，谷团长"社会油子"的灵魂扭曲，编剧张海林的一次次摇尾乞怜，局长夫人张若云与丈夫的貌合神离，青年演员林昭华的玩世不恭，以及唐亚隐姓埋名二十年等，都不同程度地违背各自本来的角色初心，使之成为批判载体，又成为批判主体，增强了批判的深度与广度。至于对极"左"思潮代表和腐败分子周麒麟、出卖灵魂和肉体的师雅丽、为虎作伥的黄椒枝、恩将仇报的暴发户杜景均，以及为周麒麟出谋划策、默许放行的前后两任县长，则是直指黄龙，批判精神业已融入人的生命本体。

三是通过细节和情节张扬批判精神。细节和情节是凸显人物性格、展开矛盾冲突的钥匙，只有这把钥匙才能打开阅读期待的门锁，才能最终进入作家创造的第二世界。《人籍》的批判精神正是通过细节和情节张扬于这一艺术世界的。如开篇对石沙柳"放屁""拉稀"和与谷团长争茅坑的描写，把"文革"才有的事推迟到改革开放之初青年人的身上，批判的笔触何等犀利尖刻！如谷团长在厕所吃苹果、在粪坑看女人的屁股，以及掉入粪坑成为"救人英雄"，使批判精神又多了些冷嘲热讽与揶揄调侃。如常春芳跳"忠字舞"、说顺口溜和最后陈尸大街，这不仅是批判，简直就是控诉声讨了。又如唐雅蓉多次在杜建冰坟前出现、"丢失剧本"和暗中资助外地剧团和电视台排演播放《三姓庄》等，已把批判精神巧妙地变成了实际斗争。特别是杜建冰重返家乡后不能进门，与前妻、儿子、杜景均的邂逅，以及为转户口与乡长关于"人籍"的争论等，不露声色地把批判精神渗透于社会的各个角落与生活的细枝末节，批判精神由此可见一斑。

正因为这三个方面的努力，才使《人籍》的批判精神益见高涨与昂扬。豆冷伯无疑是一个现实主义忠实的"戍边人"。他像猎犬似的长年守望着山区小县，又像鹞鹰似的时刻砥砺自己的尖喙利爪，这便使他的小说有了生活的支撑和批判的勇气。他试图用这种批判精神引起国人对历史的反思和对未来的憧憬。只有这样，极"左"路线的回潮才不会再有，现实社会的民主法治才能保证，中国人权事业才能走向一个更加健全、完美的新里程。

《人籍》不足之处有三，一是叙述方式稍显陈旧，语言缺乏精致；二是个别章节叙述主体转换的"中介"技巧不足；三是生僻词语过多，损伤了整体结构的完美与统一，造成不必要的阅读障碍。

悲意不在雪

——读董信义《悲意的雪》之陋见

我曾谑称文学是个响膛西瓜,甜蜜而混沌,然而正是在这甜甜蜜蜜、混混沌沌中,却见通用的文字——瓜子重新抒写出生命的乐章。读了董信义的小说集《悲意的雪》,再次验证了我的这一感觉和戏说的不无道理。信义的小说写得很独到、很大气,他不是将古老的话题有章有法、有板有眼地一一道来,而是将事件、场景、人物、情节、冲突等揉搓研磨、扭结裂变成一个真正的响膛西瓜,使读者在甜蜜与混沌中不由得就痴情醉意、颠三倒四、忘我地步入作家精心营造的生命意识和生存状态的荒原冽风,不由得与作品中人一起为生活而累,为命运而哭,为丑恶而恨,为未来而战,为新生而歌,小说的艺术成就和审美价值,便于此显得辉煌。

以上是我对信义小说的总体印象。其中《追魂》和《悲意的雪》是这个印象最好的例证。读了这两个中篇小说,我总是把它们当作姊妹篇来看待的。前者写的是三个女人和一个男人的故事,后者则写的是三个男人和一个女人的故事,列成公式为:

$$贺爱爱 + 贺爱华 + 小桃 \xrightarrow{\text{孤儿(我爸)}} 我爷(秦关)= 北边(延安);$$

$$阿坎叔 + 三爷 + 红军(晓星)\xrightarrow{\text{孤儿(小费)}} 哑女人 = 北边(延安)。$$

乍看这两个公式,其作品主题和结构似有雷同之嫌。其实不然。《追魂》以"我爷"为纵坐标,以三个女人为横坐标,以孤儿(我爸)为坐标点,于是渭北原区悲壮苍凉的生活画面和激荡人心的革命场景就展现于这上下左右四个方向的坐标系广阔的空间。《悲意的雪》则采用连环结绳、倒叙解结的手法,结得严密结实、环环紧扣,解得难分难舍、娓娓动情。如此一结一解,读者的阅读期待也一步步被引入作家设置的方块字八卦阵中,痴迷醉心地寻觅那"柳岸花明又一村"。与前者相比,给人以截然不同的全新感觉和艺术品位。

以上两个公式使我产生一个怀疑:信义是在红旗下长大的一个风流倜傥

的小哥儿，却为什么对旧事、父辈、黄土地、北边（延安）、孤儿（我爸和小费）和雪（其另有散文集《雪也可人》已出版）等那么情有独钟，不但篇中屡屡出现，并占有相当大的篇幅，甚至连叙述语言都浸润着一种强烈而独特的情愫？不仅如此，在其他作品中这种恋旧、恋父（爷）、恋土、恋北、恋孤、恋雪情结也有意无意地多有流露。为什么会产生如此有违常理的现象呢？思考良久，我以为有两个原因。一是他从小生长在渭北山区，家乡的人事物景在他潜意识中留下浓重的积淀。二是他勤奋努力，善于学习，善于思考，善于观察，善于想象，这样的结果又使他善于在生活中捕捉和挖掘"集体无意识"中他最为迷恋倾心的那些珍贵宝藏。有了这些积淀和宝藏，无论是创作题材还是艺术视野，都具有了一定的深度与广度，"多元情结"便是顺理成章的事了。

信义小说的语言也很独特凄美，无论是写公社化的《荆棘深处》，还是写战争年代的《追魂》《悲意的雪》，或是写古代的《马出塞北》等，作家似乎一直在刻意追求那种错置含混、跳荡游离、弹性大、流感强的语言风格，美中偶陋，谑而冷峻，且雅且俗，通顺流畅却不乏绕口聱牙的幽默与机智。这种语言原生态的美感再加上人物的内质外化、故事的凄迷曲折、情节的出奇制胜、生活的扭曲变形等，像荒原野岭中一条跌宕跳跃、蜿蜒绵延、扑朔迷离的长河，吸引读者心甘情愿去涉河感受生活的律动与生命的真谛。

作家的悲意不在雪。冬天过去就是春天。这自然使我又联想到响膛西瓜那椭圆的瓜子儿，春天一到，点瓜种豆，新的生命便由此而始。这大概正是董信义小说真正的意蕴吧！

探秘历史镜像下的爱情代码

——读梁新会长篇小说《璇玑图》

读梁新会长篇小说《璇玑图》，犹如闯入虚拟的网络世界，随着时空无限放大和内心不断缩小，我们便油然产生强烈的时代穿越感和心理探秘感。这种"一大一小"和"一放一缩"的叙事结构，不但增强了作品题旨的开掘深度，也增强了作家书写和读者再创造的难度。正因为如此，梁新会奉献给读者的便不是一般意义上的通俗小说或言情小说，而是感应时代气息和文化传统，透过历史镜像探秘爱情代码的历史小说。其艺术魅力和亮点，我以为主要体现在以下三个方面。

一是通过历史事件赋予爱情时代感。

"提起三国乱如麻"，而"五胡十六国"比起三国不仅乱如麻，而且是一锅粥——这就是《璇玑图》展现在读者面前庞大而纷乱的时代背景。十六国（远不至此）像割韭菜似的一茬茬"城头变幻大王旗"、一次次"你方唱罢我登台"。其中，氐族苻氏一脉，历经苻洪归降后赵和东晋、苻健称帝立国与东晋抗衡、苻生荒淫无度被弑，至苻坚强势上位，前秦国势日渐稳固。苻坚崇尚儒学，奖励耕读，兴修水利，知人善任，得以集权，经济振兴，国力渐隆，开创了十六国时期唯一的繁华盛世，史称"关陇清晏，百姓丰乐"。前秦强盛后，苻坚意统天下，先后灭燕、前燕、仇池、前凉、代，并大举征伐西域，及至西夷邛、筰、夜郎皆归附于前秦，自此北方几于一统，四周诸国纷纷遣使通好。后经淝水之战与新平之祸，逐渐衰败，直到后秦与后凉建立，又遭废桥一役，前秦彻底灭亡，历时四十余年。

长篇小说《璇玑图》堪称前秦历史的浓缩版，在时间上从立国到灭亡；在空间上纵横北方大部疆域；在事件上囊括主要战争和重大历史事件；在人物上涉及当时几乎所有名人名士，如苻健、苻坚、苻融、姚苌、姚兴、王猛、慕容垂、窦滔、吕光、道安、鸠摩罗什，以及女主人公苏蕙等。起初我真担心，作为柔弱的知性女子，梁新会能驾驭这一重大历史题材吗？但事实恰恰相反，作家像一位运筹帷幄的战略家，以极具历史质感和人文温度的语言指挥调度笔下的千军万马——如同前秦皇帝指挥调度麾下南征北战的铁蹄劲旅——无论攻占梁、益二州还是吕光西征，也无论夺取襄阳还是淝水之战等，都写得铿锵决绝，从容不迫，吸引读者追随作品中的人物一起驰骋于历史风云之中。特别是苻融、姚兴、窦滔和苏蕙四人的组合，由于身份特殊和事件典型，不但超越了三角恋爱和才子佳人的传统剧情，而且对人物性格和形象塑造起到骨架与基础的作用。这样一来，《璇玑图》就像一把神奇的钥匙，历史的大门一经打开，其中人事走马无不打上时代的烙印，使以璇玑图为信物的窦苏爱情，因此而有了历史的纵深感和人文的深刻度。

二是在古典主义旗帜下构建爱情高地。

古典主义是17世纪欧洲的主要文学思潮，形成并繁荣于法国。其从古希腊罗马文化中借鉴艺术形式和题材，主张拥护中央集权，尊崇王权，歌颂君主；崇尚理性，克制个人情欲。在艺术上有严格的规范和标准，倡导"三一律"、悲剧的高雅、人物的类型化，语言要求准确、精练、华丽、典雅，追求宫廷趣味等。

读《璇玑图》无论形式还是本质，都能感受到古典主义精神和元素在字里行间的流布。一是语言具有唯美和雅歌倾向，给人以神的箴言和君王昭示之感，许多句式和语气语调承袭了《离骚》和《诗经》的某些特点及风格，特别是章节标题仅三个字，本身就是诗、词、韵文，读起来格调高雅，音韵静美。二是大量引用古典诗词、传说故事、民间文化、乡情习俗等，在追求宫廷趣味的同时，又加大了世风民俗的支撑。三是追求悲剧的高雅，前秦消亡，夫妻重逢，他们完全可以远离宫廷，但苏蕙却决意留在长安，为了人民社稷，隐名埋姓，女扮男装，参与了后秦的诸多重大决策，直至后来假扮尼姑，远涉敦煌，迎接鸠摩罗什，并最终修行成一位真正的佛陀。这个极易被读者忽略的情节，正体现了"爱情悲剧的高雅"，使古典主义在作家笔下成为可能。这时再回头看主人公苏蕙，她的形象就更加丰满完美，爱情就更加纯粹高尚，人生就更加崇高亮丽。

三是以传统文化为锁钥重置爱情密码。

《璇玑图》名为图，实为诗，即回文诗，是中文才有的一种文字游戏。一个方寸丝帕，横竖各二十九字，共八百四十一字，无论横竖读、倒顺读、回文读、对角读、缩进读、旋转读等，皆可成诗，据说可组成七千九百五十八首。在五彩丝线的织锦中，这些文字变幻成各种诗句和意境，将人的审美知觉带入一个神秘奇幻的境界。其创造者就是前秦女子苏蕙，一个纯情而诗化的、唯美主义和爱情至上主义的女子。她在与苻融、姚兴和窦滔的多角恋情中，最终舍弃皇族而选择下级将领窦滔。然而，新婚三日，窦滔受命入蜀平乱，洞房花烛空留遗憾。更大的创伤还在后头，窦滔突然遭贬，放逐流沙，整整七八年，苏蕙守了活寡。《璇玑图》就在这一时期和情境中诞生，起初她只是写诗怀念丈夫，后来越写越多，就鬼使神差地玩起这种文字游戏，将衷情隐秘起来、抽象起来、纯粹起来，慢慢地，这种隐隐约约、迷迷惑惑、缠缠绵绵的爱情诗就以《璇玑图》的方式诞生了。

从艺术属性和文本类型划分，《璇玑图》本身就是诗的化身，其创始人苏蕙则是一位诗化的古代女子，而长篇小说《璇玑图》作者梁新会更是一位对古典诗词特别谙熟和讲究的现代知识女性。这种主客体"三环诗化"的特殊机缘，决定了小说《璇玑图》的艺术灵魂必将以古代诗词为灵魂来构建和营造艺术的第二世界。所以，作家梁新会为此大肆铺排，做足了文章。她为主人公设置了种种情节和细节，在形式上历经"墨写——刺绣——织锦"的演变；在内容上屡试"单首——数首——回文——多元"读法的拓展；在视角上"单色——多色——九宫格"的形成，耗尽苏蕙的心机和情感，也耗尽梁新会的心机和情感。这既是思念亲人的寄情之物，也是缱绻夫君的梦呓，更是憧憬爱情的密码。那么这个密码是什么呢？我们只有心存真爱、心存良善、心存文达，才能读通读懂《璇玑图》，才能读通读懂爱情的密码，才能读通读懂苏蕙和梁新会这两个不同时代知识女性的才情。于是，苏蕙和梁新会的形象就同时在读者面前站起来了、活起来了。

作品的不足之处，我以为，如果作家当初构思谋篇时，能够舍弃穿越这一副线，对战争和传统文化再淡化隐秘一些，始终聚焦于爱情的主线，长篇小说《璇玑图》必将成为一部像宝黛、梁祝一样的经典爱情故事。

（原载《咸阳日报》）

为了灵魂的安妥和救赎

——读婕好中篇小说《雨雪霏霏》

认识婕好是在杨焕亭先生的"梅轩"，记得是一个会议结束后坐顺车的无意小聚，同去的还有雷国胜和杨波海，四男一女，谈笑甚欢。婕好给我的第一印象，朴实而美丽、聪颖而腼腆，一张小嘴总是嗫而难启，眸子却滴溜溜转个不停，应属于那种稍显"萌"和"蒙"的白领女子。然而，当我读了她的中篇小说集《荼蘼花尽》特别是精读了其中的《雨雪霏霏》后，才发现"萌"和"蒙"只是个忽悠人的标签，其内里竟蕴含着那么丰厚的聪明才智、文脉诗情和思想精华！徜徉于她所创造的艺术世界，犹如攀登一座高峰，天愈来愈近，地愈来愈远，而视野却愈来愈宽广。我们看到和体认到的，既有现世浮华和人情冷暖，也有社会文明和情爱佳缘；既有人生体悟和生命感召，也有思想启迪和人文情怀……这一切，都在作家现实主义笔端和旖旎文字的审美表达中汩汩流淌，实在令人着迷和感慨！

《雨雪霏霏》是《荼蘼花尽》的最后一篇，共五万字左右，讲的是一个残疾女子因诗歌而找到自我，因炫耀自我而一夜爆红，因一夜爆红而得到诸多鲜花、荣耀和财富，因鲜花、荣耀和财富而引起虚荣心的膨胀和灵魂的扭曲，最终又原路返回——被鲜花、荣耀和财富所累，被虚荣心和变态心理所困，被神圣的诗歌所弃，被该拆未拆而改造成以她名字命名的文学馆坍塌所毙，被一场纷纷扬扬的大雪（暗示空无）所埋——完成了一个鲜活而失衡的生命的圆满闭合与涅槃。是生命之规律？是命运之诡异？是阴阳之和合？是佛家之报应？……真可谓意蕴旷远，发人深思，感慨系之。

造成这一悲剧的根源，首先是女主人公李雨霏的性格缺陷。她出生于一个农村贫困家庭，自幼因病致残；接着母亲暴病而亡；后来父亲又身患慢性疾病，不仅要伺候残疾女儿，还要供养儿子读大学；加之入赘丈夫对婚姻丧失信心而长期外出打工不归，使这个支离破碎的家庭雪上加霜。唯一侥幸的是李雨霏身残志不残，喜欢读书学习，一台电脑，一根网线，将她和大千世界紧紧相连。她开始写诗，开始在网上发表，开始吸引来众多粉丝……如果她具备较

257

强的文化自觉和心理定力，照此发展下去，肯定能有所斩获，实现自我价值，成为一个典型的励志案例。然而，急于求成的心理、自欺欺人的虚荣、穷怕了的思维定式、难以驱逐的功利思想，使她慢慢地迷失了方向、扭曲了灵魂、放弃了探索诗歌的价值和意义。她以脑残示人博取同情，以抄袭为"皇帝的新衣"，以美女照片掩盖自己的丑陋，而且喜欢结识名家和接受媒体采访，甚至千里迢迢赴京为大专院校师生做报告，迎合追星族的好奇和满足自己的精神快感，同时也饱尝名人效应和金钱魔力：高速公路因她改线、自家该拆迁的房屋得以保留、父亲多要动迁房的目标终于实现、稿费和讲课费滚滚而来、杳无音信的丈夫突然出现、文学馆越办越红火……但她忽略了一个细节，就是在将她家改成文学馆时，原先老房的结构未进行加固改造，很难承受现代化的广告装潢和摩肩接踵的游人。终于在一个大雪飘飞的日子，文学馆轰然倒下，埋葬了她那虚妄而高傲的灵魂。

悲剧的另一个原因，是商业社会造神造星的浮躁氛围。时势造英雄，时势也制造悲剧。特别在转型期，思想开放、社会繁荣、物质丰富等，无时无刻不在催发人性原罪的蠢蠢欲动，其中名、利、色是俘获正义良知的阎罗捕快，也是制造悲剧的始作俑者——试看当今数以千万计的贪官污吏，无一不被这三大捕快搞定拿下——即便是普通百姓，有违法律道德者，也难以逃脱这把达摩克利斯之剑。在《雨雪霏霏》中，作家以冷峻而犀利的目光、深刻而调侃的笔触，对造成这一悲剧的环境氛围做了详尽而精妙的描述，起到塑造人物、烘托气氛、深化主题的作用。这是一个系统工程，包括粉丝、媒体、出版社、评论家、开发商、高等院校、地方政府、村组干部，甚至媒婆继母等，人人都为之添砖添瓦、出钱出力。除此之外，弟弟的大学同学何彩莲，为了成名和攀附名流，很快成为李雨霏的忠实粉丝和助理，像桑丘一样跟在堂·吉诃德身后形影不离，为之推波助澜，最终在陪同主人赴韩交流时投入外国人的怀抱。另一个起主导作用的是著名诗人、某刊物主编谢子墨，他被李雨霏的美人照、脑残简历和赝品诗歌所蒙蔽，不遗余力地包装炒作她，并邀她一起赴京讲演。但当二人相见时，她的丑陋和骗局彻底击穿他的人格底线，他遂拂袖而去。不久，她的抄袭行为和虚假宣传被网民揭露，同时作为推手，谢子墨也遭到学界和网民的讨伐，批评文章铺天盖地，并传出二人的桃色新闻。在强大的舆论压力下，他以屈辱之身跳楼自尽，留下的绝命信，既是对李雨霏的斥责，也是为自己赎罪。

在整个事件中，唯有弟弟李雨浓和老师严肃教授是清醒的，后者首先质疑这一事件和文坛浮躁风气，并在报告会上大声疾呼："我真为雨雪霏霏（李雨霏的网名）感到悲哀！为这个喧嚣的时代感到悲哀！""那些有血有肉有灵魂的作品在哪里？那些秉笔疾书彪炳史册有尊严有骨气的作家在哪里？"而前者既是整个事件的参与者和见证者，也是第一人称叙述的主体，他对姐姐的认识有一个转变过程：同情支持——配合参与——担忧质疑——规劝争辩——厌烦反感。在做了种种努力毫无结果的情况下，他与姐姐变得陌生和疏远，不再关心她的诗歌事业，不再去她的文学馆，不再关心他与诗人司马和詹姆斯的恋情，甚至偶尔一起吃饭也不和她说一句话。"我在期待，期待今冬的第一场雪！更期待，雨雪过后姐姐能涅槃再生！"

小说结构完整紧凑，第一人称叙述读起来非常亲切真实。而且象征手法明显，开篇和结尾的两场大雪，颇具诗情和禅意。喧嚣和浮躁、贪恋和罪愆、悲凉和伤痛，我们暂时无法避免和改变，那就让大自然以银装素裹的方式加以抚慰和掩饰。也许，这就是弟弟李雨浓也是作家婕妤为了亡灵的安妥和救赎的初心吧！

（原载《咸阳文艺》）

如水女人亦伟大

——读李宝华长篇小说《为爱独守》

上帝创世纪时，只创造了男人和女人，若多创造一种，又会是什么样子呢？我想上帝不会创造第三种人，即使勉强创造出来，也只能是男人和女人的派生或异化。所谓两性人，究其实质亦未脱离这个造物规律，要么男性生理特征减退而女性生理特征突显，要么女性生理特征削弱而男性生理特征增强，如此而已，绝非上帝特意创造的超乎男女之外的另类。但人们常常把这种男不男、女不女、忽男忽女的特殊人物打为另类，视为怪物，猜疑、歧视、讥笑、嫌弃的目光一直压缩着他们狭小的生活空间，以致导演出一幕幕悲剧。

李宝华的长篇小说《为爱独守》就是这样的一幕悲剧。女大学生赵倩文清纯靓丽，心中有了白马王子。然而，在运动会上受伤后，医生意外发现她具有男性生理特征。真是晴天一声霹雳，打得她晕头转向，更难以承受的是来自周围的舆论压力，先是同学避之如瘟神，继而恋人刘达成屈于来自母亲的压力离她而去。单纯而倔强的她不承认这个事实。她抛弃学业，独自跑到京城，一边打工一边治病。原来她并非两性人，只是青春期第二性征紊乱，经过一年的治疗调理，男性生理特征消失，而且出脱得更加优雅姣好。但"两性人"的阴影仍时刻困扰着她。为了证明自己的女儿身，她糊里糊涂地嫁给她并不爱的男人孙绪，并为其生子。但这又能怎样呢？婆婆的刁难，丈夫的无端猜疑、忌恨和打骂，使家庭成了牢笼，她只好离婚。离婚后，又是下岗，又是遭人调戏，她不得不从一个城市逃到另一个城市，过起几乎与世隔绝的寡居生活。她含辛茹苦，备受屈辱，默默抚养着儿子嘉梁。嘉梁也很争气，如愿以偿地考上了名牌大学。与此同时，她从好友口中得知，刘达成至今未婚，仍痴情地等着她。长期自闭的心扉刚透进一束阳光，孰料接二连三的不幸再次把她推入万劫不复的深渊。先是儿子的女友傍上了大款，接着儿子被殴打变疯……面对种种不幸，她没有被打倒，而是更加卖力地挣钱为儿子治病。儿子病愈返校后获得重大科研成果，她从此结束了"十八年寒窗"生活。而此时，本应早该拥有的恋人，二十年后才向她姗姗走来。《为爱独守》，而这爱，这独守，为儿子乎？为恋人乎？凄凄复凄凄，读之令人扼腕涕零。

　　小说成功塑造了赵倩文这位勤劳、善良、宽容、负重、坚强不屈而又爱心不泯的当代知识女性形象。这个形象的不朽之处，在于她既不是纯粹的城市知识女性，也不是纯粹的农村普通妇女，而是中和了二者优点又特立独行的"这一个"。她知书达理，眼光远大，富于理想和追求，不但对儿子严于管理，精心教育，也非常注重自身修养，爱看书，会下棋，喜欢打太极拳，甚至后来还提笔写作。另一方面，她又像一位地道的农村妇女，把传统道德演绎得有声有色。如对李大妈的知恩图报，对婆婆的孝敬和理解，甚至把给儿子治病剩余的钱一分不少地退还给婆婆；尽管孙绪给自己带来巨大伤害，但她依然劝儿子认这个不称职的老子，并要他给父亲寄钱；从母爱的本能出发，她对背叛儿子的李小芬一直放心不下，要和儿子同去寺院看她。还有勤劳和俭朴，为了给儿子挣够学费，她不怕脏和累，一人干几份家政工作；为了节省钱，她上下班从不坐公交车；她还常去菜市场捡菜叶，并把菜根腌制成甘美的咸菜；儿子考上大学，她精心缝制了被褥，当送到学校用不上时，她又千里迢迢地原样带回家。不仅如此，在她的感情世界里，始终有一个挥之不去的情结，这就是对恋人刘达成的无尽牵挂和思念。但她回天乏力，更因为她不想让这一情感打扰自己安静的生活和儿子的学习，所以她把它包裹得严严实实，承受人性本能的骚动与煎熬……这些情节、细节以及内心矛盾冲突，在作者如水般阴柔向善的叙述中，主人公的形象便站起来了，活起来了！一个如水的女人，一个如水的母亲和恋人，由此变得更加高大和崇伟。除了赵倩文之外，儿子的形象也很有特色，如他对恋人李小芬的真挚爱情，又如他和李大妈的秘密联络，和奶奶的偷偷来往等，他不但继承了母亲的传统美德，而且树立了当代青年高尚的价值观和道德取向。其他如李大妈的热情和乐于助人，田小华的豁达与慷慨，都描写得栩栩如生，使人过目难忘。

　　有人说，就文本而言，文学是一种结构和语言艺术。结构是文章的骨架，起到提纲挈领的作用，特别在小说中尤为重要。《为爱独守》以主人公命运历程为轨迹，时间为经，空间为纬，顺向而化。也就是说它只有一条主线，基本上没有复线，即便儿子读大学和刘达成在远方单相思这两条线，也都在赵倩文心路历程之内。循着这条主线和隐线背后的时空坐标，各类人物便渐次登台亮相和表演。看来作者很会讲故事，在这个大骨架里，以直叙为主，偶尔倒叙，巧设首尾，暗藏伏笔，时急时缓，娓娓道来，阅读起来非常顺畅。其中恋人刘达成的伏笔，长达二十年，而且贯穿通篇，直到结尾才图穷匕首见。还有开头，没有直写主人公的命运转折，而是从儿子考上大学开篇，使读者产生强烈的阅读期待，显然不继续阅读下去便难消心中块垒。如此巧妙布设架构，对于一位文学新手谈何容易？由此可见，此君的追求颇为不俗尔！

在语言上，能感知到作者是一位优雅睿智、很有才情的女性，她用她那近似"清泉石上流"的软语妙音，给读者带来的不只是视觉的享受，也带来审美知觉的惬意和愉悦。且看赵倩文的素描："上身着一件半旧的白色半截袖，下身是一条褪了色的灰裤子，脚上穿着一双黑色小方口白底的小布鞋，虽然是过了时的，但穿在她脚上显得很干净大方。"对田小华的描写更是简单直白："一口小白牙干净可爱"，肌肤"如少女般细嫩，吹弹可破"。再看田小华的一番高论："我告诉你吧，再强悍的男人都会顾及他在孩子心目中的位置。要不我就给他大把大把花钱，出出气，嘻嘻。也好，他还有自尊，尚无绯闻传出。所以，我这杆红旗就呼呼啦啦地飘着！为了给他贴金，也为了这个家的尊严呗！"这些如水般叮咚的语言一经如水般女人的唇齿间流出，便有了绵绵不绝的诗意和隐隐痒麻的快感，没有对祖先汉字的深切领悟，是万难达到如此娴熟而隽永的。

小说还存在一些不足和缺陷。一是部分章节、时空和叙述主体转换等尚需继续完善。二是刘达成、孙绪、朱总的形象呈扁平化，性格不鲜明。这三个男人很重要，是造成赵倩文命运悲剧的始作俑者，应加大陪衬力度。三是有些情节和事件没有展开，如赵倩文去北京治病与回老家闲居，又如朱总和李小芬、嘉梁和李小芬、嘉梁和王红等的矛盾纠葛，只是几笔带过，削弱了主人公背景的深度和广度。

大水之象

——读凌先有散文悟与得

多年未曾谋面，没想到凌先有著述颇丰，不但出版了《玉兰花开》《走过湿地》《中华江河水文化》三部著作，而且见诸报刊的更是佳作频频，令人钦佩。读他的作品，始终觉得如身临江河湖海，心涌万里波涛，及至读后很长时间心情仍难以平静，眼前总出现"诺亚方舟"和"大禹治水"的创世画面，耳畔总回响"上善若水"的警世恒言，继而整个身心便久久浸润于这种混沌而晶莹、柔顺而刚强、式微而苍茫的"大水之象"中蹀躞连连，不能自已。

两千多年前，老子曾发出"上善若水"的警策之言，后来又在《道德经·第八章》做出解释："水善利万物而不争，处众人之所恶，故几于道。"他从善地、善渊、善仁、善信、善治、善能、善时七个方面举例论证，赋予水哲思睿智和道德操守。其基本思想是：最善的人就像水一样，滋润万物而不与之相争，众人不愿去的地方它却乐而为之，所以才接近于道。所谓七善，一是善于选择有利地形，二是善于保持沉静心态，三是善于真诚待人，四是善于恪守信用，五是善于治理事务，六是善于发挥所长，七是善于把握时机。

纵览凌先有的作品，无论篇幅数量还是背景氛围，无论诗情意境还是风格特色，都始终贯穿着这一千古绝唱，坚守着这一人文阵地，凸显着这一超越时代的昂扬主题。读他的作品，扑面而来的是水的各种形态、各种功用，以及隐含项背的"七善"的各种风骨、品格、底蕴、意象……其间更多的是作家对水如水般的亲情与挚爱，如水般的哲学和美学的凝视与浸淫，为我们创造了一个独特而唯美的大水之象的艺术的第二世界。

大水之象的特征之一是气势美。水的博大无涯、有容乃大等品质在凌先有笔下蒸腾为一种气象万千的大气派。《中华江河水文化》是一部关于水文化的专著，凿凿二十余万言，以江河流域为经，以经史文化为纬，以墨家、道家、儒家等传统思想为滥觞，构成一部波澜壮阔的水利史话，一部铿锵浑厚的创世纪史诗，一部璀璨夺目的江河水文化长卷，必将成为中华思想文化宝库中不可或缺的瑰宝。上海世博会可谓21世纪的盛事，但就在这万国博览、规模空前、到处一派欢腾的气象下，凌先有竟以闲人心态、哲人视角、艺术家灵感，发掘创作出数万字的水文化思想鸿篇，并被多家报刊连载发表。而且这些篇章突破了各国场馆和中国地域，折射出人类全能、全程、全景式的智慧和灵性，使读者感受到水超越人的认知局限的一种大气象和大境界。若没有"上善若水"的品质，没有老子"七善"的魅力，没有大水浩浩荡荡的胸怀和气势，是万万难以奏效的。

大水之象的特征之二是情志美。凌先有的作品一反八股学究之气，二悖吟风弄月之色，三忤哗众取宠之态，全然将一颗纯而又纯的童心交予自然之神，任其在山水风光和文物胜迹中汲取营养，孕育良智，认知真理，于科学求实和探索创新中获得思想的精华与艺术的珠玑。从加拿大安大略湖到美国密歇根湖，从纽约哈得孙河到芝加哥水塔，从多伦多尼亚加拉瀑布到威尼斯水城，从香格里拉纳帕海到东北松花湖，从鲁西南微山湖到天津团泊洼，从珠江两岸到澳门黄金岸线……所到之处无不留下他探索创新的步履、隽永流长的歌吟。如在北京海淀湿地联想起以水为源头的行吟诗人纳兰性德，在芝加哥海明威故居窥视一代文学巨匠的恋水情结，在旧金山西海岸斯坦福大学寻觅天下是否有超越国界的人间大爱，在水乡同里探讨"退思园"与"留人"的哲学思辨，在南京象目湖考证"大象无形"的美学含义，在海南遭遇台风反思人类违反自然规律而自毁家园的种种劣根……随着水的奔腾流转，读者感受到的是一种大水无极、志存高远、勇于探索与创新的精神。听听作家是怎样与江河湖海呢喃交流的："密歇根湖正以自己博大的爱，回馈着深爱她的人们。""千万不要忘记顾盼一下这条给予纽约以生命、灵气和韵味的哈得孙河。""我祈祷着这闻名于世的水城能够早日解除水患，保持她永恒的魅力。"特别当他徜徉于拉纳帕海亲身感受边地原生原态的自然风貌和零距离领略藏胞原汁原味的人情风尚时，情不自禁地向世界发出了谆谆劝勉："这里的人民都像爱护自己的眼睛一样呵护着这块土地的祥和与纯净，使人感到自然的幽秘与圣洁，感到人性的美善与纯朴。"这一切，无一例外地向世界传达着一个信息：水的上善品质弥足珍贵，而人类何时才能达到水所承载的精神圭臬和思想情志呢？

大水之象的特征之三是人性美。在中国传统文化中，关于人性的话题一直存在着道家与佛家两种截然不同的人生观。但无论前者的"得道成仙"还是后者的"入佛遁世"，终极目的都是寻求超脱，实现生命的自由与精神的升华。而这一"理想王国"在红尘世界却显得那么虚无缥缈和单薄无助，于是就有了老子的"七善"和共产党的"八荣八耻"。可以毫不夸张地说，凌先有的作品无疑成为诗化和践行这些传统思想文化不可多得的范本。作家以只有对父母妻儿才有的那种亲昵缠绵、虔诚炽热的感情抒发了对水的万般情爱，同时不经意地将"七善"和"八荣八耻"灌注于一江一河、一浪一波、一人一事，一花一木，从而使水的上善品质既有自然的气韵，也有人性的复萌。

除了涉水作品外，他的其他怀旧、记事、杂感的篇什，更起到滴水穿石、潜移默化的道德力量。如《父亲节祭父》《永远的怀念》《拜年》《团圆》《老屋》《珍爱生命》《民族的善根》《傍款与傍民》等，作家感情的兴奋点和关注点始终聚焦于怀乡、友谊、孝道、包容、和谐、悲悯、感激等中华传统美德，时刻挠抓人类感情的敏感区，发挥着会议、报告和教科书难以企及的引领与教化作用。从因公未能为老父临终送行的遗憾到面对姑母遭遇不公的无助，从作为司局级干部与退休同事千里聚会的绵绵之情到撰文悼念之前领导的感恩之心，从对水利部老专家林一山的"高山仰止"到对汶川"抗震四皓"的赞美褒扬……读之无不令人怦然心动，扼腕涕零。这些真情真性，这些大善大爱，也许从以下文字可以找到诠释与何以勾曳人心之所在：单位分了一袋大米，一时懒得动弹，遂放于门外，第二天却不翼而飞，妻子叫苦不迭，女儿却发了一通宏论：'扛走大米的人一定很需要，没准儿生活确实遇到了困难……我们还是将米留够一年吃的，剩余全放在门外，谁需要就自己扛去得了……也算做了件善事。'"（《善良》）"和自强一样，你必须学会自爱……只有自爱，才会爱人。只有自爱，才会成为一个对社会、对人生、对家庭、对他人有责任和爱心的人。"（《写给女儿》）"总之，无论命运将自己引向何处，无论生活给予自己什么，只要用心感恩生活，生活就不是鸡肋。"（《生活不是鸡肋》）这些人生哲理和生活箴言，不正是"七善"的再版和"八荣八耻"的隐秀潜质、文外重旨吗？

大水之象的特征之四是语言美。首先表现为含蓄隐秀。刘勰说："隐以复意为工，秀以卓绝为巧。"凌先有作品毫无大话、空话、官话和矫揉造作之状，"委婉含蓄，难以情测"，给读者留下广阔的想象空间和阅读期待。其次表现为浏亮晓白，像刘勰主张的"刚健既实，辉光乃新"一样为文苑增添了一声水韵与凤鸣，像唐诗一样朴实无华、朗朗上口，像久违了的有如刘白羽的《长江三峡》、魏巍的《谁是最可爱的人》那样的语势语境而亲切感人。再次表现为带有磁性的音乐感和吸引力。陆机的"缘情说"有一句精辟论述："浮天渊以安流，濯下泉而潜浸。"这既是"重想象"的体现，也是"晓声色"的玄机，更是水无处不在、无时不有的真实写照。而凌先有竟将此发挥得淋漓尽致，从那如水般时而润物于无声、时而潺潺似有声的叙述中，不露声色地传达着一种情趣和意向，同时读者也在不知不觉中得到一种感召与启迪。真乃"大美不言""大音希声"尔尔。

有了以上四个基本特征，大水之象的文学性和审美价值就趋于丰满和完善，必将在色彩纷呈的新时期文坛争得一席之地。我衷心祝愿凌先有先生，衷心祝愿大水之象这枝奇葩愈开愈鲜艳芳华，衷心祝愿华夏水文化取得更加丰硕的成果。

（原载《中国水利报》）

灵魂的栖息地

——裴育民散文集《岁月散记》读后感

读裴育民散文集《岁月散记》，就像和发小海聊儿时的趣闻乐事，又似和父老乡亲追忆家乡的古老传说，抑或在课堂聆听老师讲述人生哲理和励志故事，感到特别亲切、真挚、发人深思和促人奋进。是的，的确如此，作为游弋宦海数十年的一位厅官，能在退休后以此种心态和笔法写出如此感人至深的作品，真是难能可贵，亦值得我们效法学习。

《岁月散记》是裴育民第二部散文集，以题材内容划分，主要包括"乡情童趣""事业人生""认知感悟"三部分。"乡情童趣"连接故土亲情，是生生不息的生命摇篮；"事业人生"心系国家人民，是实现自我价值的人生舞台；"认知感悟"来自主体与客体的融合碰撞，是深邃的生命港湾。人生有了这三个特殊载体，岁月链条便闪现出一个人性的坐标点，这就是我对《岁月散记》总的体会和感念：灵魂的栖息地。

故乡和童年是文学艺术最丰富的宝藏，只有用真情才能发掘和开采，也只有将这些原生矿料投入真情的熔炉才能冶炼出艺术的真金。在这方面，《岁月散记》占了很大部分，从降生十三朝古都到不愿上学，从偷吃猴爷杏子到下井掏麻雀，从修自行车到养安哥拉兔，从风箱风波到帮母亲做鞋，从打赌吃馒头到吃榆树皮窝头等，有的懵懂无知，有的滑稽幽默，有的天真可爱，读着读着，不禁令人生发"童年真好"的无限感慨。关于故土亲情，更是带着只有对父母亲人才有的那种亲昵依赖的感情，娓娓道来，字字珠玑，时刻撩拨着人性最铿锵敏感的琴弦。无论是读书上学还是三尺教坛，也无论是基层干部还是区市领导，这种执拗无奈的情结始终难以忘怀也始终流于笔端。如农场淘大粪、冬夜浇麦子、走村卖大布、下乡吃派饭、驻村蹲点等，场景真实，人物鲜活，情节具体，读起来如喝西凤酒，如吃搅团鱼鱼酸黄菜，乡土气息非常浓郁。请看他笔下的乡村夜晚："听着碧海波涛般的玉米叶子在晚风中吟唱，听着蛐蛐整夜不息的鸣叫，听着秋蝉发出对于季节即将转换的哀鸣之音……而在那片坟地上，我却睡得正香，那种惬意的香甜美梦，构成我少年岁月一幅壮丽而悲凉的画卷。"即使后来成为区市领导，也难以割舍这些浓浓乡情："在那些与农民群众朝夕相处的日子里，我的思想、感情、观念得到了磨砺和锻炼，心与他们贴得更紧了。"

在事业人生方面，随着他自然流畅、不动声色的叙述，面前陡然出现一个心系民众、乐于奉献的基层官员形象，以及紧随其后靠脚踏实地走出的一条成功之路。他生于普通农民家庭，几乎与共和国一起成长，一起经受了一系列社会斗争和贫穷困苦的洗礼磨砺，养成朴素诚实、坚忍顽强、积极进取的性格情操。他没有任何靠山，也没有宽裕的经济支持，完全靠党的政策、父母的引导和自己的努力，才实现了人生价值。从作品里，可发现他的三条成长轨迹，一是小学——中学——大学；二是教师——干事——秘书；三是做人——做事——做官。前者是基础和内功，中者是路径和机遇，后者是核心和本质。三者辩证统一，互为因果，相辅相成。特别是后者，曾被他标榜为"人性、党性、国民性"的精神圭臬，并严格加以实施笃行。这些思想和理念，在《后排"议员"》《渭河抢险》《牌匾》《九下王村沟》《一封群众来信》《抗旱时节》《莫耳村记事》等中可圈可点，既是他的奋斗史，也是官员修为和青年励志的参考书。例如他为村子办了事，村民要敲锣打鼓给他送匾，他坚决予以制止，并在文中写道："人世间许多事情，无须从表面看它是否华丽，而真正赋予精美内容的只能在其内涵。"又如驻村蹲点，和村干部商讨致富门路，听抗美援朝故事，吃搅团和浇汤面，随后发出这样的感慨："与农民群众靠得近了，能够直接听到他们的想法和意见……这对我来说，也是一次久违了的接地气的经历，它永远铭记我心中。"

对社会和生活的认知感悟，是裴育民散文的另一大特色。由于他的特殊身份，接触的人和事就高于多于普通百姓；又因为他具有一定文学修养，认识问题又敏于深于一般官员，基于此，他的作品就多了感性的色彩、理性的思辨和生活的哲理。如对"文革"，他认为"社会未必永远处于一种混乱局面，也不会将文化抛于脑后"。对学习，他始终坚持"眼过千遍不如手过一遍"和"记性好不如笔头勤"的哲学。对工作，他发出如此感叹："在有机会把事情做得更好时，却常常忽略本不该忽略的东西，而一旦时过境迁，也许才会意识到失去的时机。"对职场，他告诫青年人："不要在意你从哪里起步，关键是你能走多远。"特别是谈起婚姻、人生、幸福等话题，他更像一位虔诚的传教士，语重心长地打开读者的心扉："不管有无缘分，也不管命中是否注定，每个人都应该主动寻找属于自己的那份情感归宿，寻觅心中的那份挚爱。""面对挫折，要往大处想，往远处看……权当一次难得的经历……相信这一次你仍然会成为胜利者。""热爱生活的人，幸福就会离他很近，也会很快找到幸福的感觉。"除此之外，他对大寨精神的拓展、对红旗渠的感怀、对河南南街村的赞许、对巴马瑶族自治县长寿的探究、对中国赴非洲医疗队队长杨天庆的记述等，以及对黎群贤、许文义、山岚、康艳玲作品的评介，都写得生动传神，语言优美，观念独特，说理透彻，给人留下深刻印象。

裴育民先生退休后不但学会了开车，还在农村包了二分地，种些蔬菜花卉，尝试"桃花源"一般的生活。诚然，如果说文学是他精神的栖息地，那么"桃花源"就是他肌体的栖息地，有了这两个栖息地，他的灵魂就会得到慰藉、安息和升华。这是一个任何名利声色都无法比拟的最高境界，他似乎已感受到其中的奥妙和魅力，我衷心希望他修成正果，达到生命与灵魂融合的新高度。

天下丰碑

——读纪实文学集《情满江河》

一天，我正参加西咸新区作协召开的长篇纪实文学《守望天山》的改稿座谈会，突然接到水利部一位局长发来《情满江河》的书稿，并约我择期写一篇书评。也是纪实文学，也是革命前辈，也是具有爱国主义和革命传统教育意义的红色书籍。所不同的是前者为长篇，后者为专辑；前者是写全国政协原副主席、新疆维吾尔自治区党委书记王恩茂，后者是写全国人大常委会原常委、水利部顾问林一山等老部长和水利专家。很显然，这不是巧合而是应和，不是偶然而是必然——新时期以来，此类作品愈来愈受到社会热捧和读者拥趸，已成为主流文化格外走红的一个品牌。其特点，在主人公上既有革命前辈、战斗英雄、劳动模范，也有科技精英、社会名流和工商大咖；在书写形式上既有报告文学、纪实文学，也有人物传记和回忆录；在读者受众上既有离退休干部、退伍军人，也有大批接受革命传统和励志教育的青少年等。由此可见，其重要意义不只是对火热年代的历史记忆，更在于强化社会教育功能和文化软实力。

《情满江河》正好验证了这些评价和思考，可谓传统文化抑或红色文化的一大收获。该书收录报告文学、纪实文学、回忆录及长篇通讯三十二篇。书写对象分别为水利部老部长六人，工程院院士三人，教授级高工八人等。其中有参加过抗日战争和解放战争，为我国水利事业做出突出贡献，多次受到毛主席和周总理接见，被毛主席称赞为"红色专家"和"长江王"的全国人大常委会原常委、水利部顾问林一山；有在延安抗大入党后潜入大西南组建地下交通站，新中国成立后任贵州省水利厅厅长二十余年，后又"三去长江"为三峡建设毕生奋斗的水利部原副部长黄友若；有我国水工抗震学科奠基人，国际知名水工抗震专家，中国工程院院士，三峡和南水北调工程专家组组长陈厚群；有半个多世纪以工程为家、三年不离三峡、两次患癌坚守工地，人称"三峡之子""当代大禹"的长江水利委员会原总工程师、三峡水利枢纽工程总设计师、中国工程院院士郑守仁；有被誉为汶川"抗震四皓"中一马当先的马毓淦、两次入川的蒋国澄、六上唐家山的蒋乃明、坚守灾区月余的徐麟祥等老专家；有两次在工程现场差点丧命，为水利科技耗尽毕生精力的百岁老司长万里；有印尼归国华侨、水利部侨联原副主席、联合国WMO（世界气象组织）亚洲水文工作组主席、著名水文专家李曼卿；有转战多地、坚守基层、夫妻分居十三年，被传为新版"牛郎织女"的刘福鉴和李佩贞，等等。

读这些作品，我深为他们的事迹和精神所感动、所震撼、所鼓舞。他们不愧是江河湖海的保护神，是水利水电工程的"国家重器"，是创造安全和财富的"大国工匠"。他们面前总是荒凉、贫瘠和旱涝灾害，然而当他们离开时，身后却是一座座大坝、水库、电站和随之崛起的绿色与光明之城。大地因此而丰华，江河因此而安澜，国家因此而康定，人民因此而富足。这就是天地自然的逻辑，是"上善若水"的哲理，是革命者的初心使命，是彪炳世代水利人精神风貌和人格魅力的无形丰碑。于是我们看到，伴随着黄河和长江、天山和秦岭、三峡和南水北调等盖世工程，这座无形丰碑和这部《情满江河》变得同样伟大和不朽，必将在实现中华民族伟大复兴和中国梦的圣战中，发挥无形和无限的精神支撑及文化驱动的作用。

该书另一大特色，书写对象全都是离退休人员，最小的六十多岁，最大的一百零二岁，大多在七八十岁，有的业已作古永远离开了我们。他们为祖国水利事业筚路蓝缕，殚精竭虑，贡献出最美好的青春年华；离退休后仍壮心不已，心怀天下，时刻牵挂着江河湖海的安全和青年一代的成长，在力所能及的工作中发挥着余热。他们有的担任重点工程的专家顾问，有的承担相应的课题研究，有的热衷于做志愿者乐为老干部服务，有的在诗文书画中挥洒绚丽的笔墨。如年过八旬的老顾问林一山，在视力不济和书写困难的情况下，由自己口述、秘书记录整理，完成了《河流学》和《文字学》两部不同学科的书籍，为我们留下珍贵的精神文化遗产。副部长敬正书离休后担任中国水利文联主席，大力倡导水文化，组织全国性文艺会演、书画展览和文学创作活动，不但培养了一批作家和艺术家，也将自己的书法艺术推向全国。长江水利委员会原总工程师郑守仁，八十岁抱病坚守三峡工地，完成二百三十万字《长江三峡水利枢纽建筑物设计及施工技术》，以及二百多万字《长江三峡工程关键技术研究与实践》，并相继付梓出版。老部长黄友若离休后，不但创作出版了《黄友若回忆录》，还长期深入三峡和丹江口库区开展调查研究，先后取得《关于解决丹江口水库移民办法的建议》《关于三峡移民政策和组织机构方案的意见》《变安置性移民为开发性移民》等研究成果，并出版二十余万字的《水库移民文选》。水利水电科学研究院专家范家骅，退休后经常受邀在世界各大名校做报告，并出版专著《异重流于泥沙工程实验与设计》，直到九十六岁时他还进行实验研究，在《水利学报》发表多篇论文。他还喜爱古典音乐、美学和收藏，晚年生活过得既充实快乐又文明高雅。

更值得称道的是，该书由水利部老干部事业管理局编辑整理，该局党委书记、局长凌先有为主编，而且他亲自创作了多篇作品。凌先有是中国作家协会会员、中国水利作协副主席，出版了多部散文和水文化研究著作，是一位儒雅贤达的学者型干部，让他主政老干部管理事务，是水利部领导伯乐识马、知人善用的一个典型范例。从作品中得知，水利部离退休干部四五百人，他能"熟悉每人名字、记住每人生日、知道每人住址，掌握每人家庭和身体状况"，并做到"有病必去探视，生日必要祝贺，节日必发短信，节令必加提醒，有求必能万应"，有的还编成顺口溜，方便大家互相交流和提醒。特别是每个老人仙逝时，他都和其子女一起陪护到终，尽心尽责，作为司局干部，能达到这一程度，的确难能可贵，令人感动。

随着我国老龄化高峰期到来，党和国家对老龄工作更加关注和重视，这既是一幅余晖美景，也是一项朝阳事业。水利部能将老龄事业做得如此人性化、亲情化、人文化，堪称凤毛麟角。文化是社会的晴雨表，更是各项事业的灵魂。正如陈雷部长指出的："水文化建设是水利事业的重要组成部分，在现代水利事业发展全局中具有重要地位，发挥着不可替代的作用。"丈夫只手把吴钩，意气高于百尺楼。我热烈祝贺《情满江河》出版发行，并向这座无形丰碑致以崇高敬礼！也衷心祝愿全体离退休干部和专家身心康健、晚年幸福！

（原载《中国水利报》）

宵小何以撼大山

——杜崇信《法典》序

认识杜崇信是近几年的事，从和朋友交谈中得知，他读过工农兵大学和党校，做过"土记者"、写过小戏、教过书、当过公务员，而且秦腔板胡拉得不赖，又喜欢舞文弄墨，发表了许多文章，是那种"从小卖蒸馍，啥事都经过"的被称为"十二能"的角色。他的另一个特点是热情热心、敢说敢为、好打不平、仗义疏财，有点像《水浒》里的小旋风柴进。他将《法典》的书稿交给我并恳请为之写序时，就毫不掩饰地表露出这些个性特征。他一边喋喋不休大骂法律腐败，好像他就是法律的捍卫者；一边又以小兄弟的姿态亲热显摆，非要拉我去酒馆小酌。直至一个月后，我说《法典》不是小说，他脖子一梗，赌咒发誓，说绝对是小说。我戳破他的伎俩，说他狡猾，害怕别人对号入座。他嘿嘿苦笑，说还是老哥有经验，社会险恶，不得不防。

严格来说，《法典》既不是小说，也不是纪实文学，倒很像电视剧脚本素材，没水分，全是干货，这样更容易引火烧身。他的担忧并非庸人自扰，因为我曾遭此一劫。那是21世纪初，我受托为几十名离退休老干部处理一件经济纠纷，官司打了四五年，开庭七八次，引起上访告状，有的父子成仇，有的家破人亡，最终官司却不了了之。后来我以此为题材，创作了一部揭露法律腐败的长篇小说，出版后有人对号入座，扬言要把我告上法庭。但他们抓不住把柄，于是就造谣诽谤，甚至多次加害于我的家人，时至今日仍余波未尽，给我带来很大伤害。正因为如此，所以我虽读了《法典》，却一直为他也为我担忧而迟迟没写所谓的什么序。

法律是社会的根基，也是人类文明的保障。法律随阶级诞生而诞生，一方面充当统治阶级巩固政权的工具，另一方面扮演人民保护神的角色。我国法律从采猎蒙昧期到农耕经济期再到工业文明期，各个阶段体现不同特点，但从整体看又具有普遍意义。一是法治不只是一种制度化模式或社会组织模式，也是一种理性精神和文化意识；二是法治作为人类的基本追求和向往，构成了工业化和民主化的秩序基础；三是法律在终极意义上具有规范和裁决人们行为的力量，既是公民行为的最终导向，也是司法活动的唯一准绳。

习近平总书记说过，我国司法制度是党领导人民在长期实践中建立和发展起来的，总体上与我国国情和我国社会主义制度相适应。同时，由于多种因素，也存在一些司法不公、冤假错案、司法腐败以及金钱案、权力案、人情案等问题。这些问题如果不抓紧解决，就会严重影响全面依法治国进程，严重影响社会公平正义，严重影响党和政府的形象。司法腐败必须零容忍，要以最坚决的意志、最坚决的行动扫除政法领域的腐败现象，坚决清除害群之马。《法典》所披露的案例恰好验证了习总书记论断的正确性、典型性和急迫性，为我们敲响警钟：司法腐败是最大的腐败，只有司法的公正廉明才能确保党和政府的公正廉明，才能使社会进步、人民幸福安康！

《法典》的案例其实很简单，就是一块地，一家有证，一家无证，归属何从？如此一清二白的问题，连农村老太太"一五一十"地数鸡蛋，也能很快得出正确判断和结论。然而，我们的法官却不像农村老太太数鸡蛋，而是仿照作家创作那样打破鸡蛋又将蛋清蛋黄混在一起，然后再在鸡蛋里边挑骨头，由此衍生出一系列新的情节和细节，使原有剧情（案情）越来越复杂、越来越不可捉摸。这场马拉松式的官司历经十七年，开庭十多次，经手的省市领导七八任，涉及两市中院、省高院和最高法院，众多当事人、法官、律师、记者以及各级官员"你方唱罢我登台"，勠力合演了一场新的"三言二拍"司法大戏，真是蔚为壮观，闻所未闻。

事情演变到这一局面，可想而知其中猫腻该有多大、浑水该有多深、内幕该有多险！首先，官司打了十七年，却一直没原告，法院只好"拉郎配"，组成一个"影子原告"；其次，一块产权明晰的地皮，却被法院查封拍卖，并违法补办了七八个土地证；再者，法院既是裁判员，又是运动员，不是原被告打官司，而是法院和原被告对垒交锋；等等。如此怪诞的剧情，目的就是侵吞非法拍卖土地的一千三百万元。金钱依附法律，法律与金钱媾和。于是乎，法院、城建、土地、房管等部门众多官员，因利益被牵扯了进来。但最终正义战胜了邪恶，以省高院副院长李锐为代表的司法工作者高扬法治的旗帜，以事实为依据，以法律为准绳，排除各种干扰，使这一积案得以规范审理，维护了当事人合法利益和法律尊严。还有房地产公司副总包正清、法制记者方正言等正义之士，不畏强权，仗义执言，斗智斗勇，四处奔走，为揭露法律腐败做出了应有贡献。

书中对民营企业家赵云雅和刘汉杰夫妇的遭遇给予同情，对他们的创业精神和不屈不挠的斗争勇气给予高度赞扬。赵云雅，这个与共和国同龄的没落贵族家的千金小姐，生在红旗下，长在红旗下，下乡插队在红旗大队，回城工作在红旗电器厂，下海创立的企业是红旗房地产开发公司，开发的第一个项目是红旗商厦。她简直成了红旗的化身，连同她建的二十四层红旗商厦，成为全市的标杆和榜样，像一面真正的红旗在古城上空高高飘扬。她丈夫刘汉杰更是个弄潮儿，参过军、当过车间主任，改革开放后第一个下海，跑运输、贩石油、倒彩电、办商店、开饭店等，从万元户成为百万富翁，从个体户成为身家数亿的市人大代表、区政协常委和市商会基金会主任。中央撤销基金会后，他和爱人用红旗商厦作抵押，贷款三千万元，弥补股民损失，为政府纾解一时之困。就是这样一对夫妻，却被一场无名官司彻底击倒，他们申冤、呐喊、抗争，甚至被逼得喝农药自杀、持斧要和法官同归于尽。十七年诉讼，他们备受折磨，不但导致经济崩溃，而且造成人身伤害，导致公司一人丧命，一人变疯，一人失联下落不明。但他们始终没有绝望，始终顽强斗争，终于迎来了正义之光。

这本书的意义还在于，它告诉人们，在司法实践中，无论案件冤情多深、拖延时间多长、审理难度多大，只要心怀法律、敬畏法律、相信法律，并为之坚持到底、奋斗不止，就会收获光明和希望。历史一再证明，正义可能迟到，但正义绝不会缺席！正如习近平总书记在2014年1月8日中央政法工作会议讲话中强调的，要坚持以公开促公正、以透明保廉洁，增强主动公开、主动接受监督的意识，让暗箱操作没有空间，让司法腐败无法藏身。

秦镜天谴，威重万钧，宵小何以撼大山？那么，杜崇信还顾忌什么，我还顾忌什么呢？为了正义，为了不再发生此等法律悲情和笑话，所以我便啰啰唆唆说了这么多，不为作序，权当是为《法典》而写的一则读后感吧。

顾诗翁

——顾士杰诗词集序

拟此三字题，原因除了顾姓外，一是回顾与顾先生八年交往；二是给老友一个标签，想来想去，还是觉得诗翁二字最为妥帖——其不但外貌形象与诗翁陆游、杜甫相似乃尔，而且生命骨子里也张扬着诗痴诗狂的真性情，故画龙点睛，或曰：顾诗翁。

八年前，我初来上海，认识了一位IT教师，四十不惑，风流倜傥，桃李满天下。我们多在网上交流，偶尔也相约酒肆茶楼，青灯黄卷，把盏品茗，甚有一番骚人墨客的浪漫情怀。他善于倾诉，侃侃而谈，将身世沧桑和祖辈遭际讲得有声有色，一下子把我引入旧上海风云诡谲和民国初年大革命波澜壮阔的氛围之中。其中他外公外婆的故事尤为凄迷惊艳、悲凉跌宕。可惜后来工作变动，无缘进一步深谈，时间一长，那些人物情节便慢慢淡忘。大约一年后，他突然打来电话，说他舅舅也喜欢文学，慕名让我看看他的博客，写几句留言，鼓励鼓励。于是，我和他舅舅在网络相识了，这位舅舅就是顾士杰先生。

顾先生虽已花甲，却是个思维敏捷、意识浪漫、不甘寂寞、善于交友、喜好乐游、钟情诗文的人。他的博客写得很有水准，诗词文赋、杂谈游记，无不涉猎，而且美文佳句常有常新，令人赏心悦目。除了博客，每有新诗妙词，必发手机短信，让我第一时间领略他的文心诗情，好不乐哉！我主办的刊物曾刊发过他的数篇诗文，洋洋洒洒，之乎者也，几多闲情逸兴，颇得读者喜爱。互联网给他插上想象的翅膀，更给他的交友带来很大便利，他不但结交了众多文朋诗友，而且书家画手频频有之，常聚常会，谈诗论画，把酒醅风，一派文宿仙家气象！即便沉疴膝里、衰卧病榻，诗心词魂仍缠绵不息，神与物游，久久蹀躞于文学滥觞难以自已，从有关诗词即可识得些许端倪。他创造了诗词，而诗词又创造了他——这就是我对顾先生的印象。

读顾先生诗词，有的如醉如狂，笑傲江湖；有的追古阅史，抒发壮怀；有的褒贬时局，追求梦想；有的写景记游，颂山川秀美；有的卧病呻吟，憾人生苦短。皆是足之痕、人之情、心之音。

如醉如狂者，如"曾事绿洲风雨沥，匹驹横野月星移""得留只句传雅页，敢笑此生无悔时""子期世绝逢明信，安得飞天盼可消""梨花翻卷洗心墨，海角一隅争影遐""挥洒字文如画，如痴醉酒三坛""老眼昏花，多情应笑我，怎磨心器""磨砺经年自疏狂，乐在诗书漾""老亦志腹藏，友作师腔妄""淡看名虚利，出鹜脱盲民""耳聆莺啭几蝇嗡，笑对人生藏少心"……字里行间无不散发着一股乡村野老狂放不羁之气和都市浪人玩世不恭的醉语，一位草根诗人活脱脱出现在我们面前。

追古阅史者，如"千宠佳人，六宫粉黛，唯望子嗣江山在""玉带金钗，争欢相害，只为宠幸招君爱""八声甘州别有天。游丝千结红零乱""帝风流，古今叹。徒留清辉照壁苑。人散。乐天歌怨，西都流卷""后世奉恭贤侯亮，出师章，千古传佳卷""抬眼望神州，穷尽风光满目楼。华夏兴亡多少故""观涛思绪索，游客艇间掠。何处见雄师？胸燃复兴时"……从长城到骊山、从诸葛亮到秦始皇，我们读到的是民族衍续、历史无情、世态炎凉和一位耄耋老人抚今追昔、壮怀不已的拳拳之心。

褒贬时局者，如《纪念抗战胜利七十周年赋》《为外滩死难者哀》《十八届四中全会瞻望》《为一带一路呼》《中国航母出世》《斥"台独"》《熊市》《国庆赋》等，"七十年前华夏痛，虎狼入室践家园""外滩秀光时近黄，广场挤踏突惊魂""试海航母，国门把守添神兽。百年屈蹂，轻舰难驱寇""霏雨正萧萧，两会京城议。国是民生共讨商，制度和民意""丝绸新谋海上途，双赢务必互支扶""应循九二促和平。同根华夏祖，何意怕真言""政措频新，波澜不现，泥牛入海无期返。叹芦中诡异神知，股民入市人人怨""富国梦、社气和谐，日日靓，今朝共度携驰骋"……是非两判、爱憎分明，彰显着一位普通百姓对华夏民族复兴和中国梦的执着向往。

写景记游者，如"绿园漫步黄昏后，柳曝新芽欲赶时""江南又见物华更，岸柳轻扬风细萦""清明时节雨连绵，寒暑变临疯傻天""骑马山林古道间，幻思滇藏马帮途""千里追寻赴国涯，游人如织踏平沙""金风紧起人觉爽，画眉频比歌喉亮。樟浓轻拂枝，虫鸣秋夜迟""别浦消息莺百啭。柳眼梅腮，记取花烂漫。兰舟已近青山半。不尽心事蓬莱远""绿浓莺舞啭，阡塘鸭戏迷。时应梁燕筑新泥""择新园漫步，观鲜。丛绿密，柳丝垂岸婆娑软""待看绿野，桃李尽绽露娇颜""翠盖荫行慢。炎照西窗芳沁倦，千从白蕊相馨面"……掩卷细思，一幅幅美景佳境和诗情画意仍在胸间流连往复，带给我们的是美的享受与生活的哲思。

卧病呻吟者，如"病至突来谁曾料，浑身刺痛似针刿""楼室静娴熬病痛，忍将诗墨慰寒人""盼逢真道施高术，妙手驱邪痛症痊""卧枕难眠索诗律，搜肠得句始成篇""痛症未远，暑盛又逢书市展""自古人生何足愿？青山薄骨刻心酬""少华流尽，沧田桑梓，雄换了乡滨""韶光流岁，慕仰文泰苏李""白鬓须挂开毫，乐初尝雅韵，耕耘屏砺""老树又栖莺百啭。关外冰封，怎返山花漫"……如此这般，吟吟哦哦，面前不禁出现一位百病缠身、形容枯槁的诗圣杜老，正以"唯歌生民病"的诗风感染教诲我友诗翁顾士杰，于是读者朋友不期然便感受到作者发自生命深处的呼喊与歌吟。

行文至此，不由得想起那位IT教师和他讲的故事，恍然开窍：他的外公不就是他舅舅的父亲，他舅舅不就是顾士杰吗？真是懵懂糊涂，交往有年，怎么连这一关系也没搞清呀！便想：今后一定要和他长谈，深刻挖掘，兴许他的身世真能为我的长篇创作提供题材和人物故事呢。

割舍不了的文化脐带

——在陕西乡村文艺座谈会上的发言

今天这个活动很有意义，主办方是《陕西农村报》，会址是中国农业科技城杨凌，主题是成立陕西乡村文学艺术联合会，正好也是"三农"，说明《陕西农村报》对"三农"的重视，不但接地气、通神脉，而且实现媒体与文化联姻。一个新的文化载体和平台由此诞生，必将带来三秦大地文学艺术的蓬勃发展。为此，特表示热烈祝贺和衷心祝愿！

下面谈三点感想，以期与各位代表共勉。

一是关于母文化：纵观世界文化史，从原始祖先"击牛尾以蹈"到"哼吁艺术"，从西方"两希"文化到中国"庄老"学说，从埃及法老羊皮书到中国《诗经》总成，唯大地苍天、高山大河、星辰神灵、刀耕火种而始，直至现当代的乡土文学、山水画和民歌等，都难以超越"三农"这一圭臬。中国的四大名著，其中三部肇始于此。毛泽东在延安文艺座谈会上的讲话，提出深入生活和人民大众，在很大程度上指的也是"三农"。所以说，乡村文化是孕育各种文化形态的母文化，农村、农业、农民是文学艺术的主体和取之不尽的源泉。陕西乡村文学艺术联合会成立，是具有前瞻性和时代性的一件大好事，预祝它健康成长，走向辉煌！

二是关于乡土文学：在我国，随着改革开放和城市化的突飞猛进，城乡二元结构逐渐被打破，所谓"三大差别"逐步在缩小，这就为乡土文学提供了充实、发展、提高的必要条件。乡土文学既是具有地域特色的精神图腾和审美创造，也是人们乡土情感、乡土情结、乡土记忆和乡土叙述的精神依赖，更是永不过时的文化资源和文化资本。陕西以乡土文学著称，"城裔农籍"是难以割舍的文化脐带。柳青的《创业史》、陈忠实的《白鹿原》、路遥的《平凡的世界》、贾平凹的"商州系列"，以及冯积岐的"雍地系列"和王海的"五陵原系列"，都是乡土文学的佼佼者，在中国文坛留下浓墨重彩。所以我以为，陕西乡村文学艺术联合会的成立，既彰显了陕西文学的优势，也体现了陕西人的文化自信和文学自信。

三是关于文化活动：近年来，我国各地兴起的"乡土文化热"，成为一种时尚潮流，在营造和享受乡土文化的同时，人们达到心灵净化和精神升华的目的，从而获得文化的归属感。如春节逛庙会、清明祭祖、端午赛龙舟、重阳登高等民间风俗，以及户县（今鄠邑区）农民画、陕北民歌、华阴老腔等民间艺术，是当代农民自娱自乐、追求美好生活的重要载体和形式。而这些活动更离不开一批文化使者，他们在艰苦卓绝的创作之余，奔走呼号、精心策划和热情组织，对活跃乡村文化起到不可估量的作用。今天，陕西乡村文学艺术联合会成立，无疑搭建了一个很好的平台，使这些民间文化活动从组织机构到选题主旨等方面得到保证。我对此寄予希望，充满信心，也乐此不疲，在活动中净化心灵，拓宽视野，融入人民大众，以便创作出更好的作品。

作家是图书馆的打工仔

——在咸阳市图书捐赠仪式上的发言

欣闻咸阳市图书馆工作会议召开，借此机会，特向咸阳市和各区县图书馆赠送我的长篇小说《新部落》，对各位领导的支持和信任表示感谢，并预祝会议取得可喜成果！

如果说文学是精神食粮的话，那么图书馆就是个大仓库，而作家则是这个大仓库的打工仔，一页页码字创造精神食粮，一捆捆打包扛着抱着上架下架，所以说我和大家是同行，我们的心是相通的。别林斯基说，"文学是社会的家庭教师"；狄德罗说，"不读书的人，思想就会停止"。我们正处于知识爆炸、思想飞跃、文化多元的新时代，读书将成为一种时代风尚和生活习惯，让我们携起手来，共同努力，以满足人民群众日益增长的阅读期待和文化需求。

咸阳是中华文化的重要发祥地，从渭河文明到先秦文学，从秦始皇统一文字到"东方金字塔"建筑群，从《璇玑图》到于右任书法等，毋庸置疑地担当着传播中华文明的重任。焚书坑儒只是历史的偏见，当我们今天徜徉于浩如烟海的春秋战国的哲学天地、诸子百家的思想丛林和完整系统的先秦文学长廊时，谁能说这不是一种历史偏见？所以我希望咸阳图书馆行业能以此发轫，励精图治，开拓创新，将全市图书馆事业打造成像汉家唐陵一样承载着知识文化的东方金字塔。

我是一个地道的咸阳人，以一部《爱河》步入文坛，已出版长篇小说五部、中短篇小说集一部、散文集两部，以及报告文学集和其他图书多部。先后在陕西和上海召开了作品研讨会，李若冰、王汶石、王愚、陈忠实、白烨、肖云儒、刘建军、李星、牛玉秋、杨扬、王宏图等六十余名省内外著名作家、评论家撰文予以批评推介。《新部落》2018年底由作家出版社出版，陕西省作协副主席、《小说评论》主编、茅盾文学奖评委李国平从人物角色构思颇有用心、批判与反思的触角伸向新的高度、生态叙事展现新的方向和具有审美张力与现实特性等四个方面，深刻阐述了《新部落》新在哪里的内在魅力。中国小说学会副会长、原《小说评论》主编李星在文本结构、叙述特色、人物性格和人类生态意识等方面进行深刻剖析，称其为"触及人性本质的生态寓言"。他说："这是梦萌艺术生涯和文学创作发展到一定程度的一次虚构、一次抽象、一次爆炸。人们从中看到的不仅是社会上人人都能看见的真实，更有超越未来想象的真实，这就是一个成熟作家虚构所能产生的艺术力量。"咸阳市作协原主席杨焕亭对《新部落》的象征性、传奇性做了充分肯定和赞赏。

最后希望各位领导能将读者阅读后的意见及时反馈给我，我将不胜荣幸，以便创作出更加贴近时代、紧接地气、为人民群众代言发声的优秀作品。谢谢大家！

《新部落》创作过程及主要艺术形象

——在《新部落》分享会上的演讲（摘录）

文学是时代的一面镜子，时代又是由人主导和创造的。但人类发展到今天，总是以人类沙文主义自居，总是藐视一切而唯我独尊，过度开发、过度消费、过度透支，由此招致环境破坏和资源浪费。地球本是大自然的，如单细胞生物、裸子植物等，它们是地球最早的主人，后来才有了动植物，再后来才有了人，人不过是一个入侵者，为什么现在要主宰并任意虐待地球呢？所以，大自然由违忤到反叛，由反叛到报复，如地震、海啸、台风、瘟疫、雾霾、泥石流、沙漠化等，以前所未有的规模和频次惩罚人类。最典型的例子就是小小的新冠病毒，无论国家多么强大、科学技术多么先进、火箭航母多么厉害，结果整个世界溃不成军，而且至今搞不清它的来源和防治良方，可见大自然的报复是多么难以抗拒。正因为如此，才有了生态环境危机，有了《世界自然资源保护大纲》、有了绿色发展理念、有了生态文学。《新部落》正是在此背景下创作的。

下边我就《新部落》的创作过程、主要艺术形象与文学界评价等和大家进行分享交流，不妥之处望加以批评指正。

一、创作过程

1. 1983年7月31日，长江最大支流汉江发生特大洪水，到8月1日1时，安康流量达31000立方米/秒，约是黄浦江常年平均流量的100倍，最大涨高19.4米，整个老城被毁，千人罹难，经济损失4亿余元（那时的4亿相当于现在的40多亿）。灾后我两次到现场采风调研，先后创作了报告文学《水之魂》《女神》《砖刻的勋章》和中篇小说《跪拜死亡》，那时我就有了创作长篇小说的想法。

2. 1991年，在西北大学作家班学习期间，我先后完成长篇小说《爱河》和长达十一万字的中篇小说《绿太阳》，前者是关于水危机和兴修水利工程的，出版后省人民广播电台进行了长篇连播，反响很大；后者是关于水土保持和改革开放的，出版后也产生了很大的社会反响。与此同时，我还创作了许多有关水利和生态方面的散文随笔和报告文学，生态文学的理念基本形成。

3.20世纪90年代末，我受林业部之托，到东北进行采访，历时近一个月，对林业旅游进行了较全面的了解，特别是深入原始森林（还有地下森林），那种绿色、那种深邃、那种葳蕤、那种安谧、那种清新，将心灵来了个彻底洗礼和净化，最大限度触发人性的痛点和生命的张力。后来，我又在云南待了几个月，城外有座山，森林茂密，我常独自在里边转，困了就躺在草地上胡思乱想，孤独寂寞最能调动人的想象力，由此产生强烈的创作激情和冲动，回到家乡后苦斗一年，最终完成这部《新部落》。

4.我花了六年写成《悲喜娱乐城》《倾城》《金喽啰》和《新部落》四部长篇小说。《悲喜娱乐城》侥幸出版后，出版市场滑坡，无人愿意再出版其余三部。上海是我的第二故乡，我在此生活工作了十二年，因为单身（老伴有时也来），业余时间充足，这就有了修改机会。特别是《新部落》，工作所接触的都与水、水生态、水环境等密切相关，所以在思想升华、主旨开掘、人物深化等方面发挥了很大作用。自2016年至2019年，先后出版了《倾城》《金喽啰》《新部落》三部长篇小说，并于2018年在上海书展期间举行了《金喽啰》的首发式及研讨会。

二、主要艺术形象

季月：她关心生死未卜的新婚丈夫，期待着与他团聚，作为一个环保工作者，也关注严重恶化的生态环境。她和爱人一边旅行结婚，一边深入矿区调查，所到之处，山体破碎，森林毁坏，河道壅塞，水库超限，而调查却迷雾重重，一路受阻。正在此时，一场前所未有的大暴雨不期而至，暴雨、山洪和水库失事，三环叠加，大小城镇被席卷一空，生命万物遭受灭顶之灾。在惊涛恶浪中，她与爱人失联，被洪水卷入死亡之湾，进而与修卓和豪哥误入原始森林。她战胜种种苦难乃至生命威胁，用智慧和爱心化解矛盾，带领大家走出原始森林，为揭秘这场特大洪水成因和惩罚罪魁祸首豪哥做出最大努力。我一直将她当作女神、美神、自然谷神一样看待，希望她以女性的阴柔和母爱感化世人贪恋狂妄的心智，让世界在现代文明中回归到原生本我的自然和谐状态。

修卓：因家庭变故移居美国，目睹美国和世界的生态灾难，促使艺术生涯发生重大转变，由"花鸟大师"转变为"环保大师"，并周游世界进行生态写生和采风。在原始森林，他不但创造了"新部落"山洞，还与白熊"七日同居"，与仙鹤共创"天下第一大写意"，并用花草、石粉、灰烬，甚至尿水和经血，创作出一幅幅生命和生态既交融又相悖的壁画，试图以此唤醒人们的环保意识。

豪哥：是以贿赂各级官员和疯狂乱开滥采发迹的亿万富翁，面对孤独寂寞的原始森林，失去原本花天酒地的生活，于是千方百计寻找生理刺激。他对季月的骚扰，对修卓的谋害，对娃娃鱼的嗜好，对小狗和幼豹的虐待等，非道德和法律所能界定，简直就是一个反自然的狂徒。特别当获知自己就是这场特大洪水的元凶后，他不仅不反思悔罪，反而以绝望的心理，提出开发原始森林的狂妄计划，更是对季月感情和事业的严重挑战。

童九哥：隐居原始森林四十年，因政治逃亡变成大自然的一员。他被黄蜂蜇得浑身肿胀，躺在地上打滚，全身抹满污泥苔藓，疼得昏死过去，想不到两月后又奇迹般复活了。一天夜里，一只发情的母猴将他视为同类，希望借他的种子怀孕，这对久不人事的他来说，该是多大的诱惑和刺激呀，但他却不为所动，严守人性底线和人格尊严，三天后母猴所求无望偷偷走了。他与动植物相濡以沫，建立了深厚感情，但仍不忘外部世界，一直保存着一沓1956版人民币和一张女友的照片。当他终于带领大家走出原始森林时，却难以接受白色污染、环境破坏、人欲横流的现实，认为"一切都不实在，虚幻缥缈""只怨自己看不懂这个世界，不适应这个世界，理所当然地应该退出"。这不只是悲观遁世，更是对人类的嘲讽和鞭挞！

小狗（林林）：它是季月在洪水中搭救的，后来成为她的亲密伙伴和精神依靠。豪哥夺人之爱，将小狗发展成他的临时情人（手淫），以满足情欲需求。但当生命攸关时，它却被抛弃，成为主人逃命而扔给豹子的诱饵。这个角色很重要，既代表人类的投机主义，也有力刻画了豪哥龌龊和狠毒的性格特点。

猴子（火孩儿）：猴子是告别猴子王国时猴王送给季月的馈赠品，后来成为季月的闺密和贴身卫士，它对主人非常忠诚，晚上伴她睡觉，白天帮她采集食物，而且还带来了火，从此大家吃上了熟食。更值得佩服的是季月多次遭遇不测，都是猴子突然出击，使豪哥的阴谋屡屡落空。它是所有动植物和整个大自然的代表，其背后隐喻着人类蒙昧时期的原始共产主义思想，在当今地球保卫战中必将成为先锋队和主力部队。

白熊：它是人类放归自然的，在痛失儿女的悲情中，突然发现受伤的修卓，立即引起了它对人类的美好记忆。它将修卓搬进树洞，日夜守护，像疼爱儿女一样给他喂奶和疗伤。这个人兽和谐的典型，不但超越了生态伦理关系，也颠覆了人类中心主义的价值观，通过对"兽性"的大胆肯定来反映并重构人性，为最终构建完整的生态伦理和生态人格奠定了基础。

水墨丹青不了情

——赏读中艾绘画作品

可以这么说，中艾是一位自学成才的画家，他的大学文凭只是成名后的副产品，而在此之前，他已向生活、向艺术支付了昂贵的学费。他认为自己是母亲剪纸飞落的一角纸花，是父亲临摹王右军草书泼洒的一滴墨汁——注定要一生匍匐在艺术女神脚下为仆为奴。对此，他很庆幸，也很自信。他画猫，画狗，画上学的儿童，画晒太阳的老头，画洗衣的村姑……没有纸墨，他就在沙滩上画，在雪地上画，在墙壁上画。他的一双眸子特别敏感，时刻辉耀着求知欲与对艺术的渴望。他可以从天空多变的云彩设想出各种亭台楼阁和花草鱼虫，可以从屋顶和墙壁的雨痕构思出优美的人物场景。艺术女神格外眷顾他，不但画技日日长进，而且走上教坛，一边教书育人，一边受教于古代画师和当代名家。他崇尚西画，又难以割舍传统的脐带；他挚爱国画，又孜孜不倦地从油画和水粉画中汲取营养，潜心营造独一无二的"这一个"。

中艾的人物画注重神似，善于在形似与神似之间寻找突破口，然后饱蘸主体意识与感情浓液，轻轻一点，客体传神之态便跃然纸上。如《红星的故事》，奶奶头上的银发、脸上的皱纹、手中的红星，都画得惟妙惟肖，特别是嘴角一抹似喜非喜、似怨非怨的阴影，堪称传神之笔，一下老一辈革命家对下一代的担忧和希望昭然而出；还有趴在腿上的孙子，双手支颐，小嘴微咧，一对紫葡萄似的眸子黑白互转，既喜且惊，真可谓画龙点睛，神采焕然。又如《啊，中国》，如此大的题材，却巧妙地把长城和糖葫芦联系在一起，可见构思之精深。但这不是主要的，主要的是母子俩的神态更具有强烈的感染力。孩子的嘴大张欲裂，夸张得几乎看不清眼睛；母亲的嘴虽没儿子那般夸张，而丹凤眼里两抹若隐若现的泪光，足以体现其情感。唯其如此，才能表达内心的狂欢和喜悦。中艾人物画涉猎广泛，特别是历史人物和仕女图，一颦一笑，皆是人物灵枢的自然外化。如《杜甫行吟》，如《人比黄花瘦》，如《明朝卖杏花》，如《东观续史》等，都体现了以神为主、形神兼备的艺术追求。

中艾的花鸟画介于工笔与写意之间，又汲取了油画与水粉画之优长，有的浑然写意，有的工笔传神，皆构思精妙，运笔独特，水墨淋漓，色彩明丽，蕴含着浓重的书卷气息和文人雅趣。初看他画的公鸡，似有千篇一律之嫌，但仔细观察却发现每只的眼神都辉映着迥然不同的渴望。鱼虾在他笔下混沌得不成其画，简直就是孩童不慎泼洒的几滴水墨残迹。然而，当真正进入他的艺术灵魂时，那些个水墨残迹便遽然活跃起来、灵动起来！他更擅长画牡丹，曾被画界誉为"牡丹王"。花瓣没有明显层次，只是一堆浓淡相宜的颜色的互渗与互孕。叶子也是随意点染，很难看到筋脉走势。唯独枝干，或盘根错节，或败鳞残甲，皆精致描画，既给人以攀形附势之空间感，又形神俱真地揭示出花体内部复杂的支配关系。我案头有他一幅《无限春光》，八朵牡丹和三朵蓓蕾，散落着几乎占据三分之二空间。款底是一块以浓墨赋其形的石头，石缝间兀自攀出一根拧扭弯曲的枝干，至图左二分之一处与斜刺而出的另一枝干穿插汇拢，在浓淡各不相同的叶片映衬下，托起六朵花朵，与右下角的花朵和蓓蕾高低相守，远近互衬，使画面立即充满了空间感和立体感。与此同时，右上角通款逸出一大片蛋黄色块，像云雾，像光照，像瀑布，又像一种未名小花披垂倒悬，恰到好处地增强了画面的对比度和透视效果。而且，从蛋黄色块中如蚓蠕动的枝条判断，那一定是迎春花。众所周知，迎春花开放在早春，牡丹开放在初夏。而这种有违自然规律的构图理念，又透露出西方印象派的某些端倪。

中艾的山水画似乎不是画，而是雕塑的微型山水。不然，流连其间，为什么总有一股无名力量在血管涌动，总有一种金石之声在耳畔轰鸣？观那山水，无论构思还是用墨，无论沟壑还是褶皱，也无论透视角度还是光线转换，形体背后无不蕴含着万千气象和力量的源泉。如《深山鹿鸣》《秦岭山中》《山村人家》《山庄秋色》等，随着山势的起伏波折和岩石的沉浮，那一峰、一水、一石、一木、一舍、一人，都在画家皴、擦、晕、染中有了力度与生命活力。正如法国雕塑大师罗丹所说，首先要安排好形象上大的面，明显地强调……所支配的方向。艺术要有决断。由于线条显然的来龙去脉，才能深入空间而获得物体的深度。要切记，"没有线，只有体积……千万不要只着眼于轮廓，而要注意形体的起伏。是起伏支配着轮廓"。所以现在再欣赏中艾的山水画，便不只是看表面线条和笔法的秩序，而是透过表象探寻内在的深度和力量，于是山水和艺术就同时活起来了。

随着艺术风格的日渐突显，中艾和他的作品越来越多地被人们所熟知和称道。早在20世纪80年代，他的一幅画受到世界卫生组织首肯，并出版成宣传画在全国发行。他的作品先后参加过二十多次国内外画展，曾获得中国国际艺术博览会特等奖、全国职工书画大赛一等奖等三十多项大奖，有三十多幅作品在《光明日报》《中国书画报》《中国青年报》等报刊或发表或做封面，有十多幅作品被国内外美术馆收藏。中艾先生现任咸阳市美协主席，年近花甲，但他身体健硕，精力充沛，正处于创作旺盛期。愿他像他的名字一样，辟邪祛病，方兴未艾，奋进不止，永远使自己美丽，也使世界更加美丽。

（原载《人民日报》海外版）

翰墨丹青，锦帛人生

——顾鹤龄老先生书画作品赏析

偶得已故老先生顾鹤龄画册《须臾》一部，欣喜之余，多日舒卷伏案，仔细品读，不禁怦然心动，美感丛生。且不说装帧印制的精美，亦不谈版式设计的大气，单就内容而言，其书法之俊朗飘逸、绘画之传神写意、纺织图案之祥瑞锦绣，足令人发出"丹青帝图、金玉王度"之感慨。

顾老先生书法以楷书和行书为主，尤以行草见长。楷书如毛泽东诗词《满江红》《卜算子》等，敦实纯正，谨遵法度，运墨顺畅，笔画紧凑。行书如毛泽东诗词《念奴娇·昆仑》，寥寥百字，尽将三车、四佳、五戈妙用至诣绝，其中夏字的简约、天字的遒劲、寒字的俊朗、要字的平衡等，皆不失字品之法相、书道之范式。行草如毛泽东的《水调歌头·重上井冈山》，起笔刚劲，煞尾轻巧，顿挫自然，疏密有度，结体和谐，能感识到笔墨对力度、湿度、速度的严格把控和逻辑运用。还有张继的《枫桥夜泊》、毛泽东的《诗二首》及《咏梅》等，极尽行书之灵活通变，兼以草书之天马行空，简繁得体，束让考究，墨色氤氲。其草书突出中锋主宰守正，辅以侧旁细节的揖让照应，善于在笔墨运动过程中自由决断。如王冕、邢慈静的《咏梅》诗二首，巧妙运用蚕头、破锋、露白等技法，使浩浩字阵陡然就有了跌宕起伏、虚实异变的动感和立体感。又如自题诗《墨恣花酣笔势张》，滑涩从容而干湿恰切，横竖相促而撇捺共济，偃仰守成而揭按图新，读之令人赏心悦目。特别是两幅毛泽东的《长征诗》，内容相同而书面大相径庭，笔画多变、墨韵各异、运势迥然、风格大不相同。其中红军、逶迤、乌蒙、腾细浪、铁索寒、尽开颜等字词，用笔运墨独具匠心，别出心裁，气势磅礴，既表现出诗人的雄才大略，也彰显了书家的气度胸怀。另外，还有隶书、榜书和用明矾镌刻的拓印书品，也很有造诣，颇具欣赏和珍藏价值。

顾先生绘画多以山水花鸟、人物素描、静物写生为题材，体现了江南水乡钟灵毓秀的地域特色。如《乡情图》，前景横陈一河，河上兀自一桥，桥下行船二三，船家隐约，遂将人的心情摇曳潜游至碧波涟漪的深处。后景为一排依河而造的民居，鳞次栉比，逶迤连绵，一直延展到远处的空蒙。那岸边的石块、门窗的雕镂、楼眉的勾画、屋瓦的铺陈，简约而写真、神秘而古朴，将一幅"小桥、流水、人家"的图景跃然纸上。又如《观夜》，采取大写意手法，通过点、染、皴、露、晕、叠等技法的巧妙运用，孕化出一幅层次分明、浓淡相宜、远近互映的南国月夜图。其夜光之迷离、城堡之森然、林木之静寂、流水之淡泊、舟船渔翁之逍遥，使"似与不似"的亘古画论幡然落纸。《登八达岭》更是一幅佳作，中轴两峰对峙，峰头突兀，形势十分险峻；近旁劈石而去的山道呈"S"形前行，循着山道追寻远处重叠山影，这才发现一条蜿蜒曲折、时隐时现的长城。真是图穷匕首见，达到画龙点睛的艺术效果。在技法上，此画将写意工笔化、工笔写意化，特别是山的皴褶、树的枝叶及长城的垛堞，意中有工，工中存意，工意交融，魅力无限。还有《华山云起》和《六盘山》两幅长卷，构图大气，空间感强，笔力酷峻，墨色浓重，在连续不绝的搓擦晕染中突出画面背后的力度和秩序，给人以强烈的视觉冲击和精神震撼。水墨画《塔山晴岚》《漓江烟雨》等，采用浅绛手法，高洁素雅、空灵俊秀，无不含纳天地自然之元气、万物生灵之本色。其花鸟画在继承传统风格基础上时有突破和创新，如《国色天香》《鸳鸯》等，一改传统牡丹花团锦簇之气，意在独立独秀中追求安谧恬淡的生命状态。特别是四屏锦《葡萄》《牵牛花》《夏荷》《大富贵》，不片面追求花的绚丽多彩，而注重花与花、花与枝叶、花与泉石、花与虫鸟的秩序和逻辑关系，赋予画面静态的妖娆和动态的美趣。还有诸多水彩画和人物素描，无论线条运用还是光线处理，抑或色彩搭配等都娴熟到位，饱含潜在的美感力量。

纺织印花图案对顾老先生而言，既是至死不渝的职业操守，也是将生活元素升华到审美通感的艺术追求。其作品可分为深浅色面料图案、照相雕刻图案、仿钢芯雕刻图案、三原色图案、酞菁蓝图案、仿蜡纺图案等十大类。如《梅香竹影》印花面料，几多梅花，几多竹叶，在泡泡纱坯布的烘托下，显得格外简洁、疏朗、朴素、高雅。《秋菊》汲取民间蓝印花布风格，构图新颖，线条简练，色调淡雅，饱含自然与生活中的美。《绒绣花》在由黑白黄三色麦穗嵌合的底色上，散乱布设了红黄白三色大小不等的花卉，又以牡丹、芍药、月季最为突出，花瓣分别排列组合成数行黑白二色的麦穗图案，画面活泼，透视感强，整体给人以编织和绒线的视觉效果。还有《寒梅金菊》《神仙鱼》《白蝴蝶》等，均构图独特新颖、线条流畅细腻、颜色搭配巧妙，很有艺术感染力。特别是被面图案，多以花团锦簇、富贵吉祥为主题，在传承大红大紫、大富大贵的传统文化基础上，更多地注入花草云纹、鱼虫飞禽和现实生活元素，适应现代人的生活情趣和审美需求，有的至今为藏家挚爱，为人们生活享受与社会记忆增添了浓重的底蕴。

顾鹤龄老先生出生于浙江嘉善魏塘镇，曾祖父和祖父经营衣帽布庄，父亲供职于一家银楼，是中国乡村最早从农耕文明走向商业文明的典型代表。祖辈三代钟爱书画，各家厅堂回廊，名家作品琳琅满目，充满书香之气。而且四叔父和堂兄尤擅此道，创作了大量作品，常悬于天井院落供族人和乡邻参观欣赏。如此深厚的文化传统和艺术氛围，赋予他更多文人情怀和艺术潜质，让他自幼与书画结下不解之缘。"七七事变"后，日本大举侵华，家园毁于一旦，他随族人逃难异乡，后被引荐到上海做学徒。上海解放后，他先后在工会、夜校、商店工作。1953年调入上海新丰印染厂，自此开始了四十余年的专职纺织品图案设计生涯，陆续在上海新丰印染厂、西北第一印染厂、陕西第二印染厂创作设计各类印花图案一千三百余幅，曾荣获纺织工业部、上海轻纺工业局、陕西纺织工业局二十余项大奖，堪称纺织图案设计大师。

如果说顾老先生的图案设计来自对生活的深刻体认和艺术升华的话，那么他的书画创作则出于情志的抒发、人格的坚守和文化的自觉。是的，他经历过抗日战争和解放战争的洗礼，也经受过举家西迁的变故，更亲历了"文化大革命"劳动改造的苦旅。但他真善美的大旗始终没有倒下，对人生和艺术追求的灯塔始终没有熄灭。从他的作品中我们读到的是生活的美好、社会的文明、人生与人格的不朽，毫无颓废、幽怨和耿耿于怀的杂色。正如清人松年在《颐园论画》中所说："书画以人重，信不诬也……吾辈学书画，第一讲人品。"至此，一位正直耿介、笃诚友善的旧时文人和现代知识分子形象，便栩栩如生地站立在我们面前。真可谓：丹青翰墨，锦帛人生。仙鹤虽去，松龄永寿。

西部朝圣者

——赏析韩舒柳西部山水画

　　一个艺术家必须经过长期不懈的艺术探索，才能形成自己独立的艺术体系和鲜明的审美特征。韩舒柳正是如此，在苦苦的探索中，他像一个虔诚的朝圣者，从实践到理论，完成了一个艺术流派的整合与催生，成为西部山水画的开拓者。

　　韩舒柳青年时代已活跃于长安画坛，特别是受石鲁人格魅力的影响，改变了他后来的艺术发展轨迹，也熔铸了他不媚世俗的人格魅力。

　　韩舒柳的西部画风是历经曲折而形成的。

　　第一阶段以"黄土高原"和"秦岭山水"为主线，竭力在二者的反差互补中充实自我，在继承和创新中寻找突破。作品《高原人家》《秦岭之雄》《华岳苍色》等，已显露出独立的审美理想和人文情怀，但仍未摆脱传统的樊篱，制约了他本能的生命律动和个性张扬。

　　第二阶段以"丝绸之路"为主线，此时他心中始终激荡着一种无名的憧憬和渴望，这就是他后来苦苦追觅的"西部情结"。正当一些画家以所谓的"长安画派"为荣时，他却自觉冲出"长安画派"套路的束缚，足迹遍布河西走廊、敦煌、天山等地。面对"大漠孤烟直，长河落日圆"的塞外景象，他的心灵和情感都得以净化和升华。这时主要作品有《雪原茫茫》《雪山来客》《聆听巅峰》《高原风雪》等。这些作品无论在笔墨与形式，还是在题材与意境上，都有了明显的拓展和深化，初显西部画风的端倪。

　　第三阶段以"青藏高原"为主线，他称此为"极地"和"天界"，即天地的终极，是蕴含于西部地表物象背后更本质真实的精髓和气脉。他先后两次跋涉于青藏高原和甘南地区，把灵魂与肉身赤裸裸交给"佛祖"。他完全被雪域高原的博大精深和神奇奥秘的魔力征服了、融化了。他惊羡自己看到了真正的圣山、圣水、圣灵，他像一个痴迷的圣徒，在图腾与崇拜的涅槃中体认生命的纯粹，在哲学与完美的超度中领略美的真谛，在天堂与地狱的对话中追寻皈依的法门和洞天，在大自然的原生原状与生命的原汁原味中酿造艺术的真果。这时的作品凝聚了一种强烈的震撼力，使其西部画风日臻成熟与完善。

纵观韩舒柳的"西部山水"，可以领略到多层面多视角的艺术风格和审美特征。

一曰气度博大恢宏。他非常重视精气神的凝聚和提升，把主体意象吐哺于画面，又把画面的意境延伸于画外，给人一种气势磅礴和意趣万千的振奋。正如他在论画中所说："心存浩然之气，必能吞吐画面之中。""若说写山中云烟，实为胸中万壑之气。"

二曰强化力度动感。他往往在作品中以几块峭石跃出混沌世界的意象来主宰画面，很难分清是云是雾是烟还是山的投影，正因为如此才激活了画面的力度与动感，仿佛连远处的雪山也森然壁垒于浩荡天风之中。如《无边风云极地来》中的云气，无论从哪个角度看，都像是从山口中吐出来挤出来压出来的，力度动感跃然纸上。

三曰画境神秘深邃。从山的隆起到沟的凹陷，从寺的剪影到塔的倩姿，从林的群像到树的孤影，无不透映出一股酷峻奇异的气息和神秘色彩。如《极地》，近景用影像逆光手法构成大块的黑色山体，远景是朱墨勾皴的山麓，阴阳明暗对比强烈，暮色中隐现的佛塔让人立即生出许多联想，如巴黎圣母院又似基督山伯爵的城堡。更耐人寻味的是那些玛尼堆不期然闯入视野，细看又是抽象的牦牛头骨，真是出奇制胜，妙趣无穷，不失为一幅力作。

四曰极尽生命张力。在处理虚实、隐显、聚散、纵横、起伏、强弱、疾缓等关系时，他大胆突破传统技法，使画面在强烈对比和圆融互渗中隐藏起万般生机。特别是光与色的承转运用，更是别出心裁，或山、或水、或木，于不经意间划出一抹亮光和几点朱色，传达着高涨的生命信息。在用色上，贯以水墨为主，偶尔伴以朱砂。这种妙施丹青的手法，使画面更具生命的感召力。正如他论画所云："朱色应建立在水墨的基调之中……但更多奉献给人们的是热烈浪漫、阳刚崇高之美。""混沌的浓墨之中，一笔朱砂必能惊醒昏沉的万丈深渊。"

五曰渗透宗教夤缘。绘画自古是宗教的脸面和衣裳，中外许多著名画家无不与宗教有缘或本身就是忠实的布道者。韩舒柳善于在宗教中发现哲学的奥秘，又视其为艺术的脊梁，所以他力图把佛教中观智慧、老子"大音希声"、孔子"礼仁为美"等美学思想浸渍于画境之中，在增强透视感和层次感、拉大空间感和距离感的同时，赋予浓厚的宗教和哲学意味，使作品表露出一种佛性禅机般的空灵、超远、清明和脱俗之气。

韩舒柳在绘画风格上自成体系，其书法、诗文也颇具造诣，且多有论著。他博学多才，修养精深，这是一个大家应有的铺垫。他时值盛年，正是问鼎画坛获取正果的黄金时期，他有这个实力和潜力。"天有大美而不言"，命"无所为而无不为"。这是韩舒柳为人、为画、为文的写照，也是笔者对他的祝愿。祝他的作品常新常美，使西部山水画也像图腾一样，倾倒无数信徒。

（原载《陕西画报》）

痴得美丽

——浅议何伯正绘画作品

读何伯正的作品和人，使我立即想起"画祖"顾恺之、"元四家"之首黄公望和"吴派"主帅沈周。他们都是姑苏人，都是古代画坛顶级名流，也都是大痴大怪之人。顾恺之史称三绝，即才绝、画绝、痴绝。黄公望号大痴，沈周在画中自题道："画在大痴（黄公望）境中，诗在大痴境外，恰好百二十年，翻身出世作怪。"可见他的"痴怪"不在顾、黄之下。装傻作痴是古代文人保护自己的一个障眼法，但在他们却是一种境界，是生命的大智大愚和艺术的大彻大悟。吴道子的"疏体山水"、李白的"斗酒诗百篇"、郑板桥的"难得糊涂"不也正是如此吗？

何伯正先生正是这样的一个人。他祖籍丹凤，自幼受陕南山水和商州四皓熏陶，酷爱艺术。1949年考取西北军政大学艺术学院学习美术，创作揭露一贯道的连环画入选"西北公安展"，后被中国军事博物馆收藏。他先后在中共西北局文化部艺术处、西北画报社任科员和美术编辑，深受赵望云和石鲁赏识，极力推荐他到西安美院深造。1957年结业后他来兴平蹲点，普及和辅导民间书画，并创作发表了全国劳模张明亮的连环画。也许是纯朴善良的农民感动了他，也许是精彩的民间艺术使他着迷——反正领导没叫他回去，他也没要求回去（而且不久又把在西安工作的爱人也调了来）——便这么痴痴迷迷地在兴平一待就是四十八年。按资历和成就，混到这个份儿上，谁说他不比顾恺之、黄公望和沈周更痴更怪呢？

然而，如此生命状态却赋予了他绘画作品吸引人的艺术魅力。鄙人有幸观瞻他的画展，于是便神领了这种痴的美丽和洒脱。何先生的作品题材丰富，涉猎广泛，既有人物山水，又有花草鱼虫；既有战争题材，又有现实生活。品种多变，或写意，或工笔，或剪纸，或皮影，或长卷，或小饰，或连环，皆栩栩如生，不拘一格。其画风可概括为三痴。

一是视觉痴绝。他很早就亲聆石鲁的教导："一手伸向生活，一手伸向传统。"半个世纪以来，他始终在这两极之间守望和寻觅。这些也许被人讥之

"陈旧"的执着，在他却正是走入自由王国和营造自我家园的基石。无论是被中国军事博物馆收藏的《进军大西南》，还是被选入共和国专家成就博览珍藏版的《艰难岁月》，也无论是被新加坡艺术院珍藏的《千禧龙年》，还是被湖北莲花山旅游区碑石镌刻的《药王坐虎诊龙图》等，都从独特的视角切入，使重大事件、人物和自然场景有机地结合起来，从而给人一种强烈的视觉冲击和审美冲动。试问：中国画坛林林总总，有谁能把十大元帅与祖国山水融为一体？有谁能把民间皮影、剪纸和工笔、写意等不同技法融为一体，又有谁能把药王孙思邈和龙和虎和山水百草融为一体呢？

二是意蕴痴奥。他颇得顾恺之"意在笔先，画尽意在"的精要；更对郑板桥"一枝一叶总关情"的奥秘心领神会，便苦心孤诣地历练内在的精、气、神，始得艺术的情、意、趣。从他的作品中时时都可以体认到这些艺术的精魂。请看《大漠落日照山河》《壮丽山川迎晓日》《中华厚土》《一啸谷生风》《草原雄鹰》等，一听题目就深感先生胸怀气度之浩瀚，要是走进画境更不由得失去自我，全被感染得痴兮兮傻兮兮地现了真性。瞧那一山、一水、一石、一木、一人、一物，无不充满禅机佛智与鲜活的生命感情。如《壮丽山河迎晓日》，近处奇石突兀，劲松密挺；对岸百壑峥嵘，千峰竞秀，状若万马奔腾；恍惚一水长流，白如绫，飘似云，环山迤逦而去，一直隐至空蒙；然就在这似隐非隐、似空非空的气象中，浮荡出一团红色小点。火耶？电耶？帜耶？花耶？其意趣情志皆在画境和读者心中。

三是技法痴约。痴而简约，简而率真，真而才显大气。读他的作品，凡皴、凡擦、凡勾、凡晕、凡染、凡泼，抑或光线透视、色墨搭配，以至工笔描摹等，都体现了他"痴约"的技法特征。笔墨走势有时细腻如缕，有时奔突似雷；有时泼染若一团乱麻，有时笨拙得像稚童涂鸦。如猫，如狗，如鱼，如虫，如《雀儿叫声响叶间》等，不经意间寥寥数笔，一个生命遂脱颖而出，亦痴亦灵，亦繁亦简，都是一种境界和心情。再看描摹的《清明上河图》和众多以虎为题材的作品，把工笔技法发挥到了以假乱真的程度。他特别爱画虎，被称为"画虎大师"。这些白面吊睛大虫在他"痴约"的笔下，一个个变得风神焕然的了。

何伯正一生以画为命，痴迷修习，造诣精深，硕果累累。他的作品除被中国军事博物馆、新加坡艺术院等馆藏和编入十多种画册典籍外，还多次被《人民日报》海外版、《人民画报》《中国妇女》《中国农民报》《香港艺术家》及日本《人民中国》等报刊推展介绍，并获得国内外各类大奖三十多项。

更令人敬佩不已的是，他收徒传艺的弟子近八百名，其中成为美院教授、一级画师和知名画家的达数十人。他的三个儿子中两个是专业画师，一个是业余爱好者，孙女还考取了中央美术学院。所以我说，何老年近八旬，痴痴丹青五十载，果然痴得生命的美丽和洒脱，也痴得艺术的美丽和洒脱。

（原载人民网强国论坛）

翰墨大风歌

——杨溥书法作品浅议

几年前在一次文人聚会上初识杨溥，此君童颜长发，美髯明目，谈吐诙谐，颇具仙家风度。后偶见他几幅墨迹，又幸瞻其为村民市民免费赠书的义举，便了然他一片拳拳之心。近来多去他的书房造访，赏读了他的大部分作品，这才算走进并读出、品出这位被称为"书坛怪才""翰墨疯人"的一些意味和精神。

杨溥的书斋名曰"大风阁"，取汉高祖刘邦"大风歌"之意。三个由他亲书的似欧非欧、似柳非柳的大字，一下子把我带入"大风起兮云飞扬，威加海内兮归故乡，安得猛士兮守四方"的情境之中。的确如此，当我浏览书斋四壁琳琅满目的墨宝和数部装裱精致的作品集成时，无论是隶篆还是行草，无论是屏幅横批还是扇面斗方，也无论是《出师表》还是《赤壁怀古》，都仿佛有一个很大的气场正作用在我的身心上，那点、面、线中隐伏的千军万马正直驱我自闭的精神王国，让我深深感受到他与其书品回肠荡气的英雄气概和"王侯将相宁有种乎"的王者之气。此种气质与魄力是他在娘胎里就有了，并于后天苦苦修炼禅定的结果，也是他心志胸襟的自然展露与外化。

杨溥书法的另一显著特点是饱含生命的汁液。书法之于他，已是实实在在的生命行为。他曾经为自己设置了种种障碍和苦难，不但在偏僻的小屋封闭了八年，过着蓬头垢面、夜伴孤灯的苦行僧生活，而且迷恋山水，几于亡命，在大自然中亲历生命的险绝，妊娠黑白艺术的血胎。正如他说的："一块块神秘的墨团，一道道复杂的线条，就是我对人生的感悟，也是我生命的轨迹。"苏轼《论书》说："书必有神、气、骨、肉、血，五者阙一不为成书也。"此五者，即生命。书法如果没有生命和真情的投入，充其量只是笔画的堆叠而已，毫无魅力可言。汉代书坛二杰张芝和钟繇，前者练笔将池塘染成了墨池；后者寝而以指研字，久而久之，竟将被褥划破，均传为书坛佳话。只有肉体的透支，才有艺术的练达。所以在杨溥的书法作品中，时时处处都能感受到艺术生命的活力与生动，特别是那不拘一格、夸张写意的狂草，像冬之"雪压红梅"，似春之"竹笋竞鞭"，如夏之"稼穑拔节"，若秋之"乱枝缀珠"，传达着极强的活力和审美意象。看杨溥的书法作品《陋室铭》《沁园春》《云裳丽影》等，除深邃无限的生命意识跃然纸上外，仿佛书面正跃动作者赤裸裸的生命晶体。在这里，书法作品不再是毫无生命的符咒，而是交织着作者思想感情和生命本体的真实的自我。

静心静态，神与物游，这是杨溥书法的又一特点。他深得欧阳询"每秉笔必在圆正，气力纵横重轻，凝神静虑"之精要。他对书圣王羲之"心书贵于沉静，令意在笔前，字居心后"的书道心领神会。他更是把刘熙载的"笔性墨情，皆以其人之情性为本"作为座右铭，昼书修其善，夜墨守其真，弃绝凡世的一切纷繁喧嚣和物欲诱惑，如佛门弟子般面壁修行，独步大境。这不是哗众取宠的矫揉造作，也不是故作高深的刻意雕琢，而是他对人生的自觉思考，是他感情的必然沉淀和"大美不言"之后的生命升华。

故而，读他的墨迹，凡篆、隶、楷、草，或扇面、对联、长卷、条幅，有的如金石碑刻，有的如馆藏真迹，有的如童稚涂鸦，有的如龙飞凤舞，皆自然天成，怀素抱朴，真可谓纯而又纯的艺术和洁而又洁的圣迹。读着读着，遂将一颗浮躁的心付之翰墨，悠悠哉便有了如神如仙般的自在。此乃何等境界，何等造化耶！

孟子曰："可欲之谓善，有诸于己之谓信，充实之谓美，充实而光辉之谓大，大而化之谓圣，圣而不可知之谓神。"我衷心祝愿杨溥先生勤于实践，锐意创新，精益求精，沿着这三个审美层次渐向圣与神的大境迈进，创造辉煌。

（原载《咸阳日报》）

楷书人生

——走进史仲胡黑白艺术

史仲胡书法以楷书为主，既有小楷，也有中楷和大楷（榜书）；既有正楷，也有行楷和行草。凡扇面，凡条幅，凡对联，凡斗方，皆笔墨工整，结体严谨，潜于法度，意蕴无限，于翰墨间透露出一派方圆规矩和金石碑刻之气。赏之，如临秦始皇兵马俑岿然如壁垒的宿卫军阵，不期而然进入先生创造的黑白艺术世界。

楷书又称正书或真书，由隶书演变而来。中国独特的书法艺术，包括"真、草、隶、篆"四大书体，真书名列首位，而且初习书法者，无不从楷书始，有的终其一生，锲而不舍，孜孜以求，足见其地位之重要。楷书的特点是形体方正，笔画平直，勾、撇、捺、点分明，堪为楷模。开先河者，当属三国钟繇、晋时王羲之，至唐代更是名家辈出，如虞世南、欧阳询、颜真卿、柳公权，到元朝赵孟頫更是其中翘楚。史仲胡先生初习钟太傅小楷，继摹王右军碑帖，再后效柳、赵章法。勤练数载，始得精要，渐入佳境，自成一体，硕果尤繁，令人叹之。

史先生小楷之优长，可概括为九个字：严不古，秀不浮，刚不狂。如他书的苏轼的《赤壁赋》、杜牧的《阿房宫赋》、欧阳修的《醉翁亭记》等，蝇头小楷，绢绢长幅，洋洋洒洒，蔚为大观。运墨均匀圆润，起落铿锵有力；结体在整齐划一的基础上，笔笔有变化，行行各不同；点欲尖而圆，挑欲锐而钝；外显温文典雅，内藏刚毅遒劲。特别是白居易的《长恨歌》，通开，四屏，灼灼千言，凿凿仙诗，如刻如镌，工整隽永，一气呵成，顿将汉字表情达意之美和书法的艺术魅力跃然纸上，堪称小楷佳品。

史先生的中楷以对联和条屏居多，无论着笔还是回锋，也无论顿挫还是露白，无不斩钉截铁，洒脱利索，持重稳健，力透纸背，颇具"颜筋柳骨"之风。特别在技法上，把虚与实、干与湿、逆与提、扁与长的关系处理得恰到好处。更令人称道的是，他偶于协调和谐中制造些许波折与倾斜，或左或右，或上或下，不经意间达到跌宕起伏和立体质感的效果。

再说他的大楷，即榜书，虽然作品有限，但依然能感受到其功底深厚和技法娴熟。苏东坡曰："大字难于结密而无间，小字难于宽绰而有余。"这些关于大小、结构与空间之要义，都在史先生的大楷中得以运用和体现。如"惠风和畅"，以束为主，束中有放，始终将一脉机锋藏而不露，充满佛心禅意；如"室雅人和"，繁简缩展，搭配巧妙，使方寸尺牍遽然有了"象外之意"的无限空间；又如对联"艺苑芝兰茂；书林翰墨香"，笔画参差，藏锋逆势，书香墨韵直抒胸臆。

除此之外，其行书也值得一提。行书源于章草，亦称真行，介于楷书与草书之间。先生行书近乎真而"纵于真"，近乎草而"敛于草"，稳健流畅，任纵奔放。如他书的《三国演义》的开篇词、岳飞的《满江红》、毛泽东的《沁园春·雪》等，亦真亦草，挥洒自如，既有"存字"之梗概，又有"破楷"之端倪，行文如流水，俊朗飘逸，尤见方正本质。

总之，史仲胡先生书法以楷立命，以楷为本，走的是一条历代书法大师的必经之路。这与其心性气质和人生追求不无关系。他出生于大财东家庭，深受书香熏陶，自幼随父临池习字。父亲习于柳公权，常给他讲其"笔谏"的故事：唐宪宗附庸风雅，求书法之道，柳公曰："用笔在心，心正则笔正。"从此这句话就成了史先生练字做人的座右铭。他学的工艺设计专业，毕业后办过纺织厂，搞过印花设计。三年困难时期时弃工务农，但迎接他的却是可怕的饥饿和强大的政治压力。在这种情况下，他依然没忘柳公权"笔谏"的那句话，方方正正练字，方方正正做人。他不但爱写字，还喜欢唱秦腔，二胡拉得也很好。这样一来，村里的节日庆典和红白喜事都离不开他。他的一身正气和一手好字，就是这样伴着秦腔和苦难练出来的。

如今史仲胡先生年逾七旬，正式研习书法是近几年的事，但那些苦难岁月却为他打下坚实基础。他常说："练字如练气，运笔如运神，施墨如施善，行楷如行人。"这种把气节、神韵、做人与书法紧紧联系在一起，除古代知识分子，尚属何者？故读他的作品，不仅是一种艺术享受，也包含对天地自然、人文历史与蹉跎人生的诸多参悟。

（原载《咸阳日报》）

翰墨精气神

——序史仲胡先生书法集

多年前，史仲胡先生出版书法集，我为之写了《楷书人生》一文。他的书法以楷书为主，可以概括为"严不古，秀不浮，刚不狂"九个字，写出了筋骨、写出了血脉、写出了书法与做人的方正本质。之后我长期寓居上海，再未与先生谋面。一日他突然打来电话，说他又要出版书法集，让我再写一序文，遂将书法集用电子邮件发了过来。打开压缩包，但见一帧帧墨宝犹如黑白鱼太极图般在眼前滚动，滚动……霎时，我的审美观被推向一个新的高度，意识到这绝非多年前的"楷书人生"，而是一派恢宏深邃的大气象。于是，有一个多月时间，我有空就打开电脑，追逐着黑白鱼，一遍遍欣赏和琢磨，终于捕捉到先生黑白艺术中所充满和喷薄的"精、气、神"。

书法是一种表象艺术，但字里行间和笔墨背后无不蕴含书家的品性气质、人生体验和审美趋向；反过来，这些所谓内在潜质的东西又透过表象宣示出来，从而产生审美诱惑并带来视觉与知觉的美感。这就牵扯出意境意蕴这个审美标的，即书家常说的"精、气、神"。精是精神，气是气韵，神是神采。清人王澍在《论书剩语》中说："作字如人然，筋、骨、血、肉、精、神、气、脉八者备而后可为人。"宋人苏轼在《论书》中说："书必有神、气、骨、肉、血，五者阙一，不为成书也。"在这里，无论"五者说"还是"八者论"，讲的都是人之所以为人的因素，其他指实体，是基础；而"精、气、神"指意识，是挈领。正如清人朱和羹在《临池心解》中所说："作字以精、气、神为主。"显见，古人将人体要素引入书法体系，足以说明书品与人品的辩证关系以及"精、气、神"的重要地位。

史先生作品正体现了这一书法艺术的圭臬。

在精神方面，史先生的作品中，从范仲淹的《岳阳楼记》到王勃的《滕王阁序》，从王羲之的《兰亭集序》到司马迁的《报任安书》，从陶渊明的《桃花源记》到诸葛亮的《前出师表》，洋洋洒洒、酣畅淋漓、结体匀称、不失法度，阅之感人肺腑，振人精魂。特别是白居易的《琵琶行》，远看纵书四屏，笔酣墨畅，一气贯通，势如群峰，莽莽苍苍；近看四节成幅，横波竖折，判若竹林，给人以情志的升华和憧憬的期许，全然减弱了素材本身的精妙。还有篆书张继的《枫桥夜泊》、贺知章的《回乡偶书二首》，行书杜牧的《山行》、李白的《黄鹤楼送孟浩然之广陵》，草书岳飞的《满江红》、苏轼的《水调歌头》，榜书的《志远》《拼搏》等，堪称精粹之作，精湛之技。横画姿态千巡，竖划情势万状，很多字都是用枯笔擦出来的。而且，那些毫不经意的一勾、一点、一撇、一捺，似乎可以触摸到它们的涩度、湿度和力度。而此时隐逸其中的境界和意蕴，便通过这"三度"，为我们高扬起一面宇宙精神和人文情怀的旗帜。

在气韵方面，读先生的作品，时而令人回肠荡气，时而令人气运丹田，时而令人心平气和，始终有一股无名的气场主宰意识的航道。这种气场，也许是从草书李商隐的《夜雨寄北》和王昌龄的《从军行》里散发出来的，也许是从隶书王维的《渭城曲》和刘长卿的《逢雪夜宿芙蓉山主人》里投射出来的，抑或是从篆书元稹的《离思五首》里透露出来的。至于楷书方阵，更张扬出秦时咸阳城外宿卫军气贯长虹的庄严与威武。最令人称道的是榜书《飘逸》《乘风破浪》，前者有点飘逸，其或还有点韵律；而后者则多了些时断时续、时虚时实、时隐时现的闲适感。倘若熟识的人，一定会联想到先生婉转的二胡演奏和秦腔清唱。这又从侧面感受到先生恬淡的人生状态和生命哲学。此刻，这些由黑与白营造的艺术，真的就有了生命和气韵，正以一种完全自然的方式，源源不断地从条幅、竖屏、扇面、镜框、楹联里流淌出来，喷薄出来，一直摇撼和振奋我们意识的巅峰。

在神采方面，神采是一种风格，是来自生命本体不可重塑的精神情态。书法艺术对此尤为看重，但这种精神情态绝非刻意雕琢所能体现，而必须是随情随意的率性流露。先生书颜真卿的《祭侄文稿》堪称神采飞扬，笔势雄健，一叹三折——其实此乃一篇无意于书的文稿，却独得自然之神妙。纵观史先生之书法，亦不乏如此得意之作：如行草杜牧的《赤壁》、刘禹锡的《乌衣巷》、李白的《早发白帝城》，又如行书令狐楚的《少年行》、自题《来溧阳有感》等，多是闲来不经的"心画"，可谓无意于工，反而极工，彰显着一种难以掩饰的情采与意趣。特别值得嘉许的是榜书《福》《禄》《寿》《禧》，笔墨随和、干湿不定、题款散淡，大有悖逆传统敦实厚重之嫌，而此种技法恰恰体现出先生独特的风格与神采，给人以美感享受和精神升华。

总之，史先生作品的"精、气、神"，是对他之前书法实践和艺术生命的超越。这种超越从何而来？自然脱离不了"由技入道"的不二法门。书法技术十分重要，史上任何一位大家无不经历这个过程。看似微不足道的一笔一画、一点一横，没有长期的修习，没有丰富的实践历练，不可能在快速下笔中确保精准和自如。入道与技法是辩证关系，技是基础，是先决条件，只有量的积累，才有质的自由。徜徉于史先生的书法长廊，便不难感受到他在技法上的用心。其起笔之力度、横笔之波折、转角之圆劲、直笔之提顿、勾挑之挺拔、衔接之稳健、转换之映带含蓄、结尾之回顾照应，以及束缩与揖让、枯笔与露白的巧妙运用和娴熟自如，正是方家长期习字修炼的成果。

但只有技术而忽略文化、品性、胸怀的锤炼，充其量只能称为笔画的堆叠，奢谈"精、气、神"，更与入道无缘。因此，书家务必要有澄明的心灵、恬静的心情、忘我的心态，像老子"致虚极，守静笃"和庄子"天人合一""逍遥心游"那样，挣脱世俗的羁绊，全身心地博采自然之菁华和宇宙之精神。史先生年逾七旬，儿女事业有成，身家逾亿，但他从不过问插手，而是游离于商业大潮之外。他一不炫耀张扬，二不盛气凌人，三不守财如奴，而是善待他人、善待自然、善待社会。从史先生作品集中的自传、照片、题款、自题诗文中，就能看出他是一位很注重学识修养和亲情友谊而又胸襟坦荡、乐善好施的人。

正因为史先生"由技入道"，走的是一条继承与创新之路，所以在技法上不断推陈出新、精益求精，在意蕴境界上致力于修养自身、提升内涵。这样一来，作品饱含"精、气、神"的气象，便是不言而喻、顺理成章的必然结果了。

本书法集既有著名书法家、西安交大教授钟明善题写书名，又有陕西省文联副主席、著名文艺评论家肖云儒题词并书，而鄙人此段文字夹杂其中便显得有点卑琐。无奈先生美意，其情难却，蹩脚以为序。诚惶诚恐，幸哉幸哉！

（原载《秦都》）

黑白辩证

——试论付春林书法艺术

茫茫夜空，星驰月移，河汉昶耀。慢慢地，当天上的月光星辉与地面的灯火霓虹融在一起，突然间黑白互转，昼夜混淆，天地一片苍茫。真是难以想象，如此博大精深的情境，却被一位方家浓缩在上海新崛起的陆家嘴永华大厦十八层的一间工作室里，定格在方寸尺牍之间。而对于我，似乎还感受到中医百草的阵阵幽香和生命万物的脉脉律动，以及无处不在的佛法禅运的淼淼指归——这就是我走近书法家付春林，并与之蹉切交流所得的第一印象。

是的，与其说研读他的书法，毋宁说在他创造的第二世界里窥识天地自然、中医百草、佛心禅意的辩证和合与无极真谛更为妥帖。付先生的书法正体现了这三个显著的艺术特征。

特征一，饱含宇宙自然之浩浩大气。蔡邕在《笔论》中强调书法创作的体势应融入大自然各种生动的形态。孙过庭的《书谱》为此还提出一系列参照样本："观夫悬针垂露之异，奔雷坠石之奇，鸿飞兽骇之资，鸾舞蛇惊之态，绝岸颓峰之势，临危据槁之形……纤纤乎似初月之出天涯，落落乎犹众星之列河汉……"付先生的书法亦浩浩如斯，重如崩崖，轻若响云，起势则风雷动，煞尾则山河安，丝丝入扣而气贯星辰河汉，落落大方而不乏玉宇天罡。从榜书《腾飞》《福寿》到大楷《龙马精神》《观海听涛》，从行书苏东坡的《题西林壁》《春江晚景》到草书李白的《静夜思》、王之涣的《登鹳雀楼》等，无不含纳着天地自然之方正本质，喷薄着云蒸霞蔚之万千气象，使人顿感体内小周天与体外大周天自由对接的神奇魔力。又如行草苏东坡的《念奴娇·赤壁怀古》、毛泽东的《念奴娇·昆仑》，六尺对开，无论款式布局还是结体运墨，也无论蚕头燕尾还是枯笔飞白，皆运用把控得恰到好处，气势磅礴，挥洒自如，始终有一股无名磁场或气流在黑白之间汩汩涌流。特别是前者，"遥想公瑾当年小乔初嫁了"一句，其中"当"的瘦漏、"年"的搓擦、"乔"的洇晕成团，与随后"故国神游"的束缩揖让遥相呼应，跌宕起伏，连绵不绝，笔墨背后留有无限的想象空间。后者更是势如江河，滚滚滔滔，一气呵成，其中

"倚天抽宝剑"峥嵘挺峻、所向披靡之形势，"环球同此凉热"磅礴如虹、刚柔兼备之气韵，直将书写素材、诗词作者和书家主体合而为一，"横空出世"，产生强烈的冲击波和震撼力，从而给人一种沛然莫之能御的精神提振和意识升华。

特征二，饱含生命奥秘之勃勃动因。动是力量和秩序的载体，是生命的表征。明代蔡羽在《书说》中指出："散散漫漫而刚介劲拔，趋趋跄跄而优闲裕幹；疾者如脱，徐者如待。"而付先生作品的动感既体现于书体本身的笔墨走势和姿态，也体现于由这些走势和姿态所营造的书面的动态氛围和气象，更体现于书家自我生命意识和渴望的跃跃欲动。其作品有的如百草药圃，葱茏葳蕤，郁郁苍苍；有的如池泉荷塘，流水潺潺，鱼虾踊跃；有的如人体裸图，骨骼凸显，筋脉刚厉，昭示着蓬勃的生命。如"楚山孤"的"孤"，"在玉壶"的"壶"，皆是行的辄止，动的固化。草书毛泽东的《沁园春·雪》，凿凿百余言，栩栩千万状，动中有静，静中有动，在一阵狂风暴雪般的笔墨运动中，快速而游刃有余地挥洒出一幅"山舞银蛇，原驰蜡象"的壮丽图景。书周敦颐的《游大林》中"互"字的浓墨漏透、"半"字的干涩延宕、"渺"字的笔斩竹撇、"觉"字的枝蔓裹衬，通篇喧响的是百草欢歌与万花欢唱的华彩乐段。又如行书韩翃的《寒食》中，"飞"与"花"的盘根错节、"蜡"与"烛"的枝柯繁茂，其间蕴含着多么遒劲的力量、严密的秩序和蓬勃旺盛的生命力！特别是"花"字，在其所有作品中涉及数十处，字字不相同，笔笔有新意，堪称"付氏书眼"。这种犹如黑白鱼太极图轧轧滚动和百草千卉茁茁拔节的用心，将频动多变和颇具生命张力的特点发挥到极致，使作品充盈弥漫着浓重的五行学说的意蕴，猝然勃起人们对生命图腾的敬畏和对审美理想的渴望。

特征三，饱蕴佛心禅意之韶韶光辉。佛心禅意乃一种大境界，其不是来自外在表象，而是来自无我，来自中观智慧，来自涅槃静寂，来自"直指人心"的潜虑。此本佛法三印及禅宗法门的精要，同样也可作为艺术特别是书法艺术之宏旨。徜徉在付先生的书法天地，便在这种氤氲氛围中久久难以自拔。不必说四屏条、四扇面、四镜框的空灵神秀，虔诚笃定；不必说先生笔下集篆、隶、柳和瘦金于一体的杜牧的《江南春》《寄扬州韩绰判官》的清雅隽永，稚拙率真；也不必说篆书《解神秘经》《说文解字·叙》的古奥幽朴，金石跫然，单看他书王昌龄的《从军行》、李白的《早发白帝城》、毛泽东的《七律·人民解放军占领南京》、杨万里的《晓出净慈寺》、王维的《山居秋暝》、李商隐的《夜雨寄北》，以及"丰乐之年""诚信为本""怀德""云涛""静观"等，就会感受到禅意的默然陶冶。瞻其品相，凡斗方、扇面、对联、条屏、长卷，也或楷、行、草、隶、篆、榜、瘦金与甲骨，皆结构合理，章法严谨，墨色圆润，笔势葱茏，书面和谐，处处传达着一种大爱无疆、宽容隐忍、包罗万象的精神特质，读着读着，便不由得令人怦然心动。

在技法上，付先生秉持"由技入道"的传统，注重于点、线、面的辩证把控，突出中锋主宰与守正，辅以侧旁细节的揖让照应。行与行、字与字、笔画与笔画的衔接吻合等，皆处理得娴熟独到，参差多变而平衡对称，顿挫有力而节奏明快，书眼突出而和谐统一。走笔运墨讲究墨从笔随，笔到墨安，笔墨化一，善于在运动过程中自由决断。字欲疏而益密，笔欲捷而益徐，破锋有理，露白合道，干湿从容，裹毫涩行，侧平相促，撇捺互撑，偃仰守成，揭按履新，常于不经意间妙笔出彩，独得意趣。

付先生的书法具备以上艺术特征，与其身世阅历、人格品性、人生追求密不可分。正如扬雄的"书为心画"、蔡邕的"欲书先散怀抱"、朱和羹的"品高者，一点一画，自有清刚雅正之气"、刘熙载的"书也，如其人而已"所论。中国书坛历来崇尚"书如人品"的传统，特别重视书家思想情操、内在气质、精神志趣、学识学养的内省和练达。付先生的书法作品和艺术实践再次印证了这一宗旨的不二法门。他出生于赣浙闽交通要冲、素有"两江锁钥、二山连襟"和"冰为溪水玉为山"之誉的江西省上饶市玉山县，孩提时就饱受玉山圣水的熏陶洗礼，得天地自然的造化。祖上四代为医，他自幼知百草，识穴脉，抄药方，并逐渐接受阴阳五行、八卦等辩证思想的启蒙。后入医学院，获中医博士，在浙江省中医医院做了二十年主治医师，继承祖业，救死扶伤。甫入天命，他进而致力于生物科技，开办公司，叩响生命科学的门环。而且，他淡泊明志，不入仕途，憧憬菩提，甘为佛陀，是一位忠实虔诚的佛教徒。

他就是这样一位把天地自然、中药百草、佛法心印集于一身并有形无形贯注于黑白艺术的高人。这种艺术风格和特征并非无源之水、无本之木，而是他人生追求、人格魅力、人性向善的自然呈现和外化，也是通过外在黑白具象洞悉其生命轨迹、生命价值、生命意义等的自由透视和内析。举凡中华书坛，能入此大境界并获得成功者，莫不遵循此道。衷心祝愿付春林先生以此为圭臬，载荣省闼，频频升荷，直达般若波罗蜜。

（原载人民网强国论坛）

水墨云影

——读鹏翔书法摄影作品

鹏翔说，酒可醉死生；鹏翔还说，烟能化神仙。这两句似乎是有违科学的规律，经他一说，却成了大彻大悟的生命体验和艺术感言。于是乎，他便常于烟酒氤氲中忘记自我，忘记仕途的烦恼和疲乏，赫然将一个纯粹的灵魂交予艺术女神，蹀躞天地为诗为墨、凝眸弄影了。

鹏翔的摄影作品颇具观赏性。其特点：

一是题材独到，饱含保护生态环境这一前卫意识。也许是职业缘故，他的关注点几乎全投向了大自然，凡天、地、山、水、花、草，都在涉猎之内，也都细微具真地牵动读者的心。如《朱鹮》，画面一片空白，上逸松叶二三，一只朱鹮欲飞欲栖，苦苦挣扎。把这一世界级濒危珍禽的命运昭然天下，构图之精妙，抓拍之及时，令人叹服。

二是光线对比强烈，画面立体效果显著。如《沙漠》《黄河》《雪原》等系列，无论沙丘的面与线，还是河水奔流的浪与波，抑或雪原上皑皑的沟壑与山脊，光线的处理和把握都很到位。明中有暗，暗中有明；明有明的亮点，暗有暗的底线；景深随明暗而延伸，层次缘强弱而叠印，使人如临其境。在《沙漠》中，大自然用风雕塑了沙梁，鹏翔却用光雕塑了沙梁所有的面和线，而这些面和线在光不同角度与强度的投射下，宛若鱼鳞般呈现一派多么旖旎的景象啊！又如《黄河伏寺湾》，一个半圆的湖，外切一座圆形的岛，头顶一团乌云遮住阳光，刹那间奇迹出现了：乌云给地面投下一圈阴影，从岸边一直晕到湖里和岛上，恰好模拟成一个日全食的景象——湖是亮亮的太阳，岛是黑黑的月亮，乌云投下的阴影是暗暗的地球，三者将叠未叠，将离未离，明暗清晰，层次分明。大自然创造得好，而鹏翔抓拍得更好！

三是色彩疏密有度，于笼统中给人以视觉冲击。诚然，自然界的色彩是无法改变的，但作者完全可以凭个人审美去自由选择。正因为如此，所以鹏翔的作品要么通篇绿，要么通篇蓝，要么通篇黄，要么通篇白。如《太阳和星》，画面无天无地，一片橙黄，隐约一椭圆，上缀无数白色小点。日乎？星乎？看过说明，才幡然知晓，乃国家大剧院之穹顶矣！再看《六川河》系列，那铁灰色的群峰，那铁灰色的湍流和沟岸，还有那把山水和夕阳的颜色调兑后略带铁锈红的森林与云彩，整个画面一下子凝固了，冻结了，像冰川期的冰挂，又似帝王陵墓出土的青铜大鼎，视觉冲击直击人的心灵深处。

鹏翔书法的特点贵在随情随意，贵在自然流畅，贵在浏亮隐秀，别有一番流云闲鹤的雅致。谈到随情随意，孙过庭说"心手双畅，翰不虚动，下必有由"；刘勰说"思理为妙，神与物游"；陆机说"收视反听，耽思傍讯，精骛八极，心游万仞"。鹏翔正是如此，在创作状态上追求触景生情，随情赋形，漫不经心，信手拈来；在笔墨意蕴上讲究意到笔随，心笔互印，缘情而化，顺势应变；在布局结体上不拘一格，善于创新，既有似金非金的"君子不器"，又有似魏非魏的"斯是陋室"；既有似隶非隶的"易水寒"，又有似柳非柳的"咏梅"。这种将传统和前人技法与自我意识熔于一炉的作品，堪称独一无二的"这一个"，即俗称的"我字体"。且看斗方"乐鸟致静""听涛观海"，各四字，横二竖二，款题缀于其中，笔势之闲适，中锋之隐稳，牵丝之柔顺，遂将作者一颗任意的心跃然纸上。还有扇面"一生为墨客"，生字主竖的"蚕头"，一字横出的"雁尾"，客字下口的"飞白"，皆率性之笔，看着看着，恍惚那字和扇面一齐动起来，于是身心就有了夏夜把扇信步的一丝凉爽与悠闲。

关于自然流畅，古代哲学讲究"道法自然""天人合一"。天即道，道即自然。人要达到与此三者和谐统一，那绝对是生命的最高境界。而我从鹏翔书法中读到的恰恰如斯。如"松风竹露""天道酬勤""有龙则灵""山高人为峰""龙"等，无论楷书还是小篆，也无论行草还是榜书，从运墨的枯湿浓淡、疏密虚实，到结体的收放揖让、穿插断连，再到节奏的提按顿挫、疾涩行留，无不征采天地之赍缘、阴阳之和合，如行云流水般自然畅顺，从容不迫。

再就是浏亮隐秀，浏亮即清亮，隐秀即隐约美。刘勰《隐秀》曰："隐也者，文外之重旨也；秀也者，篇中之独技也。"纵观鹏翔作品，初看并不抢眼，但看久了，越看越觉得隐含着一种不可言喻的秀美。如"飞泉鸣玉""落墨成气""雪先花""鹤舞"等，墨不尽意，意在墨后，秀外慧中，堪为大美。特别是扇面"书韵"，那种浏亮，那种隐秀，仿佛已声化成优美的旋律，正拨动人心的琴弦，油然而生"动心惊耳，逸响笙匏"的审美效果。

鹏翔是一位县处级官员，闲暇之余，吟诗行墨，博采弄影，不能说不是一种生命的超越与生活的升华。为此，特赠诗一首，愿他的作品更上乘，生命更辉煌：

凝眸一瞬聚无散，
黑白浑成皆自然。
安得书影蹑太极，
只留上善天地间。

文艺情缘

——张骅文墨人生

我认识张骅是先知其名而后见其人。那时我还是个文艺青年，突然有天公家无偿给每人发了本《陕西之最》，编著者就是张骅。当时我只把那书当作摆设，并无兴趣阅读。但后来有几次写稿急需某些资料，顺手翻了翻，果然一切问题都迎刃而解。慢慢地，这书成了我写作时不可缺少的"小百科"，张骅的名字自然也在我心中扎下了根。

不久，省水利厅成立文协并创办文艺刊物，我有幸被调去工作。想不到去时见的第一个人就是张骅，想不到调我的也是张骅，想不到我的直接上司还是张骅，更想不到他不但是县级官员，还是位很有影响的剧作家！我惊讶于世上竟有如此偶然巧合的事！如果这就是缘分的话，那么我们的缘分就是文，是文学艺术这根无形的"魔链"了。

张骅其时任省水保局副局长，办公地址在炭市街十字口。因为厅里办公室紧张，更因为我对在大机关生活不习惯，所以就搬到水保局办公，住在招待所。张骅给我配了他办公室的钥匙，白天他办公，晚上我熬夜"爬格子"。从此，我就在张骅麾下吃了两三年"文饷"，并与他结下了深厚的情谊。

也许是苦寒山区的环境造就了他魁梧健壮的体格，也许是古豳国的历史文化孕化了他博览健谈的儒雅之气，也许是父辈商贾生涯赋予他极强的心理素质——总之，这些有别于他人的优势无疑为他的仕途铺平了道路。是的，正因为如此，他思想敏锐，意识超前，先后在倡导水坠坝、沟边埝、花椒护埝和沙棘开发等项目中为陕西水土保持事业做出重要贡献。同时，为搞好文化建设，培养人才，他各方疏通，据理力争，终于成立起省水利文协并创办了文艺刊物《泾渭》，既造就了几名颇有影响的作家、画家和书法家，也培养了一大批文艺新秀，使这些青年脱颖而出，如今他们大部分已成为专家学者和各级领导骨干。仅此几件事，足以说明他是一位很有魄力和远见卓识的官员。

张骅的治学精神是值得我学习的。他博览群书，多科兼蓄，广结贤良，尤善交流，敏于思考，精益求精。他的书房堆满了书籍资料，收藏书刊近万册。有时，为搞清一个历史事件和人物，他会把《二十四史》和《资治通鉴》翻阅一遍又一遍，直到准确无误为止；有时，他会像在私塾课堂上制皮影的顽童一样天真烂漫，独自骑车，在曲江、碑林和半坡遗址花费整整一个星期天；有时，他会摇着芭蕉扇徜徉于背街旧巷，和"老西安"一直海侃浪谝到月落星稀；也有时，他又会突然出现在穷乡僻壤的田头地埂，和老少爷们儿摆几个小时的"龙门阵"，谈兴盎然……就这样，他把自己久久扦插在古典艺文、市井文化、民间传说等传统文化的温床上，吸取精神营养，发掘闪光宝藏，然后复壮嫁接于新的社会观念和现代文明的大树，使其再开文明之花，重结艺术之果。于是便有了他"陕西人文景观""某年说某""水文化"和"杂文随笔"等系列文赋，有了为《陕西日报》撰写的几十篇"评论员文章""社论"和专稿，有了《水坠坝》《陕北治沙》等七部专业书籍和《西安历代名人史话》《彬风斋闲话》《陕西治水史话》《水事春秋》等多部著作，有了创作和改编的《秦王求贤》《鸡鸣店》《缇萦闯宫》《桃色姻缘金钱梦》等八部秦腔剧本、九部电视剧剧本和专题片剧本及众多楹联作品，共计约六百万字，并频频获奖，成为陕西当之无愧的杂家和艺文大师。

组建文协和办刊物以及之后在西北大学进修的几年里，张骅不但用他的学风、文气和人品熏陶感染着我，也在创作和生活上给予我极大支持。我的几个中篇就是在他的办公室创作或修改而成的。有时我吃不上饭，他就带我去他家，而且每次都是酒菜相待，视为上宾。他的家也是个礼仪和书香之家，爱人热情大方，两个女儿更是知书达理。为答谢张骅的支持厚爱，我曾送他一块毛料，但他婉言谢绝，并让爱人和女儿随我一起去厂家自己购买。我主持编辑《命脉之光》一书时，他一再声明让我独当一面去搞，他不署名。创作剧本《郑国间秦》时，他也再三要我独立完成，并多次带我到易俗社和团长、导演等有关人员座谈讨论，制订创作计划，完稿后依然谢绝署他的名字。后来，张骅调到省厅主编《陕西水利》，我也回了原单位上班，但接触的机会仍然不少。有次我要写一篇关于原副厅长和总工于澄世的报告文学《无字丰碑》，张骅慷慨地将自己有关的旧稿和资料找出合盘给我，使那篇稿子发表后引起很大反响。

后来听说他退休在家，我便很少有机会和他接触。但我想，即使退了，他也一定闲不住。凭他的学养、底蕴和文气，也一定能在有生之年拥有更大成就和建树。我衷心祝愿张骅这位文兄、师长和老领导晚年幸福，著述更丰。

（原载《中国水利报》）

女人的女人

——"周钰珉现象"探秘

作为女人，无论母亲还是女儿，也无论妻子还是女友，除了"能顶半边天"的人类主体活动外，还充当着社会和家庭里的调剂师、包装师和美化师的特殊角色。所谓女为悦己者容，只不过是小女人自作多情的一种心理隐秘，是如水女人自我欣赏的一种审美错觉，与其本来的主体地位和社会角色相去甚远。然而当我认识并走近她，便对女人这个亘古以来说不尽的话题有了全新感知，思索良久，权且称之为大女人吧。这种大女人既是所有孩子的母亲，也是所有母亲的女儿，还是所有女人的女友。一言以蔽之，她是所有女人的女人。提出这个说法，人们自然会想到妇联组织。是的，这个被誉为女人的女人的人，正是上海市妇联下属巾帼园实业集团总经理周钰珉。她用自己独特的人文视角和经营模式，不但为妇女提供了全方位、全过程的优质服务，而且形成了一套颇具前瞻性的理论体系，以前所未有的物质与精神文明的力量，冲击着第三产业的经营理念和古今中外关于女人的传统观念，在上海乃至全国引起了狂热的"周钰珉现象"。

"周钰珉现象"不是偶然的，而是市场经济与和谐社会的必然产物。她出身军队干部家庭，父辈的军旅生涯给她注入坚忍不拔、顽强不屈、天下为公、爱心不泯的人格力量和道德取向。她在市城建总公司搞了二十多年政工工作，担任过团委书记，按理说仕途通达，前途无量。但她不甘于平淡生活，四十岁就竞选为上海市城建实业集团老总，使公司不断发展壮大，并有一家子公司跻身上海百强企业之列。试想，一个青年女子，要统率须眉悍将的三十多名经理和数千号人马，没有大将风度和铁腕风格，没有上善若水的拳拳爱心，怎能驾驭这艘航空母舰，适应日益竞争激烈的市场经济呢？由此，便显露出"周钰珉现象"的第一个特征：女人不但是男人的一半，也是自己的全部；不但能顶起"半边天"，也能独立顶起"一面天"；不但军功章上有"我的一半"，国家GDP上也有"我的一半"。正如她说的："从终极意义上说，妇女地位要获得真正改善，最终还要靠自己。"

"周钰珉现象"的第二个特征是为了妇女的切身利益，她甘愿兼职"地下打工"，也要闯出一片新天地。正当她和她领导的城建实业集团如日中天、蒸蒸日上之际，在一次女企业家峰会上，市妇联领导特别赏识她，并千方百计邀请她兼职巾帼园实业集团的老总，以挽救这个即将倒闭的企业。巾帼园是市妇联下属单位，也是全国最早成立妇女儿童活动中心的单位。十年前，全市六百万妇女每人捐献一元钱，修建起一座九层小白楼，为妇女儿童开辟了一个综合服务场所。当时周钰珉是城建局团委书记，不但带头捐了十元钱，而且动员姐妹们说："妇联是妇女的娘家，如今娘家为妇女办好事，我们理应表表心意呀！"但她没想到，几年后，由于巾帼园的体制和机制不合理，导致经营混乱，连年亏损，当年的一番心意竟成了"娘家"的包袱。周钰珉心急如焚，决然答应了妇联领导的邀请，在搞好城建实业集团的同时，兼职巾帼园实业集团的总经理。上任伊始，她首先对内部体制和机制进行大刀阔斧的改革；然后重新为企业定位、重新策划设计经营服务项目、重新整合技术与人力资源；与此同时，她还自筹资金，对大楼功能设施进行了全面整饬和装修。第一年扭亏为盈，实现纯利润八十多万元。第二年她正式调入巾帼园，之后每年创利税都是数百万元，不但救活了企业，也使巾帼园成为全国妇女儿童活动中心的一面旗帜。

　　"周钰珉现象"的第三个特征是全新的经营理念，可概括为五个字"一身加一生"，意思是对女性提供从头到脚、从生到终全程、全方位的综合配套服务。一身即集培训、服饰、美容、厨艺、健身、娱乐、心理咨询等于一体，达到素质内美、身体健美、容貌秀美、人格完美，以提升女性的生命与生活质量；一生即提供婚介、喜庆、妊娠、家政、少儿兴趣培训、家教、物业、就业培训、养老丧葬、法律维权等一生一条龙服务，以解决妇女后顾之忧，实现家庭与社会的同步和谐。据不完全统计，仅三四年时间，巾帼园共计开办妇幼培训班一百二十多次，开设各类讲座和研讨会一百多场，参加人员数万人次；输送保姆一万多人，服务家庭两万多户，并对保姆实行统一培训、统一管理、统一工资标准并统一由公司发放薪酬；物业已发展到五万多户，并实现衣、食、住、行人性化动态管理。

　　"周钰珉现象"的第四个特征是独特的经营服务模式：周钰珉是一位很时尚、很前卫的现代女性，她不但把传统经营模式搞得尽善尽美，而且把现代科技如数字化、信息化和互联网巧妙地运用到经营服务之中。如传统模式的名店"扎堆效应"、一传十传百的"连锁效应"、社会公益事业的"轰动效应"，以及"徽嫂入沪""崇明农家养老"、家长为儿女"相亲聊天会"、子女为父母"选伴联谊会"等，都引起强烈的社会反响，成为全市居民耳熟能详的焦点、热点新闻。又如现代模式的网上"咨询服务一点通""生活服务一卡通"等，使巾帼园资讯遍布国内外，使妇女儿童的需求一点即通，一卡享受全城。巾帼园共有七家网站，全部是周钰珉亲自创建和管理，她每晚忙到一两点，对网友的咨询每问必答，对业务往来每件都认真处理，网站日点击率高达数千次。特别是"生活服务一卡通"，与二百多家商场和超市结为共同体，并将POS机安置于各个加盟店，只需刷一下巾帼园特制卡，就会享受优惠价格与各种优质服务。另外，正在实施的两千个居民小区"JG365城市服务网点"，像密密麻麻的神经伸向每个角落，使更多妇女儿童能够享受到巾帼园周到便捷的服务。这些全新的经营服务模式，像阳光和春风，温暖着千家万户，既增强了社会的文明和谐，也发挥了神奇的经济魔力。

"周钰珉现象"的第五个特征是难以估量的精神财富和社会效益。她不但完成了中央党校经济管理本科、同济大学工程管理研究生的学业，而且兼任上海市妇联执委、上海市女企业家协会副秘书长、上海市女工程师协会会长等二十多项社会职务，并获得中国百名杰出创业女性、中国百名杰出女企业家、上海市劳动模范等三十多项荣誉称号。可以说她是一位两栖人才，既是成功的企业家，也是痴迷于妇女、创业和经济工作研究的学者。认识她的人，无不为她满腹经纶的才华和滔滔不绝的口才所折服。她不但善于讲演，而且文采斐然，曾在报刊和网络上发表了一百多万字的诗文。特别是她关于"大写的女人"、女人成功的"十大心理要素"、现代企业的"多米诺骨牌效应"、经营管理的"阴阳五行学说"等理论，颇具学术和实用价值，吸引了众多崇拜者的推崇学习。她既是巾帼园妇女培训学院院长和主讲教师，也是很多大学、企业和外省市妇联的客座教授，足迹遍布长三角和环渤海地区，每年外出讲课多达上百场次，听众累计三四万人次。除此而外，她每天都要收到数封听众来信和数十个咨询电话，有的还登门拜访。对此她都一一亲自回复和接待，有的还结为商业联盟和知心朋友。在我和她接触的一天里，她的电话接连不断，不时有人造访，所到之处更是举目皆熟人，甚至连吃饭也多次被打断，有的问候，有的报喜，有的求助，有的交流近来的收获和感受，还有大学的负责人慕名赶到饭店特邀她为毕业生作择业专场讲座。

当今世界，一方面信仰缺失，权威不再；另一方面追星成风，粉丝汹涌，社会心理呈现多元发展的态势。诚然，于丹讲《论语》可以倾倒无数粉丝，易中天说《三国》可以迷恋万千听众，但绝不会有一个学者像周钰珉这样谈企业，也绝不会有一个企业家像周钰珉这样谈学问。我想，这大概就是"周钰珉现象"所以风靡的心理机缘和群众基础。《十五的月亮》中的歌词说，军功章上"有你的一半，也有我的一半"；张贤亮的小说题目是《男人的一半是女人》，而周钰珉则是所有女人的女人。她以她的爱心和人格魅力，以她的温婉和经营理论，正在征服和鼓舞着无数不幸的、落寞的、彷徨的、跃跃欲试的、小有成就的各类女性朋友，也引起学术和理论界专家的格外关注。她既不是狭义的"能顶半边天"的女人，也不是"女为悦己者容"的小女人，而是如她说的"大写的女人"，是所有女人的女人。

陈德宝其人其作

　　陈德宝出生于黄土丘陵上的一个小山村，那漫山遍野的野菊花、晶莹剔透的洋槐花、迷人的火晶柿子、又酸又甜的酸枣、令人馋涎的红杏，还有家乡的小河、山雪、新月、秋雨，以及大到云朵似的羊群和小至铅笔头般的棉蚜等，都是他挥之不去的生命"情结"，是构成他人格魅力和文学特质的营养素。从渭北山区到茫茫大漠，又从塞外辗转到古城咸阳，他身挎照相机，怀揣一支笔，几乎走遍天南海北和城乡的街巷阡陌。他发表过许多新闻佳作，并频频获奖。但他并不骄傲自满，而是像家乡的青皮核桃一样默默地、一点一滴地营造自己坚硬的外壳和馨香清醇的核仁，那就是他珍视如命的文学。他写诗、写小说、写杂谈、写散文、写书评，作品常见于各类报刊。他的文章喷珠吐玉，侃侃而谈，朴素自然，毫无卖弄作秀和矫揉造作之感。读时便以为他是位极易激动张扬、锋芒毕露的人，厮混久了才知并非如此。他其实很稳重老练，温文尔雅、淡泊名利、不苟言笑。一般人很难和他接触，更难以撬开他那不轻易展露的唇齿。而一旦相识并相知，那嘴便不打自开，言语如江河湖海般波涛汹涌，连绵不绝。讲历史、讲文学、讲书画，也讲生活感受和政坛商界的逸闻趣事，使人不得不佩服他的超强记忆和渊博学识。

　　读陈德宝的作品，正如和厮混已久的哥们儿毫不设防地闲聊，随心随意地述说，灵犀相通地海谝，你会很自然地感到那完全是一种心心相印的沟通和情溶于水的交流，是人性失而复得的回归和精神失而复得的巨大享受。我曾研读过他的散文集《故乡风景》和《心语》，大体分为"家乡情怀""生活杂咏""旅踪游记""书画赏析""杂文随笔"五大类，其中不乏精粹之篇、警策之句。写家乡，他不是炫耀和煽情，而是引领读者与山水沟坡、草木鱼虫久久地对视、久久地交流、久久地互祝与共勉。听听："无论走到哪里，只要一闭上眼睛，家乡的野菊花——那黄澄澄、金灿灿的小精灵，就顿时亭亭而立在我的面前，使我感奋不已！""在故乡的梦境里，清水河依然是那副清悠悠、绿莹莹的模样，轻轻地、轻轻地从我的心中流过。"写洋槐树"那洁白的花，蕴着我的心；那嫩绿的叶，系着我的情；那挺拔的树干，寄托着我的乡思"，"我心里却常常在想，什么时候能再度漫步故乡的柿林，攀上柿树，亲手摘一颗又红又甜的柿子，把嘴巴塞得连话也说不出来。那，才有味呢！"……这样的文字，这样的真情，焉能不让读者陶醉如痴，使家乡故土益显钟灵毓秀呢？

再说杂文随笔。此类文字全然是他心性与气质、人品与文品的不经意流露和自然外化。文章短小精悍，立意准确，视角独特，语言尖刻，说理充分。从假冒伪劣产品想到"害怕买东西"，从文坛浮躁想到巴金的"三不"精神，从色情读物泛滥的书摊想到对下一代的忧思，从"父母"与"儿女"相互间的称呼想到新时期干群关系的错置，从脚病想到"能载舟亦能覆舟"的人民群众，从充斥于市的错别字想到文化的泛滥与文化的贫穷……陈德宝很像一位能说会道的评书演员，旁征博引，循序渐进，迷惑读者不得不一步一步步入他设置的方块字八卦阵。于是一个个意想不到的观点、意象、理念便跃然纸上，像强心剂似的令人震惊和猛醒。请看《闲话"脸面"》，开篇以"人活脸，树活皮"立论，接着大讲脸的功能、丑与美的标准，继之扯出美容修面的时尚和脸面的重要。读到这里，总以为文章旨在介绍美容美发和批评假冒伪劣产品。但再往下，笔锋一转，矛头直指贪官污吏和腐化丑恶现象。这些以权谋私者，案发前都"很爱脸面"，一旦上了被告席，有的连命也保不住，"谁还顾得上脸面呢"。真是"图穷匕首见"，作家的匠心独运由此可见一斑。

除了笔和照相机外，陈德宝还有一样宝贝，就是他爱不释手的一对"文玩核桃"。几十年来，无论探亲还是旅游，也无论采访还是出差，他手里总是把玩着这对核桃。也许那玩意儿蕴含了他太多的体温和心智，所以格外油红晶亮、光滑细腻、纹路清晰、结实牢固，像文物古玩一样神秘而稀罕。我曾问他此物有何功效，他笑而答曰："可静心，可练气，可品味多彩人生。"听后我恍然大悟，原来那核桃正如其人其作，只有细细咀嚼，慢慢把玩，才能走进他的心中以及他所创造的绮丽妙曼的文学构建的第二世界。

曲直读解

　　曲直本姓屈，名彦岭。曲直是他的笔名。亦曲亦直即为韬，故一般人总把他和宦途老手相联系。其实不然，虽然十几年了仍是个科级芝麻官，但他无怨无悔，更不把那当回事。用他的话说，那"只是混碗饭吃，尽人子之职，而生命本真皆在其外"。这里说的其外，即友、即酒、即文也！有了这般为官之道和生命哲学，他便活得潇洒超脱、活得率真可爱，活出了人生的大境界。

　　交友是曲直生命中的一个重要组成部分。他交友没有贫富之分和尊卑之别，唯一标准是心碰心，只要能碰出火花，碰出金属之音，皆尊之为知己，奉之为上宾。与友来往，从不斤斤计较，更不谈吃亏占便宜的事。为了友谊，金钱名利可抛，妻子儿女可不顾。20世纪70年代，他曾与一位八十岁刀客结为忘年交，宁愿冒挨批的风险，也要与之月下舞剑，谈论古今，直至老人仙逝，又为其撰文悼念，情真意切，令天地动容。一日与友小酌，闻友之友有难，即撤席、找车，行百多公里，直达山区某县，各方疏通照应，感动得斯人潸潸不知所云。有日某局长和一单位领导分邀聚会，此时恰来农村某友。官乎？友乎？曲直选择了后者，且热情招待，直喝得天旋地转。如此这般，无怪乎省市区和各部门，时时都会碰见他的几位老哥小弟和大姐小妹。有人特意观察过，他上下班路程一公里多，平均二百米非跳下车和朋友打招呼闲聊几句不可。朋友多得应接不暇，只好封锁住址，但传呼机封锁不了，走到哪儿就响到哪儿，每天的电话多达三四十个。正因为如此，所以单位许多难事非他莫属，且他每每马到成功，领导自然高兴，群众自然满意，芝麻官也自然当得自自在在。

　　酒是曲直生命之旅不可缺少的载体。他说酒是他的情人，一日可不食，但一日不可不饮。酒既能带他下地狱，也能送他上天堂，还能领他去叩诗的窗棂和小说的门环。他的酒量大得吓人，一次一斤白酒，有时一天两三次。有菜无菜都能喝，高度低度都能饮，是朋是友都能干。时而觥筹交错，时而哥们儿对酌，时而只影独斟。晚上常赶酒会，这趟还未尽兴，那趟又来相约，醉得手机都不停嘎嘎怪叫。离了这趟，又去那趟，一切从零开始，依然酒友相呼，酒杯相吻，酒席霎时就酿出了气氛。桌上不谈金钱，杯前不说是非，席间不论女人，唯一的话题就是酒——酒语、酒心、酒神、酒文化。于是，酒水就一杯杯干了，酒瓶就一个个空了，酒话就一句句多了。但他不醉，也不吐，只是脚有点飘，头有点晃，图的就是这感觉。常常喝着喝着，突然想起来这一天还没吃饭，胡乱扒拉几口，又端杯轻啜细品起来。要是逢上官场应酬，却断然不会如此，而是不卑不亢，彬彬有礼，偶尔举杯，只是意思意思，有时也做手脚，狡黠得连意思都不意思一点。他说那样总觉得有种阻隔感，不如和朋友那般尽情尽兴，充满生活的原汁原味。这般说了，他便诗仙诗圣般灵感葱茏，笔兴大发，回家饮了媳妇泡的浓茶，伏案魂兮魄兮地又入了另一番境界。

文学是曲直生命意识中永不泯灭的图腾。我曾阅读和编辑过他的几篇散文，如《刀客》《鬼谷猜想》等，最近又读了他的长篇小说《关中轶事》，读着读着，眼前便晃晃悠悠地出现了一个克隆了老庄睿智、鬼谷诡秘、纵横家思辨和李白放荡不羁基因的曲直。他对传统文化和古代先贤了解得如此详尽，实在令我吃惊和叹服。而且，他不是学究式干巴巴的研究考证，而是像跪在祖先灵柩前用生命去领悟感受，回过头又让哲思的精髓浸润浇灌他的文心诗情。所以作品无不闪耀着历史与现实、诡秘与思辨、哲思与情感撞击出的奇光异彩。

特别是《关中轶事》，仅只十四万字，却纳含了厚重的历史文化底蕴和浩大的时代信息量。凡涉及关中地区几乎全部宗教、哲学、文化、历史人物和事件的这些接穗，都被他巧妙地嫁接在改革开放时期陈氏家族的这棵大树上。小说纵向描写了这棵大树从成长到衰落的过程，同时又横向挖掘了两条根系的不同遭遇和命运。曾经为地下党做过好事的刀客兄弟俩，历尽曲折磨难，终于在鬼谷相遇，当知道他们是同父异母的兄弟后，命运却毫不留情地为之安排了骨肉相残的悲剧。直到如今，刀客的三代孙陈骆轩和市长助理陈恒的爱人雅又引发了一场有情而无性的婚外恋。正当他们在云阳镇过着寻根问祖的隐秘生活时，突然陈恒经济大案东窗事发，这对恋人才恍然明白了各自的身世。雅悄然离开了陈骆轩。雅之所以会投入陈骆轩的怀抱，是觉察到丈夫陈恒的问题，更主要的原因是陈恒患有阳痿。她希望得到陈骆轩的雨露甘霖，想不到他也是个阳痿。她在家庭毁灭和性绝望中突然消失，留下一个难解的悬念：她是像祖母徐舜那样自裁而亡，还是如丁娟那样贫病而死？不得而知。但读者略微能感觉到的是雅的消失，无形中刺激了陈氏家族弥留的唯一传人陈骆轩的情欲，他的阳痿奇迹般恢复了，又拥有了冲动和激情。陈氏望族的大树眼看就要枯萎衰败了，能否枯木逢春？结尾意味深长。小说故事奇诡多变，情节扑朔迷离，人物鲜明突出，语言诡谲神秘，结构跳跃扭结而又十分严谨，堪称文坛一部奇书。

写了这么多文字，于是一个完整的曲直在我面前站起来了。亦曲亦直、亦官亦民、亦政亦文、亦庄亦谐、亦醉亦醒、亦鬼亦神——这就是曲直。名如斯人，人若其作，蕴含着方圆思辨和曲直通变的全部哲学思考。曲耶？直耶？人人都不必回答，人人都心里透彻，人人都这么活过来，人人都还将这么活下去。就这么个读法、解法，完了。

（原载《文萃》）

生命化蝶

前几天，我与陕西作家魏军和陈德宝、安徽作家崔波等在东北采风，所到之处，不但感受了东北人像"黑土地"一样慷慨豪爽、热情好客的性情，也饱览了东北以"白山黑水"著称的山水风光。直到坐在返回的列车上，直到回家后展开稿纸想留点儿文字，这些画面和意象仍像一群蝴蝶在我眼前翩跹飞绕，一时竟不知该说或该写些什么好了。

我们一行四人虽都年逾半百，但都有一个生态文学的情结。崔波是阜阳市作协主席，两次获省部级"五个一工程奖"，他的作品无论是小说还是影视，都与生态环境沾着边。陈德宝也是一位擅长抒写家乡山水风光的散文作家。而我更是以一部《爱河》步入文坛，并以"写水妙手"被论家推崇，自然应归于生态文学之列。至于魏军，他的一部《虫苑大师周尧》可谓大开了生态文学之先河，也为昆虫和它们的研究者在文化长廊争得一席之地，呈现出一个五彩霓虹般的蝴蝶之梦。我还知道，此行之前，他又专程去了西双版纳葫芦岛国家热带植物园，在当年周尧教授考察过的地方广采生物之灵气、自然之精华。当他拿出一张张照片和一篇篇文稿让我欣赏时，我的眼前同样也出现这些令人欣喜和迷恋的景象：一只只蝴蝶从字里行间跃然而出，翩然而舞，已占据我的整个意识和心怀。

此行的第一站是吉林省，我们先后游览了大龙湾、三角湾、地下森林、松花湖等景区。那旖旎的自然风光，那苍茫的原始森林，那神奇的火山口地貌，那繁多的动植物群落等，都给我们留下深远而美好的印象。特别是魏军，下车伊始，总是忘情地观察，贪恋地拍照。尽管相机不好，技术亦乏高明，但他乐此不疲，高兴时常爆以孩童般的嘎嘎大笑。每每至此，我们便知他又有新的发现或趣闻，也伴着他一齐开心大笑起来。那日登长白山天池顶峰，我捷足先登，蓦然回首，只见这位老兄手拄拐杖，正一步一颠地向山上攀登。天罡杲杲，云霓迷离，游人点点，他那被风鼓荡的衣襟和两片亮晶晶的镜片，多像一只翩翩飞翔的蝴蝶啊！我忙打开相机，抓拍下这个镜头，等待他快点飞上山顶、飞上天池！

在黑龙江省的七八天里，我们纵横驰骋，辗转数千公里，在牡丹峰下品茗听雨，在镜泊湖畔泛舟观瀑，在明月岛上探幽览胜，在扎龙湿地与丹顶鹤蹀躞对舞……魏军说："过去人们把人参、貂皮、乌拉草称为东北三大宝，殊不知东北还有更多、更好的三大宝，这就是森林、湖泊、湿地，在全国不但占有面积优势，也占有生态和效益优势，难道这不算三大宝？"这话说得一点不错！当我们刚入这一氛围和境界，就不约而同地有了欲神欲仙的感觉，仿佛整个身心都一股脑儿地被绿化了、氧化了、净化了。我甚至怀疑，人在此处待太久，要么会变傻，要么会更聪明。傻时，便傻得不知烦恼忧愁，不知富贵贫贱，不知荣辱升贬；聪明时，便聪明得耳聪目明，意兴言欢，精灵神秀。不信瞧瞧魏军，几近花甲却顽皮地与所有动物亲近呢喃，与所有植物交流对话，傻乎乎聪兮兮，一副大智若愚的模样。

最令人惊愕不已的是，在哈尔滨的告别酒会上，他突然发布一条消息："两年前，崔波已将《虫苑大师周尧》改编成电视剧本《蝶之梦》，现重庆电视台与峨眉电影厂已将其列入拍摄计划，外景地初步选定云南葫芦岛和黑龙江小北湖。"话音一落，众人大哗。黑龙江省林业厅厅长连连举杯，一再表示，只要对生态有益，他们将全力支持配合。

噢，我完全明白了，原来我眼前多次出现的蝴蝶并非幻觉，而是预感和灵感，是实实在在的现实！我想，如果说周尧教授孜孜以求的是科学的"蝶之梦"，那么魏军和崔波苦苦求索的便是艺术的"蝶之梦"。一个科学，一个艺术，都为了昆虫，为了生态，为了一个共同的蝴蝶之梦。生活就是如此巧合而有趣，科学与艺术就是这般相通而相融。我真庆幸东北之行没有白忙。我也真心祝愿崔波的《蝶之梦》早日开机拍摄，祝愿周尧和魏军先生晚年幸福、著述更丰。

（原载《咸阳日报》）

一种文化思考

尽管有人说三道四，但我仍认为后现代主义是社会文明的一大景观和进步，更有其生存发展的必然和可能性。赵新贵和他的作品以及他的事业就是一个最好的例证。可以这么说，他的创作生涯是和改革开放同步的，也是踩着后现代主义滥觞而成长发展起来的。他从默默无闻的业余作者成长为一位文化活动家和高产写手，成为后现代主义的一个幽灵，成为驰骋文化战线的一匹黑马。十多年来，他在当好检察官的同时，先后创作、主编出版了四十多种刊物和四卷个人文集，共计三千多万字，发行总量二百多万册，组织研讨会等大型文化活动二十多次，在全国十多个省市建立了发行网络，联络着国内外数千名作者和社会名流，并陆续为社会提供了数百人次的就业岗位等，这难道不是对传统文化的一种挑战？不是可喜可贵的一种后现代主义文化现象？

什么是后现代主义？在本人浅薄的认知里，就是指20世纪60年代西方所谓的后工业时期，由于计算机引起的智能化、数据化、网络化、信息化革命，使社会生活和各种矛盾得到一次大调整，这就为后现代主义提供了产生的温床和展示的舞台。其主要特点正如批评者所言，一是打破艺术与生活的界限，一味标榜多元性、碎片性、边缘性、随机性和世俗性等，与大众文化合流，使一向崇伟高雅的艺术打上商品经济的烙印；二是拒绝传统，否认精品，复制图像，痴迷于快餐文化；三是片面追求独创性、时尚性和轰动性，带有极强的调侃娱乐和商业炒作的功利主义色彩。这一思潮于20世纪90年代初传入中国，恰好与我国改革开放的氛围相吻合，所以无论是在皮包公司、官办实体里，还是在泡沫经济、软着陆和宏观调控等阶段，都表现得十分活跃与火爆。时至今日，如流行音乐、喜剧小品、卡拉OK、模特展示、选美大赛、网络文学、电子游戏、畅销书、戏说剧、卡通画、茶艺、酒文化、食文化等仍日盛不衰，支撑着我们的精神生活。文学、艺术的功能到底有多大？仅此几点，就足以使我们对后现代主义刮目相看，足以有理由给它以自生自长、自我发展的自由空间。

当然，我这样说，并不是说赵新贵的作品就是后现代主义之作，我只是对这一文化现象表示认同和赞许。至于新贵的作品，我时有所见，也陆续读过一些，正像那些批评者说的那样，他的作品打破了艺术和生活的界限，具有很强的独创性、时尚性、多元性、随意性和快餐文化的特色。无论小说、散文、随笔、杂谈，抑或报告文学，都可以看到某些叛离传统、追随潮流和时尚的影子。读他的作品，有时好像坐着旅游车或高空缆车随情赏景，轻松而悦目；有时好像夏夜里的西安人，摇着芭蕉扇，勾着拖鞋，坐在钟楼或城墙下三七二八地闲聊浪谝，悠闲而自在；有时好像走进咸阳古墓群，望着随手捡得的一块瓦当或子母砖连连称奇，扼腕嗟叹；有时又像步入装修豪华的迪厅或咖啡屋，霎时被爵士乐和迪斯科揉搓得癫狂震颤。特别是新贵笔下的游记，足迹之广，眼界之阔，记述之详，观察之细，使人不得不怀疑他要么是个游山玩水的情种，要么是个不务正业的游侠。如曹雪芹故居，如颐和园，如傣族竹楼，如壶口瀑布，如中山陵，如世博园等，这些地点许多史实和背景都鲜为人知。我简直难以相信，他怎么把颐和园的布局和逸闻趣事了解得那么翔实，把曹雪芹好友的赠诗记得那么准确，把黄帝陵的传说讲述得那么生动感人，把宁夏的地理环境描写得那么详尽。

而且我还发现，他的这些作品，有一个共同特点，就是远离政治，远离仕途纷争，远离个人幽怨，只寄情山水，只拥抱自然，只敞开自我心扉。这似乎又与他的后现代主义意识大相径庭。然而正因为如此，他才是赵新贵而不是别人。正像黑格尔所说的"这一个"——是急于体现自我价值的"这一个"，是极具参与和表现欲的"这一个"，是发誓要甩掉穷文人帽子的"这一个"，是天马行空、谙熟经营之道而又风流倜傥的"这一个"。也正像批评者所指责的"消费文化"和"快餐文化"那样，他不但苦心经营这些文化，也在忙中偷闲享受这些文化，把烦躁的心沉下来，再沉下来，凝固成一个久远的梦，沉淀成一个真实的自我。这便是赵新贵和他的作品，是"赵新贵现象"产生的心理和文化根源。

我们的这个时代，经济和思想都空前活跃，大狗叫、小狗也叫，"赵新贵现象"绝不是偶然和孤立的现象，而是时代的一个缩影。我想，再先进文明的社会，都不能离开大众文化这个基石，不能违背"文学是时代的一面镜子"这个基本事实。无论"双百方针"还是"三个代表"，也无论是"先进文化"还是"和谐社会"，其初衷和思想内核莫不如此。所以我衷心祝贺赵新贵的文集出版；祝愿他的事业在完成"抢滩圈地"和原始积累后，逐步完善和规范，创造更大的社会效益和经济效益；也希望他能够增强精品意识，精益求精，再接再厉，创作出更多更好的作品。

忽想萨哈夫

　　伊拉克战争留给世界最深刻的印象，除了那位满脸鼻涕眼泪大哭大叫的小男孩外，就数伊拉克前新闻部长萨哈夫了。他几乎是与美英联军斩首行动同时亮相的。正如一位业余观察家所说："前方损了'飞毛腿'，后方忙坏萨铁嘴。"特别是他身穿橄榄服、头冠贝雷帽、眼戴金丝镜，时而怒发冲冠连珠炮发，时而泪盈满眶哽咽难言，时而调侃风趣犹如一位天使，真可谓捭阖纵横，独领风骚，大有一张铁嘴可溃千军万马之势。如此逗人，使人不由得想起世界喜剧大师卓别林，于是残酷的战争霎时间便平添了些许幽默感和喜剧色彩。

　　卓别林一生演了八十多部影片，用笑声揭露和鞭挞了资本主义的罪恶，给人们带来欢乐与希望。他虽未直接参加二次世界大战，但他发表支持反法西斯战争、呼吁开辟第二战场的著名演说，却引来纳粹分子对他的种种迫害。但他不屈不挠，幽默不减，笑口常开，永葆艺术青春。至今那留着小胡子、戴着圆礼帽、挂着博士棍、穿着灯笼裤的形象，无人不知，无人不晓。正如法国影评家德吕班克所说，世界上谁能做到妇孺皆知，是路易十四还是拿破仑？是耶稣还是穆罕默德？都不是，"全世界最闻名的人就是电影喜剧大师查理·卓别林"。

　　卓别林与萨哈夫的不同在于：卓氏搞艺术，哈氏搞政治；卓氏在后方，哈氏在战场；卓氏终生为丑，哈氏应时而生；卓氏是反压迫、反剥削的斗士，哈氏则不伦不类，什么也说不清。然两人幽默滑稽的风格如出一辙，难分伯仲。特别是现代战争与新闻大战同步，这就使萨哈夫在卫星遥感、光纤传输和数码网络中大出风头，滑尽天下大稽，比卓别林有过之而无不及。

　　战争刚一开始，萨哈夫就质问：世界上哪有开着飞机、驾着大炮来解放别国的道理？"伊拉克人民随时会把美国佬撵回美国去！"之后，他频频在电视上露面，"口才好一点，脸皮厚一点，模样逗人一点"的形象，美国发言人弗莱舍和中央司令弗兰克斯与之相较也大为逊色。惯于"老鼠玩猫"的萨达姆更为这位舌战群儒的"诸葛亮"而津津乐道。小布什则说：听到萨哈夫又要讲话了，"无论我多忙，即使开会，也要立即打开电视听他演讲"。但萨哈夫并不买他的账，大骂布什是"最愚蠢的人"："美国人那么聪明，为什么要选愚蠢的布什当总统？"一个勇敢而狡狯的角色，就这样被萨哈夫的一张铁嘴营造出来了。

随着联军长驱直入，萨哈夫的宣传也持续升级，到处都有"共和国卫队"、到处都有"萨达姆敢死队"、到处都有敌人的坟墓。世人都被他的话牵引着，期待"游击战"和"人民战争"的奇迹出现，但人们看到的却是英美联军闪电式的占领。双方在巴士拉遭遇后，由于沙尘暴和补给不足，美军暂时受挫，此时萨哈夫尤为风光，连续公布了一串串数字，以炫耀伊军的战果。特别是萨达姆机场陷落时，他不慌不忙，矢口否认："那是他们编造的谎言，是好莱坞电影！"面对美军一架因故障坠落的直升机，他竟然面不改色、心不跳地宣称："瞧，那是农夫用步枪击落的！"惊得各国军事专家大跌眼镜，无不为之喷饭大笑。伊军几次自杀式袭击得逞后，他就自我吹嘘：这是最好的礼物，"更大规模的攻击正等着敌人"。但等到的只是伊军的突然蒸发，整个伊拉克似乎只剩下铁嘴一人还在战斗。美军的坦克两次穿城而过，萨哈夫却好似在演中国的传统剧目《空城计》："美军离巴格达还远着呢！"直到4月9日，美军攻占巴格达市中心，他还冒着炮火，喋喋不休地对记者说："就是打下巴格达，敌人也会成为肉饼！"听他这谎言说得多么自如、多么逗人。

萨哈夫的谎言随着萨达姆政权的瓦解而被一一揭穿后，他的命运便引起世人关注。有人说他"为国殉难"了，有人说他"上吊自杀"了，还有人说他已被他欺骗愚弄的国人"身首两断"了。一位伊拉克人毫不掩饰地对记者说："当我们在枪林弹雨中钻到桌子下保命时，他居然在电视上说巴格达安全无恙！所以伊拉克人都想杀了他！"据说，为了保全性命，萨哈夫一直藏匿在巴格达的亲戚家里，等着美军的抓捕。但小布什对他已失去"宠信"，不但将他排除在扑克牌通缉名单之外，也懒于再搭理这张讨厌的铁嘴。6月24日，萨哈夫乘车出城时在检查站被美军逮捕。但他并不惊慌，好似出城正是为了让美军抓捕似的。临上车前，他仍不忘制造一点小幽默，请求士兵"手下留情，别在稠人广众之中押我上装甲车，不然就太难堪了"。从此他将成为一个真正的国际流浪汉，不知会流浪到何年何月？

强权政治与恐怖活动使许多现代战争的性质一时难以界定，所以对萨哈夫的评价褒贬不一，有称民族英雄的，有称反美斗士的，有称世界名丑和超级笑星的。不管怎么说，这位说大话、撒大谎、滑稽幽默、机智勇敢、可笑可爱的铁嘴，在血腥恐怖的战争日子里着实让人乐了一阵、轻松了一阵。人们永远不会忘记他，他的名字很快传遍世界各地。伊战还没结束，一股萨哈夫热就已悄然兴起。英美市场充斥着以他为模特的玩偶和声像产品，英国商人赶制了他的

DVD和录像带，众多大公司抢先要请他做产品广告和形象大使。这与当年卓别林的轰动效应何等相似！人们渴望，在不久的将来，世界到处都可看到这一胖一瘦、一戴金丝镜一留小胡子、一冠贝雷帽一冠圆礼帽、一穿橄榄服一穿灯笼裤的两个都曾轰动全球的世界名丑和超级笑星的生动形象。

时至今日，伊战已结束一年多了，而伊拉克国内依然枪炮声不断，恐怖绑架和自杀式爆炸事件屡屡发生，天天都有几十人、上百人死于非命。每当看到和听到这些新闻，人们就不禁浑身战栗，在连连诅咒战争真是一架绞肉机的同时，自然又想起那位出尽风头的铁嘴萨哈夫。他现在怎样？还演讲吗？还撒谎吗？还搞笑吗？也许只有这样，人们失重的心理才能得到一点儿平衡，饱受战争之苦的世界才能多一分慰藉与幽默。

（原载《咸阳日报》梦萌专栏）

泰森的咬法

前不久，在世界拳击委员会（简称世拳会）举行的拳王争霸赛上，上届拳王泰森于众目睽睽之下居然咬掉本届拳王霍利菲尔德的一块耳朵。

这一丑闻通过卫星直播立即传遍全球。

拳迷和好心观众痛惜之余更多是愤慨！

泰森之案的案情其实很简单：作案动机是侥幸取胜；作案工具是一张嘴；作案时间是比赛规则所允许的连击之后双方身体可以接触，甚至交臂扭抱、耳鬓厮磨的一刹那；物证是霍氏负伤而又被泰氏咬掉吐向空中的那块血淋淋的耳朵；人证是裁判和现场拳迷以及全球电视观众。毋庸置疑，如果诉诸法律，不离现场，案子即可审理告结。但退一步讲，如果泰森不是把咬下的耳朵吐出来而是吞进肚子，情况又将如何呢？他一定会振振有词地声明：霍氏耳朵的伤口，乃本拳王拳击所致，这是规则允许的。我的拳法就是如此，像咬的一样。谁说是我咬的？那么证据呢？咬掉的那块肉呢？但泰森不愧是一条汉子，敢作敢当地把证据吐之公堂，才使得这一公案免于诉讼而由世拳会作出裁定：将泰森逐出拳坛，并处以三百万美元罚款。

泰森的咬法固然卑劣下流，但我不想为之多费笔墨，因为古今中外演艺竞技圈和官场此类"背后咬人"是屡见不鲜的，而使我激动不已和感慨良多的却是这件震惊全球的公案自案发到案结仅用了两三天时间。速度之快，裁定之公，处罚之严，实令法官先生汗颜。

说到此，笔者突然想起一朋友也被人背后咬了一口，咬的当然不是耳朵，而是几十名集资户的几十万元。这个简单的案子，被法院审理了三年至今未果。一律师告诉我，经他辩护的一桩民告官案，审了六年，后虽作出公正判决却无法执行。还有一位当事人说他的一个官司打了整整十七年。我大惑不解，一场官司何以花那么长时间？两位进城打官司的农民也许说得有道理，他们说他们的官司已花了（行贿）三万元，而对方又加码到五万元。真是一语道破天机！原来官司拖的时间愈长，双方权力与金钱的抗衡就愈演愈烈，而中间人得到的实惠也就愈大。照此办理，如果泰森一案也拖个十七年，那世拳会形同俱乐部的矮屋肯定早变得像联合国大厦一般宏伟豪华了，泰森的儿子也肯定早成为又一个拳王而同样又咬掉对方的一块耳朵了。

　　呜呼！法律不及运动规则公正严明，法院不及运动委员会执法如山，法官不及裁判员赏罚分明，这不能不说是法律的悲哀和时代的尴尬。我真希望我们的法院和法官们能从泰森一案（或国内其他体育比赛）中得到一些启发和借鉴。自然，泰森的咬法已成为世人皆知的一大丑闻，然而由此引出世拳会的裁决无疑为世界树立了一个"信赏以劝能，刑罚以惩恶"的法律楷模。故卑下提议，将此二者同时载入吉尼斯大全，以诫后世，想必是大有好处的。

（原载《咸阳日报》梦萌专栏）

灭蚊有术

说起灭蚊之术，我已有二十多年经验。那年我去关中某县，寄宿城南一机关大院。院外有条小河，傍晚时分，我独自去河边散步，举手投足，总觉得有个奇怪的影子在身旁环绕，避之不及，挥之不去。只一会儿，身上就又痒又烫，抚时已起了许多小疙瘩，这才发现原是一群群蚊子正海饮海嚼我这堆自动送上门的大血大肉。我如临大敌，拔腿就跑，欲回屋子医治遍体的创伤。

屋子门前有片小花园，两棵葡萄树的枝枝蔓蔓已爬上屋顶。我没兴趣领略葡萄架下的风情，急忙开门拉灯。然而就在灯亮的刹那间，却见一群群蚊子轰然而散，嗡嗡之声犹如一架架匆忙逃遁的敌机。我手抚身上的一个个伤口，眼看面前一个个嗜血成性的魔头，一种强烈的复仇心理猝然而生，决心与之展开一场恶战。我撩起蚊帐，坐在床边，抽着烟，运筹着这场战役的最佳方案。那时还没有"杀手"和"蟑王"等现代化武器，虽有蚊香却不能置敌于死地。再三考虑后，我还是觉得，只有面对面真枪真刀的肉搏战，才具有以血还血、以牙还牙的痛快和刺激。主意已定，我便仔细侦查了屋顶和墙壁，凡暴露之敌均未逃出我的火力圈。

我的战术手法，一是用手掌追着其飞行轨迹迅速拍击，二是用卷着的杂志在墙上猛打，三是用一根齐头木棍在屋顶巧捅。无论是拍、是打、是捅，只有一个要领：快、准、狠，待蚊子将飞未飞、将逃未逃之时，"咚""叭""嚯"，一个个敌人便倒毙在我的手下。灭蚊术的关键在于侦查发现，最好的办法是面对雪白的墙壁，敌人的一举一动皆暴露无遗，然后快速出击，中者十有八九。最忌在阴暗处或家具堆里与之周旋，否则即使福尔摩斯或北约巡航导弹也将对之一筹莫展。至于潜藏较深之敌，暂熄了灯，引蛇出洞，几分钟后，复开灯，敌人便暴露在光天化日之下，然后再拍、再打、再捅，循环不止。

如此这般地经过五六个回合，我不但掌握了敌人的活动规律和总结出以上战术手法，且歼敌数十，雪白的屋顶和墙壁上到处都留下斑斑弹痕。这还不算最后胜利，要彻底消灭那些顽固的残余分子，就非得付出血的代价不可。此时我已筋疲力尽，索性不用蚊帐，关了灯，躺在床上假寐，把一个赤裸裸的身子全当了诱饵。未几，果然敌机声又起，也感到身上多处受伤，但我未立即出击，仍耐心地忍受着、等待着……当那嗡嗡声变得非常迟钝和凝重时，我立即坐起开灯，有几只动作笨重的家伙当即被我在空中击毙，我双手沾满自己的鲜血。看到这血，我的精神为之大震，仿佛战场上杀敌杀红了眼，誓与敌人血战到底！我以侦察员的犀利目光扫视一下墙壁，此时那些吸饱我的血液、身后缀着一个鼓鼓血囊的家伙极易被发现和制服。于是，我以秋风扫落叶之势，拍、打、捅，"咚""叭""噌"，一口气消灭了十几个仇敌。嗣后，我又如法炮制，反反复复，不知鏖战到何时，也不知付出了多少鲜血和杀死了多少敌人，我便酣然进入了梦乡。

直到第二天早晨，朋友看到墙壁、屋顶、蚊帐和我身上脸上满是血迹，便大惊失色问我到底发生了什么事，我揉揉眼，憨笑着，说梦见上甘岭，王成杀敌杀红了眼，浑身上下都是血……当朋友终于弄清是怎么回事时，才告诉我，说这里原住着一位副县长，他刚搬了新居，房子就闲下了。他说这位副县长是个有名的清官，老百姓都叫他"半个月亮"，意指包公额前的月牙标志。最后朋友不由得叹息道："真想不到，他屋里怎么养了这么多蚊子？"我忙附和说："而且特大，特贪婪。想必，那些真正贪官污吏的府第，怕还没这道风景，自然也不会有昨晚血淋淋的人蚊大战了呀！"

从此，无论在单位宿舍还是城里家中，也无论蚊香改进得如何馨香如兰和灭蚊器具发展得多么现代新潮，我一律弃之不用。每当夜深人静，只要屋子有嗡嗡之音，我都会立即醒来，拉亮灯，抽着烟，蹲在地上，面对雪白的墙壁，警惕地搜寻每一点蛛丝马迹。即使一只两只，即使跑到天涯海角，我也要用我的灭蚊术，以牙还牙，以血还血，把它们一网打尽。只有看到自己的血是怎样被之吞噬，只有看到嗜血者被自己亲手歼除，只有看到自己的血不再成为吸血虫们的滋补品，人才会真正懂得怎样珍惜和保护自己的鲜血与生命！

（原载《西安日报》、文汇出版社《随意即风景》）

人来疯在线

人来疯不是病，何以冠以疯字？由此可见其根深蒂固的本质，并断言它多少是与病有点挂钩的。

根据弗洛伊德心理分析，此乃人类自我表现欲的无端彰显。人由于种种原因受到轻视甚至漠视时，就会千方百计寻找机会表现自我，以引起人们对自己的重视。这个机会自然以来了人（生人、客人，长辈或上司）为最佳。因为此时往往碍于情面和疏于戒备，人来疯者便大大地得了逞，非得火火地自我表现一番不可。这种表现由于出自本能和潜意识，所以显得既执拗任性，又率真可爱，有时甚至达到张狂和令人厌恶的程度。于是乎人们便讥之为人来疯了。

人来疯当以孩童为甚。请君自问，难道你小时没有过人来疯？我就是个十足的人来疯。听母亲说，我小时不爱说话，也不爱疯张，很乖。但一旦家里来了人，一旦到了人多的地方，就一反常态，哭闹得任凭怎么摇曳哄摸也无济于事。到了五六岁，人来疯精神尤显张扬。只要家里一来人，或亲或疏，或丑或美，我都要和弟弟故意在人面前跑来跑去，疯疯张张，自然偶尔也乘机向母亲提出一个无理要求。有时母亲做好吃的招待客人，我就像狗寻油葫芦似的在房门口踅来踅去，侥幸时果然得到一个豆腐包子或油炸馍的恩宠。弟弟也有人来疯的毛病，只是他很笨，掌握不住火候，常常弄巧成拙，不但达不到表现自我的目的，相反会招来几声呵斥。还有位堂兄，略带口吃，但他绝对是人来疯的翘楚。家里无论来了谁，他不是匿得上高沿低，就是浆浆水水半晌结巴不出一句完整的话，气得伯母不住地努嘴瞪眼睛。而堂兄的高水平就在于此，越使眼色他越是人来疯。更烦人恼人的是，每逢村里婚丧嫁娶或老婆生日娃满月，他都场场到，又是趴在地上哭着不起来，又是堵着不让新媳妇进门，又是抱柴烧火吵着闹着要吃红鸡蛋……而且人越多越来劲，越拉越劝越显得人来疯精神磅礴如虹。

人来疯精神并不是孩子们的专利，成年人也毫不逊色。只是随着年龄增长和学养加深，一般人都慢慢收敛甚至泯灭了，但也有人临死都不会有多大改变。譬如大唐的虎威将军，除了"半路杀出个程咬金"的浑名声外，更是人来疯集大成者。他才不在乎什么皇帝、宰相和君臣礼节哩，只要人多，他都少不了一番指天画地，大吵大嚷，为的是一时痛快和热闹。猪八戒只对女人感兴趣，女人越多越漂亮他的人来疯精神越显得强势。阿Q也是一位著名的人来疯。你看他，只要一个人时，不是吃茴香豆，就是捉虱子，乖巧得令人惊羡；要是来了人或在众人场合，他就妈妈的、之乎者也大放厥词，直至面对刽子手也念念不忘地耍一阵子人来疯——把死刑的圆圈画押表现得实在英勇悲壮。还有我的那位堂兄，如今已是耄耋老翁，而人来疯姿态始终未改。谁家有了事或来了客，他仍要一一去见，仍要结结巴巴个没完。有一次，媒人给孙子介绍对象，头一次进门，还不等孙子和姑娘说话，他却絮絮叨叨了半个小时，气得姑娘小坤包一斜，说声拜拜就扭身走了。

人来疯没有城乡、工农、男女、老幼之分。在城里更具有社会危害性，譬如顶撞领导、打架斗殴、堵塞交通、聚众闹事、上访告状等，多为人来疯精神膨胀使然。特别在机关单位，领导最烦最怕的就是这些人来疯。不然上级来了人，他们准会乘机捣乱，既出丑，又显眼，弄不好因此丢了乌纱帽也不是不可能。所以，领导们历来把人来疯和犯罪分子同等看待并严加防范。我认识国营厂一位老师傅，每每厂里来了什么团什么官，他都想方设法显摆一番，有时还编个顺口溜四处说唱，气得厂长干瞪眼没办法。那一年，他儿子在部队抗洪抢险牺牲了，上级领导和部队首长要来慰问，保卫科多次给他老伴和女儿做工作，只好把他绑在床上关进屋子，但他最终还是挣脱出来，把厂里的问题抖了个底朝天。事后不久，果然厂长东窗事发，从此进了四堵墙再没出来。

如今是市场经济，老百姓大多都成了钱来疯，但人来疯仍在一些官员中得以承袭，屡见不鲜。君不见，凡上级领导巡视调研，或来了什么检查团、考评组、慰问队等，官家们就屁颠屁颠地忙得不亦乐乎。什么酒宴呀、舞会呀，牌场呀，桑拿呀，按摩呀，送礼呀，真可谓紧锣密鼓，丝丝入扣。你不收礼，好，那就牌桌上见，保叫你回回海和，轮轮有炸弹，自己赢的钱该不算受贿吧？你要是不跳舞，也行，那就去泡卡拉OK，和小姐唱唱革命歌曲总是可以的嘛！你如果推辞不喝酒，那更不用怕，咱有的是伶俐口齿和歪才坏水，什么新名词、新过招、新技巧，直说得日月同轨，天花乱坠，你不由得动了衷肠舍命以陪君子。要么脖子一仰，一瓶白酒咕嘟咕嘟下肚，看你领导还能不赏光给个面子？凡此种种，人来疯的劲头比起我和堂兄以及那位老师傅，不知要激烈顽固多少倍。

说了这么多，我依然特别喜爱孩提的人来疯，因为它是真情真性的自然表现。但人来疯精神发展到今天，却完全变了味，居然成了个别贪官污吏攫取功名利禄的钓饵，这不能不说是人性的一大扭曲和悲哀，是建立和谐社会的一大精神障碍和毒瘤！

（原载《咸阳日报》梦萌专栏）

舌头的功能

舌头的功能有两个。一是声感，由于舌头的形状不停变化，从而使不同气流作用于声带而发出各式各样的声音，这就产生了语言和声乐。二是味觉，舌苔上生长着数以亿计的味觉细胞，食物味素刺激时就有了酸辣苦甜咸五味之觉。

不知自何时起，舌头又多了一个舔的功能。舔即利用舌头始终湿润黏滑（不断有涎水唾液分泌）的特点，把脏的物什擦拭干净，如狗舔娃屁股、小孩舔鼻涕、母牛舔小犊、吃饭舔碗等。究其实质，这些舔的本质仍可归于味觉之列，难道斯狗斯孩斯牛斯人不正为了舌头的一点屎腥、咸味、乳臭和饭的清香吗？

但这里说的舔是专指由于某一目的仅限于屁股的舔，即老百姓常说的"舔肥尻子咬瘦屎"的舔，是"舔得血啦啦"的舔。自然这种舔并非真的要动用舌头，也并非真的要舔什么屁股的实际行为，而是对那些善于巴结讨好、阿谀逢迎、溜须拍马、献媚取宠者的生动概括和形象化。此种舔的登峰造极者当属指鹿为马的赵高、献妻献女献媳的张全义和趴在地上学狗叫的和珅。张全义能侍奉三个朝代八个皇帝，其秘诀就是一个舔字。每到关键时刻，为了保住性命和官位，他甚至连自己的妻子、女儿、儿媳都送给后梁皇帝朱温任其奸淫玩弄，堪称世界舔学之泰斗，为世人所不齿。

在官钱本位的社会，舔几乎成为一门学科和职业。综合各派舔家经验，无非以下几条。首先要瞅准对象，专舔一锤定音的铁腕人物，不然烧错香，拜错佛，不但捞不到好处，甚至会招来杀身之祸。其次要持之以恒，坚持到底，舔多了，被舔者觉得舒服，一高兴，官运财运就会滚滚而来；舔多了，被舔者觉得心烦，一咳嗽，随手丢给一顶乌纱帽什么的也不是不可能。再次要恰到好处，严禁"舔得血啦啦"那种急功近利的行为；否则被舔者觉得疼痛或不舒服，这下就该舔者倒霉吃屎了。我认识一位所谓后现代的准舔家，因为上司交上桃花运，整天不回家，扔下夫人甚是孤单，他便舔到了家，又是买粮，又是买菜，又是整天陪着上司夫人看电视磨嘴皮甚至为之洗裤衩胸罩。时间长了，上司必定生痛，一痛准翻脸。果然不久，他不但丢了乌纱帽，连媳妇也和他离婚了。这位老兄致命之处，就在于舔时没有把握好轻重快慢的尺度，结果惨得比被舔者"血啦啦"的屁股还要"血啦啦"的呢。还有就是要讲究艺术，投其所好。爱吃的，就山珍海味只管上，名烟名酒只管敬，要是"撑得伤肝又伤胃，醉得老婆分开睡"，那才叫舔出了水平；好色的，就俊妞靓妹只管引，迪厅包厢只管进，如果像张全义那样，搭上夫人或别的女性亲属（切记含美量必须在九十八分以上），那就越发具有刺激性和戏剧性了；贪财的，就空调彩电只管送，存折股票只管弄，若怕有不正之风之嫌，那就麻将桌上变相舔，输个十万八万也不皱眉头。

舔家又有业余和专业之分。业余者只一时一事而为之，舔过并互相兑付后，浅尝辄止，之后舔与不舔暂时保留。而专业的就不同了，有事没事也要舔，干干净净也要舔，习惯成自然，不舔不由人。我特别观察过狗舔娃屁股和母牛舔犊，舔者和被舔者同样舒服自在得使每个生理机能健全的人都会感到刺激和倾心。所以窃以为，这些舔家和被舔者其所以沉迷这一情境不能自拔，除功利主义的一面外，主要还是由于一种像屙屎、抠鼻痂、手淫之类生理快感和特殊享受的诱惑所致。

有人需要舔，有人乐意舔，好了，一个舔市场便如此这般形成了。于是乎，你舔我就乐，我乐你更舔。你舔我也舔，不会学着舔。下边舔上边，小官舔大官。舔得风气乱，舔得伦理颠，舔得人情淡，舔得世事偏。列举这些年全国各地披露之大案要案，有哪个主犯没有乐于让人舔的嗜好，又有哪个被舔者周围没有几个精于舔术的专家呢？所以，舔风不止，则党风难正，官风难廉，民风难淳，国风便无从谈起。要建立和谐社会，除了法治与德治外，从人性骨子和社会背景中把舔的根子与条件彻底铲除净尽方为上上。

行文至此，余却杞人忧天，担心舔风一旦大振，且不再是形象化而是真实行为的舔时，舌头就会蜕化锐变得长如猪牛之舌或短如鸟雀之舌，真这样，人就只能哼哼哼哼叽叽喳喳地怪叫，全没了语言、声乐和味觉的功能。那时再后悔，怕已为时晚矣！

（原载《八斗文学》）

该死的嘴

古人云："病从口入，祸由口出。"这话讲的是古之君子慎言的道理，一旦管不好自己的嘴，迟早会带来杀身之祸。然而，一场猝不及防的"非典"，却使国人饱尝了"口祸"的另一番滋味。尽管科学实验尚未最终证实"非典"病源来自果子狸或别的野生动植物，但一吞一吐的花样翻新和根深蒂固，已不能不引起我们对我们自己的嘴的忌恨和担忧了。

先看吞。泱泱世界，生命无限，呈现出一派丰富多彩和多极共荣的图像。这是上帝的安排，是大自然鬼斧神工的造化，也是宇宙唯地球历经亿万年沧桑变迁而形成的一个不以人意志为转移的生物链。然惯于夜郎自大的人类却慢慢漠视和不屑于这一链条，肆无忌惮地把与我们长期相依相赖的其他物种当作了盘中餐、觞中酒，吞食喋饮之法之势之态，实令我们的老祖先为之汗颜。扳着指头算算，当今食客，"天上飞的除了导弹飞机不吃，地上跑的除了汽车火车不吃，水中游的除了鱼雷舰艇不吃，山里有的除了石头矿藏不吃"外，其余什么都敢吃、都能吃、都会吃。什么穿山甲、娃娃鱼、鳄鱼、孔雀、鹦鹉、蝎子等，无奇不有，无奇不在海腹海量的包容之中。猴、鹅、龟鳖等要吃活的，现捉现宰，验血验尸，才算吃出人的高贵和人性的独尊。有种叫"蚂蚁上树"的菜，据说还能分出公母，公蚁有补肾壮阳特效，自然趋之者若鹜。有的人还把田鼠、青蛙炮制成羊肉串和鲍鱼，说来也很诱人。最走俏的要数用虎鞭、熊掌、驴圣、鹿角、鳖精、婴胎等制成的滋补保健品和春药，更是一些新贵日常必备之物和炫耀身份地位的奢侈品。酒如虎骨酒、驼蹄酒、牛鞭酒、鹿胎酒、蛇胆酒等，真是五花八门。除商店摆满装潢华美的各式补露补酒外，餐馆饭店自酿之春露春酒亦琳琅满目，令人不斟自醉，不饮自勃。有一种饮酒的方法，就是将活鳖现场宰了，将鳖血滴于酒中，据说饮后立竿见影，管保三日内房事迅猛，挺而不衰。

再说吐。君不见，在食客们如此大吞大饮之际，伴之而起的是大吐大放。舍去满口喷粪的黄段子不提，光那唾沫星四溅、昏头昏脑哇哇呕吐、大口大口吸烟、毫无顾忌随地吐痰和在包间迪厅吐舌狂吻，就足以撕掉人类文明的伪装。这些不只局限于饭桌酒席，也渗透于日常生活的各个角落。说话不分场合，语言粗鲁，唾沫横飞，丝毫不吝惜自身宝贵的津液。有的领导讲演，唾沫溅得讲稿都一片模糊，报告会岂不成了疾病传播大会？说到吸烟，首先是吸烟族日渐壮大，据称现今大学里男生吸烟者几近半数，中小学也不乏其人。其次是烟灰、烟盒、烟蒂乱抛。报载北京故宫有人吸烟被罚，百元大钞一甩，说声"不找了"，遂扬长而去，慷之慨之若阔佬大亨。再次是技巧越来越高明，除毫无休止地放"烟雾弹"外，有人竟一连可吐十几个烟圈，大圈套小圈，徐徐升腾，恍如"宇宙飞碟"款款光临。至于吐痰，人们立即会想到20世纪五六十年代公共场所和一般单位必备的痰盂，如今似乎久违了。于是，楼上往下吐，车里往外吐，骑车者飞吐，步行者"天女散花"式地吐……更有高手，唇微启，齿紧咬，猛一使劲，一股清亮的唾沫口水就从牙缝里打水枪似的射出丈余，斯人却陶醉成一副杂技师模样。难怪某作家曾多次在作品中写到吐痰的细节，像是发泄，抑或是对"返朴归真"的逆忤。不然，没有痰盂，总不能再把痰咽回自己的肚子吧！再就是那种不分你我关系、不分情真情假、不分有病无病的接吻，大众舞厅尤甚，灯光全熄，成百上千男女燕儿蝙蝠般扭成一团，拥抱亲吻，不但伤风败俗，且零距离（实际为负距离）接触早已使口舌成了疾病最直接有效的传播载体。

说了嘴这么多不是，似乎有些不公，因为嘴也受大脑控制和支配呀！是的，国家早已颁布了《野生动物保护法》《公共卫生法》和《文化娱乐场所管理条例》等，但有些人就是熟视无睹，我行我素，有法不依，执法不严。所以说，这不单是个人喜好和思想认识问题，也是关乎依法治国和人类生存发展的大事。人类自诩为灵长类动物和天之骄子，上管天、下管地，左管山、右管水，却偏偏管不住自己一张嘴，焉配灵长乎，焉配骄子乎？

问题又回到开头那句话，一吞一吐，一切都是嘴惹的祸。现在，"非典"噩梦已过，痛定思痛，该是反思我们嘴的时候了。美食乃国人传统时尚，中华饮食更是世界食林之翘楚。汉代韩婴曰："食方丈于前，所甘不过一肉。"意思是说筵席再大再丰，无非吃一顿肉而已。亚圣孟子曰："口之于味也，有同耆焉。"正如夫子所言，如果海吃海喝成了嗜好，上了瘾，野生动植物的末日将为时不远了。到那时，别说瘟疫成灾，怕人类为满足这个狂妄的嗜好，只有吞食人类自己了。那肯定是一个极其黑暗凄惨的日子。为免此悲剧发生，人类还是趁早管住管好自己的嘴，别让一吞一吐毁灭了我们自己。

（原载《八斗文学》）

北大之北

去年岁末，我到京城办事，刚下飞机，便见狂风大作，两腿直打趔趄，脸和手冻得无处躲藏。稍一镇定，乘机加了件早有所备的毛衣，才畏缩着离开萧瑟的南苑机场。有人预约了酒店，距出版社很近，办事还算方便。接连几天，北京一直都是大风寒潮，穿梭其中，人就像一只夺路逃命的鳖甲虫。

那天校完稿，走出电梯，突然发现报社和出版社在一座楼上，遂转身乘电梯去报社会见一位朋友。其实称朋友略显牵强，因为虽有较长的合作关系，但充其量只见过一次半面。第一次在报社，聊得很投机，又在饭馆小酌一阵。印象中，她比我小十多岁，机敏、热情、漂亮。当时她是文艺副刊编辑，计划为我写一篇专访。第二次是多年后，我在国防大学参加一个研讨会，顺便打电话向她问好，没想到她惊喜地要来看我。后来不知她没找见还是别的原因，总之有约而未会，所以只能说见了半次面。

到了报社，经人指点，直奔她的办公室。办公室很大，全隔成"鸽子笼"似的格子间，一时难以分辨哪位是我要找的只见过一次半面的朋友。正在踌躇，却见一位女士进来，她问我找谁，我说信女士，她反问我是谁，我报了姓名，她惊讶得尖叫一声，接着就让座沏茶，怀旧的话说了一大堆。随后，她径自穿了外套，毋庸置疑地邀我去北京大学看看，还一再解释她家就在北大。

北大在我心中无异于一座圣殿，维新思想、马列主义、五四运动和新文化运动等都发端于斯，并因此涌现出鲁迅、李大钊、陈独秀、蔡元培、胡适、闻一多、严复等一批领袖人物和学界泰斗，一直处于中国社会变革和思想文化蓬勃发展的前沿，也一直是我无比渴慕和向往的地方。

信女士开车技术很娴熟，而容易迷向的我益发失去了空间概念，大约半个小时，便稀里糊涂地进了北大校园。校园最抢眼的地方当属飞檐斗拱、镌有"北京大学"四字的门楼，以及隐约中的两根华表和宫殿式的建筑。我们驾车在校园兜了一圈，走马观花地领略了图书馆、办公楼、体育馆、大讲堂等象征性建筑。沿途景色如画，花草常新，时有奇石点缀，小桥流水，使得古典建筑更加古色古香。

随后，车停偏僻处，我们来到一个叫燕南园的地方。几爿小院，几座老屋，几株古树，几条小径，勾勒出20世纪二三十年代一幅园林建筑的素描。我流连往复，仔细阅读此间的一草一木、一砖一瓦、一门一窗。据信女士介绍，这些古典宅第，原先每处都居住着一位大家，直至现在，虽然人去楼空，但仍像星宿一样长存。她的话并未使我激动，相反心中无端地生出许多惆怅。望着那破落的墙垣、斑驳的屋脊、布满蛛网和灰尘的门楣、疯长的荒草、断缺不全的篱笆和排水道等，我觉得自己不是在瞻仰一个曾经文曲星荟萃的地方，而仿佛置身于一家新开张但尚未配套规范的农家乐——所不同的是，后者虽有些脏乱差，但常给人耳目一新的看点，而眼前的看点是什么呢？信女士看我疑惑，说是该好好整饬一番，让其成为缅怀历史和瞻仰大家的一方圣地。我说风真大，天气实在太冷。话音刚落，狂风又起，刮得天灰蒙蒙的，只见几个塑料袋在空中飞舞，好像要篡夺文曲星的冠冕而自成一家之堂似的。

我们驱车绕过轰隆作响的建设工地，在未名湖畔下车，过了小桥，来到一个湖中小岛。岛上林木参天，迎春花的青藤繁密茂盛，像瀑布似的遮掩着崖壁。崖壁背后别是一番洞天，但见一座古典殿堂勾连一通园林式庭院，里边房屋全是红墙青瓦，木格门窗，更有曲径回廊相通，奇花异草点缀，优雅别致，端的一个浓缩了的大观园。每间房门都挂着一块长方形小木块，上书屋主人姓名。透过花窗可以看到屋里动静，有的伏案疾书，有的默默研读，有的侃侃而谈。凡侃侃而谈者，都是一个模式，即众人坐一排，唯一人单坐一处，让人一眼就能分出教授和被教授者的界限。偷偷聆听，时而讲解如流水潺潺，时而争论若波涛汹涌，我打心眼里羡慕，真是一处研讨治学的好地方。出门时特意辨认了一下招牌，曰：国际经济发展研究院。

忽然，信女士指着不远处一座小楼，说国学大师季羡林原先就住在那座楼里。本想前去一瞻，听说从未开放过，而且就我所知，有关季老遗产的传闻已在社会上闹得沸沸扬扬。想那一代宗师，把知识学问研究处理得如此宏阔，而逝后却何以留下忒多麻烦和纠纷呢？我无奈地在附近踌躇片刻，望着故居小楼，想象着昔日大师在此生活与治学的情景。

临近傍晚，风还未减弱，天气益发寒冷，我们转身沿湖畔继续前行。大概因为是冬天，又逢基建，所以湖水断断续续，且多处断流，能看见污黑的底泥。有水的地方全都封冻，我想那冰一定很厚，果然前面稀稀落落地有人滑冰。听说未名湖每年冬季对外开放，慕名而来滑冰者络绎不绝。但眼前的人一没冰鞋，二没姿态且寥寥无几，便断定其并非有备而来，只不过随机应用而已。暮色中博雅塔看起来巍峨无比，但一无云绕，二无塔影。湖边有一高地，乱石密布，松柏常青，一座灰冢罗列其中。听过信女士介绍，方知系国际友人斯诺之墓。静默片刻，怏怏而去，心情颇为抑郁。

离开未名湖，车子驶出后门抑或偏门，这里却是另一番景象。大门设施简陋，门外不乏小商小贩，似乎不经意间多了许多闹市烦嚣与人间烟火。我们参观了新开发建设的各种设施，可谓座座宏伟壮丽，处处富丽堂皇，充分展示了现代化建筑艺术和新型建筑材料的精华。据信女士介绍，这一带原先是生活区，有许多百年建筑，拆了真有点可惜。随后她指着另一处古式建筑群说："还有那里，好多20世纪五六十年代的建筑也在拆迁之列，到时候肯定又是一场争论。"而此时，我却仍想着先头的那一码事：如此大兴土木，为何不划拨一点款项，将燕南园好好整饬保护一番呢？那可是北大的象征，国之瑰宝啊！

天已全黑，信女士与爱人尤教授电话联系后，开车直奔生活区的艺园餐厅。这里灯火辉煌，既有豪华酒楼，也有便利小店。尤教授将我们迎进一家餐馆，一边饮茶点菜，一边寒暄闲聊。他举止优雅，谈吐斯文，颇具学者风度。他说北大有好多这样的餐馆和食堂，荟萃了各地风味，可以满足学子不同档次、不同饮食习惯的消费需求。提到他，他说自己是南方人，但对北方饭菜饶有兴趣。改革开放，首先应从饮食习惯开始，兼蓄包容，生活才有滋有味。

吃毕饭，信女士送我乘地铁，分手时，她指点着让我看："那就是北大东门，很近，也很方便。"我大为诧异："东门？那么西门呢？"她不假思索地回答："就是刚来时进的，能看见华表和宫殿的大门呀！"我仍一片茫然："那分明是北门嘛！""你把方位搞错了，北门是与南门对应的。""什么南门，不知北哪有南？""南门就是出来的那个门呀！"这时风更大，天更冷，把我要说的话一股脑儿地噎了回去……

出地铁站，回到了那个叫玉渊潭南路的地方，我始终没搞清北大的东南西北。突然就想起贾平凹写北大的一篇文章，也是一个夜晚，也是一种感觉，踽踽而来，踽踽而去。我想，他那时肯定也混沌模糊一片，始终未搞清北大之北。

（原载文汇出版社《随意即文景》）

凸与凹的笑话

咸阳原上星罗棋布的帝王陵冢令世人叹为观止，也使我感受到历史的沉重与现实的尴尬。

初夏的一天，我乘公共汽车回老家，刚进入周陵古墓群，突然一个五六岁的小男孩惊叫起来："妈妈，那高高凸起的土堆是什么呀？"年轻妈妈不假思索地答道："是皇帝老爷的坟。"孩子又问："好高好大，又那么多，这些土是哪儿来的呢？"妈妈正窘得满脸通红，忽然两眼一亮，指着近旁一块很大很深的凹地说："是从那凹地运的呗！"孩子仍一脸迷惑："凸的凸，凹的凹，要是把凸地的土填到凹地里，不就平平了吗？"

听了这一席话，我不禁哑然失笑。我知道，她母子俩所说的凹地，实际是小水库，也叫塘库或陂塘。这陂塘大也如皇陵，深（高）也如皇陵，形（覆斗）也如皇陵，简直就是一座颠倒了凹下去的皇陵。而且不只是一座两座，仅周陵附近就有十多座，整个渭北更是成千上万，多不胜数。当年"农业学大寨"，平原没有"虎头崖"和"狼窝掌"，就在平地上钻眼眼，大口井、辐射井，一个个都成了干窟窿。打井不成，人们便由皇陵得到启示，又一窝蜂挖那凹下去的皇陵——陂塘。那真是十二分革命、十二分勇敢、十二分狂热、十二分倔强的时代。工地上灯火辉煌，人流如潮，机器轰鸣，喊声雷动，热火朝天的景象绝不亚于当年祖先们修皇陵时的场面。陂塘一座座修好了，但不是渗漏就是无水可蓄，长年闲着荒着干叫唤。农民的汗水是不值钱的，于是又汗流浃背地一镢头一镢头把陂塘开成梯田和绺绺田，再种上庄稼。这就成了母子俩误认为当年祖先筑皇陵取土的凹地。

我敢断言，如果现在学大寨，人们肯定不会再为没有"虎头崖"和"狼窝掌"而犯愁，光这些废陂塘就足够移山填沟干几年的了。但要填平这么多陂塘，所需的土又从何而来呢？从别处挖运而别处不又成了一座座凹下去的皇陵？历史辩证法其所以为辩证法，就在于承认错也是一个存在，错也有错的价值。但问题的要害不在错误本身，而在于是否从错误中得到教训，引以为戒，不再重蹈历史覆辙。

诚然，凸的皇陵（唐陵除外，因其多建于山地）与凹的皇陵无疑是一大历史错误，后世却无法改变。正因如此，所以目前一窝蜂兴建市场、旅游区和开发区的倾向，就不能不引起警觉并为之降降温了。就笔者所知，一些县城一个学一个修起二环三环路，路是修好了，但很少有人走。某些开发区，早已圈了地，盖了房，却是开而不发。从南到北、自西向东，无论乘火车还是上高速，随处可见许多农家乐和别墅区关闭已久，院里长满了荒草。还有如内蒙古鄂尔多斯、陕西神木、河北廊坊等地开山造城，大兴土木，皆因脱离实际而成为一座空城和"鬼城"。这些项目多是政府行为，又都为钢筋混凝土浇筑而成，所以一旦铸成大错，恐怕比凸的皇陵与凹的皇陵更难以改变了。

　　凸的皇陵就这么千百年来矗立着，凹的皇陵也将这么千百年凹下去，二者形成一个鲜明的参照对应关系，难怪那母子俩会闹出这一笑话。小男孩的话固然稚气，年轻妈妈的回答也不无可笑，但我们从中可否得到一些有益的启发呢？"后车之鉴不忘前车之覆"。老百姓希望历史错误不要重犯，这样便不会再出现关于凸与凹的令人啼笑皆非的笑话了。

（原载文汇出版社《随意即风景》）

有儿如"鬼"

小时有人叫我小鬼，便不由得上火生气，心想，鬼不就是吃人肉、喝人血、勾人魂的"血脸红头发，丈二长的脚指甲"吗？我怎么会是鬼呢？后来上了学，听老师讲，小鬼是大人对小孩的昵称和爱称。但我仍不明白，字典上表示爱的字那么多，为什么偏用这个恐怖可怕的字眼？难道鬼也可爱？之后不知从鲁迅的哪篇文章中看到一句话，意思是说他读书写作的最大敌人是儿子。这更使我大惑不解，一个小鬼，一个敌人，都冲着孩子来，真叫人憋气，大人们也太不公平了。

最近和几位朋友闲聊，扯到家教，个个神色沮丧，大有"谈儿色变"之势。N君年轻，夫妻均在政府就职，只有一个独生儿子，自然视为掌上明珠。但不知儿子从哪儿学得一身野性霸气，树枝、扫把，皆作刀枪，整天"冲哇""杀哇"，一副草头猴王相。一味贪玩，无心学习，已是三年级，竟不分"子"字和"了"字。算术更是一塌糊涂，7+9=8，只要等号后面不空，对与不对，留给老师去做。给其辅导，他眼睛瞪得老大，而桌子下面手脚总不见闲，小动作变幻得使人眼花缭乱。上课学狗叫，站队胡打闹，试卷塞茅坑。不论怎么开导教化，其劣性总是不改，纠了这，又犯那，堵了此，又捅彼，应接不暇，防不胜防，气得N君直后悔当初没把这小家伙"计划"了。

M君是某大学教授，四十得子，孩子因小时寄养在外，学习耽搁不少，接回时决心把孩子的功课赶上来。然每次补课，形如鸠山斗智，你进他退，你退他进，计划每每泡汤。补了旧的，忘了新的，再补新的，旧的又忘。如此"马拉松"似的从小学四年级补到初中三年级，仍赶不上趟，六门功课总计二百多分。念书不成，勉其学艺，然学电脑迷上游戏，学美术两天兴趣，学武术懒得出力，学唱歌匪声匪气。教授眼含泪水，越说越气，恨不得跳楼自杀。

H君夫妻一直沉默不语。我知他们苦衷，正欲岔开话题，不料二人声泪俱下，直怨前辈子没积下阴德，生了个孽种，是上帝惩罚自己。原来他俩都是下岗工人，在夜市摆摊半年，好不容易挣下一千多元，却被念初中的儿子全部偷去，挥霍一空。钱花光了，又逼父母给，不给就寻死觅活。说到伤心处，夫妻俩泣不成声，只是喃喃："魔鬼，魔鬼！真拿他没办法呀！"

听完朋友诉说，我完全理解他们的难言之隐和悲苦之情。特别是下岗夫妻的"魔鬼"之叹，使我突然又想起三十多年前老师的"小鬼"说和鲁迅先生的"敌人"论。的确，朋友的情况虽属个别，但却反映了当前人们为独生子女教育大伤脑筋的普遍现象。据我所知，这些孩子还不算最坏，走上吸毒和犯罪道路的大有人在。而且我想，即使一般孩子，一旦哭闹调皮和搞起恶作剧来，也够恼人和令人难以忍受的了。如此见不得、离不得，轻不得、重不得，活煞煞把"可怜天下父母心"折腾揉搓得痒兮兮、麻兮兮、苦兮兮、痛兮兮。这不正如"小鬼"缠身和"敌人"捣乱吗？不正应了老师和鲁迅关于儿童的名言吗？

而且，据说鬼和孩子一样，具有极大的可塑性和依附性，即附着好人行善，跟着坏人捣蛋。这自然与父母的言传身教和潜移默化不无关系。这样说并非指责我的朋友是坏人或教育方法不当，只是想说明言传身教的重要性。除此之外，社会风气的每况愈下，电视传媒的杀伐斗勇和恶作剧，学校周边的摊点歌厅等，也无时不起着"附体勾魂"的作用，亟待清除净化。否则，一个微小的细节，一个突然的变故，或一个意外的刺激，都可能改变孩子的个性、前途和命运，一旦小鬼变成大鬼，就毁了孩子，毁了父母，毁了一个家庭。这么一想，为什么人们把孩子叫"小鬼"和鲁迅把儿子称"敌人"就不难理解了，窝在我肚子三十多年的疑问和闷气也就烟消云散了。

多么可爱而又揪人心痛的"小鬼"啊！"小鬼"这名字叫得绝，我真佩服语言大师们遣词造字的匠心独运，我更希望我们的"小鬼"永远别变成"大鬼"，希望天下父母再不会如鬼缠身，"谈儿色变"了。

（原载《咸阳日报》）

从孙子楼说起

　　20世纪80年代某纺织厂有座"孙子楼"，这个有失大雅的称谓，据说是出于厂长之口。厂里新盖一座家属楼，厂长在大会上公开表态，说新楼他不住。下边工人不相信，就有人问，要是住了怎么办？厂长是个粗人，顺口回答，说他要住了就是孙子。后来分房时，厂长却食了言，还是住进了新楼。从此工人们就叫这座楼为"孙子楼"，时间长了，叫惯了，连厂长也和工人打哈哈自我解嘲地戏称自己住的是"孙子楼"。

　　这位厂长还算老实，因为他的住房是按章分配的，既无破例照顾，也没有公款装修。当初大概他过于激动，便赌咒发誓了一番，以示清正廉洁的决心，真可谓慷慨激昂，令人感慨系之。后来，也许工作不顺心，丧气了，抑或家庭变故，出于无奈，所以便不顾及当初许诺，红着脸皮搬上新楼，甘愿充当孙子。这位厂长的苦衷情有可原，也容易理解，比起那些理直气壮搞特权、变着法儿弄腐败的"公仆"来，不知要强多少倍。但工人们对不正之风和腐败现象深恶痛绝，仍毫不客气地叫那座楼为"孙子楼"。

　　今年夏季，我去外地出差，住在朋友家，却碰上这样一件怪事。朋友所在县的经济状况并不好，许多政策性福利待遇一直不能兑现，职工工资本来就低，而且一拖欠就是半年。但父母官却为自己新盖了一座豪华办公楼，外围是全封闭式钢化玻璃幕墙，室内装修更是豪华奢侈，空调、电脑、电视、程控电话、跑步机等一应俱全。领导们就这样像肉馅似的被玻璃墙包裹得严严实实，老百姓能涉足者寥寥无几，故人们将那楼称为"狗不理包子"。讲到这里，朋友突然拍案而起，大骂狗日的。"狗日的"，汉语真是神了、绝了！继而又对那些编歌谣顺口溜和起诨名绰号的"民间艺人"大加赞扬。他说，听这"狗不理包子"，真是入木三分形象逼真得到了家，无论英语俄语还是西班牙语，再怎么变化语法修辞翻译，都会失去其原汁原味，遣词造句的本领让世界级语言大师福楼拜也闻之汗颜。

　　少顷，朋友又给我提供了"狗不理包子"的诸多素材。他说，这个县共有二十多位县处级领导，一人一辆豪华轿车，贵至奔驰凌志，贱到四环桑塔纳，满世界跑得不沾边，连双休日也不例外，每天光辎重花销就是几万元。如此

"出了玻璃楼，钻进豪华车，上了高速路，再进大酒楼"，岂不像个狗不理包子？更稀奇的是新盖了三幢家属楼，每幢三个单元，每个单元每层两户，内侧是大户一百五六十平方米，外侧是小户一百平方米左右。分房时，县处级们东照西晒不要，二层四层不住，唯独钟情于三层的白菜心。白菜心自然还须嫩叶子老帮子陪衬，这就让局长部长们沾了光，晒虽晒着，冷虽冷着，但上下左右紧围着上司当个包子皮，也是幸运和情愿的。至于那些年长快退休的和没权没势的，只能望"包子"兴叹，避而远之。

天津的"狗不理包子"之所以出名，是因为它有一个动人的故事。说是古时天津有个贪官养了一条爱狗，这狗日行千里，聪明机灵，贪官常靠它传送消息。一日，贪官得知京城有位远房亲戚升了大官，急于巴结讨好，便给狗脖子绑了份礼单，让狗捷足先登，第一个送礼祝贺。不料那位亲戚却是个清官，不但把礼单撕得粉碎，并令人将狗一条后腿砍掉，再捏上一条泥腿。所以至今狗撒尿时总要翘起一条后腿，不然那泥腿就会被尿水冲坏。据说，那狗千辛万苦赶回天津时，它的主人已被撤职查办。贪官迁怒于狗，要杀了它，杀前让人拿包子喂，狗却不理不吃那包子，发誓到了阴间也要与贪官污吏划清界限。

从"孙子楼"到"狗不理包子"，可以看出不正之风和腐败现象逐渐演变升级的轨迹。纺织厂厂长敢于公开发誓和食言，不愧为一条汉子。而那些县处级却连这点勇气都没有，总是把自己封闭在玻璃楼、豪华车、大酒店和"白菜心"住宅里，总是把自己包裹得严严实实不敢直面群众。长此以往，这些父母官必将和天津贪官一样，不但老百姓不答应，怕连忠实于他的爱狗都不会再搭理他了。

朋友喷饭大笑，说，你看这"狗不理包子"叫得绝不绝、妙不妙？

（原载中国文联出版社《真情最好》）

城市也该减肥了

城市减肥历史上不是没有过，新中国成立后就发生过两次，一次是三年困难时期城市居民"下乡落户"，另一次是"文革"后期知识青年"上山下乡"，前者两千万人，后者一千四百万人，可谓声势浩大，规模空前。这两次减肥运动虽然存在许多问题，但从历史唯物主义观点分析，这种减肥运动对化解社会矛盾、恢复经济生产和保障这些人员生活起到了很大的积极作用。看看那些"农村的城市人"和他们的子女，有的至今仍有滋有味地生活在农村，有的已成为国家栋梁和社会才俊，谁能说这不是城市减肥的结果？

当然，今天说的城市减肥，并非那时因经济负担和就业压力而不得不为之，而是因营养过剩患了肥胖病而不得不旧话重提。从这一点讲，现在要为城市减肥，的确比过去意义深远而难度更大。说它意义深远，是指城市肥胖病非常严重，已危及可持续发展和人民群众的生活质量，难怪有关专家对北京城市建设担忧，呼吁将中央机关搬出城区重建并提出迁都的设想；说它难度更大，是指此举关系到改革开放的成果，特别是有碍于一些官员的政绩和面子，他们宁肯"打肿脸充胖子"也不愿忍痛割爱去减肥。

看看这种城市肥胖病到底严重到了什么程度。一是人口膨胀。近年来约有一亿多农民进入城市，加上原城镇人口，全国非农业人口超过6亿。北京和上海人口均超过2000万，天津和深圳也在1000万以上，而且每年还以百分之一左右速度递增，人口密度远比巴黎、伦敦等超大城市高得多。二是规模无限量扩大。一些省会和地县升格改市和无序开发，一个学一个地向农村外延扩张，导致耕地锐减。世纪之交，耕地面积减少了1亿亩，预测到2020年还要减少一亿亩，人均仅1.12亩，不足世界人均百分之四十。三是水资源匮乏。全国六百多座城市，其中缺水的一半以上，严重缺水的114座。北京长期超采，出现了2000多平方公里的地下漏斗区，致使东部地面每年下沉近20毫米。四是交通拥堵。2002年全国民用车保有量2000万辆，私家车十年增加了五倍，每年死于车祸的有10万人左右。按此速度，再加上各种公交车、公务车、摩托车等，二十年后"车堵"和"车祸"将成为城市第一杀手。五是教育压力巨大。资料显示，全国约有农民工1.14亿，随父母进城的儿童1900多万，适学青少年643

万，这使本来就滞后的教育背上沉重的包袱，必将造成"萝卜快了不洗泥"的严重恶果。六是垃圾成灾。据有关方面透露，全国年产各种垃圾2亿吨，且以百分之八的速度递增。北京日产垃圾2万多吨，上海1.5万吨左右。这就是说，每个城市日产的垃圾将堆成数十座十层多高的居民楼，城市日益被垃圾包围。七是生态失衡。随着城市迅速扩张和膨胀，使原有的生态秩序和大气结构紊乱，形成一个个集约型的"热源"和"污染源"，这种"热岛效应"势必带来新的无形的生态灾难。

造成城市肥胖病的原因除了市场经济自身因素、国家调控乏力、一些地方官员贪大攀比外，国民中普遍存在"急于发财"和"一窝蜂"的浮躁心理更是不容忽视的思想动因。一时间，城市成了一头肥胖臃肿的"泡沫猪"，打工的、做生意的、发了家在城市安家落户的，以及乞讨的、卖淫的和作奸犯科的各色人等，都将其视为"肥肉"和"天堂"，趋之若鹜，势不可当。殊不知人也生活在"社会生态"之中，更不能忘记我们这个人口众多的农业大国的现实，如果长期处于这种无序失衡状态，将比"自然生态"失衡带来的后果更加惨痛和无法挽回。所以，为了可持续发展和科学发展，为了子孙后代，是该到了为城市减肥的时候了。怎么减肥？窃以为，中央提出城镇化建设，重点应放在农村，只要将农村建设成像城市一样舒适美丽、功能齐全、设施完备、文明先进的乐园，谁还愿意逃离农村去到城市助推这种肥胖病呢？

想起黄世仁

　　据媒体披露，改革开放之初，全国银行贷款无法收回的呆账死账多以千亿万亿计，使金融运作一度陷于被动局面。国家为此采取了各种对策，但收效依然甚微。笔者也目睹了农村基金会和派出所联合行动，围追堵截，得到的仅是逃债者异口同声的一句赖账话："要钱没有，要命一条！"后来这种赖账的歪理邪说又发展到国有企业，"我欠你的，你欠他的，他又欠我的"，如此盘根错节和连锁反应的"三角债"，已成为祸害企业发展和改革开放的一大障碍。国家同样采取了一系列强硬措施，但千呼万唤始出来的仍然是欠债者一句振振有词的混账话："欠你账是实，但别人也欠我的呀！"

　　当时看了听了这些消息，除对改革开放担心（金融和国企是国家经济发展的两个巨轮，巨轮遭损，国家经济必然受困）外，更多的是对欠债者的同情。只要杨白劳健在，就不赖你的账。即使杨白劳仙逝了，还有其女喜儿呀！子女有债务继承权，法律是这么规定的。那么你黄世仁又怕什么、急什么呢？这一观点立场直到当我也为讨债"跑断腿，拌烂嘴，伤透脑筋费尽神"时，才发生根本转变并再也不同情杨白劳的后裔了。

　　五年前，由于文人心软和书呆子气实足，两个所谓的企业家轻而易举地把我大半生积蓄全借去了。当时他们尴尬狼狈、乞求诉苦的可怜相和海誓山盟、慷慨激昂的江湖气实为笔墨所难以描述，也委实使我顿生怜悯心和侠义感。然而一旦钱到手，他们却把责任和信誉忘得一干二净，更可恼的是借期早到，竟装聋作哑，藏匿不出。为此我催要了五六年，跑了近百次，光电话费就花了四五百元，而至今分文未还。每次去要，都和借时一样，编好一句句台词，且每次都有新情节新故事，绝不雷同重复，哄骗得人不得不佩服他如果写小说绝对比我高明百倍。要是催紧了，他就恬不知耻地搬出"喜儿论"吓唬人："要钱没有，要人有仨，一个老婆两个女儿，还不抵几万元？"听此高论直叫人身起鸡皮疙瘩，总觉得自己有黄世仁之嫌、有强暴喜儿之嫌而瞠目结舌，哭笑不得。

　　如此时间久了，在漫长的讨债路上，我便经常不由得想起黄世仁。黄世仁的问题，一是出身不好（地主），二是放高利贷，三是猪八戒思想（见了女人就迷了心）严重。摒弃这三点，假若不打死杨白劳、不逼喜儿写卖身契、不强暴她，在现代法治社会，他的行为并没有什么错，是站得住脚和受法律保护的。现在的问题不是出在黄世仁身上，而恰恰出在翻身做主并于改革开放中初步富裕的某些杨白劳的后代身上，这就使银行呆账、国企"三角债"和私人债务问题更加复杂化和不易清偿。老杨白劳还不起债，固然有社会原因和高利贷问题，而更重要的是其确无偿还能力。而新杨白劳就不同了，他们有的住着二层楼，坐着桑塔纳，拿着大哥大，洗着桑拿浴，养着小情人，可就是眼睛瞪得大大的"赖账混账不还账，昧着良心吃瞎账"。我想，当年老杨白劳绝不会有如此阔绰嘴脸，不然他绝不会还不起债，更不会导致黄世仁强暴其女的闹剧和喜儿"由人变鬼"的悲剧。如果九泉有灵，他也绝不会容忍子孙们如此赖国家赖他人之账不还。因为他老人家清楚，除社会制度和法律外，债务问题更具有人格、信誉和道德的含义。那些不要人格、不讲信誉和欺脸丧德之徒，还配做"贫下中农"乎？配做杨白劳后裔乎？

老杨白劳话已说尽，新黄世仁自然不必再多嘴费舌。关键是老杨白劳和新黄世仁应建立起联合战线，国家和法律再予以强有力的支持，无论是"要命论"还是"三角论"或是"喜儿论"都将失去市场而难以藏身，也无论是银行呆账还是国企"三角债"或私人债务都将理直气壮而不难清理。

文已至此，新杨白劳肯定连脸都不红，嗤之以鼻。哼，写这鸟文章何用？就是唾到脸上，也不擦不洗，回答仍两个字：没钱！

（原载中国文联出版社《真情最好》）

也谈"钓鱼工程"

如今搞工程有许多名堂，如"豆腐渣工程""政绩工程""影子工程""钓鱼工程"等。前三者手法笨拙，稍加留意就能识破；而后者就不同了，不但打有很深的"伏笔"，而且身披合法外衣，颇具隐秘性和迷惑性。"姜太公钓鱼，愿者上钩"。既然愿意上钩，OK，那就别客气，请君入瓮，任我刀俎没商量！

一个小小山区县，好不容易争得一个小小的供水项目，却是"年年修了年年塌，年年要钱年年花"，修了五六年，从一千多万花到一个多亿，工程仍在褥褓之中。县上却因此发了大财："楼房盖了一座座，汽车买了一辆辆，领导肥了一窝窝，农田浇了一坡坡。"后来要不是省上突然灵醒过来，并果断采取措施，恐怕该县的这项工程还要没完没了地钓下去，直至钓到更大更肥的鱼。

无独有偶，北方某干旱地区有一灌溉工程，因水源匮乏，拟在渠首修一座水库，但未及审批立项，工程就抢先开工，专员还振振有词地说："先把山口炸开，让河水乱跑，看他省上急不急！"此招果然灵验，不但工程很快立了项，拨了款，开了工，并像蜘蛛拉蛋似的衍生出一个在上游再修几座水库的"连环开发"计划，同样画了图，报了文，只等鱼儿上钩。多亏省上领导不浑，考虑到河源有限，最终否决了这一方案，才使得几亿十几亿人民币不用再塞进那永远填不满的"瞎墓窟窿"。

还有一件事，就是众所周知的都江堰建坝之争。按理，紫坪铺水电站初设装机容量二十四万千瓦，既能满足灌溉和发电需要，又可避免世界文化遗产都江堰受淹。遗憾的是开工后装机容量却改为七十万千瓦，相应投资也增加到七十亿元。这下倒好，水电站只修个半拉子，矛盾就暴露出来：要确保水电站满负荷运行，就需在上游杨柳湖花几亿十几亿再修一座大坝，否则水源无保证，不但七十万千瓦落空，就连七十亿也将大部分打水漂儿。相反，如果修了此坝，满足了水电站发电，而站后水量大增，整个都江堰景区将毁于一旦。如此泾渭分明，针锋相对，岂有不争不辩之理！如今争论早已平息，大坝得以下马，首功当属世界文化遗产。试想，如若没有这张王牌，结果又将如何？这钓到的鱼也忒长忒大了吧？

显然，在这里，工程效益只是个幌子，而建设过程才是个大大的钓钩和

"芝麻开花"的宝洞。所以人人眼红心热，趋之若鹜，有条件的上，没条件的也上，上不了就弄虚作假改头换面上，上了的又挖空心思寻找或人为制造各种借口一次次改方案加预算，修工程成了一个最便捷有效的"致富途径"。特别是一些农田基本建设项目，由于面广线长，受地理环境限制，可比性差、量化度小、核查难度大，这就使钓的手法五花八门且隐蔽难辨。不然，或猫儿盖屎、或移花接木、或寅吃卯粮、或狸猫换太子等，谁又能落得实、查得清呢？正如某省省长所说："一个工程的上马，就可以面多了加水，水多了加面，到时候就强制银行不断地往里加钱。"一位世行官员考察某工程时，用"煽起，铺大，抹匀，熊管"八个字做了生动描述，不啻是对"钓鱼工程"最有力的讽刺和鞭挞。

姜太公钓鱼有两层意思，即钓者煞费苦心，被钓者情有独钟。讲得再明白点，就是说，如果周文王不上钩，姜太公再怎么"竿头韬晦老奇才"，钓也是白钓；反之，如果没有姜太公的钓，周文王纵使做尽"飞熊美梦"，也难以得到姜太公以及实现后来西出朝歌的伟大壮举。

这不禁使人又想起西门豹治邺的故事。东周时魏国邺县漳河泛滥成灾，民不聊生，三老和廷掾勾结巫婆，以治水为名也搞了个"钓鱼工程"。他们横征暴敛，每年收取成千上万的治河费，但除了几个姑娘被投入河中为"河伯娶妻"外，河事并无一石一土之劳，所敛钱财悉数充入自己腰包。后来魏文侯派西门豹任邺县县令，他就是不上"河伯娶妻"的钩，经过深入调查，终于识破阴谋，除掉贪官，带领民众疏浚河道，修起十二条水渠，从此物阜民丰，百姓无不称颂。

由此可见，只要掌握工程审批大权的有关部门和领导能像西门豹那样，一心为公，洁身自律，明察秋毫，心系民众，就不会轻易上钩，"钓鱼工程"将失去市场而永无鱼可钓。面对我国基本建设快速发展和工程建设领域腐败丛生的严峻现实，人民群众多么期待有更多西门豹式的敢于铲除"钓鱼工程"的铁腕人物啊！

谁说嫦娥怀孕了

前几天，网易文化广场有位叫燕山樵夫的写手，发了一篇题为《嫦娥怀孕之后》的帖子，针对嫦娥的几件绯闻在网上公开征答。其中一个问题是"嫦娥怀孕是谁干的"，提示有玉皇大帝、托塔李天王、猪八戒、吴刚等，并公布了天宫、银河、九州等多家电视台重金奖励的办法和数额，奖金最高达百万，说得活灵活现，就跟真的一样。刹那间，鼠标乱点，网猫大叫，虚拟世界一片混乱。有看帖的，有发回帖的，还有给回帖发回帖的，还有给回帖的回帖发回帖的，如此几何数增长，忙得无线电波吱吱直叫而网络小姐吁吁直喘。只短短几天，来来回回，点击和被点击者多达数万，回帖评论数千，好不热闹。

回帖呵呵大叫者有之，哈哈大笑者有之，哌哌大骂者亦有之。有人呵斥樵夫与商家与电台签订了商业攻守同盟，故意炒作从中牟利。不过，大多数网迷心态还好，没被那重金奖项所动，更没被樵夫的骗局所惑，皆以假乱假，以笑搞笑，揶揄迎合一阵，图的就是这番开心刺激，倒也其乐融融，优哉游哉。读那些回帖或回帖的回帖，其含笑量绝不亚于原帖子本身，令人忍俊不禁。有的说嫦娥怀孕是樵夫干的，有的说是拉登干的，有的说是自己干的，有的说是"守株待兔"里那位宋国农民干的，有的说是苏联宇航员加加林干的……有人还写诗回答："我现在才知道/为什么人都想到月球上去/他们看地球上没女人了/就跑到月球把人家肚子弄大/却还要诬陷那几位神仙……"

读了这些无聊却有趣的文字，我一时心血来潮，也发了一个回帖，现追述如下：嫦娥怀孕是文人干的，因为他们无不对其觊觎有加，垂青有甚，爱怜欲狂，那些浩如烟海赞美月亮的诗文就是最有力的证据。其中诗仙李白嫌疑最大，他一生爱月成痴，与月同眠，与月共饮，不但写了大量咏月诗，而且给女儿取名"明月奴"。据查，他还经常在水中捉月，并因此淹死，至今人间还有李白"捉月台"和"捉月图"。而这些关于恋月、咏月、捉月的言行都是因嫦娥而发的，也都件件确凿在案，难以抵赖。至于怀疑玉皇大帝、托塔李天王、猪八戒等神仙，那完全是人类的杜撰和偏见。根据嫦娥不畏强权、追求完美、向往自由的性格，她怎能委身于那些神仙天将和丑不可及的猪八戒呢？

但过后一想，这些回帖或回帖的回帖，无论以假搞假也罢、以笑搞笑也罢、以骂搞骂也罢，以及我的以谐搞谐也罢，都是浅薄造笑之论，并未读通读懂樵夫的真正用心。听听看看我们周围的书刊影视，那些胡编乱造、张冠李戴、移花接木的所谓文化艺术品，有哪个不是像"嫦娥怀孕是谁干的"一样的"十八扯"呢，又有哪个不像这次讨论一样轰动一时而被世人津津乐道呢？商业社会，重财轻文，艺术贬值，凡事多假，嘻哈为真，古今中外，莫不如是，岂独今日乎！这么想了，樵夫先生就不必对时下影视圈肤浅搞笑的奢华浮躁之风耿耿于怀，而应面对十八扯的书刊影视和你的"嫦娥怀孕是谁干的"一样大笑一番的呀，哈哈哈！

中秋话圆

在自然界和日常生活中到处都可以看到圆，如太阳是圆的，月亮是圆的，地球是圆的，据说宇宙也是圆的。又如我们司空见惯的井是圆的，锅是圆的，盆是圆的，碗是圆的，杯是圆的，就连钱币和文章的句号也是圆的。圆到底是什么？数学课本上说，圆是从圆心到周边距离相等的几何图形。圆的存在取决于圆心，有心即有圆，无心圆自灭。圆的大小取决于半径，半径大圆就大，半径小圆就小。周长与半径之比约等于三点一四一六，称之为圆周率，无论古今中外，也无论圆大圆小，这一关系都永远不会改变。

《说文》说，圆，全也。《吕览审时》说，圆，丰满也。《康熙字典》说，圆即圆满、周全、完备等之意。古人还有"圆而神，方以智"之说，其中圆是指行为处事所谓的"通、活、融、满"，神即"神、通、广、大"的宇宙观。可见圆之于古人，不但成为图腾崇拜的象征，也被赋予了方圆思辨的哲学意象。正如八卦太极图，一个由黑白二鱼盈满闭合的圆，囊括了宇宙万物的一切变化夤缘和相辅相成的方正本质。

至于圆与月之联想，那是由于朔望交替、月圆月缺的缘故。农历以朔望记日，朔后十五日为望，望后十五日为朔，恰好一个圆满闭合，这便是年月日的月。特别是农历八月十五，正值秋收秋播、全年盘点的时候，无论自然界还是人们的心境，都是一派天高气爽、日月朗朗的景象。是呀，辛苦一年，盈亏也罢，丰歉也罢，但日子还得过。心之所望，只求全家团团圆圆，只求明年比今年更好。于是全家老少围成一个圆圈，圈里放着圆桌，圆桌上摆满圆圆的苹果、圆圆的石榴、圆圆的红枣、圆圆的月饼和圆圆的酒杯。这时再看天上的月亮，就觉得格外圆满、明亮、妩媚。如此这般，大圆套着小圆，天上圆照着地上圆，手里圆连着心里圆，圆就是月，月就是圆，月圆合一，月圆同化。那该是怎样的一种心情和享受啊！

所以，从古到今，无论是帝王将相还是大亨富豪，也无论是才子佳人还是平常百姓，都把中秋节视为国粹，入诗入画者比比皆是。如朱淑贞"多谢月相怜，今宵不忍圆"，吕本中"恨君却是江楼月，暂满还亏，暂满还亏，待到团圆是几时"，朱敦儒"月解重圆星解聚，如何不见人归"，张先"人意更怜花月满，花好月圆人又散"，苏轼"不应有恨，何事长向别时圆"，周紫芝"怎得人如天上月，虽暂缺，有时圆"，韦应物"闻道欲来相问讯，西楼望月几回圆"。至于李白《月下独酌》，更是中秋赏月的佳句，妇孺皆知……就连老百姓的日常用语也都离不开圆，如团圆、圆梦、圆房、圆场、圆满、圆熟、圆通、破镜重圆，等等。在这里，圆，圆月，不又成了吉祥美好的象征和理想追求的意象吗？

沧桑无情，月有圆缺。一百年前，当殖民主义者的炮舰侵入我国并迫使清政府签订下一个个不平等条约时，中国这个完整盈满的圆便被撕开一个大口子——先是香港割让给英国殖民者，接着是澳门成为葡属殖民地，再后是台湾宝岛长期与祖国分离。自那时起，它们就像三个无家可归的孤儿，孤苦伶仃，四处飘零。自那时起，全世界华人都在做同一个梦，画同一个圆——希望港澳早日回归，希望台湾早日回到母亲怀抱。如今，看到祖国更加繁荣富强，看到紫荆花和莲花簇拥在五星红旗下，我们更加怀念一水相隔的台湾同胞，希望祖国早日闭合成一个完整的圆。这圆的圆心就是祖国，半径就是亲情，圆周率就是爱国之心。有了这三个条件，这梦总是要圆的，这月总是要盈的。今年，国民党、亲民党和共产党实现了半个多世纪后的第一次握手，便是为这个或缺的圆涂上了一笔重彩，相信祖国统一将指日可待。

朋友，当你吃着圆圆的月饼，捧着圆圆的酒杯，赏着圆圆的月亮，我想每个人都会对月、对圆有许多想法和说法。我和大家一样，也要想要说，故题以《中秋话圆》，愿与全国人民和海外侨胞一起赏月想圆、说圆、画圆——画一个华夏大大的圆盈完满的圆！

（原载《昆明日报》《自贡日报》）

陕西冷娃

　　"陕西冷娃"既是陕西人的自诩，也是外地人对陕西人的谑称。这句偏正短语生动形象地概括了陕西人与"四川舅子""上海鸭子""北京片子""甘肃客""山西侠""河南蛋"等迥然不同的性格特征、感情世界和文化心理素质，更是"一方水土养一方人"最好的例证与诠释。

　　陕西人特就特在一个"冷"字，一个"娃"字。"冷"者，乃强悍、勇猛、鲁莽和面冷之意。"娃"者，即懵懂、憨厚、傻帽和稚拙之谓也。如此一"冷"一"娃"，活脱脱勾画出陕西人的性格特征。这自然又使人联想起秦始皇兵马俑、西安城墙和咸阳原上星罗棋布覆斗状的历代帝王陵冢，联想起秦砖汉瓦、弦板秦腔和以"香、辣、煎"为特色的羊肉泡。这些浓重的民俗风情、历史积淀和文化传统像一个营养钵，孕育了除"冷娃"字面之外唯老陕特有的安分守己而又执着真诚，循规蹈矩而又王气十足的威武与傲岸。正因为如此，这块形似跪射俑的三秦大地才屡屡大爆冷门，如周武灭殷，如秦统天下，如文武之治，如贞观盛世，如世界八大奇观，如中国第一部编年史，如革命圣地延安，如西安事变，如《创业史》等，并由此张扬起一面周秦雄风、汉唐气韵和延安精神的伟大旗帜。"冷娃"们便于这旗帜下，以近乎自尊自大的人格力量和生生不息的生命张力，造就了"二十亩地一头牛，老婆娃娃热炕头"的人生格言和"房子一边盖，锅盔像锅盖，面条像裤带，凳子不坐蹲起来"的生活习惯特征。

　　然而，随着社会多元发展和改革潮流的风起云涌，周秦雄风、汉唐气韵和延安精神也面临新的皈依与洗礼。特别是改革开放以来，这位跪射俑久张待发之箭不但冲出了秦俑方阵和明代方城，而且冲出潼关，冲出国门，冲向世界。从"孔雀东南飞"到"向中西部倾斜"，从"兵马俑热"到"法门寺狂风"，从台湾"陕西村"到吉尔基斯斯坦"黑老五"，从"苏陕干部交流"到"两个决定"，从陕北大油田到陕南小水电，从"运八"升空到"神城效应"，从每年一度黄帝陵祭祖到春节文艺晚会连年夺魁，从"陕军东征"到茅盾文学奖二连冠和美孚大奖等，"冷娃"们冷门连爆，冷活迭出，冷论骇俗，使大气层仿佛也冷不丁弥漫了冷的气氛。无论是北京文化圈还是深圳股市，无论是港台实业界还是欧美高科技，无论是出卖自己和著作的下海文人还是劳务输出的打工妹，也无论是车站码头、荧屏讲坛、越洋电话还是自家的果园鱼塘，那带有浓重鼻韵喉音和怎么也改不了"天地钉子铁，白糖两碟碟"的醋熘普通话，无不充满着时髦名词、新潮观念、竞争意识等鲜明的时代特征，像元素周期表中的钠原子一样活跃，吵得中国和世界都风风火火。

年轻一代陕西人除继承祖先的"冷娃"基因外，情与性也发生了巨大蜕变和异化。在"冷"字上，悍中有秀，勇中有柔，莽中有细，冷中不乏一副赤胆热肠。在"娃"字上，懵而含睿，憨而含敏，傻而含谑，稚而又显得一股勃勃英气。他们认为，京畿之地和老皇城根儿不再是祖先头上的光环，而是子孙们赖以赚钱和优哉游哉的行头。他们穿牛仔服，蹬名牌鞋，佩BP机，走南闯北，发誓不混个人模人样就像黄河永不进潼关。他们善于折腾，公司办得不少，却朝令夕改，只换名片不挣钱。一旦钱挣多了，又像六月蒸馍炸了皮摆了势，慷之慨之如菩萨普救天下众生。事干砸了呢，又孬得像孙子，然死爱面子的大旗不倒，养精蓄锐，伺机东山再起。他们讲义气，重交情，遇贫乐于解囊，遇难勇于拼搏，路遇不平敢于伸张正义。在生意场或学术界，他们头脑冷静，目光冷峻，面冷心热，绝无冷场，常爆冷门。有时也胡吹浪谝，一个周文王或秦始皇第几十几百代后裔就会让"北京片子"瞠目结舌，惊叹多亏毛主席当年多投一票，不然新中国首都绝对会被这些"陕西冷娃"抢夺了去。要不就吹嘘自己是兵马俑第一发现人，侥幸时便轻而易举地向洋人兜售几个仿秦俑或花裹兜。偶尔也想父辈之"热炕头"论，想吃家乡的搅团鱼鱼酸黄菜。于是，或陆或海或空，回家吃着吃着便不由得重蹈了"大男子主义"覆辙。要是父母夫妻闹了别扭，就"冷眼向洋看世界"，把"冷处理"真正用到了家，言谈举止不无老陕的幽默感和蔫怪味儿。有时兴起，也"搬砖"，也舞文弄墨，也拨弦调琴，也跳舞。跳起舞来，更是天旋地转，星驰月移，王气十足，陕味极浓，活煞煞一群会走动的兵马俑！

这就是"冷娃"新概念。"冷"得来劲，"娃"得可爱，生得辉煌，活得潇洒。"陕西冷娃"就在这辉煌和潇洒中，创造出人生的大境界和大气象，扩而概之，仍乃二字：冷娃。

（原载《陕西日报》）

咸阳有个眭村

眭村由眭城（商代）、眭城渡（秦汉）、眭城阪（唐代）、眭城堡（明代）传承演变而来，是唐代周（福）隆寺、宋代显庆院、金代广教寺（广教禅院）遗址所在地。其距咸阳市二十多公里，与西安咸阳国际机场相邻，泾河从村北坡底迂回二十公里汇入渭河。村子居高临下，扼守咸阳，雄视塞北，南接唐顺陵，西与汉萧何墓隔路相望，东北两公里便是秦望夷宫遗址，可谓地势险要，物华天宝。

眭字比较生僻，字面含义指目光深注，如：眭然能视；另外就是地名和姓氏。眭为多音字，《辞海》与《辞源》都有眭字词目。关于姓氏，最早可追溯到肥子国后裔，原姓圭，是从塞外逃至今山西昔阳的一个小王朝，后为避祸，遂改圭姓为眭。至今，眭姓以江苏为最，丹阳及丹徒等地眭姓众多，四川、河北等地次之。但奇怪的是，眭村以薛、孟两姓为主，另有荆、宁等百余户，却没一个姓眭的。至于地名，查遍全国典籍，与眭字沾边的寥寥几无，唯有咸阳眭村独得此名讳。

的确，眭村历史悠久，地理独特，曾有过一段辉煌历史。《左传》记载，公元前1047年，商纣王帝辛率军攻打有苏部落，得美女苏妲己。当时周部落渐次强大，帝辛多有戒备，派弟弟微子和大臣胶鬲出使西岐，对周部落进行监督。但帝辛仍不放心，就亲自携苏妲己巡游西岐，途中发现泾河西岸这块风水宝地，于是大兴土木建起眭城，一为苏爱妃家人居住，二为监视西岐动向。所以至今，这一带流传眭村历史上出了个眭（苏）娘娘。《资治通鉴》载，西汉甘露三年，宣帝"登长平阪"，接待匈奴呼韩邪单于，确立了汉匈友好关系。颜师古注引，"阪名也，在池阳南。上原之阪有长平观，去长安五十里"，即此，"唐更名眭城阪"。《中国古今地名大辞典》设眭城渡条目，述有：在陕西泾阳县西南十五里，路通咸阳县。襄公十四年诸侯伐秦所次，即今眭城渡，系汉唐通津。清雍正《陕西通志》载：明嘉靖二十六年，陕西巡抚谢兰建眭村堡，村建阪上，取名眭村。而且，眭城、眭城阪范围很大，东西长三十八里，也包含秦望夷官在内，放历史上其遗址之辨也得到了合理解释。由此可见，从眭村渡——眭城阪——眭城堡——眭村，地名沿袭两千余年，作为民居群落，睢村最迟应始于明嘉靖二十六年，距今六百余年。

广教寺位于睢村东门外，与唐顺陵仅半里之距，是则天女皇为其母杨氏修建的皇家寺院。据《广教禅院牒碑》记述，其"山川清远，土壤膏腴。万仞莲峰；面终南而耸翠；千庄锦树，背泾湄以披红。襟扩三川，挹义天之清露；带萦八水，澄幻海之昏波。信灵真之渊薮，关内之胜地也"，始建于唐则天女皇时期，曰周（福）隆寺。"有唐人墨意往来游观者，绳绳不绝，盖当时名士笔也，故寺有三绝之称"。宋之元祐，皇帝敕额，曰显庆院。金大定中普满法师讲经于此，皇帝亦赐今额，曰广教寺（广教禅院）；元至元初，禅僧广玑重修大殿，内塑接引佛一躯，高丈六尺，四壁画八，如来、文殊、维摩、观音诸大士，以及天龙八部、金刚神等，笔机生动。元至正年间，惠崇法师相沿，继起克绍洪规。明嘉靖时关中地震倾圮，院主本琼修葺后殿，塑二十四诸天像分列左右。万历间又有高僧湛珀筹资化缘，开拓廊庑，重光梵刹。至崇祯末大道凌迟，中原板荡，广教寺渐次荒芜。

清康熙年间，憨休禅师长住于此，撰写诸多佛法经典和碑文诗词，后被法嗣门人编撰成《憨休禅师语录》和《憨休禅师诗词》，前者卷二专为"住西安府咸阳县广教禅寺语录"，洋洋五千言；后者大部属其长住广教寺所作，多涉及广教寺和睢村，浩浩数十首。其中语录卷第二有曰："升座云，囊锥始，脱颖尖新。驴事方归马事，临一度，业缘犹未了，催符又逼过睢村……不离本座，既不离于本座，须知广教即是兴福，兴福即是广教，既无分于彼此，岂有象于去来？正好拨转向上机轮，开凿人天正眼。"又如诗云：昔缘邂逅在睢村，今射龙光到荜门。玉瑛开械辉梵境，金英残菊媚篱藩。

据村中老人和笔者回忆，睢村原有城墙，设城门四座，其中东门楼镌刻"雄镇东原"四字。除广教寺外，南城壕和南坎各建砖塔一座，周边及街道还建有娘娘、马王、关帝、财神、金鞭等庙宇数座。新中国成立初期，广教寺仅存大殿一座，廊房几间，碑石数通，城墙、砖塔和其他庙宇已是残垣断壁，摇摇欲坠。1952年，广教寺辟为睢村小学，几年后扩建，大殿和廊房被毁，碑石征迁于咸阳博物馆和西安碑林博物馆。再后，随着"大跃进"和农业学大寨，其他文化遗存逐渐消失。2010年，村民自发捐资，在村西北修建广教寺庙一座，内塑如来宝座，孤独地伫立一旁，仿佛不甘失去当年的荣耀与辉煌。

（原载人民网强国论坛）